逐鹿阴山

白新怀　著

本书故事纯属虚构，如有雷同，请勿对号入座。

YUANFANG 远方出版社

图书在版编目（CIP）数据

逐鹿阴山 / 白新怀著. -- 呼和浩特 : 远方出版社，2019.9

ISBN 978-7-5555-1219-6

Ⅰ. ①逐… Ⅱ. ①白… Ⅲ. ①中篇小说—小说集—中国—当代 Ⅳ. ①I247.5

中国版本图书馆CIP数据核字（2019）第191560号

逐鹿阴山

ZHULU YINSHAN

作　　者 白新怀

责任编辑 云高娃　武舒波

责任校对 云高娃　武舒波

封面设计 李　博

出版发行 远方出版社

社　　址 呼和浩特市乌兰察布东路666号　邮编010010

电　　话 （0471）2236473总编室　2236460发行部

经　　销 新华书店

印　　刷 内蒙古爱信达教育印务有限责任公司

开　　本 170mm×240mm　1/16

字　　数 300千

印　　张 16.75

版　　次 2019年9月第1版

印　　次 2019年10月第1次印刷

印　　数 1—1400册

标准书号 ISBN 978-7-5555-1219-6

定　　价 38.00元

序

白新怀是土默特左旗民间文艺家协会副主席、作家协会理事，很高兴他的小说集《逐鹿阴山》能够在呼和浩特市文化人才（库）百人百组百万人带动工程组委会的运作下出版。在此，我代表土默特左旗文联组委会表示诚挚的谢意。

小说集《逐鹿阴山》作为呼和浩特市文化人才（库）百人百组百万人带动工程遴选的一个项目，其出版发行是经过了披沙剖璞、优中择优的，在发现作品、挖掘人才的基础上，是翠尘珠块积聚光泽、绽放光芒的过程。

呼和浩特堪称历史文化名城，两千多年的农耕文化与草原文化在此碰撞交融，多元文化色彩纷呈，形成了独特的文明，构成了清晰的文脉，蕴藏着丰厚的人文积淀。阴山南北人才济济，乡野民间虎踞龙盘，无时不在期待发现，翘望推手。呼和浩特市文化人才（库）百人百组百万人带动工程就是本着这样一种宗旨和原则，甘当推手，以搭建平台，发现人才，创新文化活动模式为己任，实行“零门槛”登台，不限职业年龄，不限才艺类别，不收任何费用，依托群众文化活动资源，建立和完善各类民间艺术人才的艺术档案资料库。对于挖掘群众文艺人才的创作潜力因势利导，对创作出优秀作品的个人或项目给予扶持奖励。白新怀正是这一浩大人才工程发掘的沧海遗珠，他的小说集《逐鹿阴山》的问世让我们见识了他的才华，使他这颗一度包裹严密的夜明珠得以发光，不仅照亮别人，同时也为他自己照亮了前景。

白新怀曾风趣地说：“我哪是夜明珠，我就是百人百组一铁锹从地里掏出来的山药蛋。”所谓“山药蛋”，是针对其作品风格而言。白新怀作品无论是小说、诗歌、剧本、歌词，大多是接地气的作品。《逐鹿阴山》中所选的小说可分为抗战题材和农村题材两方面内容。抗战题材有《逐鹿阴山》《阴山儿女英雄传》；农村题材有《葫芦沟》《为了坟头上的那缕香烟》《举步维艰》《春满家园》等作品。这些作品中的人物都是来自生活，来自现实社会的不同阶层，活动于不同环境、不同角落，他们有爱、有恨、有自己的思想情趣，他们以一种美的道德观念约束自己，或舍己奉公，或富于同情心，或献身血与火的战争，或机智多谋、英雄孤胆……都是活生生的人物，因此读来倍感亲切，耐人寻味。

白新怀的小说谋篇布局颇见功底，尤其是抗战小说更是显得游刃有余。在《逐鹿阴山》中，开篇小红鞋的出现，场面新奇，将读者的心牢牢抓住。小说结尾时这样写道：

小红鞋泪流满面，默默地将张五红的遗体放在马背上，而后割去薛世英的脑袋，挂在了马鞍上。“五哥，妹子来迟了，咱回家吧！”说完，小红鞋轻身跃上马背，向沟外飞驰而去……

悲哀的唢呐声，在白石头沟飘然回荡！

第二天，薛世英的人头挂在了归绥城的门楼上。”

小说内容前后呼应，结篇后仍余音绕梁，给人以荡气回肠之感。在作品的铺垫上，更见作者匠心独具。作者将大青山根据地宣传部部长薛世英这一人物作为日伪暗线，代号“野狼”，与打入敌人内部的“雪豹”刘洪雄作了针锋相对的地下斗争，直到大结局，才将薛世英的本来面目显现出来。通篇读后，令人拍案称奇。在《阴山儿女英雄传》中，官土匪洗劫百什户村的场面首先呈现在读者眼前，从而引出了邱如刚计救王永会的故事，人物出场次第相连，故事情节层层紧扣。贯力更的机智勇敢，“真龙天子”蒋立根的处心积虑，云万虎的胆识过人，姜二嫂的处惊不乱，苟子臣的狡猾狠毒……这些人物形象刻画得栩栩如生，活灵活现。

白新怀的小说语言干净利落，痛快淋漓，朴实中足见功力，以语言对话刻画人物形象、性格，颇具独到之处，许多方言民俗的巧妙使用，使读者感到更深刻的真实感和亲切感。白新怀擅长于农村小说的创作，源于其深厚的生活基础。在小说《春满家园》中，他的人物塑造独具艺术魅力。有一心改变家乡面貌的村长赵梦龙，有想做面子工程而又不辞辛劳的镇长，有坚持原则的宣传部长，有爱贪小便宜却又得到重用的黄四毛，有泼辣村妇，还有懒惰成性的光棍汉。凡是在农村生活过的读者，都会体会到一种真实可信的感觉，仿佛这些故事就发生在他们身边。小说《葫芦沟》写的是淘金热，作者将形形色色的人物安排在自己的作品里，以金钱拷问人的良知，以权欲鞭挞人性的丑恶，以爱情煎熬人的无奈，在主人公的生命画上句号的时候，留给读者的却是更多的思考。

《逐鹿阴山》这部小说集题材新颖，文学品质纯正，生活视眼开阔，内容扎实丰富，文法独具特色，具有较强的思想和心灵穿透力，不失为一部底蕴深厚的文学作品。该书的出版，是呼和浩特市文化人才（库）百人百组百万人带动工程不懈努力的结果，必将激发本土作家的创作热情，也为建设“文化首府”“民生文化”“大文化”的发展战略锦上添花。

祝愿白新怀老师笔耕不辍，能够创作出更多更好的文艺作品。

土默特左旗文联主席　　　　王淑娅

目录

逐鹿阴山

【引言】

阴山巍巍，黑水淼淼，辽阔的土默川平原为世代豪强枭雄所垂涎。阴山者，蒙语名为“达兰喀喇”，东段入冀之西，绵延1200多公里。阳为土默川画轴，阴至北国草原，亘古为兵家必争之地，是内地至蒙古之要冲。且不论代国之鲜卑拓跋什翼犍弯弓射雕；也莫谈赵武灵王筑长城，胡骑服射建云中；尚不言魏太武帝拓跋焘雄兵百万征高车（即敕勒）；也休言突厥隋唐问鼎白道川，以及俺答汗驻牧丰州滩……单言民国颓朽，日倭豪略，官匪一家，绿林草寇如麻，素民几无立锥之地。奈何漫漫长夜总有鸡啼破晓之时。在此黎明与黑暗交替之际，共产党旌麾北指，健儿、草寇、日倭、官匪逐鹿阴山，问鼎草原桑田。鹿死谁手，有词《江城子·逐鹿阴山》为证。

词曰：

垂笤含悲星月稀，
左争锋，
右残殇。
几路豪强，
凄雨卷情长。
孤胆炽烈惊雷起，
惜红颜，
残花芳。
沙场泣血恨魍魉，
斩妖邪，
亲福岗，
铁马放缰，

日月昭云长。

妙计频出笑周郎。

剑光寒，

斩野狼。

第一章　垂箬含悲星月稀

残阳如血，几近黄昏，在羊群“咩咩”归牧之时，村东突然响起了锣鼓唢呐的声音。

“快来看哪，‘小红鞋’鼓匠班安鼓啦！”不知谁吼了一嗓子，村民们迅速涌向村东的张家。

天闷热，乐声沉重。

“小红鞋”是归武地区独一无二、有名的女鼓匠，身穿齐膝大襟缎袄，绿绸长裤，脚蹬一双红绣鞋。唢呐长啸，“小红鞋”面似桃花，双目含情，纤纤秀指在乐管上灵秀地跳动，曲子尽兴时，她将喇叭头摘在手里，变出各种花样来，赢得了围观群众的阵阵叫好声。

“起开起开”，村里的二锅扣拖着一条长凳分开众人，来到“小红鞋”身边，搀扶“小红鞋”站在凳子上演奏，顺手在“小红鞋”的屁股上捏了一把，引起了众人的哄笑。鼓匠班的所有人照常吹吹打打，不以为然，因为这种事司空见惯。二锅扣得意忘形，随手又摸“小红鞋”的奶子。“小红鞋”的秀脚瞬间飞起，脚面在二锅扣的脸上迅速扇了两记耳光，脚底踢在二锅扣的额头上，三招动作连续施出，一气呵成，二锅扣的前额马上映出了月牙形的血迹。“小红鞋”的绣鞋非同一般，鞋底钉制了一副马掌，让二锅扣吃尽苦头。人群中又响起了一阵叫好与哄笑。

这边热闹非凡，那边恸哭断肠。六岁的张纯平失去了娘亲，在棺木前哭得死去活来。一阵黑风吹过，瓷盆里的纸灰吹了他满脸，与泪水掺和在一起，头发被刮起的火星燎了一半也全然不知。几声闷雷响过，一阵通天接地的黑旋风席卷了灵堂，烧纸漫天飞舞，唢呐停止了呜咽，接着豆大的雨点倾泻而来。人们仓皇逃离，闭门长叹：“纯平娃的命真硬！”

连阴雨下了整整一天，第二天也不见有停的意思。

破土房叮叮当当的漏着雨水，父亲躺在炕上的墙角旮旯，打着哈欠，流着泪，烟瘾又来了。自从母亲去世后，父亲便抽起了大烟，常常因为烟瘾向小纯平发脾气，打骂孩子。只要烟瘾来了，不管是大冷天还是大热天、大雪天还是大雨天，父亲总要硬逼着小纯平拿家里的东西换大烟。烟越抽越上瘾，越抽越离不开。小纯平挨打受骂成了家常便饭。

这年小纯平刚满十岁。

小纯平跪在灶火前生火做饭，柴草潮湿，青烟呛得人喘不过气来，小纯平两眼生泪，拼命吹火，弄得满脸黑灰。

“别生火了，赶快拿皮袄换烟去哇！”父亲又发脾气了。

小纯平抱着皮袄走在街上，此时雨也停了。

一溜马队呼啸而来，土匪来了！

张纯平来不及躲避，被土匪抓了个正着。匪首杨猴小命人抢了他的皮袄，又让他去遛马。

土匪们抓鸡逮羊，把个小村庄搞得鸡飞狗跳。一个时辰过去了，匪徒们累了，把抢来的大包小包扔在了院子里。杨猴小等人烟瘾来了，就把张纯平吊在树上，用皮鞭抽打。

“谁家有大烟？”

“不知道，我也没有大烟……”张纯平嘴角的鲜血滴在了地上。

接着，鞭挂风声，又是一阵抽打。

过了一会，张纯平被放了下来，匪徒们再次逼问，结果还是如前所说。小纯平便再次被吊起来毒打一顿。

土匪打累了，把他放了下来，让他进屋做饭。后院十三岁的鲜桃姐姐被土匪们捆着手脚扔在了炕上。烟瘾犯了的杨猴小马上来了精神，脱去自己的裤子又把鲜桃的衣服撕了个稀烂，在鲜桃的哭喊声中强暴了她。土匪们奸笑着强迫张纯平看他们的兽行。

九个土匪轮番强奸，鲜桃的鲜血染红了破席片和土炕。

凄雨又来，少女哀号不断……

娘亲的坟头在秋风中荒草瑟瑟，坟树没有存活，败枝早已落尽。张纯平跪倒在坟前，呜呜地哭泣：

“娘啊！我在家里实在活不下去了，我要走了，儿子对不起您，以后再也不能给您烧纸填坟了……”

张纯平 12 岁开始过起了流浪生活，走过许多村庄，也去过萨县、厚和、包头……走饿了要口饭吃，天黑了就在破房炕洞、瓜庵过夜。

“手把锄头锄野草，
锄去野草好长苗。
呀咳伊呀咳，
锄去野草好长苗
……”

保尔哈少的名言小学操场上，孩子们在唱歌。那些孩子与纯平年龄差不多。连续三天，张纯平都爬在学校的土墙上向里观看，上学的孩子们背着书包，让张纯平羡慕死了！

张纯平正看得入神，一双大手紧紧地抱住了他。张纯平回头一看，原来是姑夫。

姑夫把张纯平带回家。姑姑见他又黑又瘦、衣衫褴褛，便哭得象泪人一样。

姑姑卖掉了手镯，给张纯平缝补了衣服，就这样他开始上学了。

学校实行陶行知教育方法，国语和算术按课本教授；其它如地理、历史、自然等，则结合学生寅会（晨会）进行。

全校有十多名老师。张纯平的老师姓刘，名瑛，字洪雄。他三十多岁，个子不高，身体很瘦。扁平的脸盘上，两道很重的眉毛总是紧锁着，走起路来有时像个文人，慢慢地踱着方步；有时又像个军人，气度很是轩昂。讲课时，除书本之外，还讲农民、工人、地主、资本家这些不同的阶级、阶层，讲穷人是怎样穷的，富人是如何富的，还讲做人的道理。

“张纯平，你为啥叫纯平？是不是长大以后，做人处事，都要不偏不倚，主持公道？可你要主持公道，就成不了地主……”

刘洪雄点名叫起了张纯平。

那时，村里人都恨地主，张纯平不知刘老师为何要这样说。过了几天才清楚，是因为自己羡慕过地主老财的吃穿，老师才这样“教训”他。

后来，大人们在背地里悄悄议论，刘洪雄老师是归绥县腾家营子村人，年轻时到山西读书，是山西“学兵团”学生。书没念完他就当了兵，参加了国民党，还是个大团长呢，因吃了败仗，才跑到这里教书。

绥远省是国民党的天下，保尔哈少驻有国民党兵。他们常常抓老百姓的鸡鸭做食，老百姓敢怒而不敢言。因此，学生家长对刘洪雄也是敬而远之，可学生与他却很亲近。

课余时间，孩子们常常围在刘老师身边，缠着他讲打仗的故事。刘洪雄讲时显得很谨慎，开始只讲鲁提辖拳打镇关西、李逵大闹忠义堂、关羽大意失荆州、诸葛亮的空城计，后来又讲儿童团员捉汉奸、贫苦农民斗地主等。

为了证实人们议论的真伪，孩子们待他讲完故事问道：

“刘老师，你打过仗吗？”

他审视了众人半天，谨慎地回答：“打过。”

“还是个大团长呢，是不是？”

“嗯。”

“团长那么大的官不当，为啥到这里教我们？”

“是呀，团长官很大，而且能带兵打仗，‘冲呀！杀呀！’很痛快。可是团长得有兵呀！我的兵都被人家打散了，我也险些当了俘虏，只好到这里来教你们，当你们的团长。”

由此断定，大人们背后的议论是真的。

共产党残忍杀人如割草，
无论贫富皆难逃
……

国民党兵每天都唱这首歌，听得多了，孩子们也学会了。

“谁叫你们唱这首歌的。”刘洪雄很生气。“以后谁也不准唱！”

背地里，刘老师对张纯平等几个同学说：“共产党只杀剥削穷人的富人，干坏事的坏人，侵略咱们的日本人。不杀像你们这样的穷人、好人，所以穷人、好人拥护他们。”接着，便教他们另一支歌，叫他们放学路上唱：

日本人呀不讲理，
杀我同胞夺我地。
小朋友呀快快来，
打倒日本出口气。
我做小兵气汹汹，

一直跑到东三省，
我可不怕日本凶
……

因为刘洪雄常讲地主剥削农民，还教孩子们唱这支歌，家长们对他亲近多了。可众人又很奇怪：他既是国民党的一个大团长，为啥不说国民党的好话，而说共产党的好话呢？

1936 年，日本人羽山进了归绥市，并设立了“羽山公馆”。因此，刘老师教的《我做小兵气汹汹》再也不让唱了。“九一八”事变后，归绥城的“九一八纪念堂”改成了“公共会堂”，烈士公园建起的“抗日将士纪念碑”改成了“长城阵亡纪念碑。”

刘洪雄的心情倍显沉重，双眉终日紧锁，而且很少与人说话。

“日本人打人骂人；共产党杀人放火，共产共妻。所以宁叫日本人来，也不叫共产党来。”说话的是年轻的历史老师卜锦绣。

几位老师正在校园里议论时事。

“你见过共产党？”刘洪雄走出教室，质问卜锦绣。

“没有。”

“那你咋说共产党杀人放火，共产共妻呢？”

“报纸上说的呗。”

“谁家的报纸？”

“国民党的报纸呀。”

“国民党报纸上说城里‘九一八纪念堂’上的那几个字是被大风刮掉的，才改成‘公共会堂’，这你也相信吗？‘九一八纪念堂’那几个字是刻在水泥上的，纪念堂砖没有刮掉一块，瓦没掀一片，一场风咋会偏偏把这几个字刮掉呢？这显然是骗人的，报纸说谎话……”

“我见过共产党，也和共产党打过交道，共产党是讲理的。‘杀人放火’、‘共产共妻’纯属欺骗宣传。你甘当亡国奴，宁可叫日本人来。那好，你去问问马志标，他是东北人，背井离乡来到大西北，还不是因为无法忍受日本人的欺压？在一座桥上，他给日本人让路迟了点，日本人打他，并且把他扔在桥下，日本人要他的头，他才跑到这里……”

刘洪雄的这番话，说得卜锦绣无言以对，从而也深深地印在了张纯平及其他同学的心里。

事后，刘洪雄带着张纯平等几个同学，走访了到侄儿家避难的马志标，马志标哭诉了他背井离乡的原因和日寇在东北杀人放火、蹂躏我同胞的种种罪行。通过这次访问，不仅增进了师生情谊，也加深了孩子们对日寇侵略者的仇恨。

过了不久，当地国民党兵说要打日本人，在大青山构筑工事，到各村抓民夫，砍老百姓的树。一些人不愿意让国民党官兵砍伐树木，被吊起来殴打。一天，趁国民党兵出村之后，刘洪雄把几个同学叫到一起说："你们告诉村里头的人，把凡已成材的树都砍倒，埋起来。让年轻力壮的村民出去躲一躲，叫他们的工事修不成。"

"你不是说我们不当亡国奴吗，他们修工事、打日本人，这有什么不好？"张纯平不解地问。

刘洪雄的眼睛盯着张纯平的眼睛道："你受骗了。你想想，他们既然要打日本人，为啥不叫你唱《我做小兵气汹汹》这首歌呢。日本人在城里住，他们为啥不在城里修工事，而到我们大青山来修工事？共产党已经到了陕北，他们怕大青山里有共产党游击队，修工事是为了打共产党。"

国民党兵的预谋没有得逞，对老百姓更是打骂欺凌不断。

1936 年夏，名言小学的张纯平即将毕业，在张纯平到刘老师办公室交作业之际，刘洪雄问道：

"你毕业之后，继续念中学，还是回家种地？"

"我继续念中学。"张纯平答得很犹豫。

"你家里穷，没有钱，供不起你上中学，是不是？"刘洪雄沉吟良久，然后意味深长地说："咱们这里要是像列宁、斯大林领导的俄国那样，打倒地主老财，那你不仅能念中学，还可以念大学呢。"

是年张纯平 17 岁，第一次听到列宁、斯大林的名字。

1937 年春，国民党派兵到保尔哈少抓捕共产党，刘洪雄及校长李政芳、教师王英杰也在抓捕之列。因此，这些老师就不能在名言小学教书了。

"七七事变"后，日军大规模侵略中国，绥远省立归绥师范怕日本飞机轰炸而解散，张纯平在此上学不到半年便无奈回家务农。

劳动了两个月，刘洪雄的话不时响在耳际，"不能当亡国奴"。

同班同学杨培林，比张纯平大两岁。他读书时最听刘洪雄的话，《我是小兵气汹汹》的歌唱得最响，每次考试成绩全班第一。张纯平凡事都要与他商量。

深秋，天已很冷，场上的粮食打完了。

“走，咱们去找刘老师，是念书，是劳动，还是去打日本人，叫他给咱出出主意。”杨培林像是早已打定了主意。

俩人连晚饭都没吃，待太阳落山，就向腾家营子村出发了。

惨淡的月光洒在身上，天已很冷，俩人却穿着夹衣，二十里路走得满身是汗。到了腾家营刘老师家，不巧，刘老师出远门了。当师娘得知他俩是刘洪雄的学生，看出年轻人焦灼的心情后，才说：

“在白塔村的二油楞家。”

翻沼地【注：在耕过后的田地里行走】又走了七里多路，高高的万部华严经塔在月色中展现在他们面前。

万部华严经塔俗称白塔，白塔村座落其下。该塔始建于辽代，为古丰州城西北隅佛教的藏经塔，巍峨壮观，耸光云表。堪称古塔精英，边陲胜迹。塔七级八角，通高五十五米六；宝刹灵光闪耀，出檐展翅欲飞；平座横出，梯道通达；四方户牖畅曦，八面莲花舒仰。须弥紧衬台明，护坡芳草如茵。清风吹来，风铃叮咚，玲玲盈耳。

张纯平、杨培林久闻白塔壮美，但不敢流连，很快就找到了二油楞的住处。

这户人家座落在白塔村东，里外间的正房。刘洪雄从套间走到外屋，鬓发白了许多，下巴刚毅了许多。他热情地和他的学生寒暄，问吃过饭没有。此时已是半夜，俩人只说是吃过饭了。

“说说吧，你俩找我干啥？”刘洪雄开门见山。

“我们在家心烦得慌，想请老师给出出主意。”

“咋，不想在家劳动了？那你们是想去念书，还是想去打日本人？”

张纯平想等杨培林回答，可杨不吭声。张其实很想继续读书，可又不好开口，只好说：“老师说吧，看我们干甚好。”

“跟我去当兵，打日本人，怎样？”

“当……当国民党兵？”

“不，共产党的兵，当八路军。”

刘洪雄说着，爽朗地笑了：“哈哈哈，你们还记得我是国民党的团长吧，是不是？你们现在长大了，我可以对你们讲实话了，我原来在冯玉祥、吉鸿昌将军所建的察绥抗日同盟军当团长。我没有打过共产党，我的军队也不是共产党打败的，而是国民党和日寇打败的。因为我们打日本人，国民党才和日本人前后夹击打我们。我原来在学校和你们说的那番话，一是为了宣传红军，宣传共产党；二是避免国民党找我麻烦。这后一条则是主要的……”

俩人恍然大悟，用敬佩的目光望着眼前的老师，这时才真正了解了老师，老师的形象似乎不再瘦小，而且突然变得高大！

当兵，当共产党，打小日本。说实在话，张纯平一时还拿不定主意，便用询问的目光望着杨培林，杨培林却是一副无所谓的样子！

刘洪雄见他们犹豫，又把他们领进了里屋。

里屋通盘大炕上坐着八九个人。除名言小学校长李政芳、老师王英杰两人外，其他人都不认识。这几个人有的拿着长枪，有的背着短枪。背短枪的人三十多岁，有一种长者的威严。另一人更引人注目，此人器宇轩昂、身材魁梧，身穿破棉袄，腰缠烂麻绳，腰里别着一对盒子枪，脚踏一双绥远城里有名的“老三顺”靸鞋。虽说是鞋号够大，但因他的脚大，只得把鞋口铰开一绽。这两人前者是杨植霖，后者是高凤英。只是张纯平与杨培林不知情罢了。

“这些同志都是抗日的，可以说是八路军，也可以说是游击队。”刘洪雄说，“我们正在研究打日本人的事。你们如果不愿当亡国奴，想打日本侵略者，还有什么不明白的，可让这位杨老师给你们好好讲讲。”

杨植霖说话很和蔼，叫他俩坐在身边，问过了姓名，了解了来意，便滔滔不绝地说了起来：

“你们念过书，有文化，懂道理，不愿再过苦日子，不愿当亡国奴，这很好，很对。”杨植霖抚摸着张纯平的肩膀，“想过好日子，不当亡国奴，就得起来和日本侵略者干。要打日本侵略者，就得靠共产党，靠共产党领导的军队。共产党的最终目标，就是在全中国建立一个没有压迫、没有剥削、人民当家作主的新社会。现在，民族压迫是主要的，我们必须打击日本侵略者，把他们赶回老家去。当然，这不会一帆风顺，要吃点苦头、受点罪，有时还可能遭受挫折和失败。这不要紧，只要定准章程，看准目标，失败了再干，就一定会胜利。远的不说，就说你们刘老师吧，刚开始打日本人失败了，可他没有气馁。在这几年里他一直在教育、号召、动员人们打日本人，现在又积极参加进来，原因是他认为共产党的大目标一定能实现，一定会胜利……好啦，你们到外屋休息吧，想好了，决定参军，明天早晨告诉我。”

杨培林和张纯平对这些话感到非常新鲜，躺在炕上翻来覆去想这些道理，脑子里像是开了两扇门敞亮多了。鸡鸣三遍，俩人商量好之后，就对杨植霖说：

“老师，我们决定了，去参军打小日本。”

“好，”杨植霖很高兴，“从今天起，你俩就参加革命了。现在已经秋凉，部队冬装一时解决不了。你俩先回家，把棉衣拿上，明天到黑土凹村找我或刘老师。”

第二天，在黑土凹村，张纯平和杨培林找到了抗日开路先锋队。支部书记刘洪雄，组织委员王建功，宣传委员高凤英，他们同奎壁、杨植霖等人进行秘密的横向联系。

接着，他们又提出了一个“双抢”方针，一是抢收庄稼，二是从散兵中抢枪。刘洪雄负责动员各校师生及家长抢收庄稼，高凤英负责在白塔车站两侧的公路上“劳军”。张纯平和杨培林的任务是在“双抢”过程中传递信息，做交通员。

第二章　左争锋

与其说是公路，其实是一条宽一些的大路。大路忽南忽北，与铁路并不平行。这段公路北有一片树林，树林北面是一片高粱地，高粱叶子已败，高粱穗已红红地熟透。阵风吹过，黄叶沙沙作响。

公路边搭建了一个席棚，席棚里摆了两张炕桌，炕桌四周是土坯垫起的“小凳”。棚外砌了一个简陋的灶火，一口大锅架在了土灶上。土灶里的木柴火噼噼啪啪地吐着火舌，烧得正旺。锅里的山药蛋已熟，有的已经破肚，一股股熟食的清香冒了出来，让饥饿的人馋涎欲滴。

棚眉上高悬了“劳军”二字，棚内备有用柳条油漆卡子盛装着的两大卡子好酒。

一位壮实高大的汉子棚里棚外的忙着张罗碗筷。此人身穿老蓝布大襟棉袄棉裤，戴了一顶毡帽，一双“老三顺”大靸鞋因脚大而铰开了一个口子，此人正是高凤英。灶旁蹲着一位伙夫，黑脸重眉，环眼大耳，三十多岁年纪，此人便是白塔村的二油楞。还有两位年轻小伙子在洗山药，一个是张纯平，另一个是杨培林。

“叮咚咚、叮咚咚”，一个面孔奇瘦，眉毛奇长的小货郎自西而来，此人手摇拨浪鼓，见人便吆喝道：

“针头线脑顶针子，
头绳蓖梳剃头刀。
七尺布条裹小脚，
五尺花布做小袄。
灌馅麻糖圪料料，
琉璃圪板儿哄小小
……”

此人操山西口音，在棚外放下担子，毫不客气地坐在棚内道：

“掌柜的，俺出门在外不容易，能不能卖给点吃的喝的？”

“行，客人请自便，马上给你端过来。”高凤英道。

此时，公路上一拨散兵退了下来。有的士气沮丧，没精打采倒背着枪，有的脑袋胳膊缠了绷带，一瘸一拐地颠簸着，还有的拖着枪被军官们赶着仓仓惶惶地逃跑。一些达官显贵用汽车、骡子载着皮箱什物和姨太太、儿女，横冲直闯地鞭挞着沿路的溃军和难民，一溜烟朝西去了。

东面和西面还有几个“劳军”的茶棚，散兵们开始聚集在各个摊点上。

天已正午，路上的尘土被踏起阵阵白烟，正是人困马乏的时候。

“老总，快坐下歇一歇吧！”

高凤英对一个挂盒子枪的小头目说。

小头目大咧咧地迈进了席棚，坐在了桌前：

“有甚好的尽量给爷上！”

四五十号疲兵见状，不等小头目说话，纷纷用手捞了锅里的山药兜在衣襟上，跑到树荫下狼吞虎咽地吃了起来。枪支横躺竖卧倒了一地，扔得到处都是。又见小货郎吃酒吃得高兴，于是众人抢了粗瓷大碗，盛上酒跑进了小树林畅饮。

“老总，俺们这里穷村背舍，没甚好东西孝敬您，让俺敬您一碗酒吧！”高凤英把酒给小头目倒上，自己也盛了一碗。小头目吃了败仗下来，心情沮丧堵塞，今天难得见了好酒，又被高凤英的豪爽感染，接过酒来，与高凤英碰了碗，咕咚咕咚地与高凤英同时喝下。

小头目脸红得像猪肝，双目奇涩难忍，一会儿便趴在了炕桌上……

正在烧火的二油楞眼珠一转，不动声色地四处拣枪。

“你要干啥！”一个年长的老兵立马警觉。

“老总们慢慢地喝酒，俺怕你们的枪丢了，走了火更是了不得，我这才给你们集中集中！”

老兵正在狐疑，东面战马长嘶，尘土飞扬，两位军官疾驰而来。

“崔副官、田副官来啦，快走哇。”有的散兵大惊道。

此时，呼哨一响，高凤英迅速将小头目的手枪抢夺在手。二油楞和张纯平、杨培林将大枪快速地背在身上。树林后又跑出几位庄稼汉模样的汉子，一起夺枪而去，各个茶棚的“劳军”者也同时行动，夺枪奔向青纱帐……

马上的崔副官、田副官见局势有变，迅速向高凤英开枪。

高凤英且退且打，崔副官的耳朵被打穿，鲜血流的满脸都是。

现场乱作一团，只有小货郎处乱不惊，仍旧品着好酒。

夺枪者很快不见了踪影，崔副官龇牙咧嘴地喊疼，田副官气急败坏地把大锅一脚磴翻在地，抽出马鞭，向醉酒的小头目和散兵劈头盖脸地抽打……

“没到河曲，就发生了这等大事，你说咱们该怎样向李维业师长交待……”剧疼过后，崔副官想到了严重的后果，便向喘着气，打乏了的田副官问计。

田副官扔掉马鞭，蹲在地上咳声叹气不说话。

“嘿嘿嘿！”席棚里传出了一阵冷笑。

“笑个求！”田副官怒火中烧，拾起马鞭向山西货郎怒道。

“俺笑你们有勇无谋！”

崔田二人见货郎脸上掠过一丝阴险，出言不凡，便问道：

“你有办法？”

“你们进棚来！”货郎以命令的口气对崔田二人道。

崔田二人面面相觑，满腹狐疑地走进了席棚。

货郎让二人附耳过来，如此这般地说了一通，崔田二人点头称是。

刚建抗日队伍，就取得了开门红，抢收粮食的刘洪雄、杨植霖听到捷报后异常兴奋。高凤英带领队员们把缴获的枪支弹药藏在了德胜沟，在山里呆了两天，趁天黑的时候悄悄地回到腾家营子村刘洪雄家里。

“操你祖祖的，到哪‘刮野鬼’去来，叫爷等了你们一天？”

刚推门进屋，就听见里面传来的骂声。

“咦！小财哥，老李森，我说咋山里的狐子都在乱叫唤，原来是李老人家来啦！”

高凤英等人挨此人骂娘，显得异常高兴。

此人名叫李森，黑瘦且精神，老枯树般的手里端着一根大烟袋。长玉嘴，铜烟挠，吞云吐雾时还误不住骂人。李森小名叫金小财，土默特旗西马群人氏，蒙古族。1929 年，他受共产国际派遣到蒙古国学习，回国后在蒙古军“老一团”部队里做地下工作。今日来腾家营子村是由张家口出发回包头“老一团”而路过的。

二油楞看见李森坐在炕上，高兴地夺过他的大烟袋，把烟锅中的余火磕在炕沿上，又从荷包里挖了新烟叶，而后翻转烟锅，从炕沿上把余火安在烟锅里。他惬意地吸了一口，吐罢烟圈，开始给李森讲智取枪支的事情。

“小子们，真的发财了？那手枪呢？拿出来给爷看看。”李森装出一副贪婪相。

“埋了！”

“埋了？埋哪了？”

“山里头。”

“你们这些活鬼，有好处总不想着爷。爷今儿个给你们带来财运，冲你们不给爷看枪的事就不告诉你们！”

“啥好事？”高凤英来了兴趣。

“就不说！”李森活脱脱是一个老顽童。

“你不是老说‘山狍野鹿打住伙吃’么，今天咋小气了？”二油楞说。

“那你拿枪来，让你和爷伙吃一回！”

说归说，骂归骂，谈起正事来李森却严肃得很，此时他说出了这次来的目的：“我途经土牧尔台，有一队国民党散兵抢了老乡的马匹和粮食，驮子上取出了现洋和大烟板子，像是一块肥肉。发财的机会到了，不知道你们干不干？”

“干！”二油楞磕掉烟灰，马上兴奋起来。

高凤英沉吟良久，决定与刘洪雄和杨植霖商量。

中午，地下党毕力格巴图尔派归绥旧城南柴禾市肉铺的小伙计送来一封鸡毛信，信中说一队马驮与散兵已到了白塔村东，马 33 匹，驮子上全是抢掠来的钱财什物。

又过了一个时辰，张纯平回来报告，溃军已到了黑土洼，停下来打尖不走了。

高凤英、刘洪雄、杨植霖一致决定，吃掉这块肥肉。

三十多名队员迅速出动，从高粱地里慢慢地向溃军靠近。

一声口哨，在高凤英、刘洪雄、杨植霖的带领下，众人一窝蜂似地扑向溃军。

散兵手中的枪在惊慌中打响了。

此时，在黑土洼的东、南、西三面响起了喊杀声，高凤英等人知道中了敌人的埋伏，立即命令队员撤退，他们撤过高粱地，又发现敌人已向北面迂回包抄。高凤英不慌不忙，将北面包抄的敌人一个个击毙，由杨植霖、刘洪雄在后面掩护。他们快速地突出了敌人的包围圈，奋力向山里撤退。

后面，敌人紧追不舍，途中队员王计蝉腿部中枪，刘洪雄便背着他跑。戈壁滩上一牧民正在放马，便将自己的带缰坐骑让给了刘洪雄。刘洪雄将王计蝉放上马背，飞身上马，首先疾驰进了山中。

夜幕降临时，队伍在山中的约定地点汇合。清点人数，失踪三人，一人负伤。

崔副官、田副官用计成功，使抗日开路先锋队受挫。二人对小货郎更是刮目相看，动员小货郎做他们的军师，小货郎道：“军师倒是大可不必，你们的前途可是大事。”

崔田被他吊起了胃口，“请先生给我们指条明路。”

小货郎道：“傅作义一败涂地，只好退守河曲；李维业一蹶不振，不思进取。你二人又丢枪丢马丢人，回去正好做替罪羊。此所谓覆巢之下岂有完卵，为今之计不如投靠满洲帝国，保你二人前途无量！”

崔副官和田副官点头称是，言听计从。

在小货郎的引领下，经归绥城特务机构“羽山公馆”出面，崔副官崔有福，田副官田云生带领所部五百余人马叛变国民政府。日本人把他们编为宪兵队，驻陶卜齐到太平庄一带。

崔有福、田云生叛变投敌，引起了本部一部分人的不满，二连连长胡汉生就是其中一个。

胡汉生系傅作义部李维业师长的妻外甥，投敌后郁郁寡欢。这天，他走进了归绥城的麦香村饭馆，要了几个小菜，唉声叹气地喝起了闷酒。

此时，张纯平经麦香村股东东沟村人张占山引见，正在这里当店小二。

“客官，您请！”此时，门外进来一位头戴礼帽，身穿长袍马褂的客商，后面跟着一个虎头虎脑的年轻随从。张纯平殷勤地迎客，将主仆二人让在胡汉生的桌上。

来人不是别人，正是张纯平的老师王英杰和同学杨培林。

张纯平一边抹着桌子，一边客气地问道，“先生吃点什么？”

王英杰指指对方道：“这位军爷点的菜就合我的口味，每样来一个，另加一条鲜鱼，来一碟花生豆，大盛魁的老酒来上三壶。”

“好勒儿！”张纯平给三位斟满茶后，一溜烟跑回后堂。

胡汉生面色沉重，不看来者一眼，自斟自饮。

很快，王英杰的菜上齐了！

王英杰和杨培林端起酒来，举杯对胡汉生道，“结拜，咱干一杯。”

胡汉生木然端杯，碰了，倒入口中。

“结拜似乎心事很重，不妨说说。”王英杰一口干了，杨培林却辣得直吐舌头。

“当兵的到处刮野鬼，形同行尸走肉，不说也罢！”

“话可不能这样说，古人云天生我材必有用，兄台不一定哪天走上正路，东山再起也未尝不可。”

“正路？”胡汉生迅速睁大眼睛，“先生料我现在是在走邪路吗？”

“正亦邪，邪亦正，当局者迷，旁观者清，要不兄台为何长吁短叹呢？”

“先生高人，请问先生能否为我指点迷津？”

“不敢，不敢，我见先生一身正气，心里仰慕，故想说说心里话。”

“不瞒先生，我正走在十字路口，何去何从心里没有方寸。哎！人生不易呀！”吱，胡汉生又是一口。

王英杰亲自给胡汉生倒上，“山重水复疑无路，柳暗花明又一村。男子汉大丈夫择良君而事，择良木而栖，兄台若相信我的话，明天去归绥城财神庙大长老那里占上一卦，那里的麻衣相一向很灵……”

胡汉生点了点头。

“英雄相惜，不妨咱们干了这壶中酒吧！”

这时，张纯平拿来两个大碗，杨培林将四个酒壶中的酒倒入碗中。王英杰和胡汉生一饮而尽。

王英杰与杨培林起身告辞，胡汉生送出门外，回来结账时，店小二张纯平道：“那位客官命随从的后生结了。”

蒙疆道教会是一个宗教组织，总堂设在归绥市财神庙内。该教清末尚在反清复明，后为革命党所用。总舵主下设分舵主，分舵主下设长老。叶懋（原名宁德清）受分舵主王老道指使，他是归绥地下党的主要成员。

叶长老手托拂尘，正在聚精会神地打坐念经。就见胡汉生一副绅士打扮，进庙来焚香、敬纸、作揖、叩头，然后谦诚道：

“大长老在上，请为我指点迷津。”

“香主抬起头来！”

叶懋对胡汉生端详良久道：

“香主火药味太重，因而阴气缠身，阳气不扬。印堂发暗，主一月内会有血光之灾！”

胡汉生打了一个冷颤，忙道：

“道长救我！”

“香主若想避过此劫，可觅佛气最重之地于 8 月 28 日谦心焚香跪拜一晚，方可化难成祥，那时自有贵人相助，切记切记！”

“去罢！”胡汉生还想说些什么，叶长老已甩了拂尘，闭目不语。

“万部华严经塔”建于辽，金大定二年（公元 1162 年）奉敕重修；藏典集上万部，为佛教圣地，也就是当地人称佛气最重之地。胡汉生从日落西山一直跪拜到凌晨鸡啼三遍。此时，有一位拾粪的老农担着箩筐，提着粪杈走到近前道：“后生，村里有人请你去一下，说是有要事相商。”

胡汉生表示同意，跟着老者走进村里，走进了一家人家。

屋里坐了三个人：杨植霖、刘洪雄、高凤英。他们开门见山地作了自我介绍，宣传了共产党决意抗战的主张，并讲毛泽东先生已派代表来到归绥，希望胡汉生能弃暗投明，以民族利益为重，参加大青山线抗日队伍。胡汉生说要面见“代表”，刘洪雄便拿出王英杰刻制的“大青山线抗日司令部”的关防大印，说代表本人不便出面，刘洪雄就充当了毛泽东先生代表的代表。

旧历 8 月底，胡汉生把他的连队拉上了山，胡汉生继续任连长。高凤英将这支伪军调整改编，开展游击活动，他们活动在哈拉沁沟魏家窑、冯家窑一带。

胡汉生的连队有一挺机枪，但是机枪上缺一个枪弹板，高凤英想通过城里的关系解决这个问题。

初春，高凤英乔装打扮下山了。他脱下打游击的破棉袄，解下腰里缠的烂麻绳，穿上老蓝布大襟棉袄棉裤，戴一顶毡帽，是一个进城赶集的庄户人打扮。因脚大鞋缺，他继续穿着那双绥远城有名的“老三顺”鞔鞋，鞋口仍然是铰开的。

高凤英携妻子从什兰岱出发，领孩子进了归绥城。大街上“仁丹”“大东亚新秩序”等巨幅招贴和标语让妻子莲莲母子觉得眼花缭乱。到了归绥旧城九龙湾的绱鞋铺，高凤英打开包裹，将包里大人小孩的鞋底鞋帮交代给了掌柜，而后走出鞋铺，此时已是大半前晌了。

旧城北面的和合桥焙子铺，是奎壁驻守的地下联络站。高凤英尚未到达目的地，突然三个穿便衣的警察横在当道，瞪着眼睛，枪顶着高凤英不由分说将他五花大绑，推推搡搡地将他抓走了。

妻子莲莲人生地不熟，遭此变故，急得哭喊不休。无奈，她只得背着孩子回去了。高凤英领妻儿进城的本意是为了掩护自己，找到奎壁，通过地下工作人员买铜叶子，这样就可以做枪弹板了。现在被抓，计划便落空了。

高凤英被抓到附近的一个警察署，未经审讯就被送进日本宪兵队。日本宪兵队设在东顺城街路北的一所狭长院子里。院子分三进。前院门没挂牌子，荷枪跨刀的鬼子出出进进，后面跟着嗜血成性、耷拉着舌头的大洋狗。沿甬道，穿牌楼，走到里院，是一座起脊瓦兽的楼阁，一看便知，这就是要害机关。再往里面，便是一个小院，靠墙一溜都是囚室，窗口挂满铁丝网。此大院在清朝年间曾做过蒙古军营盘。日寇侵占归绥后，里院设宪兵司令部。宪兵头子何野就住在这里。

这里是“厚和”最大的警察宪兵机构，里面的刑具应有尽有，除吊、打、捆、钉竹杆外，还有灌、电烙、坐老虎凳等许多“东洋文明”的刑罚。夜晚行刑，附近居民闻之战栗，小孩都不敢大哭。

开庭审问了，高凤英拒不承认自己是山里的游击队，一口咬定是奉公守法的庄户人。

“你的，良心的大大的坏了！”何野脸上的肌肉不停地跳动。

“太君，您心明眼亮，不要道听途说，我可是大大的良民哪！”

经过翻译官马云翻译，何野略有疑惑！

“太君，小人断定此人必是山里的游击队，瞧他的手便是拿过枪的。”保尔哈少的地痞混混二锅扣投靠了日本人，是何野手下最勤快的狗。为了邀功，他总是屁颠屁颠地跑个不停。他不相信马云翻译官对何野的翻译说的是真话。可自己又无法解释，急得他猴脸变色，“小红鞋”给他额头上留下的马掌印更是血红见光。

马云翻译道：“此人的手虽然像拿过枪的，却必是拿镰刀锄头的样子，憨头憨脑的哪像个游击队。”

“我对天发誓，他要不是游击队，我就天打五雷轰。何况外面有证人做证。”二锅扣一点也不松口。

何野命证人来见。高凤英一眼认出，这人便是操山西口音，手拿拨浪鼓的挑担小货郎。小货郎叙述了高凤英智取枪支的事，并指着那双铰开口子的鞋说，此鞋就是山上穿过的。

翻译官马云将小贩子的话简单地译给了何野，抢枪的事只字未提。

“不打不招，要实话就得动刑。”二锅扣急了。

这回何野听懂了，于是令人动刑。

几个鬼子将高凤英押进刑讯室，拖倒在地，首先是一顿毒打，高凤英没有招供；接着，用桶把洗澡水灌入他嘴里，还是没有招供。鬼子大为生气，又用煤油、辣椒水灌他，待肚子胀得敲打如鼓，几只大脚就在上面踩来踩去。高凤英的五脏六腑被踩翻了，煤油、辣椒水和洗澡水从嘴里、鼻子里漾了出来。问他口供，还是没有。然后又打，又灌，死过去，再喷过来，这样几经折腾，高凤英一直不承认自己是共产党、游击队。鬼子没了办法，给他加了一副沉重的铁镣。

一连审问了几天，高凤英始终说的都是两句话，“我是庄户人。”“我是土默特旗总管衙门常科长的外甥。”陪审官有一位姓童的科长，他看到高凤英被折磨得死去活来便动了恻隐之心，就让妻子把话传给了常科长。此时，莲莲也急得不得了，城外到城里往返无数次找常科长想办法。常科长是高凤英堂兄德克进的舅舅，抗战中为共产党的地下工作做了不少事情，此次当然少不得从中周旋。只是二锅扣仍然在出坏水，对高凤英相当不利。这天晚上，二锅扣到其姘头二凤凤家过夜。他刚想敲门，从门楼上飘下一个人来，借月色二锅扣认出，此人正是“小红鞋”。急忙拔枪迎敌，孰料自己刚摸枪柄，手背麻疼，枪已到了女鼓匠“小红鞋”手里。“小红鞋”的脚掌再次踢在了二锅扣的额上。二锅扣忙跪倒在地，磕头似鸡啄米一般，“姑奶奶饶命！姑奶奶饶命！”

“小红鞋”低声道：“以后你再掺和高凤英的案子，小心你的狗命！”瞬间功夫，“小红鞋”跳上院墙，沿屋脊消失了。

三十天过去了，何野找不到任何蛛丝马迹。常科长又托人求情，送上绸缎等礼物。案子渐渐松懈了下来。

小货郎不敢泄露自己“羽山公馆”的真实身份，便召集了七八个所谓的知情者，到宪兵队门前围攻，等候开庭。门首的几个伪蒙古兵不懂汉话，听马云说这些人是来闹事的，于是上去一阵拳打脚踢，枪托子撞，这些泼皮只好逃走。小货郎也只好收场。

第三十五天，高凤英出狱。手腕、脚腕已经化脓，腿肿得老粗，连步子都迈不开了。

妻子莲莲为他难受，洗伤敷药精心照顾。这天上午，几个宪兵突然进村，被高凤英的叔伯侄女看见。小姑娘一转身跑了回去：“三叔三叔，兵来了，兵来了！”高凤英急忙拖着病腿，越西墙，翻过好几家院子，逃入山中。

来抓人的宪兵不是别人，正是丢枪的副官崔有福、田云生。伪宪兵找不到高凤英，就用皮鞭抽打莲莲，并在钱上打鬼主意，讹诈莲莲。他们说高凤英的人没收了他们的皮衣，里面有钱和贵重物品，非得出八百元赔偿费不可。高凤英只好跟进山商量的弟弟说：“把那两峰骆驼卖了吧。”最后，弟弟又向亲戚借钱凑数，才把这事了结。

山里环境艰苦，杨植霖决定把高凤英送到土默特旗善岱村养伤。

善岱的文善堂（又称北药堂）是地下党的联络点，座堂中医杨修渠系奎璧的私塾老师。为了建立抗日救国会，奎璧以学徒为掩护，携家眷住在了文善堂。

文善堂的门首赫然写着“天波遗风，显扬文善”八个大字。杨修渠是五代残唐在河东刘王驾下称臣的杨衮 40 代嫡孙。杨衮系大宋池州火塘寨人氏，其子杨继业因战功卓著被宋王封为金刀令公。杨家行医济世，重义修文，先人随边民经杀虎口出口外后定居。杨修渠于 1861 年（咸丰十一年）始设私塾，且行医。奎璧是杨得意门生。

杨植霖将高凤英星夜送到文善堂杨家，令其养伤。而后他连夜赶回大青山，住在东沟村的老威召（大名张占山）家。

第三章　右残殇

东沟村四面都是山坡，到村子周围坡度减缓。村南只有一条路可以通向山外的察素齐镇。村南路侧有一座山神庙，山神庙北侧是一处一夫当关万夫难开的石门，叫南天门，进入南天门就是东沟村了。

东沟村整个村子是一个如同母鸡在草堆里构筑的锅形窝草一样的凹地，坡上沟底都住了人家。此时晨雾已散去，太阳爬上了山顶，村西的沟壑里时而听到两声煤窑里的爆破声，如同闷雷一般。从山外来的木轮铁瓦拉煤车，车轮敲打着石头山路，轮轴少了轴油，吱吱地不停地干响。村里的公驴受了异性的挑逗，呜哇呜哇叫个不停。鸡犬也跟着凑热闹，奏响了多声部的和弦乐章。家家户户的烟囱里吐放着浓烟，还有谁家的女人粗着嗓子叫自家的猪，并且还夹杂着粗野的骂猪声。也许是狗抢了猪食，接着又是狗被打的尖叫声。

杨植霖走了几户人家，做鞋的妇女们便亲热地向他打招呼，杨队长长，杨队长短地叫个不停。有的纳鞋底，有的纳鞋帮，女人们穿针引线做得飞快，身边放着针线笸箩，小孩子拿着线蛋来回翻滚地玩。

部队的鞋快要完工了。

“信号树倒啦！”突然山梁上有人示警，于是全村的人紧急动员，背着大包小包、抱着小孩扶着老人，有章有序地向村北的老虎沟撤去。

刚才还是世外桃源的东沟村，很快便成了是非之地。

村民们紧急撤离，五名游击队员护送。乡亲们来到五里以外的大梁上，眼看北面山凹里的蓿泥板村就在眼前，大家才松了一口气。

可是，众人发现，不见了杨植霖和他的警卫员小郝。

鬼子在南天门架起了机枪，过往行人只能进不能出。

整个村子被翻了个底朝天，鬼子一无所获。

最后，鬼子的大洋狗摇着尾巴，跑到村西的老窑口不停地转圈。

汉奸狗腿子干豌豆冲着煤窑里喊：“出来吧，皇军请你们出来呢。”

里面没有人答应。

“快点给爷出来，不出来就点火熏黄耗子啦。”干豌豆又喊。

这时，特务白骨衬弄来了柴禾，将火点着，抬来了扇粮的扇车向里面吹烟。

这时，里面有人应到：“不要点火，我们全都出来。”

“呼哧，呼哧。”过了一会儿，就听见了窑工出来时的喘气声。

一个，两个……窑工们全身漆黑，只看见每个人的白眼球，看不见他们的面容。他们手提窑灯，因怕阳光刺眼，一个个捂着眼睛。一共出来 9 个人。

“都出来了没？”干豌豆道。

“都出来了！”

鬼子命窑工们洗去黑脸，白骨衬和干豌豆一个个辨认。

“没有！”

“你的下去！”鬼子对白骨衬说。

白骨衬不敢不下去，爬进窑里十几米，见有岔道，便在那里蹲着不敢进去了。

过了许久，白骨衬往脸上摸了一把煤黑，慢慢地爬出洞来。

“太君，里头没有人。”

此时，杨植霖和警卫员正躲在煤窑的掌子面深处。

白骨衬不敢进去，向鬼子撒了谎，正好保护了杨植霖二人。

“你的，说的是真话？”鬼子知道白骨衬贪生怕死。

“太君，真的没有！”

无奈，鬼子撤了。留下一个连的人马继续守候。

村民撤退时，杨植霖为掩护群众、藏匿给养迟了一步，藏在了老威召家的山药窖里，后见搜查得紧躲进了煤窑。

傍晚时，几户胆大的村民们返回村里，烧火做饭。

鬼子围了三天不退，村民们开始陆续回村。这天晚上，刘家院里响起了嚎啕大哭的声音，说是刘根栓的爹刘老秀才死了，正在入殓。

第二天，村里的财主老威召张占山主持丧礼，指挥窑工、村民起灵出殡，在一阵哀哭声中，棺木在众人的抬扶下直奔南天门而来。

南天门口，白骨衬把出殡队伍拦下了。

干豌豆斜着嘴眼，一一辨认，还是没有找到杨植霖。

白骨衬用一根松树干敲敲棺材道：“这里有人吧！”

“有，是俺爹！”刘根栓含泪说道。

“撬开棺材看看。”白骨衬道。

“宝龙，不能啊，那可是断子绝孙的事呀！”本村白骨衬的老姑见侄孙要开棺，急忙阻拦。（宝龙是白骨衬的真名。）

“老姑是怕你出事呀。刘秀才死于麻风病，你要是开棺，染上‘传头子’怎么办？话又说回来，棺材凿了银钉，有活人也捂成死人了！”（本地人称传染病叫“传头子”。）

白骨衬一时没了主意，干豌豆怕“传头子”毒死，便道：“走，走，让走吧！”

鬼子守了5天，搜查了5天，没有见到杨植霖的踪影。鬼子得到游击队里的内线“野狼”的情报，满怀信心要抓杨植霖，却扑了个空。

“‘野狼’的情报是准确的。”白骨衬道：“事有蹊跷，干脆挖坟验尸！”

老秀才的坟挖开了，却是空棺一个。

鬼子又进村抓人，村里人已逃了一个精光。

于是，鬼子便放火烧房。南片儿十几户人家的房子火光一片，老秀才的房子连墙垣都被推倒了。村民们站在后梁上，虽有8里远，却看得清清楚楚，女人们哭成一片。

杨植霖在棺材里逃出了东沟村，辗转来到察素齐，住在了由西北边防自卫军二、三团合编的防共自卫军第二师（简称防共二师）师长韩伍（时人称王潘伍）的府上。

防共二师官兵800多人，受日寇驻厚和市的巴彦塔拉军顾问铃木佐吉和厚和警察局长刘建华统辖，其主要任务是配合日军共同防卫国民党军队的反攻，并切断中国共产党与苏联、蒙古国方面的国际联系。（防共二师驻防察素齐、毕克齐一带地区，活动在厚和至包头之间的京绥铁路沿线。）

第四章　几路豪强

是日，山上的国民党绥远民众抗日自卫军四路长官于存灏派兵送来一封信，云：

潘伍兄台：

久闻兄台威名远震蒙疆，憾不得相晤。今有中央军军校九期俊材鄂友三者慕兄台英雄美名，前往拜谒，希待之如弟也！

拙弟：于存灏书

读罢来信，韩伍对杨植霖说：“来者不善，善者不来，以你之计当如何处之。”杨植霖道：“鄂友三是萨县耶稣堂鄂牧师养大的，读书至高中，1934年入黄埔军校九期，曾受军校教育长张治中器重。潘秀仁、于存灏建立绥远民众自卫军时，请参谋长王有功物色指挥人才，经黄埔四期归绥人李政材推荐，参加了于存灏部。于存灏初会鄂友三，并不把他看在眼里。鄂友三向于存灏讲述山区开展游击战和反扫荡策略，以及对国际形势的分析，于皆不以为然。只因于存灏乃一介书生，不谙军事，且又身染烟瘾，懒地行动，故借鄂友三“中央军校”这块金字招牌，替自己耍刀弄枪做保镖而已。为今之计，可以江湖规矩试他一试，看此人能力如何，意欲何为。”

鄂友三刚到大青山，正值各村大烟开刀季节。日伪防共二师师长韩伍与团长毕占海并未将自卫军放在眼里，双方因征收烟税、争夺地盘屡结梁子。鄂友三多谋善计，屡胜韩伍、毕占海，韩伍此次遇上了对手。今见鄂友三主动来会，似有不把他当回事的感觉，韩伍对毕占海道：

“这回定要杀杀他的威风！”

是日晚，鄂友三来会韩伍。鄂友三来到韩府，门首高悬两盏气死风的大灯笼，两名壮汉抱臂坦胸立于门侧。大门洞开，两侧枪械森然。30名士兵高矮有致，明晃晃的枪刺架成一条封闭的甬道。房檐下，东西两棵大树分别挂着两盏马灯。两盏马灯下，一边烧开了油锅，另一边烧旺了放着烙铁的火盆。正房的台阶下，韩伍居中坐在太师椅上，手把茶盏，冷冷地望着走进来的鄂友三。毕占海的脑袋剃得锃亮，右手按在腰间的枪套上，对鄂友三看都不看一眼，在韩伍的右侧不停地来回走动。

鄂友三头罩白色羊肚毛巾，身穿深蓝色短打便衣，脚蹬白袜黑布鞋，手提一根带杈的打狗棒；赤红胸膛，黄褐头发，三角眼皮，淡黄眼球，高颧通鼻，嘴巴无髯，下颌微尖，身高一米八零。

鄂友三并未止步，昂首挺胸走向架起的枪刺，所到之处，士兵皆急忙收回武器。待他走出枪刺，毕占海骤然转身，“啪”的一声，手中的自来敌已经开火。与此同时，鄂友三的羊肚毛巾被打开了结，毛巾仍然耷拉在头上，遮了一半脸。

突然的枪响，惊呆了两排士兵。鄂友三手中的打狗棒疾出，轻点身边左侧士兵持枪右手的虎口。“哎呦”一声，未等士兵醒过神来，长枪已落在鄂友三手中。鄂友三左手持枪扣动扳机，“啪！啪！”两枪响过。只见东边大榆树上的马灯一边掉落，一边被打得粉碎。灯火掉入油锅，腾的一声，锅中扑起火柱，将大院照得一片通明。接着，长枪随手抛毕，枪带已套在了士兵的脖子上，这一连串的动作，仅在分秒之间完成，然鄂友三的右手棒始终没有离手。

韩伍看罢瞪大了双眼，在火光的映照下，白皙的脸上肌肉颤动了几下。毕占海不由地暗暗赞叹鄂友三好枪法，但又不满鄂友三既是来客却又如此狂妄。“绑了”，一声令下，士兵一拥而上，将鄂友三五花大绑起来。

“哈哈哈哈……”鄂友三仰天大笑。

“笑你妈个屁，信不信老子宰了你！”

毕二棒毕占海宰人乃家常便饭，自卫军于存灏部郭玉林团刘子林连四十余人就是被毕占海诱歼于哈素村的。

鄂友三不理毕二棒，高声道：

“王潘伍，可惜你1922年离家出走闯荡江湖；1932年夺取傅作义一排兵力上山劫富济贫；1934年智取国库；1936年百灵庙举义造反。堂堂‘阴山苍狼’，其实虚有其名，昭昭‘百灵义士’欺世盗名！外受日本铃木佐吉使唤，内受伪警刘建华统辖，先前又受德王德穆楚克栋鲁普玩弄阴使，虽七尺男儿，又与三国吕奉先有什么两样，这难道不值得可笑吗？今日我鄂友三来此拜会，本是慕王潘伍大名而来。不料王潘伍鼠肚鸡肠，不能容人。我更笑自己有眼无珠，不能识人……”

“啪”，韩伍手拍八仙桌，霍然站立起来。韩伍平日以身在曹营心在汉的关云长自居，今日鄂友三却以三姓家奴吕布嘲讽他，他岂有不怒之理。他手指鄂友三道：“有道是‘人往高处走，水往低处流。’你身为黄埔学生，不在国军中寻求更大的发展，却回乡投什么自卫军。可见你没有什么雄心大志，多会儿能成气候？”言外之意是你鄂友三没有跟我谈论天下大事的资格。

鄂友三嘿嘿冷笑道：“‘燕雀安知鸿鹄之志’，攀龙附凤去西部寻求高就又能怎样，打日本还须一枪一炮地来。昔日刘玄德若不犯事，守在献帝身边当皇叔，又何以能鱼游大海、虎入深山，有日后的作为。我鄂友三虽没有多大的能耐，但我懂得要想赶走小日本，就得刀兵相见，让其不得安生，躲在安生地方指手划脚多会儿也成不了大器。”

“说得好，是条汉子！”毕占海是一个一条肠子的人，在与于存灏部的几次交锋中，早就一一领教过鄂友三的能耐。今日列阵一试，更觉鄂友三非一般人可比。于是，毕占海从八仙桌上倒了两碗酒，晃着光头来到鄂友三面前，将两碗一碰道：“来，喝了这碗！”遂自己先干了，并将另一碗倒入鄂友三的口中，鄂友三畅然而饮。

韩伍站起身，来到鄂友三身边，说道：“友山，你的作为上符天心，下合民意。今天才让我了解了你的为人，原谅我以江湖礼节待你。”

遂亲手解开鄂友三身上的绳索，命士兵添酒布菜，邀鄂友三入坐。

于是，韩伍与鄂友三举杯畅饮、惺惺相惜，相谈甚欢，大有相见恨晚之感慨。酒至畅酣，韩伍、毕占海、鄂友三撤了酒席，摆上香案，磕头结拜为兄弟，还称此举为“桃园三结义。”

鄂友三回山后，潜伏在杨植霖游击队的日本特务“野狼”传来密报：

鄂参谋长，闻先生与韩伍结义三日。杨植霖亦在韩伍府上，只是未露面而已。先生走后，韩伍赠杨植霖棉布16匹，长枪13支，大烟1袋，劝君莫以王潘伍为心腹，从长计议！

鄂友三以为此会韩伍收获颇丰，岂料阵势虽大，却是没有真正得到好处，于是心中醋意大发，气得牙根都在发痒。

第五章　凄雨卷情长

火烧东沟村未能捕获杨植霖，鬼子为此训诫了宪兵头子何野。何野挨了耳光，“八格，八格”地被骂了个狗血喷头。土默特旗日寇总顾问横野春一甚至提出“膺征傅作义，活捉杨植霖”的口号。

干豌豆盯上了杨植霖的老家什报齐。钉盘碗的、磨刀剪的、赶毡子的、卖针头线脑的、讨吃算卦的“红会”特务经常活动在杨家的房前屋后，国民党队伍也经常进村里查看。

杨植霖的妻子杜鸣新（小名杜安桃）肚子一天比一天大了起来。

干豌豆怕杜鸣新溜走，准备把她抓起来。

鬼子何野不同意。他听了白骨衬的计谋：放长线钓大鱼，一举抓获杨植霖。

杜鸣新在村里的环境越来越危险。于是，组织上派与高凤英一起夺枪时负过伤的王计蝉护送杜鸣新与女儿杨秀清进山。

杜鸣新以回娘家为名，首先来到苏盖营子村。回到娘家稍事休息，杜鸣新便绕道清水沟前往井儿沟游击队根据地。父亲不放心女儿，远远跟在后边接应。

杜鸣新骑着一头小毛驴，挺着大肚子，穿着月白色大襟上衣、黑单裤，梳了个很大的盘髻头。小秀清坐在鞍前，双手紧抓着驴鬃。王计蝉头戴大草帽，草帽上系着两条宽飘带，上身穿一件漂白的土布对襟衫，下身穿黑丝绸宽口单裤，尖口皮底黑色礼服呢鞋，手摇大折扇，看上去风流潇洒，且能言善辩。过坝口子时，有伪军守候，王计蝉敬烟点火，嘻嘻哈哈，说自己是走后草地的旅蒙商人，接姐姐走亲戚路过此关。关卡的伪军很巴结他，还说“咱弟兄们好说话，以后多照应。”上了岭，过了梁，又过了几道关卡，杜鸣新和王计蝉都庆幸今天顺利过关。这是一个美丽的黄昏，牛羊的肚子吃得滚圆，悠闲自在地回村了。天边的晚霞灿烂夺目，鸟雀正在归巢。一位小后生正在玩小松鼠，看见他们三人，忙从墙上跳下来，庄重地向杜鸣新点点头表示问候，伸手将小秀清抱下来，说：“给你玩，专给你捉的。”回头向房里喊，“来啦，嫂子接回来啦。”村里的姑娘们、媳妇们立刻围了上来，问长问短，都不见外，像久别重逢的亲人。婶子、大娘们脚小走得慢，来迟了一步，不甘落后，立刻摆出权威的架势：“没规矩，人家走了远路，担惊受怕的，身子又重，你们没点眼色行事，就这么迎接亲人的？快去准备。”眨眼间，红糖、鸡蛋、自己孩子穿过的小衣服、草纸、小米，生孩子用的各种物品摆了半炕。贺家奶奶毛遂自荐要给杜鸣新接生。李家老奶奶挤进妇女人群对杜鸣新说：“她婶子，听说你也是有能耐的人。我大儿子给游击队送信，叫日本人捉住给杀了；二儿子参加游击队打仗牺牲了。我把三儿子送到咱游击队，给他哥哥们报仇，就跟上你哇，有个照应。你妇道人家，还带着个小娃娃不容易，若有闪失乡亲们对不住你。三娃子要跟上你，我这心就放下了。”

杨植霖感动地看着乡亲们。

杜鸣新亲切地对李三娃说：“好兄弟，跟着我你要受累。”李老爹说：“他嫂子，你指拨他学点打鬼子的本事，咱中国人不能白死，得多多消灭日本鬼子，收下他吧！”三娃就是送小松鼠给杨秀清的小后生。杨植霖一直没机会说话，这时笑着点点头说：“我想留个孩子照顾你们二老，三兄弟整天跟着游击队，只是队上太苦了。”三娃说：“我不怕苦。”

三娃今年 17 岁，浓眉大眼，眼睛又亮又圆，膀粗腰圆，虎虎生威。三娃将杨秀清托在手上打“能能”【注：在手上站立】，惹得大家哈哈大笑。夜深了，老人们将依依不舍的年轻人赶走，杜鸣新的父亲和乡亲们见过面后到前柜上本家侄子家去住，王计蝉汇报完工作也离去了。

久别重逢，杨植霖与妻子都非常高兴，待女儿睡去，便拥抱在一起热吻起来。

小秀清刚懂事，杜鸣新就训练孩子三件事：注意见过的人，记住他们的相貌特点、动作习惯、穿着打扮；记住自己走过的地方，注意环境、方向特点；注意周围的气味、声音，睡着也要睁一只眼，不要睡死了。战争年代，每时每刻精神都很紧张。小秀清养成了不枕枕头睡觉的习惯，睡觉时头枕炕沿或睡在地上，耳朵直接接地，有什么动静都能听到。

杨植霖问：“你们一路上没碰到什么情况吗？有没有发现生人？最近风声很紧，特务四处乱窜找游击队……”

“我们一路小心，没见尾巴。”

小秀清梦中插话说：“进村后，我在墙上玩松鼠，看见两个身穿白衫黑裤的人，窜庄稼地走了。”杜鸣新生气地说：“你怎么不早说？”

“我还当是咱游击队的人哩。后来也没见露面，心里想是不是出去办事了？”

杨植霖不等孩子说完，道：“可能是敌人放出的探子，准备转移！你和孩子跟老百姓一起走！”

全家刚准备停当，就听见哨兵报告有情况。杨植霖骑马带队首先抢上西窑子的最高山顶，此时此刻枪声大作，人喊、马嘶、枪响，乱成一片，震撼着山谷，回声不断。李三娃不知从哪儿走来，背起秀清，架着杜鸣新的胳膊说：“嫂子，快跟上我。”

他们在黑夜里冲撞在乱石杂草丛中，借着天上的星光和子弹的火光，进到一个窑洞。三娃说：“嫂子，你和娃儿在这里，我出去打探消息。”三娃走出去不放心，又回来嘱咐道：“千万别动地方，鬼子找不见这地方。”枪声噼噼啪啪响了大半夜，从身边呼啸穿过，小秀清吓得胆颤心惊，后来麻木了，反而不害怕了。突然的平静，因不明真相，心里没底，反而不安：敌人是否退去？游击队在哪儿？乡亲们怎样？母女俩刚到井儿沟不熟悉，不敢冒然出去，越等越心焦。太阳初升，大雾迷漫，什么也看不清，稍有点风吹草动就一惊一吓。好不容易挨到半前晌雾才散去。杜鸣新好几次低声地呻吟，叫小秀清守在洞口，观察外面的动静。透过乱草缝隙往外看，后窑子的坡上有一块平坦的空地，立着拴马桩，村子里无人走动。村对面山坡上鬼子挥着闪光的刺刀把老百姓从东赶到西，又从西赶到东追杀。一个鬼子跑上前抓住一位妇女，从她怀里抢过一个与小秀清一样大的小女孩，指手划脚地问着什么，妇女摇摇头。鬼子两手抓住小女孩，头从下脚从上立撇了。那母亲亲眼看见女儿惨死发了疯，满山乱跑，大喊：“巧女！巧女！”她不是本村人，是来走亲戚的，有人叫她兰姐，有人唤她兰嫂。她性格爽朗，热情活泼，快人快语。昨天杜鸣新刚来时，兰嫂与杜鸣新一见如故。

她非常喜欢秀清，要认秀清做她干女儿。还对杜鸣新说："嫂子，你这小女子多喜人，让我的巧女沾她点灵气。小姐妹拜个干亲吧，也让我沾你点胆气，鬼子来了我跟他们拼呀！"杜鸣新立刻让秀清在炕头上给兰妈磕头，兰妈送秀清一双虎头鞋，并认真地说：" 穿上虎头鞋，爬大青山好走路，逼邪的。"杜鸣新送给巧女一顶绣花小帽。巧女比秀清小两个月，长得很秀气。现在小巧女惨死了，兰妈发疯了，鬼子的暴行目不忍睹。秀清一边哆嗦，用双手捂住脸，从指缝中向外观看这杀人的惨景。杜鸣新说："别哭出声来，仇恨要记在心上。游击队会给乡亲们报仇的。"正当鬼子大肆屠杀、得意忘形的时候，游击队突然冲杀回来。

游击队只有几十人。老百姓有游击队撑腰，不再逃跑也围了过去。鬼子不知底细，狼狈逃窜，不辨方向地乱跑。壮了胆子的乡亲们有的用石头打，有的用柴刀劈，有的用棍棒打。有一位黑脸汉子手提一把铡刀片，将鬼子的带刺刀长枪一刀磕飞，当头将鬼子劈为两半。他是来接兰嫂回家的巧女父亲。几个妇女围上一个鬼子连咬带打，揪胳膊按腿的。包围圈越来越小，游击队员喊话："缴枪不杀。"老百姓喊："拿命来！"还有人喊："跪下，快投降！"

鬼子军官举起东洋刀，只见他甩出军衣，铜纽扣飞出老远，刀尖对准自己的肚子，往里一插，哇呀一声惨叫，肠子和血都流了出来，但仍然拄刀站立不动。乡亲们大喊："开枪，打死他！"几位游击队员同时开枪，老鬼子在坡上滚来滚去，乡亲们将石头雨点般地投去。

敌人退去后，大家打扫战场，游击队也有伤亡。奔波了一夜半天，乡亲们都精疲力尽了，三三两两结伴回村，游击队员也回村做饭吃。秀清也想回村去。杜鸣新说："我不能走动了，要等人来再说，不明外边真实情况，万一回村敌人又杀回马枪就撤不出来了。"天气闷热得喘不过气来，人们又渴又饿。杜鸣新说："要下大雨了。"

突然枪声又起，乡亲们又奔跑逃命，游击队迅速抢占高地。上次夜里的日本鬼子二十多个。游击队比鬼子人多，地形也熟，打了一场胜仗。二次来的敌人比夜里来的鬼子多好几倍，游击队撤出了战斗。杜鸣新问女儿："听枪声零零乱乱，不像是鬼子部队，从哪个方向来的？穿什么颜色的衣服？"小秀清观察了一会儿："是从后沟来的一伙人，数不清有多少，穿什么衣裳的都有，有骑马的，有步行的，有拿长枪的，有拿短枪的，还有空手的。"此时乡亲们刚进家，有的还尚未进村，正在坡上走着，又惊得四下逃跑了。这伙人只抓到一个白发苍苍的老婆婆。她脚上头下被吊在后窑子的拴马桩上。这伙人一边拷打一边逼问："八路婆在你们村生娃娃，别人都跑了，你咋不跑？是不是留下来给她接生的？快说！八路婆在哪里？不说打烂你这老骨头！"老婆婆的头发银丝一般，长长的飘散开来，她只是哎呦但不说话。杜鸣新母女从窑洞口看拴马桩的场景清清楚楚。敌人的叫骂、拷打听得真真切切。老人说："你们别打了，你们一来，全村人都吓得跑光了，你们走到哪哇不得吃饭？没人给你们做饭吃甚呀？"拿鞭子的白骨衬说："先记下你这老不死的一条命，快给老子烙油饼炒鸡蛋。他妈的，我白骨衬什么时候吃过空城计？快给老子搜！见鸡杀鸡，见猪杀猪，老子保护你们，却连个慰劳的人影都没有。"老婆婆说："老总，日本鬼子进村来糟害，你们咋不打？"此时白骨衬懒地理她。匪兵用马鞭这儿捅捅，那儿敲敲。鬼子烧过的房子无人救火，仍在冒烟。干豌豆亲自下令："家有人不砸锅，家无人砸锅，有几口砸几口。"并把此话用锅底黑写在墙上。顽军们用从地窖里、山墙石缝里搜出来的白面、猪肉、粉条、胡麻油、活鸡等分开做饭。老婆婆侍候干豌豆、白骨衬饭食，其他人自己做。饭罢鬼子们又开始搜山。老婆婆几次想逃都被捉回去看管起来。

敌人怕中游击队埋伏，鬼头鬼脑地搜索，眼看向杜鸣新藏身地来了，吓得小秀清心惊胆颤，嘴里发苦。

正在万分危急的时刻，西窑子方向又传来枪声，敌人迅速往那边扑去。杜鸣新阵痛一次紧似一次，马上就要生了。杜鸣新问道："影儿在哪个方向？"小秀清道："不知道甚是影儿？"杜鸣新有气无力地说："看太阳在哪个方向，看草影子在哪边。"秀清看看天："太阳正在当头顶，哪棵草都没影子。"杜鸣新唉了一声："时当正午，这孩子'命硬'，一生下来就多灾多难。"她坐在草上，流了好多血，血从身底下往外流。杜鸣新不让秀清看，让她紧紧守住洞口，观察外边的动静。杜鸣新让孩子用手抓地上的浮土往血上洒，怕搜山的狗闻到血腥味。浮土用尽了，硬土挖不动，小秀清就用手抠墙上的土，墙上留下了小秀清带血的指痕。杜鸣新让孩子找块小石片切脐带。附近哪有可用的石片，全是草。沟底有石片，离得太远，她们不敢出去。杜鸣新取下头上别的发卡，早已磨得溜光，怎么切也切不断，急得没办法，小秀清出主意："妈，用牙咬吧。"杜鸣新穿着的白衣早已成了血衣，索性脱下来包了娃娃。她已精疲力尽，脸色苍白，双眼深陷，一下子瘦了许多。她靠着洞壁，闭目养神，大汗淋漓。头发散落开来，沾在脸上，像水洗过一样。小娃娃生下来未哭一声，活着，死了？杜鸣新无力照看婴儿。小秀清也不敢过去看她，生怕她哭出声来。窑洞比外边冷，凉飕飕的风让人背梁骨都抽搐。她们感到口干舌燥，又不知游击队的情况，真是度时如年，就这样煎熬地等待着。不知什么时候杜鸣新和小秀清迷迷糊糊地睡着了。睡梦中听到沙沙的脚步声响，小秀清一下子清醒了，悄悄摸着妈妈的手，妈妈紧紧地搂着她，谁也不敢说话。只听洞外有男人的声音道：

“嫂子，我是贺家兄弟，我妈答应给你接生的，叫干豌豆拉走做了人质。”

杜鸣新让他进洞来说话，他走进来继续道：“游击队转移了，乡亲们还不敢回村。李三娃为从这里引开敌人，在战斗中牺牲了。白天没办法来，我们不放心你这儿，天黑了，派我来看看你们。”

贺家兄弟听说杜鸣新已生了小娃娃，很高兴，于是，脱下自己穿的夹衣给杜鸣新穿上：“嫂子穿上吧，夜里风大，你身子虚，可不要着凉了。敌人想要把咱们赶尽杀绝，咱们可要传宗接代，不管男娃女娃都是咱中国人的后代。”他从怀里拿出烙饼、熟鸡蛋，给小秀清吃，饼上还留着他的体温。杜鸣新哭了，吃不下，悲泣地说：“大兄弟，大娘为给我接生，不避难，才让敌人抓走的，只怕凶多吉少。三娃兄弟也为我舍了身。我一上山就连累了乡亲们。”贺家兄弟安慰道：“嫂子，话不能这么说。杨队长领着我们组建起抗日游击队，打日本鬼子。他是为让老百姓过上安生日子，连家小也不顾，乡亲们哪能见你有难不管呢？再说敌人杀红了眼，谁落到他们手里也照样遭难。”贺家兄弟说罢悄悄地走了。

杜鸣新认为必须转移，不能老躲在一处。上哪儿去呢？村里是不能回去的。记得上山时路边有块麦地，麦子长得很高。麦地深处有一座坟地，有几颗大树，坟地里有起过坟的坑。坟坑内半墙上打了小窑，可以藏身。于是，杜鸣新抱着刚出生的孩子，拉着小秀清转移到了坟坑里。半夜里下起瓢泼大雨，一道道金蛇轻舞的闪电，划破黑暗的夜空；几声震动山谷的炸雷，从头顶远远地滚过，格外阴森可怕。井儿沟平时是条干沟，一下雨，就地起水。四面八方的水从山上下来，汇成山洪，立即奔腾咆哮。坟坑里的水越积越多，她们被泡在透骨寒冷的冷水里打着哆嗦。杜鸣新由于生产的疲劳、战斗的惊吓，一天一夜水米未沾，山风吹，雨水浇，开始抽风、昏迷。小秀清不知该如何是好，又不敢大声喊，只能默默地流泪。

好不容易熬到天亮，雨小了。杜鸣新一手拉着小秀清，另一只手抱着刚出生的婴儿，挣扎着爬出坟坑。杜鸣新说死也死在光明的向阳坡吧。她们一步一滑、连摔带爬得好不容易来到村边。井儿沟被洗劫一空了。后窑子的两户人家被大火烧得片瓦无存，西窑子的十几户人家被大火烧得只留下半堵墙，哪里还有村庄？哪里还有家？到处都是石头、烂石堆，冒烟的房梁木桩，烧死的猪羊断肢残骸，焦臭难闻。乡亲们有咬牙切齿咒骂的，有悲嚎啼泣的，有要跟游击队参加战斗的，有呼唤亲人的。反正躲不过敌人的蹂躏，还不如和敌人拼命，为死去的亲人报仇。西窑子的后坡上还有几眼窑洞未被破坏，人们往那里集中。正在过河途中，突然枪声又起，老百姓又惊吓得四散奔逃。子弹带着风嗖嗖地从头顶、身旁飞过。杜鸣新后脑勺被子弹擦过，一绺头发掉下来，血顺着脖子从后背流下来。

“妈，你流血了！”

“快走！”

来不及擦伤，杜鸣新拉着秀清在逆水中挣扎。又一颗子弹射来，从杜鸣新的腰右侧穿过，衣服冒烟了，血顺着衣襟流到河里。第三颗子弹从她的左大腿处穿过，身边的河水都被染红了。河里的水位由于雨后山洪暴涨，漫到了小秀清的脖子上。水流湍急，冲劲大，小秀清的鞋在奔跑中不知丢于何处。她光脚在尖利的石头上踩过，顶不住冲来的浪头，趔趔趄趄地挣扎着，左一口右一口地喝着水。她们抢渡过河，挤进一条石缝里藏身。小秀清说：“妈，把妹妹藏在这儿，咱们再逃得远点，等回来再抱她吧。”杜鸣新道：“她不哭、不吃，还是抱着吧。”

此时，一位老头跪倒在地朝太阳礼拜：“过往的神仙保佑她们母女平安吧！”杜鸣新见是父亲，犹如隔世相逢，伤心地哭了起来。有位年轻游击队员死在山坡上，两眼瞪得大大的，手里攥着一颗未甩出的手雷。子弹从他左脑射进，右脑穿出。杜鸣新给他盖上了一方白手帕，拿了他的手雷，他就是李三娃。

一位失散的游击队员路过，他飞身下马。杜鸣新道：“先救孩子，别管我。”此人抱起小秀清上马飞奔，一边跑一边开枪射击追来的敌人。突然从侧面飞来一颗子弹，打准了他的腿，两人从马上掉了下来……

雨后的夜，风格外冷。天上的繁星远远的、淡淡的，小秀清的心里空空的。她不知自己是在什么地方，闻到战马特有的气味她清醒了过来，马嘴轻轻地碰她的身子。小秀清落马，从山上滚了下来，被架在一丛酸枣树上，头顶是悬崖峭壁，脚下是万丈深渊。她看一眼，吓出一身冷汗，动一动身子，疼得钻心。附近有人轻声说：“小女女，爬到马背上，马会带你冲出去的。”小秀清道：“我架在圪针上，腰疼，爬不过去呀。”那声音又说：“我是抱你上马的叔叔，姓贾，腿断了不能走。你快爬到马背上去，死死抓住马鬃，千万别松手。这是好马，一定能冲出去的，叔叔另想办法。”小秀清的脸、手都被划破了，身上的衣服被撕成了条条，左手指甲破碎，身上到处是血。她咬紧牙关，不知爬了多久，终于爬到了马前，挣扎着抱住了马脖子，骑上马背。贾叔叔一声口令：“冲冲冲！”马便飞快地跑了起来。只听耳旁的风呼呼作响，快如乘风驾雾，小秀清朦胧中不知去向。跑了很久，小秀清被驮到了离井儿沟很远的桦树林里。游击队员们正在四处找小秀清，没想到豹花马将她救了回来。

杨植霖见到女儿和豹花马，又听到了为救妻子和女儿失踪的贾力更的下落，便迅速安排队员们救人。

干豌豆没有抓到杨植霖，也没有抓到生孩子的杜鸣新。他便来到杜鸣新的娘家苏盖营子村，恰逢杜鸣新的堂弟杜先明正要给杨植霖送给养。干豌豆将他逮了个正着。干豌豆命人将他的双臂绑了一根木椽，扔在了村东的河水里，河水有一人深。苏盖营沟东坡的樵夫将此事看得一清二楚。见干豌豆带着日本人走了，他将杜先明救了出来。此时，杜先明已奄奄一息了。

第六章　孤胆炽烈惊雷起

贾力更被安排在大青山深处的孤什儿养伤，在养伤期间筹备成立动委会。动委会成立这天，为了做好统战工作，特地邀请了国民党在大青山的武归县政府代表参加，同时还邀请了伪义合乡、义庆乡乡长参加。八区的动委会主任是一位地方上的开明人士，叫王景堂，是武川天力木兔村人。杨植霖推荐并培养他入了党。副主任李琦，是总动委会随军来的干部。

是日，天高气爽，山岚轻绕，令人赏心悦目。国民党武川县县长、自卫军第四路副总指挥邱明星，三路总指挥李政才和副总指挥兼参谋长王有功都来了。这些人穿着狐皮大氅，戴狐皮帽，跟随护兵七八名，迈着方步以示不凡。同时还来了些乡长绅士，一来是抛头露面，在八路军面前显示威风，二来是想看看这区动委会究竟是干啥名堂的。

杨植霖迎上来与王有功握手寒暄。两人心照不宣，此前，杨植霖曾两次向王有功做思想工作，劝其归附八路军抗日，王有功道："我的官兵是每人两支枪的'双枪将'，一支步枪、一支大烟枪，吃不下八路的苦。"因此拒绝了。后来，杨植霖成功地拉起了抗日队伍。王有功劝杨归附第三路抗日，杨复信道："过去我收编你，你不干。今天你收编我，我更不干！"

县长、总指挥来了，八路军当然要款待一番。这次活动涉及到统战问题，并且这也是第一次有准备的集会和第一次谈判，因此东道主格外认真。王景堂、李琦二人亲自出面接待。众人落坐寒暄之后，王有功便又张口又流泪地发起了烟瘾。于是动委会以大烟、香烟招待来客。王有功摆开架势大抽一番，接着便是大会餐，主食馒头、副食大烩菜，并备了烧酒。

那些士兵、副官们高兴地吃酒划拳。贾力更、高凤英前来敬酒。和王友功一起来的有两位"酒篓"，他们首先来了个下马威道："久闻二位是八路军的豪侠，阴山内外声名远震，能不能赏脸同干三碗！"贾力更道："五碗如何？""酒篓"更加兴奋，"五碗就五碗！"于是，粗瓷大碗摆上桌，每人五碗，四人共计二十碗。双方次第豪饮。饮毕，贾力更、高凤英坦然坐下，两个"酒篓"却爬不起来了！

在杨植霖的主持下，王主任、李副主任同他们进行了谈判。首先讲了共产党统一战线的政策；其次，划分了部队征集粮草的区域；第三是保护百姓，不准随便跟老百姓要东西，不准打骂老百姓。并指出要互相监督，互通情况，共同抗日。他们表示同意，双方达成了口头协议，各自表示愿意实施。

比酒失败，自卫军的张三娃说是要在双方长官面前献艺。张三娃是鄂友三的恩人，任鄂部连长。来时王有功向鄂借了此人来充门面。

众人走出房子，见那两个"酒篓"躺在外面，王有功骂道："尽给老子丢脸！看老子回去咋收拾你们。"

张三娃命一士兵将三支香烟点着，一字并排立在十五丈远的石棱上，而后从腰间皮带上抽出一支德国造的二把连手枪，攥着那长把子掂了两下。而后平伸出臂，轻轻扣动扳机，忽听"砰、砰、砰"连响三声，石棱上炸开三簇火花。众人跑上前一看，三支烟全被打飞，众人一片喝彩。

高凤英笑了笑，命人取来三支线香，用米碗立于十五丈远栽过香烟的地方。又从屋里拿出一个碗来，伸进灶火，在碗沿上刮了一层锅底黑，在门上托出五个圆圆的碗口印子。众人十分纳闷儿：这大个子刚比了喝酒，现在又闹甚洋玩意儿呢？再仔细打量高凤英，只见他腰里插着山药蛋手枪

（山西造），手里玩弄着一把一尺长的洋刀，一副鱼鳞刀鞘挂在腰间。刀把上缠着黄绸，黄绸下露出皮护手，刀刃闪亮闪亮的，发出蓝荧荧的电光。他脚穿一双红香牛皮靴子，鸡蛋头包尖，靴腰子有云子花边。靴子又宽又大，高凤英的特号脚也不感到屈脚。众人见他标标正正，精精干干，心里暗暗叫好：好汉，好汉，怪不得人常说他能背二百斤柴禾，人称“半挂车”，这等体格，果然名不虚传。

高凤英手指线香方向，一个鹞子翻身，手腕外翻。小洋刀闪了个银亮的圆圈，腾地一声，刀子钉在门板上的第一个圈子里。接着，他耸起肩来，侧转身子，用眼瞥了下门口，猛地从靴筒里抽出象牙饰刀，一甩手腕，“嚓”地一声，小刀直刺门板上另一个用碗托下的圆圈中心。在一片叫好声中，高凤英双脚点地，以草上飞功夫窜入屋中，门上刀已然不见，腾腾两声，坐在炕上的高凤英又将双刀钉入另两个圆圈。接着，三枪连发，子弹打向院外十五丈远的线香；高凤英一个鹞子翻身，拔刀窜在当院。“铮咚”一声鸣响，两支短刀同时插入第五个圆心。

“好！好！”又是一片叫好声。

许多人跑到线香靶子处观看，线香头已被打去，可线香未断一支。来客个个看得惊奇不已。

临走时，自卫军副总指挥邱明星无意间说：“大同日军的军火库就是我们的祸害。”说者无意，听者有心，贾力更暗暗记下。

这年秋天，贾力更曾两次爆破厚和发电厂，结果都因敌人戒备森严，未能奏效。这次终于有了打算。

贾力更伤痛未愈，就前往大同侦察，查明：日寇企图向南进攻晋西北根据地，向西进攻伊盟、后套，进而形成对陕北苏区的钳形攻势；日寇选择了大同作为后勤基地，并在城北的卧虎湾构筑了军火库，现在正在储运大批武器弹药。

侦察归来，贾力更迅速和地下党取得了联系并研究对策。奎璧说：“如果这些武器弹药投到战场上，必将给中国人民造成巨大的灾难，必须设法炸毁这座杀人武器库。”于是，大家制定了行动方案，组成了以贾力更为首的爆破小组，成员是阿拉腾扎布和王计蝉。

十月初，爆破小组一行三人乔装打扮来到大同城，贾力更安排阿拉腾扎布和王计蝉以客商身份住在了旅店，自己扮作乞丐继续进行侦察。几天后，他摸清了鬼子拉军火的列车都是开到卧虎湾南边不远的岔道上卸货的，搬运军火的都是雇来的穷苦百姓，其中还有些乞丐。摸清情况后，贾力更设法与一些乞丐混在一起，当上了搬运军火的苦力。

头几天，贾力更干得十分卖劲，监工的鬼子说他是个忠顺的良民："这个苦力大大得好！"贾力更暗中仔细地观察了军火库里弹药的堆放和警戒情况，牢记在心。一天深夜，他摸出工棚，到约定地点与阿拉腾扎布接头，取上了制作"定时炸弹"的汽油、硫酸和麻纸。

第二天，贾力更散披着烂皮袄，若无其事地去上工。鬼子见他进来，一把抓住他的皮袄领子要搜查，监工的鬼子道："他的，良民的干活，良心大大得好！"那鬼子便没有再搜查。

贾力更将汽油、硫酸和麻纸藏在袖筒里，有惊无险地将这些东西带入了军火库。这天，贾力更干活更卖劲，监工的鬼子几次伸出拇指夸道："你的，大大得好！"

太阳落山时，搬运军火的苦力活即将结束，鬼子的戒备也松懈了。此时，贾力更带着汽油、硫酸和麻纸做成的"定时炸弹"钻进了弹药箱的空隙间，迅速把"定时炸弹"塞到了弹药箱之间，然后不慌不忙地出了军火库。

贾力更在蒙古国八年的学习中，按照组织安排，接受了特种技术训练，侦察、爆破样样本领出众。他所制作的这种"定时炸弹"，是把汽油和硫酸分层装在一个瓶子里，下边是汽油，上边是硫酸，中间用麻纸隔开，用以调节硫酸与汽油的接触时间。硫酸一经穿透麻纸，与汽油接触，就会立即燃烧，将弹药引爆。

回到工棚，贾力更抓紧时间准备下一步行动。半夜时分，忽听一声巨响，紧接着是连续不断的爆炸声，卧虎湾顷刻间变成了一片火海。

爆炸成功了！贾力更按捺不住心中的兴奋与激动，快速走出工棚，轻蔑地看了看乱成一锅粥的鬼子和伪军，趁着混乱，迅速向西奔去，与阿拉腾扎布和王计蝉会合。当鬼子倾巢出动，大肆搜捕八路的时候，他们已经跃上西去的列车……

贾力更智炸军火库的消息不胫而走，传遍了塞外阴山。日本侵华司令长官黑石都为之震惊且以百万大洋悬赏贾力更的人头。鄂友三听到此讯，拳头在炕桌上擂得山响："他妈的，露脸的事都让共产党干了！"

于是，鄂友三苦思冥想，咋能做一件惊天动地的大事，从而树树自己的威名呢。

第七章　惜红颜 残花芳

天渐渐地暖和起来了。

院子里的杏花开了，粉白粉白的；山坡上的桃花也开了，粉红粉红的。

杨树柳树也绿了，罩住了整个小村子。

村头上，大柳树下拴了一头高大的毛驴，叫声“啊呜啊呜”的，让人听了很不舒服。乡亲们说：“鄂毛驴”来了。

二金莲和三妹小英莲把柳条篮子里的苦菜倒进了猪圈，低头走进了自家低矮的小屋。

哥哥王兰腰里挎着盒子炮，明晃晃的大金牙露在咧开的唇间，笑嘻嘻地说：

“二妹妹，快点儿给哥哥们做饭，大家好几天没吃上安生饭了！”

炕上横七竖八地躺着一些衣冠不整的人。有的绷带包着脑袋，有的挎着胳膊，有的抽着大烟，有的……

二金莲不由觉得恶心，扭头出门坐在了院子里的石头上。

王兰跟着出来：“妹妹，给哥哥个面子，做点莜面，大家打日本人卖命。你做点饭算个甚，听我的话，众人吃了就走。”

“看你们那些人什么劲气，一个个讨吃烂鬼的没好人。人家八路军李支队也来过，没一个像你们这样的。李支队要是有女兵，我早就走了，懒得看见你们心烦。”

“都不是打鬼子吗，妹子，听哥的话，快点做，我们吃了就走。集合迟了鄂师长要发火了，妹，妹妹……”

二金莲很不情愿地给他们做饭。

两条细细的鱼鱼从二金莲白皙的手掌下在面案上游动出来。二金莲两条漂亮的短辫在她红红的双颊边不停地摆动，丰满的胸和柔突的臀部在搓莜面的动作下不住地起伏，长长的睫毛在齐刷刷的刘海下扑楞扑楞地闪动。

“二金莲今年十几啦？”戴礼帽的蒋秀山双眼都看直了。

“十八了！”二金莲不愿回答，可王兰却说得飞快。

蒋秀山是绥远民众抗日四路军工作主任。他看着二金莲，口里的涎水便噙不住了，但见二金莲对他冷冰冰的脸，他也就无可奈何地不说话了。

刚吃过饭，村头的叫驴又吼了起来，村里便响起了乱哄哄的声音，有打口哨的，有臭骂的，还有唱下流小调的：

“刮野鬼刮在个凤凰滩，
小妹妹就在哥哥肚下翻，
一翻翻到圪九峰山，
哥哥上嫖妹妹你管不管？
……”

过了一个时辰的功夫，摇头圪蛋沟方向响起了枪声。直到天黑下来，王兰跑回来对父母和妹妹们说，他们被日本人包围了。中午吃莜面的蒋秀山被日本人活捉了。自卫军的大部分人马都突围出来了，他们不敢进村，躲在沟里的山洞中。

蒋秀山投敌了。日本人任命他为武川县乌兰不浪的伪特务队长。蒋秀山的叛变，无异于在鄂友三的头上悬了一把利剑，让他每日都寝食难安。

鄂友三时任绥远抗日自卫军师长，因其奸淫妇女无数，当地百姓称其为“鄂毛驴”。

在多次的行动中，鄂友三差点栽在蒋秀山手里。郝登贵的叛变，更让他变成了惊弓之鸟。

郝登贵系绥远省武川县人，曾任四路军时期的连长。他对鄂友三部队的官兵、家属驻地及其它情况了如指掌。郝登贵被日军俘虏，未经审讯，便坦白了身世，主动投降，当上了日军情报队长，住在武川县大路酒馆的日军军部。

鄂部官兵对此非常焦虑，他们的家属更是恐慌不安。白天钻山躲藏，夜间偷偷回家吃饭，不敢轻易睡觉休息，深怕郝登贵领日本人突然来抓人。

鄂友三对此更是心急如焚。他认为要想消灭郝登贵，必须把工作做到郝登贵尚未为日军立功、取得信任之前。

思虑再三，鄂友三心生一计。他马上写了一封亲笔信，叠成三角形，插根鸡毛，让卫兵把王兰找来。

王兰是鄂友三的除奸队长。鄂友三让他去武川大路酒馆给郝登贵送信，但要求信还必须落到日本人手里。

“师……师长，我是您的除奸队长，让我去还不是有去无回吗？”

“嘿嘿，王队长是不想去喽，柴俊山！”鄂友三转了转淡黄色的眼球，冷笑一声，马上传令让柴俊山进来。

柴俊山是鄂友三的杀人侩子手。民间有一段顺口溜道："好人遇上鄂友三，二尺麻绳把你拴；灰人遇上鄂友三，又有吃来又有穿。"王兰经常看柴俊山杀人的方法。用二尺麻绳打结成圈，双股套住汉奸的颈项，再用一个短小的木棒穿进绳环的一头绞几下，那汉奸颈项的大动脉便供血不足，马上倒地。再在背上猛跺一脚，那汉奸便断气了。

柴俊山此时应声而到。王兰早已吓得尿在裤子里，忙不迭地说："师长，我去，我去。"

王兰没有直接去送信，而是跑回家向父母哭诉此事。父母怕王兰有去无回，断了香火，愁得没有一点办法。二金莲说："我去！"

二金莲找到她的心上人二小娃，将此事和他叙说之后，要求二小娃和她同去。

"不，不，那可是玩命的差事，我不去，你也不能去！"

"亏你还是个男人！让你去投八路军李支队当兵，你不去；让你送封信，你又不敢。你不去我去！"二金莲气呼呼地独自走了。

二金莲来到日军据点前，故意踟蹰不前，显示出了忐忑不安的样子，引起了哨兵的怀疑。日本兵见是一位水灵标致的姑娘，更是对她拉拉扯扯。二金莲故意将小竹篮掉在地上，鸡毛信便露了出来。日本翻译官快步上前将信拿在手里，仔细观看信上的内容，顿时大惊失色。翻译官马上喝退纠缠二金莲的日本兵，逼问信的来源是何处。二金莲对翻译官道："我在路上捡到这张纸，想回家糊窗子。你们要的话，就送给你们吧。"

翻译官见她不像说谎，便相信了她的话，领她去见太君，并替她说了信的来由。太君看罢信的内容，不禁勃然大怒，心想，郝登贵主动请求为皇军效力，本来可疑，不料险些栽在这小子手里。于是，脸上横肉颤动，仁丹胡下的大嘴恨恨地吐出几个字来：

"郝登贵良心的大大得坏了，死了死了的！"

日本兵马上跑了出去，一会儿外面便传来了郝登贵杀猪般的嚎叫声。可怜郝登贵尚未明白怎么回事，便随着"砰"的一声枪响，到了极乐世界。

枪声过后，太君目无表情的脸上开始微动，继而"嘿嘿"地从牙缝里挤出几声笑声来，他用手摸二金莲的脸："花姑娘的，大大得好！"

二金莲害怕地躲开了太君的手，日本官面露愠色。

站在一侧的蒋秀山急忙拦在日本官面前道："太君，这女子有麻风病，是哈拉哈少的。我与她很熟悉，您不能接近她。”

日本官狐疑地瞪着双眼将蒋秀山的脸看了半天，一挥手，示意蒋秀山将二金莲带走。

蒋秀山要二金莲坐他的自行车。二金莲冷脸相向，独自向前疾走。蒋秀山只好在后面跟着。二金莲专拣长满小狗狗草、蒺藜草的田间小路走。不一会，蒋秀山的自行车胎就没气了。蒋秀山无奈，向着二金莲的背影喊道：“二金莲，我一定要娶你！”而后只好悻悻然地扛着自行车回去。

二金莲在村口见到二小娃在等她。她看都不看二小娃一眼，径直向自己家走去。

王兰将除奸的全过程向鄂友三作了汇报。鄂友三高兴地将信的内容告诉了部下，其内容写道：

郝登贵主任，你曾与我约定，诈降后保证在三天之内就把日本官的人头提来见我。现在已经五天了，还不见你凯旋归来，以便接应。如果不能下手，你可借故速回，以免被日寇杀害。

鄂友三亲草

此后，善于逢迎的鄂部官兵无不拍手称赞：“掌柜的略施小计，郝登贵便人头落地。”

王兰的三个妹妹都是百里挑一的好人才，现只有大金莲已为人妻。大金莲是绥东游击司令郭熙智的太太。二金莲正值妙龄花季，尚未出聘。蒋秀山垂涎于二金莲的美貌，便带着特务、伪警多人来到了王家，向王母求婚。王母不敢自作主张，二金莲又坚决反对，蒋秀山只好扫兴而回。

蒋秀山并不甘心，再次找人从中撮合。哈拉哈少伪乡长以权保媒，一定要让蒋秀山成其好事。蒋秀山此举，亦可谓用心深远。他不仅贪婪二金莲的姿色，更主要的是想通过亲戚关系的建立，诱降郭熙智和王兰跟他当汉奸。二金莲痛恨汉奸，绝然不从。

鄂友三听到这个消息，认为机会难得，动员王兰说服二金莲将计就计，为国立功。此时，鄂友三部第十二团的连长许存金，已在蒋秀山的煽动下率全连一百余人，携械投降了驻乌兰不浪的日本军。

国难当头，二金莲深明大义，决定舍身除奸。

唢呐喧天，炮竹鸣放，蒋秀山把二金莲抱上了花轿。雪花慢慢地从天上飘落下来，落在了二金莲的脸上。二金莲泪眼模糊，抽泣地望着雪地里父老乡亲的脸。一阵枪声冲天鸣放之后，花轿被徐徐地抬起。

过了大石壶，过了南柴门，过了山神庙，远远地，二金莲看见二小娃等在路侧。

“二金莲！”二小娃不顾一切地迎了上来。

二金莲将身子探出了花轿，哭得像泪人一样，把一只镯子递给扑过来的二小娃。

二小娃被伪警用枪托子打倒在地，花轿继续前行。

“眼瞅着小妹妹上了轿，
苦喃喃唱了个爬山调。
……”

二小娃跪在路上大声哭唱起来，花轿转过山脚，再也看不见了。

蒋秀山娶了二金莲后，可谓百般宠爱。过了一段时间，王母以探女为名，转告了王兰带回的鄂友三制订的计划：许存金在归顺皇军前，偷存下了一部分枪支，又在夏季偷把从民间收起的大烟一千多两自己留下，没有上交鄂师长，中饱私囊。他怕鄂师长惩办，所以才归顺皇军的，你可如此这般行事。

二金莲心领神会，将这些话添油加醋地在枕席间转告了蒋秀山，并催促蒋向许存金索取大烟。于是，蒋秀山以借为名，勒索了一部分大烟。其他的汉奸特务见状，“红眼病”一时复发，纷纷向许借大烟，但都碰了钉子，因而激怒了众人，俱各向日本指挥官报告：“许存金在归顺皇军前，私自暗藏了许多枪支弹药，其居心不忠，图谋里应外合算计皇军，如不及早铲除，恐怕又要回到鄂友三那里……”

日本指挥官信以为真，很快将许存金扣押，重刑拷打了许存金。老虎凳、吊天灯、灌辣椒水、炉锥烫等刑罚折磨得许存金死去活来。许痛苦难熬，只好如实招供，把藏着的五百多两大烟和十几条枪支悉数交出。不料日本人抓到了证据，立刻将许存金处死。全连伪兵马上起事，又回到了鄂友三的麾下。

蒋秀山在日本人面前立了这一大功，自觉春风得意，忘乎所以，根本没有意识到是鄂友三在通过二金莲，假手于他而消灭了许存金。不久后，王母又与二金莲串通，让二金莲缠着蒋秀山陪她去娘家探望母亲。蒋秀山只好应允，在几个护兵的保卫下离开了乌兰不浪。进山后刚转过山脚，突然伏兵四起，蒋秀山与其走卒被擒。柴俊山用二尺麻绳缠在了蒋秀山的颈项上，短棒只一扳——蒋秀山两眼一瞪，两腿一蹬便了结了他罪恶的人生。

鄂友三在用计的过程中，怕引起蒋秀山的疑心，只是让王兰回家传话，从来也没有见过王母和二金莲。惩处了蒋秀山之后，他带上重礼，亲自去慰问和感谢这位为地方和抗日部队除去大害的巾帼英雄。但二金莲却伤心地哭了起来。鄂友三为了缓和气氛，抚慰二金莲，拍拍她的香肩，流里流气地说："不要哭了，杀死蒋秀山，可全凭你这两扇子嫩肉呢。"

二金莲本已羞愤万分，听此言更是嗔怒地回斥道："去你的，没成倒色的还像个当师长的？"

鄂友三马上以立正姿势站立，给二金莲敬了一个严肃的军礼："我代表根据地的老乡和全体官兵向你致敬！"

杏花又白了，桃花又红了，村子里唢呐响起，炮竹鸣放。二金莲再次出嫁了。

二小娃骑着高头大马，胸前戴着红花，喜气洋洋地迎娶二金莲进门。结婚第三天，他就跟着进村驻扎的八路军大青山支队参军去了。

第八章　沙场泣血恨魍魉

二小娃参加了八路军。

刚到部队，绥西地委书记、绥察行政公署主任杨植霖便给小二娃分配了任务："副官福岗留在老乡李掌才家养病，现在还不能下床，你当他的警卫员吧！"

二小娃来到福岗留的住处，见床上躺着一位瘦弱的年轻副官正在看《论持久战》。他进来时此人正在看书，一边看一边用铅笔做标记。此人二十多岁，长得斯斯文文，方脸，戴着一副圆眼镜。见二小娃进来，他挣扎着坐了起来，满脸笑容道：

"你的，二小娃的是吧，你来大大得好！大大得好！"

"鬼子！鬼子！"二小娃扭头跑出门外，跑得急，一头撞在了一个人身上。抬头一看，原来是游击队长活地图曹文玉，后面跟着绥远党委书记白如冰，还有杨植霖也来了。"鬼子！鬼子！"二小娃一边指着屋内，一边一惊一乍地说道。

“哈！哈！哈！”几位领导同时大笑起来。

杨植霖和蔼地对二小娃道：“他虽是日本人，说日本话，可他是咱们的同志啊。”

“同志？”

“是呀，日本人也有好人，日本的穷苦人也受官府的迫害，就像我们受官府欺压一样。福岗留被他们的政府强迫参军打仗，可是他不满日本鬼子的侵略行为，投降咱们后参加了日本反战同盟，是咱们自己的人。来，我来引见你和他见面。”

走进屋里，二小娃不好意思去看福岗留的眼睛。福岗留和蔼地向他笑。杨植霖拉着二小娃的手和福岗留的手让两人握手，道：“从今以后，你们就是生死弟兄了。”

听到弟兄二字，福岗留以为是要他和二小娃结为异姓兄弟。因为当时八路军为了军民关系，部队指战员时兴与山里的年轻人结拜。于是，爬下床来，跪在地上，二小娃见曹文玉队长向他使眼色，便跪倒在地向着外面的太阳磕头道：“我二小娃愿与福岗留结为异姓兄弟，不求同年同月同日生，但求同年同月同日死！”

而后，白如冰拿出一封日文文件。福岗留用生硬的中国话一边指手划脚的比划，一边翻译内容，并用铅笔写字互相递来递去地交流。直至中午，大家才互相握手告辞。

福岗留的床是两块木板拼垫起来的。床下堆满了大大小小的石头，上面涂了标记，一把钩子称放在了石头上。床板一头高一头低，睡上去很不舒服。

二小娃去河槽里淘米，河边有大姑娘、小媳妇在洗衣服。河水清澈见底，各色的鹅卵石在太阳的照射下更加光怪陆离地好看。女人们正在扬水嬉笑打闹，河对面操场上传来了一个男人的歌唱声：

辛二圪堵数谁好，
杏花妹子二蛋嫂。

白泥墙上贴对子，
有红似白二妹子。

红是红来白是白，
脸蛋蛋好比果子花开。

红丹丹嘴唇白蛋蛋儿脸，
黑顶顶头发花毵毵眼。

不说你妈妈生得你好，
还说哥哥往你家跑。

远远瞭见那是个谁，
第三道扣门子打心锤。
……

二小娃和姑娘、媳妇们看那唱歌的人，高高的个子，浓眉大眼，通鼻阔口，长得标致精神。歌声悠扬，婉转，动人。

“胡连长，唱得好！让俺们艾艾姐跟你对对歌！”李恩怀的媳妇大声道。

温艾艾真的亮开嗓子热辣辣地唱了起来：

半斤莜面推满笼，
想哥哥想得不由人。

半碗碗红豆半碗碗米，
拿起个筷子想起个你。

想哥哥想得迷了窍，
压饸饹抱起个铡草刀。

想哥哥想成的糊涂蛋，
一翻身抱起的浆米罐。
……

连长胡定良还想再唱，看见组织部长薛世英走了过来，脸色很不好看，便偷偷溜走了。

薛世英向妇女们打招呼：“妇女同志们，辛苦你们啦，这个月你们的被服生产工作完成得很好，姚喆司令员还表扬了你们！今后，希望大家继续努力。姐妹们，我们要解放妇女，开展新生活运动，那些‘哥哥’呀‘妹妹’呀的歌就别再唱了，我教你们唱战斗的歌。”

大刀向鬼子们的头上砍去。
全国爱国的同胞们，
抗战的一天来到了，
抗战的一天来到了。
前面有工农的子弟兵，
后面有全国的老百姓。
……

胡定良参加革命比较早，在打仗上颇有一套。办事胆大心细，遇事机灵善变，再加上人长得倜傥潇洒，经常受到人们的夸奖。他便忘了军纪，和万家沟打窑滩的一个十六七岁，外号叫“红萝卜”的闺女勾扯上了。他们的事在部队和老乡中都有很大的反响，此次又因“哥哥、妹妹”地对歌，薛世英让三团长朱有德勒令胡定良反醒一个月。

这天晚上，日寇黑石部队要血洗万家沟根据地。

情报是归绥城南柴火市“勤顺店”伙计张纯平送来的。张纯平刚开始经叶懋介绍当了财神庙内蒙疆道教会的小道人，以此作掩护坚持地下工作，后为了和魏青山刻蜡板、印传单或将反间信寄给汉奸专让日本人知道，惩治他们，所以做了叶懋所开的“勤顺店”焙子铺的店员。

此时的刘洪雄，已经打入了日本特务机关。他戴着日本校级军官肩章，任日本宪兵队参谋，兼任日本特务机关的联络长。他自由出入于日本军政机关，结交了昭田斯太郎等日本军政头目，为绥远党组织和大青山游击队传递了许多可靠的、重要的情报。电文署名“雪豹”。

此时， 归绥市的绥蒙各界抗日救国联合会已发展到了二百多人，加上归绥二区一百人，共计三百多人，市内外工农商学界、日伪军政机关，社会团体以及会道门如“在理教”“纯一善社”等都有我们的人。这些人为大青山游击队传递情报，捐献物资，做着许许多多重要的工作。

这次的情报，就是源于刘洪雄之手。

于是，部队紧急撤退，转移到井儿沟。

二小娃找来了一头小毛驴，让福岗留骑在驴上，并把他的宝贝石头用长筒袜子装上，一同驮在驴背上。

是晚，黑石旅团倾巢而出，围歼万家沟的“胡子”，结果一无所获。

据刘洪雄情报所言，隐藏于游击队内部的“野狼”必须尽快消灭，否则后患无穷。

立脚未稳，杨植霖正在布置除奸工作。“雪豹”又来情报，日寇正在组织进剿井儿沟。

于是，部队只好化整为零，分头行动。

福岗留此时的伤病已好了许多，他和二小娃一起把他的石头埋在了田地里。自己穿上了日军服装，让组织部长薛世英和二小娃扮作日伪宪兵，大摇大摆地来到伪防共二师，在韩伍师长的府上住了下来，

就在此时，胡定良叛变了，因为薛世英断定他就是潜伏多年的“野狼”。

胡定良见薛世英咬住他不放，反省一个月后，他以搞给养为名带走了一个排叛变了。

胡定良叛变后，又拉与他曾在同一个连担任指导员的党生贵。党生贵动摇了，他当时带蒙古游击队的一个排给大青山三团搞值勤工作。有一天，当内蒙古游击队的大部分人马受大青山二支队命令在西沟老窑驻扎，准备待命打击胡定良时，党生贵带上他的一排人马过来了。人们都以为他是自己人，没想到他和胡定良暗中早有约定。于是，在猝不及防的情况下，他和胡定良把内蒙古游击队的枪缴了，逼走数十名游击队精壮战士到东沟宿尼板去了。

高凤英的通信员小王也被逼走了！

小王被逼在宿尼板后，心里记挂着高凤英，总想着他们在一起的情景。胡定良知道他与高凤英情深意重，不放心他，命令五班长不要给他枪。五班长为了自己红火享受忙不迭地离开了，让小王看管抓来的姑娘、媳妇们，这些女人苦苦哀求小王放走她们。傍晚，小王见胡定良拉走一个十五岁的姑娘，心里十分气愤，就把所剩妇女都放了，接着自己也跑了。

小王跑了一夜，第二天半前晌到了烂木桥村。这时大青山支队姚喆司令员和于占彪、姜文华、高凤英走了过来，小王从大石下站了起来。于占

彪眼快，惊讶地说："这不是你的小鬼吗？"高凤英一见，分外高兴。大家异口同声地说："小鬼回来啦，小鬼回来啦！"小王跑上去，向姚司令员等指挥员行了军礼，一头扑在高凤英怀里，眼泪扑簌簌地流了下来。他一五一十地向首长汇报了胡定良的情况。听了小王的汇报，支队领导决定跟踪追击胡定良，不管他是不是"野狼"，都要予以痛击。经过几次打击，被胡定良带走的人越来越少了，无奈，只好带着少数兵丁，到毕克齐投降了日本人，沦为汉奸。

薛世英、福岗留、二小娃在韩伍府上住下以后，薛世英被任命为副参谋长。薛世英一心想把这支队伍"八路化"。他常找官兵谈话，宣传"抗日救国十大纲领"，在察素齐镇北面的大场面教唱抗日歌曲。于是，察素齐街头伪警察一边排队走过，一边唱抗日歌曲。大青山支队政治部多次反对他的做法，他都置若罔闻，厚和伪警局要"调"他。大青山支队政治部得知后立即把他调回山里，改派赵诚和吴建勋接替了他的工作。同时，福岗留与二小娃也回到了山里。

韩伍与中共绥西地委书记杨植霖在万家沟的古城村会谈后，通过和八路军的交往，逐渐改变了旧军队的带兵方法。并按照八路军三大纪律八项注意的条文，规定了不打人不骂人，不抢百姓的东西，不侮辱妇女，还要求不吸食鸦片等纪律。有一名士兵抢了老百姓的东西，还强奸了妇女，老百姓告发了。韩伍核实后，处决了这名士兵。

韩伍为了和大青山联系方便，在察素齐开了一家饭馆，作为联络点。他的司令部也成了八路军的"后勤部"和"中转站"。在八路军大青山支队缺乏枪支弹药时，韩伍从包头伪蒙古军中买了万两大烟的步枪、子弹，派 50 名骑兵护送到部队，另外还买了五挺机枪、一百多支步枪和几万发子弹；当大青山支队步兵改骑兵时，他还买了三百具马鞍；服装困难时，他从伪军蒙古军司令部搞来 1000 套军衣，买了一千多尺黄布。还协助购置了大量的医药器材及生活用品；并且还提供情报，护送干部，提供一切可能提供的方便。

第九章　斩妖邪

鄂友三多次拜访韩伍，想要得到好处，但总是一无所获。于是他迁怒于八路军游击队，从各个方面限制八路军的活动。他不让老百姓给游击队送公粮，其部下与邢守忠等在武川毛兔沟暗杀了八路军司务长，在后柜村活埋了六个无辜百姓，在大沟抢走八路军通信员枪支，在后山杀害我工作人员……

1939年9月，王有功私下给日方驻绥的林顾问写信道：

顷奉九月八日大函。敬悉亲切。反复捧读。欣喜非常……愿率众归队，报效新政府之下……既投降归绥，即永不变更，至死方休……事实成功，不仅数月，全军皆可同心归正；大青山游击队必可清除（指八路军），地方秩序更形巩固。

此时中日战争的形势：日军已陷入泥淖，达不到速战速决的目的，故把胜利寄托在国共两党的摩擦分裂上，到处展开诱降活动。而王有功认定绥蒙支队在大青山的发展壮大，对他所创建的第三路，有着莫大的危险。于是他想出一条不用自己付出代价，利用日本人来消灭潜在敌人的计策。

于是，他给厚和日军特务机关宫奇秘密去信，表达“投效皇军”的意愿，条件是“先进兵消灭八路军”。但宫奇更诡诈，答复的条件是“先把部队拉出大青山，在指定地点整编后，再议进兵。”……宫奇将了一军后，便大肆宣传：“打八路，不打自卫军。”

世上本无不透风的墙，李正才闻风后，对王有功更是冷眼相看，团连长们对他也敬而远之。

李正才字国栋，归绥县红岱村人。他和什报气村的徐德是潘箴世（潘秀仁）任第一中学学监时的同学，毕业于黄埔军校第四期，曾在上海抗日战役中负重伤，愈后为缪耀湘部团级伤员大队长。李为人诚朴，不善交际，少言寡语，不问政治，自然也不参与派系勾心斗角。潘秀仁到了大后方国统区后，对自卫军第三路有他自己的计划。于是，他从缪耀湘部请回李正才接任了三路指挥官，并任命徐德（字克明）为副指挥官。

李正才在徐德等人的维护下，对王有功的态度可想而知。王亦居功自傲，不甘人下，弄得关系很僵。而三路的广大官兵，由于迷信李正才黄埔军校的金色招牌，无不心悦诚服，便把自卫军创建人王有功晾在一边，冷落孤立。

屋漏偏逢连阴雨，船破又遇顶头风。王有功向日寇卖身的信被八路军截获。王更是成了猪八戒照镜子，里外不是人。他在无奈之余，更怕八路与他算账，于农历十二月中下旬，带心腹与十余名护兵，过黄河、经伊盟，到了河套。临别，他对三十二团团长韩相国千叮咛万嘱咐：“我走后，你今后特别要警惕八路军啊！”

其时，专员张遐民与徐德押着日本战俘到河套汇报工作后，前敌总指挥于存灏也奉召回后套向傅作义副长官述职。此际正是日军大举进犯河套“膺征傅作义”之时，第三路指挥官李正才奉傅作义电会，于初三夜密会各团，分别派出小分队破坏毕克齐至陶思浩之间的几段铁路，以破坏敌人军运。

于存灏走后，副官苗英代理前线司令，仅留鄂友三和主任秘书贾汉卿等主持军务，并把部队驻贾家野马兔的司令部移往小坝子村，而后又移驻小火烧村。

正月初五晚上，自卫军八团团长郭玉林驻地热闹非凡。郭宴请了各团连级以上的官佐庆贺新春，并且还邀请“小红鞋”鼓匠班前来助兴。

待苗英、李正才、贾汉卿、郭玉林、韩相国、鄂友三等人落座以后，“小红鞋”鼓匠班的丝竹唢呐声便敲打演奏开了。

“等一等，等一等，老夫来也！”此时，一个人尖着嗓子叫喊着跑了进来。

众人一看，来人大家都认识，原来是八路军游击队的老李森。

“你们吃好饭也不通知咱老李一声，害得爷来这里顶上脸蹭饭吃！”

“讨吃烂鬼的八路军又嘴馋啦，来，坐你鄂爷爷这儿！”鄂友三道。

“鄂毛驴嘴里吐不出人话！”李森径直坐在了鄂友三身边。

此时，羊肉、猪肉、鸡肉、狍子肉……各色硬盘饭菜端上来了。

丝竹响起，开场演得便是《阿勒奔花》：

丑角用蒙语唱道：

雷声闪电风又大，
大雨不住淋淋下。
路上水大我咋呀？
哎，阿勒奔齐花，
找一个房子避避雨吧。

旦角“小红鞋”用汉语唱道：

清早起，要早起，
烟囱里冒烟冲天起。
二爹娘生我美貌女，
爱我的人实实多哩！
海莲花，乌拉银齐花，
忽听得有人来叫咱。

丑角又用蒙语唱：

叫一声姑娘你给我唱，
要唱你唱在我心眼上。
你要唱来好好唱，
哎，阿拉奔齐花，
我的那银子给你赏。

“小红鞋”又用汉语唱道：

哥哥好比一条鱼，
妹妹好比一池水。
鱼傍水，水养鱼。
咱二人相好谁也离不开谁。
海莲花，乌拉银花，
你走了妹妹咋想呀？！

丑角又用蒙语唱：

叫一声妹妹听我说，
两只羊两头牛给你呀。
……

“啪！”众人正听得入迷，鄂友三将炕桌拍得山响，“唱得什么乱头子蒙古语，听也听不懂，来，给爷们唱个《十八摸》！”

李森见鄂友三半碗酒下去要难为“小红鞋”，忙道：“‘小红鞋’唱戏唱得枯干叫渴的，来，喝哥一口酒。”

“小红鞋”接过酒碗，将少半碗酒一饮而尽！

“好酒量！”众人齐声喝彩。

“来，哥喂你一块肉。”李森夹起一块狍子肉送到“小红鞋”嘴里，“小红鞋”却没有下咽。

“老李这个灰圪泡真会泡女人呢，人说老子爱女人，八路军也是这副德行！”鄂友三惊奇地说道。

“鄂师长可会迷拢女人哩，是不是？”李森见鄂友三点头又道：“来，‘小红鞋’，你嘴对嘴把肉喂给鄂师长！”

“小红鞋”把嘴里的肉吐在鄂友三嘴里，鄂友三津津有味地吃了下去。

原来，李森的这块肉已放了泻药巴豆霜。鄂友三的眼直直地盯着“小红鞋”的胸部，怎能知道李森下套。“小红鞋”是李森暗中请来的，自然知道这场戏该怎样唱。

“小红鞋”端起盛满酒的大碗道：“各位官爷，‘小红鞋’敬你们一碗。”

众人有的喝了一碗，有的喝了半碗，有的已经趴在了桌子上。李森偷偷将酒倒掉。

“来，坐在鄂爷的腿上！”鄂友三道。

“没见过个女人！”李森冷嘲热讽道。

“爷睡过日本女人，你睡过？”鄂友三道。

“爷在蒙古国学习的时候，俄国女人一大群，咱老李理都不理，你太没见过世面啦！”老李森道，扭头对“小红鞋”说，“你们到后院休息去吧，这板子洋烟给你们做费用。”“小红鞋”等人得了大烟，乘机离去。

“甚，爷在黄埔军校的时候，张治中将军都要另眼相看，你还敢恶心老子！”鄂友三道。

“黄埔军校算个屁，老子上的是苏联东方大学！”

……

两人争得面红耳赤，苗英忙来解围，叉开话题，想从李森口里套出有用的东西。这时，鄂友三直喊肚子疼，提了裤子便往外跑。贾汉卿也离开了酒席，待鄂友三完事，贾扶着他到另屋休息。

苗英、李正才也很快离去休息。

于是，郭玉林与在座的人狂赌起来。李森赢了大部分的钱，推说要去休息，众人不允。李森只好把钱还给他们，方才得以脱身。此时已是拂晓，突然枪声大作，喊杀连天，几颗手榴弹破窗而入，郭玉林、韩相国等人顷刻毙命。在彭德大主任的带领下，八路军部队将敌人团团围住。黄厚带一个连包围了红崖，三营负责解决王有功司令部及其三路军，地方部队紧紧配合，将自卫军打了个措手不及。

李森出屋后取了枪支，直奔鄂友三住所。鄂友三、贾汉卿正在前敌指挥部，刚从梦中惊醒，正疑何来土匪，带着枪准备冲出去时。李森破门而入，抬手一枪击中鄂的颈项。几名战士闯进屋来，将鄂友三双臂倒拧，绑了起来。苗英、贾汉卿被杨植霖活捉，随军看管起来，后来在一次与日军接火的傍晚，苗贾二人趁机逃跑了。

李正才带领十多名士兵，由暗道逃离，因破坏铁路，日军正在抓他。刚走进把什村时，正巧碰上日伪军，所带人马几乎被全部歼灭。遂又转到瓦窑圪沁村的自卫军第二十一团隐避。

鄂友三受到了不被捆绑的优待，由四名战士押解上路。走到崖头时，他意识到要被处决，突然两手抱住脑袋，奋力跳下悬崖，几声枪弹擦耳飞过。鄂友三身体强壮，滚在了一棵柏树上，并未摔伤。他越过大青山，跑到了后山，找到四路指挥郭怀翰部，军医做了简单的包扎后，急忙潜入萨县城的耶稣堂养伤。

反顽斗争成果累累。除自卫军第二路、第五路远在黄河彼岸，第七路远在固阳境内未被波及外，以峦汗山为根据地的第六路同时被歼，指挥官兼绥东专员的赵励师只身逃脱。第三路虽然被歼，但正副指挥官参谋长三人幸免，扎根于瓦窑圪沁村的第二十一团，由于张亮独霸一方，平素不管什么统战不统战，只要进入其领地就绝不手软而未遭袭击。第四路的一个精锐团也同时在陶林被打散。第四、七两路因五原战役正在进行，道路被日伪封锁，为保存实力，在固阳投降了伪同盟军白凤翔白三爷。

在追击第四路顽军时，彭德大主任因身着缴获来的李正才狐皮里子红皮夹克而目标显著，因而中弹牺牲于明安滩前沿阵地。

彭德大，名润俚，江西省吉安市河东彭家村人，1929年加入中国共产党，1930年10月参加红军，参加了二万五千里长征。1937年秋毕业于延安抗日军政大学。同年10月任一二〇师三五八旅七一五团一营教导员，后奉命到山西崞县组织抗日游击队，创建七一四团，任政治委员。

1938年4月，中共党中央组建大青山支队，开辟大青山抗日游击根据地，彭德大任政治部主任。

第十章　亲福岗

正当大青山八路军庆贺反顽斗争胜利之时，“雪豹”派杨培林送来情报：“野狼”向日本人汇报了韩伍的情况，希望组织早作准备。

韩伍得知这一情况，向赵诚、吴建勋请示。大青山支队的意见是：“如果敌人动手，就将部队拉上山打游击。”韩伍根据此精神，在通往归绥、包头的道路上以及察素齐、毕克齐火车站附近设置了警戒部队，监视日军动向，以防不测，并保证防共二师与大青山支队的联络畅通。一连六天，韩伍见无动静，就撤回了部队。谁知就在这天晚上，日寇调集大批军队和警察于次日凌晨包围了防共二师驻地，大部分官兵被缴械，30 多名连以上军官和 180 多名士兵被抓走。军官关押在归绥警察局，士兵关押在归绥警察学校。韩伍与吴建勋等人逃出虎口，在大青山下的把什村集中了部分人员，经吴建勋请示八路军绥察二支队司令员于占彪同志，组织决定将余部收编为大青山蒙古抗日游击队，任韩伍为司令员，吴建勋做政治工作。

韩伍将这部分部卒安排妥当后，经中共土默特旗蒙古工委同意，前往包头找人设法营救被捕人员。几经周折，营救无效，鬼子用机枪将 24 名连以上军官全部杀害。

“野狼”加紧了危害根据地的行动。

8 月份，“野狼”派下线跟踪了我地下交通员，并以此为线索。日寇在归绥城制造了白色恐怖，绥蒙地区党组织被敌人破坏，绥蒙各界抗日救国会损失惨重。“雪豹”刘洪雄等许多同志被杀害，就连道教会虔诚的王老道也未能幸免。

“野狼”是谁呢？根据地上至领导，下至战士，几乎所有人都成了被审查对象。

天渐渐地黑了下来，福岗留把洋蜡切成两截或三截，按需要分发给不同的房间。首长得到一支或半支，一般同志每屋只给三分之一。福岗留和二小娃到规定时间必须熄灯。有时，二小娃学文化想多看一会儿书，福岗留坚决不答应：“制度是我定的，我不带头遵守怎么能去管别人？你早睡早起补上时间不就行了！”有时候，二小娃也很生气，甚至说他“一根筋”。福岗留解释道：“为了打击日本侵略者就得有长期打算，处处节约，要不怎么能坚持抗战？”二小娃问：“你是日本人，你真心同我们抗日吗？”福岗留很不高兴：“你的不信任我，你的长官大大的信任我。我热爱我的祖国，但我反对军国主义的侵略战争。这也是日本人民共同的愿望。”

于是，福岗留讲起了他自己的故事。

福岗留又名今村善乡，早年父亲去世，与母亲相依为命。他在北海道大学地质专业毕业后，曾在伪满洲长春地质调查所工作。被征入伍那年，他 18 岁。在北海道大学读书期间。他和同学们恨透了东条英机和日本军国主义分子。临行那天，母子哭泣痛别。警察监视每个送行的人，特别监视应征入伍者的家属，不准有任何悲伤的表情。一只铜号在吹奏日本国歌，应征者上路还得在靖国神社参拜一番，并把“武运长久”的日本国旗带在身上。一面是官佐的吼声，一面是悲哀的歌声，真难为日本人民的痛苦遭遇。别后，母亲悲伤地回到学寮，从此一病不起。

他是 1937 年坐后勤补给车钻进八路军布下的“口袋”，而主动归降八路军的，并参加了反战同盟。他对《论持久战》深有研究。他酷爱矿石标本，喜爱各种花草树木。他走遍了黑牛沟、万家沟、喇嘛洞沟，凡是八路军大青山支队三团拥有的山区，他都走过。他常用不太流利的中国话说：“这里金沙大大的有，还有煤炭大大的有，石棉大大的有，云母大大的有……”

福岗留从山里找来一种草，泡制出一种药，谁有个头痛感冒，一喝就好。日本军封锁山区，日用品奇缺，他又给大家弄出一种山草茶，很有味道，大家叫它“福岗留茶”。他把破衣烂衫拉成长条条，搓成绳子，再编成草鞋样的布鞋，爬山时特别合脚方便，后来人们也效仿他用破烂衫编鞋穿。

村里的青年人李掌才和李恩怀以打柴为生，经常来找这个日本人逗乐子耍。他们两人十七八岁，每天打柴只能背七八十斤，到福岗留那里过分量，于是挑逗说：“给我们记 90 斤吧！”福岗留非常认真：“80 斤就是 80 斤。”

“不记 90 斤咱就摔跤。”李掌才挑逗福岗留。

于是，两人便抗肩摔跤，李掌才输了，李恩怀又上。李恩怀也敌对不过，于是两人一起上。结果两人都赢不了他。

摔跤后双方都气喘吁吁地坐了下来，又比划着挑逗。快吃午饭了，福岗留真诚地留他俩吃饭，吃罢饭再说记 90 斤。他又认真地说：“80 斤就是 80 斤”。众人都说他是“一根筋”。

……

二小娃和福岗留谈着谈着，不知不觉午夜已过。月光透过窗棂照进屋里，屋里明亮了许多。

二小娃突然感到肚子疼，急忙跑到院外的田埂下，蹲在地上。

正是秋高气爽的季节，田野里飘了一层薄雾，月光清亮清亮的，蛙声鼓噪了一片。黑魆魆的崖头幻化出各种动物、人物的形象，远山笼罩了神秘的面纱……

“扑楞！”一只宿鸟从大榆树上惊起，只见一条黑影来到树下，在树身上麻利地动作了几下，便迅速窜入高粱地，瞬间不见了踪影。

二小娃看得真切，悄悄地来到树下，看看四下无人，发现树身上有一个树洞，树洞里放块石头，拿去石头，发现了一封插了鸡毛的信件。

二小娃把信揣入怀里，把石头又放在了原处。

回到屋里，二小娃将信交给福岗留。福岗留打开信件，信全是由日文书写，信上写道：

“野狼”安好，此番事成，全仰仗君所作为。成效卓著，匪首“雪豹”刘洪雄伏法，去我天皇芒刺，君功不可没。今又除去奸人韩伍之患，更显君为大日本帝国之精英。效忠天皇，乃吾辈之本份，希君扬我武运精神，速除共匪之首杨植霖、高凤英、贾力更、韩伍等人。君将以威名彪炳于神社之上，望努力！

宫奇君

福岗留看罢，迅速熄灯。两人悄悄潜伏在高粱地里，等待“野狼”现身。

一个时辰后，有一条黑影出现在树下，迅速将手伸入树洞。

福岗留、二小娃同时出现在来人面前。那人蒙着面，从腰里掏出一把匕首，月光下寒光刺目。匕首眼看就要插在抱特务腰身的二小娃身上。福岗留迎上一棒，将匕首打飞。那人掏出了手枪，福岗留迎门面一棒击向那人的太阳穴。那人“啊”的一声，倒在了地上，手中的枪却响了。

枪声惊动了站岗的战士和宿营的官兵。大家纷纷向这里跑来。一位首长首先来到事发地点，“砰！砰！”两枪，将蒙面人击毙。

开枪的人不是别人，正是组织部长薛世英。薛世英拿去蒙面人的面罩，众人大吃一惊，原来是副团长文盖。

“‘野狼’终于现身了！”薛世英长长地松了一口气。

第十一章 铁马放缰

胡定良投降了日本鬼子，于占彪司令员迅速歼灭叛徒的计划落空了。部队驻扎在水磨沟的黑贲，于司令员亲自整训，制定了更宏大的计划。韩伍的游击队刚刚组建，被剿时元气大伤，枪支、弹药、兵马急需补充。大青山党组织号召各部队谋划此事。

这天，一个小货郎手拿拨浪鼓，肩披长褡裢，担小担，唱着《卖布头》歌，来到水磨沟的茶坊村。站岗的儿童团领他来见于占彪。

于占彪老远就看见来人是贾力更，于是高兴地从屋里跑到院外迎接。

进屋后，于占彪给贾力更倒水。贾力更说："不忙喝水，有一笔发财的机会来啦！"

于占彪一听，来了兴趣，便道："说说看，说说看！"

在归绥城西南二十里的塔尔号后营子和耿家营子，驻防伪蒙古军一个排。排长叫栗圪登，牧放数百匹军马。如果能夺过这批军马，除解决蒙古游击队的骑乘外，还可以支援友军及根据地的老乡。于司令员分析了情报以后，当机立断决定亲自带队夺马。为了保密，此事只有李井泉、白如冰、杨植霖、李维中知道。

执行此任务的是蒙古游击队与和林游击队。和林游击队是重新组建的，由陈璋担任指导员。这两支游击队总共有七八十人。高凤英和陈璋头第一天把队伍拉到水磨沟口的陶合气和茶坊村，第二天兵分两路行动：和林游击队和部分便衣南下，隐蔽在离目的地西南十几里的邢家营子村外的糜子地里；蒙古游击队和部分便衣队东去，隐蔽在城北乌素图村两侧。

秋收将近，有草滩的地方已进入了打草季节。空气中散发着沁人心脾的青草芳香。地里，青纱帐漫天遍野。入夜时分，在青纱帐的掩护下，蒙古游击队与和林游击队分别向耿家营子和后营子摸去。

耿家营子的军马，圈在村北翟家的院内。四合头院，正面是马脊梁土大门，西正房边有一间穿堂，后面就是军马圐圙，一个班的伪军分住在上西房和正房两厢。

高凤英侦察了翟家宅第，同队员们搭人梯进了马圐圙，按原定方案首先把马匹惊动起来。前院的两个值勤兵一听马匹"踏踏"乱跑，赶紧开门探视，把门的几位游击队战士低喊了声"不许叫"，上去就把两人捆了起来。另外几名战士穿入前院，一部分战士上了西房。

突然，“乒乒”两声，子弹从东墙那边飞来，一个战士挂了花。原来敌伪的冀班长和黄副排长出去鬼混，冀班长刚回来恰巧遇上情况。他伏在院东的小圐圙里，放了一枪。敌方哨兵看见西房上有这么多人，一时怔住了，不知如何是好，忽听见后面枪响，便壮大了胆子也开了枪。游击队迅速还击，哨兵腿上中了一弹。这时房上的枪声像鞭炮一样响着，密集的子弹向正房方向射去；为了不伤害百姓，游击队员未拉响线空投了几个手榴弹，借此造成四面楚歌之势，以吓唬敌人。十几个伪军还在梦里，忽听枪声，一骨碌爬了起来，像切了头的瞎虻，在屋里乱作一团，然后都龟缩在灶火旮旯里。

枪声停止了，高凤英和战士们跳下房去，挨门喊道：“这厢是谁？”里面答：“是老百姓。”轮到正房和正房中间那厢不应声。战士们一起涌进屋里，把伪军一个个拖了出来，有穿裤子的，有没穿裤子的，都打着寒颤讨饶命。高凤英交代了政策，作了训话，命令伪军穿上衣服，领游击队战士进圐圙逮马。没有缰绳和笼头的，战士们就解下腰带系了笼头。马匹大部分来自牧区，是怕生人的草马。蒙古游击队的战士把几个与马熟的伪军逼上，让他们骑着马在前面带路。

蒙古游击队和耿家营伪军接了火，枪声惊醒了后营子的敌人。敌伪排长栗圪登带领伪军全副武装上了房，陈璋看看已不好进院，命令游击队向耿家营转移。到了耿家营子，剩余的几个伪军也已逃走。和林游击队一拥进去，驮走了料房的马料和给养，把剩余的十几匹马也都赶走了。

出村时，碰上在外面鬼混回来的黄副排长。黄副排长急忙藏在麻子地里，听到和林游击队的战士边走边议论道：

“高凤英队长真是尉迟敬德公，神机妙算总打胜仗，咱们不服不行呀！”

指导员陈璋道：“咱们回去得向他学几招。”

这次夺马任务完成得比较顺利，耿家营子的三百多匹放场战马全部被夺光，并且还缴了一个班的枪支、一千余斤马料和部分给养。

高凤英和蒙古游击队战士把马赶到水磨沟西梁，上级领导表扬了他们。有了这些战利品，蒙古游击队、韩伍游击队一下子全部编成了骑兵，高凤英选了几匹好马送给了大青山支队首长。这次胜利大长了游击队士气，胡定良想把游击队拉跨，“野狼”想覆灭游击队，然而游击队却更强大了。

在西梁附近的木炭窑，高凤英对几个伪军俘虏进行了集训。他坐在山坡上，用地道的蒙语对他们说，自己也是蒙古人，在山里不挣一分钱，就是为了抗日才参加游击队。他希望伪军们枪口对外，不要给敌人做帮凶，要有中国人的骨气和良心。俘虏们听了，都感谢八路军不杀之恩。高凤英按照党优待俘虏的政策，给俘虏们发了银元，放他们回家。他们中有不愿意走的，就地参加了八路军。

伪黄副排长找到了栗圪登排长，报告了此次夺马的八路军首领叫高凤英。

在归绥市日军最高司令部里，黑石司令长官闻听战马被夺气得暴跳如雷，将排长栗圪登的脸打得像紫茄子一般。

“高凤英的，死了死了的！”牙缝里，黑石司令恨恨地挤出了这几个字。

“命令‘野狼’，要不惜一切代价，消灭高凤英！”

第十二章　日月昭云长

高凤英病倒了。

当时，山里山外蔓延着一种可怕的瘟疫——血汗病。症状形同南方的疟疾，乍寒乍热，热时大汗淋漓，冷时脊骨痉挛。严重的患者昏迷不醒，血流不止。有的人家晚上还见炊烟，早晨便断了烟火，人们说：“传头子来了！”

游击队很快染上了此病，整班整排的战士病倒了。由于缺医少药，营养不良，不少战士因此而死去。当时也没有什么特效药。为了止鼻血，战士们把头发剪下来煨着，弄到病人鼻子下让闻，说是能止血，实际上抵不了什么事。

高凤英也被传染了，初得病时还能勉强支持，照顾其他生病的指战员。不几天，自己也躺倒爬不起来了。他脸色蜡黄，壮实的身子变成一把干柴，好几天光说胡话，不省人事。这种病很缠手，传染性特强，对面说话也能传染，常常好了又复发，起来又跌倒。因此，大青山支队政治部决定让高凤英单独在“小火烧”南边的一个窝铺里养病，由通信员小王一个人精心侍候。

听说高凤英病倒了，乡亲们送来了鸡蛋、鸡，猎户兄弟送来了狍子肉、石鸡半鸥。

在高凤英清醒的时候，他总是挣扎着让小王扶起来，向乡亲们一一答谢。

快嘴吴二嫂口无遮拦地说道：“咱游击队个个是铁打的汉子，‘传头子’来了也是打不倒的。兄弟你好好养病，养好了给贾力更兄弟报仇。可惜贾力更兄弟护送青年们去延安学习，被鬼子打死了！”

“什么？贾力更……”

高凤英乍听噩耗，马上休克了过去。

小王慌了手脚，忙给高凤英切人中，做人工呼吸，嘴对嘴吸出许多浓痰，高凤英才缓过一口气来。

乡亲们见高凤英脱离了危险，才悄然离去。

此后的几天，高凤英昏迷时大喊“康富成，富成兄弟！”醒来时眼盯着荆条子房顶不说话。

康富成是贾力更的汉名，高凤英与其关系形同骨肉。

小王精心地照顾着他的这位兄长，真所谓患难见真情。小王给高凤英做饭、端屎、倒尿、洗衣服。高烧时，小王给他揩干身上的汗水；发冷打颤时，就给他盖好被窝，并使劲抱住他。

这天，组织部长薛世英打探到了高凤英的养病地点前来探望。他送来了三个美国牛肉罐头，两包中药，并坚持要自己熬好，亲手端进了窝棚。

“小王，把高队长扶起来，让他乘热喝了吧，山下人都说这药作用可大哩！”薛世英说。

小王一手扶着高凤英的脖子，一手来接药碗。然而，小王的手却故意一软，药洒了个罄净。

“咋搞的？这么不小心！”薛世英瞪眼怒道。然后，他马上换了一副笑脸对高凤英说：“一会儿把另一服药煎了再喝吧！”

薛世英说是有事，很快便走了。

高凤英对小王说：“兄弟，你不相信薛部长？”

小王道：“一看他就不是好人！”遂把另一服药扔下了山涧。

残酷的，白热化的斗争，使游击队内部分化得很厉害。今天是同志，明天也许就跑到敌人的营垒去了。血的教训告诉人们要提高警惕，而有时也会达到神经过敏的程度。

由于蒙古游击队的部分骑兵发生过哗变，小王同村的那几个都跑了，有的同志担心小王也会偷跑，于是建议把他调换岗位。

新来的这个小鬼名叫郝宽宽，萨县人，15 岁，刚参军不久。小王领着郝宽宽进入窝棚，说明来意。高凤英慎重地对小王道：“你做饭去吧，我考虑考虑。”

小王用盆盛了沟水，在窝棚前的三块石头间生起了火，山柴的火苗噼噼啪啪地响，一会就把盆中的水烧沸腾了。小王在盆里添了米，米饭在咕嘟咕嘟地煮着。高凤英神色凝重，显然他在用心考虑这个问题。

稀饭煮熟了，三个人用茶缸子盛着吃了饭，高凤英慢慢地对小王说："组织上让你去你就去吧，我也有同胞弟弟，我看你和我自己的小弟弟一样。你暂且回去，我去延安的时候再带你吧……"高凤英的声音颤抖了，他舍不得小王离开。小王眼圈红红的，他不知道什么时候才能和高队长在一起。临别时，他把脸盆洗得干干净净，茶缸涮洗得明光锃亮，安顿了小郝柴米油盐的放处，叮咛要注意高队长的身体与安全。他才一步一回头，依依不舍地离开了高凤英。

现在高凤英的病已经好得差多了。自此以后，郝宽宽就一直跟在高凤英身边。

1941 年深秋，蒙古游击队又拥有两个排的兵力，一排是城东招来的骑兵，二排是城西美岱召一带吸收的步兵。闯过鬼门关的高凤英又挺起来带兵了。他仍当队长，奇峻山任指导员，接替了原任彭光华。

天气一天天地冷了，山里的八路军和游击队粮食补给困难，衣裳单薄，急需筹集过冬的给养。组织上把任务派给了蒙古游击队。高凤英和奇峻山分头行动，高凤英去武川庙儿沟一带，奇峻山去萨拉齐西北的山区尔沁窑子一带。

阴历九月初，高凤英一行十几人从武川三道坝一带顺沟南行，取道万家沟的"大火烧"，打算到一前晌村和奇峻山指导员会师。

万家沟系八路军大青山支队司令部、中共绥蒙区委的驻地，李井泉、白如冰、杨植霖、李维中、彭德大等首长曾在这里住过。

沟南的"大火烧"住着山民高龙一家，1938 年前因日寇骚扰，无奈从吸麻湾迁到沟南"小火烧"。后来日本人将"小火烧"烧了两次，烧光抢光后高龙又到了西面的"大火烧"。父子俩掏了一个窑洞居住了下来，后来他们和八路军一起在西坡上又掏了 5 个窑洞。于是，这些窑洞就成了游击队员们的落脚之处。

高龙成了八路军游击队的朋友，他们像一家人一样生活在一起。

高凤英与绥蒙区党委社会部长王聚德的到来，使这里热闹起来。王聚德初来，成了这里的稀客。为了招待他们，炊事员在给大家安排吃荞面时，特意弄了一斤白面。王聚德、高凤英不让搞特殊，硬把白面倒在荞面里。他们唱歌、吹笛子、拉二胡、漫山曲儿、打快板、唱二人台等，整个晚上红红火火的。

这天夜里，根据“野狼”的准确情报，鬼子出动了。日本鬼子的12辆汽车从萨拉齐镇出发，沿路抓了许多带路的，开到了小万家沟沟口。鬼子跳下汽车，翻过几道山梁，把“大火烧”包围了起来。

王聚德，陕西省清涧县人，原系中共中央社会部成员，1940年由延安派来大青山区，担任绥蒙区党委社会部长。他所领导的社会部由区党委及中央社会部双重领导。其主要任务是搜集日伪军情报，配有一部电台及几个译电员，向中央社会部直接汇报工作，使延安能及时了解大青山的情况。此次“野狼”用了一石二鸟之计，谋算到了中共的“大鱼”。

为了便于白天行动，鬼子在夜间没有动作，一直等到第二天清晨才发起进攻。

农历九月初五的早晨，小鸟刚刚鸣叫，山梁上的树木清晰可辨了。小战士李天宝和刘交其到山下抬水，正在舀水时，忽听山上有人在招呼他们：

“喂——喂——”

二人抬头一看，见对面山上伏着鬼子，钢盔明晃晃的，正向他们瞄准呢。

李天宝拔腿就跑，鬼子开枪了。天宝跑上山梁，去报告敌情。刘交其机灵鬼大，把帽子顶在四尺多高的马茹子树上，迷惑敌人。刘交其顶好帽子，在枪弹声中左转右趔，不见了。

前天晚上吹笛子的勇夫也在沟里，敌人发现了他，照他头上就是一枪，子弹在头皮上擦了一道血印。他迅速卧倒，乘机跑脱。

“哒哒哒哒……”敌人的机枪响了，雨点一样的子弹向“大火烧”梁上的窑洞射去。窑洞上的土扑簌簌地落了下来。高凤英、王聚德听到对面的枪声，当即组织战士在洞里还击敌人。此时，敌人的枪声大作，子弹像暴风雨一样泼射来。弹鸣的声音响彻山谷。凭枪声的方向与经验，他们断定已被敌人四面包围。高凤英和王聚德知道事态严重，迅速地把重要文件与来往信件用火点着，而后，他们利用窑帮做掩护向敌人还击。此窑洞没有窑门，只用荆条捆子堵了门面。此时荆条捆子已倒了，从洞外看洞内情况一览无遗。鬼子的掷弹筒一个接一个地打来，洞口的泥土四处飞溅。

南窑洞背着南山上敌人机枪的方向，是唯一可组织突围的一面，他们曾组织了两次突围，由于敌人占据了有利地形，以密集的枪炮封锁，都没有成功。

北窑洞正对着敌人的机枪，首先遭到了重创。

高凤英所住的西窑洞在一个缓坡下面，缓坡的斜右侧形成陡势，有一道落差很大，形成树木丛生的深涧。他的勤务兵已经冲上缓坡，再有几步就可下坡入涧，但腿部受了重伤不能前进。

高凤英离西北方向入沟的缺口仅有十几步，只需二三十秒的时间就可纵身入涧，转入环形沟，在巨岩的掩护下像勇夫和刘交其那样有脱身的可能，而此时却因销毁文件失去了宝贵的逃生时间。

“同志们，这是生死存亡的时候，我们共产党人决不能被吓倒！今天正是为同胞和战友报仇的时候！打狗日的！”弹雨中，战友们听到了高凤英的呼喊，每个人都热血沸腾，把仇恨的子弹射向敌人！

高凤英双手挥动着盒子枪，专打敌人的机枪手，敌人的机枪数次哑巴了。但数十倍的敌人越来越凶猛。

此时，高凤英想起了死去的战友贾力更、刘洪雄，想起了日寇刺刀尖上挑着的婴儿，想起了被鬼子凌辱的同胞姐妹，想起了被鬼子用连枷杆打得死去活来的妻子莲莲……鲜血，在他的额头上、脸上流淌着；鲜血，在他的胸中燃烧。愤怒的火光在他的双目中迸射。那些依山挖筑的窑洞，竟成了难以攻克的堡垒，尽管敌人兵力强大，火力迅猛，也未能在短时间内夺下这十几人的阵地。鬼子几次组织进攻，企图攀登“大火烧”山峦进攻，都被八路军和游击队战士打下去了。战斗一直从清晨打到中午，八路军和游击队的手榴弹打光了，子弹已所剩无几。他们只好试图突围。高凤英腿部受了重伤，胸侧、腹侧、头部各中一弹，壮烈牺牲了，时年 32 岁。王聚德在激战中为国捐躯，其余 11 名指战员战斗在最后一刻而阵亡。只有高凤英的勤务兵因腿部重伤仍倒在缓坡上。

枪声停止了，山沟里到处弥漫着硝烟硫磺的味道。此时寂然无声，如人间地狱。日本兵身披绿色伪装，攀上“大火烧”山梁，把几层窑洞搜查了一遍，把弹尽援绝的三个战士和高龙父子用绳子捆在一起，逼迫他们跪在高凤英住过的西窑洞前，身后架上了机关枪。负伤的勤务兵被鬼子从缓坡上拖下来，摔在了窑洞口。勤务兵很年轻，不足20岁，不久前还在疾病中。他满脸是血，艰难地匍匐着向高凤英的遗体爬去，想再看一眼兄长一般的队长。鬼子不等他爬近高凤英的遗体，就抱起机枪扣动扳机，在他的胸部、腹部打了一梭子子弹……

被捆的高龙父子和战士目睹了这悲惨的一幕，一个个悲愤交加，眼里迸出泪花。

鬼子把各个窑洞仔细搜查一遍，希望能发现重要情报。因为他们知道在这里工作的王聚德是中共中央社会部的人。但出乎他们意料的是片纸无存。鬼子把窑洞的石头炕板子都扒了个底朝天，也没有发现有价值的东西。于是将每一块石头炕板子都压在了高凤英的遗体上。

高龙家住的窑洞在八路军窑洞的下面，窑口安了窗户。鬼子把窗户撬下来，投入火中。鬼子军官喊："新剿哩哇"，带路的赖皮发疯似地将高龙全家的衣服抢了；又喊："新剿"，抢走了烂铺盖；再喊："新剿"，锅被拔走，锅坑里藏着的勺头、笊篱等家具都被抢去。前日，高龙的儿子从武川翻山越岭好不容易背回来的几斗莜麦，昨天加工成莜面，也被日寇扬在火里烧了。

只剩下一张皮被子，高龙的老伴坐在上面，带路的过来要抢，老太太拽住不放。鬼子上来一连打了她好几个耳光。小孙女见奶奶被打，吓得大哭。鬼子提住小女孩要往熊熊大火里扔。女孩的左脚被烧，哭得更加凄厉，声声揪动着高龙老俩口的心。高龙老伴扑上去紧紧抱住这个从小失去双亲的孙女，想从敌人手里夺下，拼命和鬼子滚在一起。几个年长的带路人看不下去了，上前不停地说情，小女孩才幸免于难。

血洗"大火烧"后，鬼子放出两只信鸽。信鸽在空中打了几个盘旋，径直向西南方向飞去。隔了一会儿，报话机响了，鬼子军官与对方对话后，便命令队伍起程。

鬼子抓走了高龙的儿子有旺和三名八路军游击队战士，将他们关在萨拉齐监狱里。

掩埋烈士遗体是由王建功及勇夫通知，赵锁具体组织的。这天，万家沟里"大火烧"附近的各个山梁、圪凹里住的男人，凡能行动的都来了。因担心敌人再次搜山，东山上还特地派了老乡放哨。

来掩埋烈士的这二十多个老乡没有一个不熟悉高凤英的。他生前无论住哪个村，每到清晨，老乡们总会听到他站在院子里给战士们下命令："担水，扫院！"战士们闻风而动，高凤英也拿着扫帚"嚓嚓"地扫了起来。人们都说他是个闲不住的人。他求老乡办事，总是用商量的口气："你顾上顾不上？给咱们背一背柴禾去。"背回来，他又征求意见："在哪儿吃饭？和战士们吃，就给你做上；要是回家吃，就把面带回去。"

掩埋烈士的老乡默默地站在高凤英的遗体前面，心里有满肚子话，但一个个怆然无言。他们看到，一场大病以后，高凤英比以前消瘦了许多，浑身上下没有一点棉花。已是深秋，他身上破旧的蓝布夹衣包裹着瘦弱的身子，怎能耐得过山沟里寒风的侵袭！大家禁不住泪洒衣襟……

组织部长薛世英哭红了双眼，蹲在地上不说一句话。

贫协主任赵锁含泪道："高队长他们和咱们一个碗沿上吃饭，给他们裹上胡荆子再埋吧！"大家给高凤英、王聚德等遗体上裹上了一人高的荆条，安葬在窑洞西面的一丛槭树下面。顺坡势上面3人，中间5人，下面4人。槭树的叶子像榆树叶似的，密密地长着。秋霜过后，红殷殷的，片片红叶被冷风吹过，洒在了新坟上。此时，一位年轻战士从坡上跑下来，爬在高凤英的坟头边哭边用手刨坟上的土，手被石子划出了血水，但他浑然不知。众人认得，他就是高凤英的患难兄弟，通信员小王。

"哥呀，你咋这就走了呀，你走了侄儿子嫂子咋活呀！你说带我去延安，咱俩一面都没见你就这样了呀！……"

这时，众人又抽泣起来。突然，小王奋力扑向组织部长薛世英，将薛按倒在地，双手狠狠地掐住了薛世英的脖子：

"就是你害死了高大哥！就是你害死了高大哥！"

众人忙将他拉开，大家都说："小王疯了！"

第十三章　妙计频出笑周郎

高凤英牺牲后，小王就一病不起，整天不醒人事，说胡话，水米不进。游击队指战员都辛酸地为他而落泪。

韩伍司令员手下的老五红团长闻讯后，为小王的义气所感动。经组织同意，化装成耍武卖艺的江湖武士，通过江湖关系，将小王送进了归绥城厚和医院。小王住院三天，日本医生给他注射了青霉素，小王便能吃能喝了。回到山上后，小王便跟随了老五红。

老五红，姓张，排行第五，蒙古族，土默特旗鸟尔素村人，与毕占海同为韩伍左膀右臂。1917年腊月的一天深夜，老五红与结义兄弟张豆豆、聋存牛、赛登砸了什兵地任财主的粮仓放粮给贫困百姓。此后，便闯荡江湖，专门与地主老财作对，当时人称"塞北四侠"。官府追捕得紧，他便投奔"老一团"当了兵。

"小红鞋"是老五红的义妹。时人又称他俩为"阴山二红侠"。

1936年，老五红在百灵庙参加了蒙政会保安队暴动，后本队被改编为“蒙旗保安总队”，随军在毕克齐驻扎。章文锦制造“内讧”，打死云继先，弄垮部队。老五红跟随韩伍参加了李根车的蒙古游击二大队。李根车剥夺了韩伍的兵权，老五红又随韩伍离开了李部，另扩充兵力，后来被编为伪防共二师。

防共二师受挫，组成蒙古游击大队后，韩伍司令员经常寻找战机，以壮大自己。

这天，张五红团长的义妹“小红鞋”送来消息：李海龙将鄂友三的人放了“路灯”，鄂友三准备在大烟开刀后报复李海龙。

老五红听罢，心中便是一动，一条借力打力、釜底抽薪的计谋马上形成。

张五红团长找到韩司令员如此这般地汇报了自己的想法，韩伍连连点头。

在“七七事变”前，萨县和托县境内，有三个官府都是无可奈何的独立王国，在托县韩国良把持祝乐沁；在萨县天主教堂独占二十四顷地（地名），再者就是李海龙操纵六道坝。

“萨、托二县没好人”，人们因此这样说。李海龙，出身豪门，家拥万贯。李继承了父业，为了保全自己的利益，养兵蓄粮，图谋称霸为王。李为人豪强残酷，心狠手辣，头脑灵活，但又很迷信。据传，算卦的先生说他是帝王造命，应为一方主宰。所以他一度把“龙”字改为“龚”，即“飞龙在天”的意思。他曾在青年时期跟着赵半吊子闯荡江湖，后来洗手务农。他拿惯了枪杆子一时放不下，便在把总窑子、耳沁窑子等村办起了民团，扩充家兵，壮大力量。团兵都是来自附近各地，闲时为李种地打粮，有情况时，则扛枪打仗，为李卖命。

至于这些人的军费，大部分来自百姓。李不完全与民为敌，有时候能讲几句公道话，办几件有益的事，因保护乡里，征剿散匪，威信逐渐提高。当然每件事都有一个前提，就是必须对他有利，无利不干。由于实力不断扩大，家业日臻富甲一方，遂成为六道坝一带一声喝到底的土皇帝。

傅作义决心励精图治，整顿绥远省的时候，实行了乡村工作指导制，但始终没有查清李海龙控制的这块地方的实际情况。民团究竟有多少枪、土地有多少亩，适龄壮丁有多少人，全都难以知晓。可见当地群众除了慑于他的强制性权力外，对他还是比较拥护的。

绥远沦陷伊始，李海龙便投降了日本占领军，被任为伪安民保乡司令。该地有一位毕业于绥远中山学院的学生陈治国，搭救了因战火阻绝，不能回到南方的国文老师朱静雅，将其推荐给李海龙。李把朱静雅供养起来，赖以出谋划策。

把总窑子扼武川、固阳、萨县三地道路之交通中心，其战略位置不言而喻。李海龙在周边山崖要隘都筑有大小不等的明碉暗堡，拱卫该村。他住的院子里辟有一处花池，上层培土栽花，下层砖墙砌筑，留有射击孔，底层地道直通兵房。朱静雅将这些建筑命名为“鸳鸯阵”，将李海龙奉为“玉麒麟卢俊义。”日常以“李员外”作称呼。

八路军曾对李进行了两次惩罚，但收效甚微。

鄂友三的势力发展壮大后，势力范围向六道坝不断扩展，迫使李海龙领地日蹙，恐惶不安。鄂友三曾三破鸳鸯阵，却无功而返。李海龙为了在日本人面前交待安民保乡的帐，经常主动与鄂部官兵交火，但他总是屡战屡败。

这天，鄂部连长周贵堂率 32 人，驻扎在固阳县的北气沟油房壕村。不想遭到伪请安军的进攻，他们坚持到傍晚的时候，搬到了西面的沟里。遥望一百多骑兵迎面而来，士兵准备开枪射击，周贵堂制止道：“这明明是鄂师长派人来支援咱们的，瞎打什么？”

说话间，百骑已风驰而来。此时众人才发现是李海龙的队伍，想抵抗为时已晚，陷入了重围，只好交枪被俘。李海龙令 32 个俘虏跟在骑兵道左。走一段路，信手枪毙一个，以至于斩尽杀绝，李海龙此举称为“放路灯。”

鄂友三得到“油房壕事变”信息后，轻弹眼泪，直气得五内生烟，暴跳如雷，但也无可奈何。直到南平川大烟开刀取浆的时候，他决心包围李海龙，赚取烟税，以报“放路灯”之仇。

这天中午，李海龙在把总窑子家中，突然来了两位自称是鄂师长派来的不速之客。来人一位是气宇轩昂的汉子，一位是年轻机灵的小青年。他俩分别是张五红和小王。

“李司令，久仰了，在下是鄂友三师长派来拜访您的。现在鄂师长带领 1800 号人马集结在山阴的一面，却因天气酷热，官兵口干舌燥。鄂师长令我俩前来通知，马上熬好绿豆汤派人送到山上解渴，并限于日落前交齐烟税 500 两，少一分也不行。你们如不同意，杀了我俩，鄂师长自会派兵分头到各村征收……”

李海龙见来人目光犀利，说话铿锵有力。李事先又没有侦得有关鄂友三部队在附近活动的任何情况，毫无思想准备，沉吟良久，又问计于师爷朱静雅。朱静雅乃一介书生，哪见过此等阵势，早已“响震失色”，遂对李道：“我等无大军做后盾，措手不及。今人为刀俎，我为鱼肉，不仿暂敛英雄之气，以图日后！”

李海龙此时也认为鄂友三若无大军作后盾，绝不会冒然派来俩人枉送性命。于是马上派人指定多户人家赶快熬好绿豆汤，派后生们担着桶送上山，并给烟农分摊烟税负担数量，勒令日落前必须缴到。当送米汤的人们把担子挑到山脚下时，兵士便让他们把桶放下回去再挑，由自己把桶担到山上饮用。如此反复挑到红日西沉，也没有解了这 1800 人的口渴，连烧火的村妇们都惊奇地说：“他们咋就这么能喝呀？”

日落前，催烟税的老五红与小王取得了李海龙交付的 500 两大烟，在李海龙的恭送下离开了把总窑子。上山后韩伍司令员与战士们一片欢腾，既佩服老五红的计谋，更佩服张团长与小王的胆识，真是“鞭敲金蹬响，高唱凯歌还！”

李海龙派人观察鄂部集结的地方，回报说，估计来人不到 200，送上去的绿豆汤都倾倒在山沟中。李海龙听罢，不禁怒火中烧，大骂鄂毛驴诡计多端。

朱静雅慢条斯理地说：

“此正所谓‘不战而屈人之兵’，上上策呢。”

受此羞辱，李海龙对鄂友三恨得更是咬牙切齿，发誓与鄂势不两立。

第十四章　剑光寒 斩野狼

韩伍智赚烟税，既挑拨了李海龙与鄂友三已经恶劣的关系，又为部队的发展增加了经费。于是，在回山的路上买了两坛烧酒、鸡蛋、粉条，当晚在小万家沟沟口的明安庙驻扎下来，第二天中午庆贺胜利。

适逢杨植霖、勇夫、福岗留、二小娃从萨拉齐建立反战同盟回来，于是，共同为此次胜利而举酒庆贺。

饮酒间，谈起了时事。勇夫道：“近日川底百姓议论日本‘红会’训练出百名武士，专门找抗日队伍的领导机构搞暗杀活动。这些人飞檐走壁，无所不能，尤其是他们练就了绝世奇功‘忍术’，能直立于当空之中。说得神乎其神。”

杨植霖道：“‘红会’一直都在培训特务。这些特务都有一定的本领，化妆、疾行、耐力、语言、枪法、特技，都各有所长，失败时宁死不降，的确是我们的劲敌。但会‘忍术’的武士之谈可信度还不太大。”

“福副官，‘忍术’真的有那么神吗？”老五红对一直沉默不语的福岗留问道。

福岗留扶扶眼镜道：“‘红会’新培训的武士确实是日本浪人的后代，他们自幼就参加了野兽般的训练。他们的格斗技能主要以柔道、相扑、武术、刀法、剑法等多种功夫演化而来，主要以实战为目的强化训练，以适应各种恶劣的环境及应对挑战极限。因他们的武功已炉火纯青，所以不知情者称其为‘忍术’。日本帝国的忍术虽传承几代了，但真正见到的人还是没有……”

老五红听罢，心中奇痒难当，他说：“有机会的话，咱老张还真想和‘红会’的鬼子过过招！”

“红会”的话题过后，众人又谈起当前的军事、政治形势以及日后的打算来。

过了起晌时间，通信员骑马而来，向杨植霖等首长敬礼后对张五红团长道：“薛部长在万家沟组织部召开会议，通知您前去参加。”

杨植霖等人也准备回机关，于是张五红取了赚来的烟土，与韩伍告别，一行五人回万家沟去了。

就在当天晚上，营长刘成科叛变了。

韩伍的蒙古游击大队成立后，党组织派绥西敌工科长黄天祥、骑兵支队敌工科长李直二人协助韩伍做政治工作。是晚，韩、黄、李三人正在研究工作，叛徒刘成科奉“野狼”之命带领他的手下闯进了韩伍的屋子，当场打死了韩伍司令员，黄天祥正准备反抗，已被叛兵打倒在地，五花大绑捆了起来。

刘成科哗变后，驻扎在归绥城南的桃花，为防止老五红报复，将黄天祥、李直挟持在私牢里，每日增加岗哨，严防不测。

为了营救黄天祥、李直，李森找到了张锁，要求张锁向刘成科要人。

张锁，蒙古人，与刘成科同是土默特旗妥妥岱人。张19岁去“老一团”当兵，曾任班长，与李森交情甚厚。“老一团”被遣散后，他参加了马卫队。1938年，马卫队被编为伪蒙古军十六师。张先后任排长、连长。

刘成科杀了韩伍，在日本人面前立了大功，一时趾高气扬，眼里哪能放得下他这位老乡，硬生生地拒绝了：“吃点喝点行，要人求情的事免谈！”

张锁碰了一鼻子灰回去了，建议找冯富祥想想办法。

冯富祥与刘成科同是土默特旗妥妥岱人，他们一起参加了韩伍的防共二师。刘成科的叛变，令他痛心疾首。冯富祥向老五红献计道：“赚取其家人，可换回黄天祥、李直二人。”

半夜时分，冯富祥领着小分队和老五红跨过铁路线，摸进妥妥岱村。冯富祥叫开了刘家的门，将刘家一家六口请上了山，并将事情的原委经过告诉了刘老爷子。刘老汉气得直骂刘成科混账东西，败家仔。

刘成科得知家人被劫，只好放走了黄天祥、李直二人。刘家人安然回到了妥妥岱。

然而，事情并未因此而了结。老五红总是寻找各种机会找刘成科算账，决心为韩司令员报仇。

韩伍去世后，老五红带领余部编为“抗日游击队”，仍任团长，为大青山抗日根据地筹集物资。

这天，老五红得到可靠消息，刘成科在白石头沟的村子里和姘头粉团子厮会。

老五红怕失去这次机会，带着小王两人两骑直取白石头沟而来。

进村后，找到粉团子的院落，老五红大踏步地向屋里走去。

此时，刘成科破门而出，越上东墙，顺坡向北面的沟里跑去。

“活捉刘成科，替韩司令报仇！”老五红一边对小王说，一边直撵刘成科而来。

刚转过一道石崖，5 名日本武士拦在了他们面前。

“八格牙路！八格牙路！”鬼子都穿着黑色夜行绸衫绸裤，脑袋裹了条巾，上书“武运长久”字样，中间是血色圆图。见老五红迎面而来，鬼子们便将手中的刀枪扔在地上，向老五红挑战。

老五红见状，知道他们便是“红会”的武士，于是将双枪递给了小王。拉开架式等待敌人进招。

第一个鬼子俯身扑来，直取老五红的腰身。老五红闪身让过。鬼子快速收势，单腿直取老五红的裆部。老五红双脚点地，闪身跃到敌人身后，重拳击中敌人后脑。鬼子一个趔趄没有站稳，扑倒在地时前脑磕在了一块石头菱角上，顿时血流如注，爬不起来了。

第二个鬼子来势凶猛，以攻代守，不给老五红留半点进招余地。老五红卖了一个破绽，飞脚击攻敌人心窝。鬼子暗喜，伸手接了老五红的左脚，欲将老五红倾翻而力劈之。熟料老五红借敌人接脚之力，右脚已经跟进，直点鬼子的眉心。这一脚非同小可，鬼子当即倒地，七窍出血而亡。

5 个鬼子倒下两个。其余的 3 个鬼子互相使了眼色，一起扑上来。老五红见状，面无惧色。3 个鬼子同时出招，一个出指直取老五红双目，另一个鬼子出重拳黑虎偷心，再一个鬼子出扫蹚腿专攻老五红下路。

岂料老五红出手奇快，左手接了鬼子的重拳，右手单接鬼子的双指，俯身向下用力回拉，攻击老五红下路的扫蹚腿正好踢中了另两路鬼子的身上。

三个动作一气呵成，皆在毫秒之间完成。没等鬼子明白怎么回事，说时迟，那时快，老五红已从靴子里抽出匕首，“噗噗噗”，三个鬼子同时被捅了肚子，死于非命。

此时，石崖后打来一发子弹，击中了老五红左肩胛骨。老五红怒目回头，见是刘成科。与此同时，小王手中枪已经开火，将刘成科击倒在地。

然而，就在此时，小王手中的枪亦被打飞了。“哈哈哈哈”，笑声中，大柳树上跳下一个人来，老五红与小王俱各一惊，来人却是组织部长薛世英！

“你，你敢暗算我们！”张五红怒道！

“哼，啥叫暗算，这叫智取，怪只怪你们一个个愚笨，被我‘野狼’耍了个团团转”。薛世英将小王的枪踢远，将老五红的双枪从小王身上抢去，一手一枪，对准了老五红与小王二人。

“‘野狼’？怪我瞎了眼，没看清你的真面目。”

“有不瞎眼的呀，可是你们却没有因他而怀疑我。”薛世英指着小王道：“这小崽子早怀疑我啦！”

“呸，你这个人面兽心的家伙。”小王怒道。

“骂吧！过了嘴瘾老子送你见阎王。”薛世英自豪地说，“你们的‘雪豹’刘洪雄厉害吧？但他没斗过我，死啦！文盖是我的人，取信时被福岗留与二小娃发现，被我击毙，灭了口，保了我！高凤英堂堂七尺好汉，我去送药若不是被小王这小子从中破坏，当时就送命了。但他也没逃过我的手心，让王聚德陪他一起，死了！贾力更的行踪被我掌握，未到延安中途丧命，死了！韩伍名震阴山，乃当世豪杰，当我把你老五红逛走后，他也没逃过我的手心。今天你俩被我逛到白石头沟来，也是死路一条。可惜呀可惜，不愧是打家劫舍的好汉，死前还赚了 5 个日本武士！”

“啪！”说话间，薛世英的枪响了，小王的胯部中了一枪。说时迟，那时快，老五红忍着肩部枪伤，拣起地上的匕首甩向薛世英。薛世英的胸部中了利刃，手中枪顿时开火。老五红身中数弹，倒在了血泊中。

薛世英跪倒在地上，胸部的匕首并未伤及性命。他又将枪口对准了负伤的小王。

突然，一匹红马飞驰而来，马上一袭红衣红衫的女子扬手抛出一条红线。红线闪过，薛世英的咽喉中了一镖。飞镖的红绸在薛世英的颈项上随着山风而飘动。

此时，尘土飞扬，人喊马嘶，一队铁骑飞驰而来。为首的是杨植霖杨大队长。骑兵指战员看到眼前情景，都摘去了帽子，低下了头。

卫生员抢上前去，将小王抱在腿上，迅速为他包扎枪伤。

“小红鞋”泪流满面，默默地将老五红的遗体放在马背上，而后割去薛世英的脑袋，挂在了马鞍上。“五哥，妹子来迟了，咱回家吧！”她便轻身跃上马背，向沟外飞驰而去……

悲哀的唢呐声，在白石头沟飘然回荡！

第二天，薛世英的人头挂在了归绥城的门楼上。

阴山儿女英雄传

一、“老子抗不了日”

大青山虽然是一位饱经沧桑的母亲，但却掩饰不住她的慈祥与秀美。她盘膝而坐，怀里拥抱着她心爱的孩子——百什户村。

百什户村位于察素齐镇正西北二十里处，是大青山井沟的南口。村东一里处有朝代沟，二里处有白石头沟，三里处是宽阔而险要的大万家沟南口。大万家沟长年溪水汩汩，灌溉了二十多个村子的肥田沃土。村西一里处是面沟，二里处是小万家沟，再往西是上达赖沟。这里的每一道沟都可深入到大青山的腹地，自古以来就是兵家必争之地。赵武灵王元年至二十八年（公元前 626 年——公元前 298 年）间修筑的赵北长城于山脚下东西穿过，更显得这里古老而神秘。

此时已是日上三竿，百什户村像一个熟睡的婴孩，静静地躺在母亲的温暖怀抱里。突然，村里骚动起来，街道上尘土飞扬，战马嘶鸣，鸡飞狗跳，嚎哭叫骂声不绝于耳。闺女媳妇急急躲藏于草垛和山药窑里，来不及躲藏的，赶紧从灶间锅底抓把黑灰抹在脸上，惊慌失措地等待着噩运的降临。

伍德子脚踏一双日本高筒马靴，鞋钉在石头井盘上磕得嘎嘎响，扯开嗓子指挥他的部队抢粮抢鸡抢女人：

“刘长命带人到村西头，狗不吃到村东头，二肉蛋到当街，给爷好好的搜。有人的不打锅，没人的打锅，两个时辰结束战斗！”

于是，这些穿着各种样式衣服的兵丁再次把村子翻了个底朝天。

一个时辰过去，大榆树下的石头井盘边，堆放了一些抢来的东西，粮食、粉条、鸡、衣服、被褥等。因为没有抢到大烟土，二肉蛋绑来一个学生模样，长得细皮嫩肉的小后生。他叫王永会，是就读于归绥城的学生。

“你们这些挨刀货、枪崩货、传头子（瘟疫）毒不死的，抓我的孙子，损了八辈子阴德的，快还我的孙子呀！”一位头发雪白的老奶奶披头散发地扭动着小脚追了上来。她是王永会的奶奶。

“这老不死的，还敢骂人，掌嘴！”伍德子怒道。

狗不吃抢上前去，左右手开弓就是几记耳光。王老太太被煽倒在地，嘴里、鼻子里全是鲜血。王永会见状，抬脚去踢伍德子，被刘长命和二肉蛋剪了双臂，死死地被绑在了大树上。

这时，一部分村民被赶来了，大家都敢怒不敢言。

王老太太嘴里喷着鲜血，继续骂道：“你们是牲口养的，难道家里没有父母姊妹。放着日本人你们不打，偏偏来祸害老百姓……”一股血涌入口中，王老太太昏死了过去。

“奶奶！奶奶！”王永会急呼，嘴却又被刘长命堵上了。

“哈哈哈哈，”伍德子仰天大笑，“老子的自卫军抗不了日还抗不了你们？”接着指着村民的脸又道：“你们都是奴隶性质，爷们打吃饺子骂吃肉，不打不骂啃个干骨头。今天告诉你们，这后生里通日寇，破坏抗战。若想让他活着回来，三天后，上山送来两千块现大洋了事，不然的话……”

“嚓”的一声，伍德子的马刀砍断了头顶粗大的榆树枝。

“德哥消消气，德哥消消气。这孩子有啥不对的地方您大人不记小人过。他家只有祖孙二人相依为命，去年他爹死在日本人刀下，求求您饶了他吧！”此时，一位中年村民上来求情。

“呵，谁的裤裆烂了，跑出来个你？你是谁，瞎参乎个甚？”伍德子瞪起了三角眼。

“我叫胡官仁，是本村的，求德哥饶了孩子吧！”

“爷看他就是有钱的主，没钱咋能念得起书？今天的财神爷咱请定了！”

“德哥，你有所不知，他祖孙二人全靠几亩薄田生活，真的没有钱呀。要不限十天，给 200 块现大洋吧？！”

“不行，你让爷们吃西北风抗日吗？限五天，送五百块现大洋，办不到别怪爷们翻脸不认人！”

一声唿哨响过，伍德子的队伍在一片尘土中开拨了。

王永会被扔在马背上，强行带走了。

这天，从山里来了一位陌生的中年人，头顶二道蓝白毛巾，身穿老蓝布黑夹袄，大裆单裤，脚踏一双牛鼻子千层底布鞋，一副庄稼人打扮。此人操山西口音，满面笑容，和蔼可亲。见老年人就叫大爷大娘，见年轻人就称兄道弟，彬彬有礼。百什户村的胡官仁、王永科、刘才旺见此人言谈举止、气度神形与众不同，遂与之交谈，此人自我介绍道：

“我叫邱如刚，山西口里人，来此探亲，身上的盘缠路费被土匪洗劫一空，只好讨吃叫街流浪过日子。今天适逢三位大哥，乃是天定的缘分啊！”说罢，凄然落下热泪。

胡官仁三人听罢，对他非常同情，于是领邱如刚到胡官仁家吃饭。饭后，胡官仁对邱如刚诉说了绥远沦陷后的悲苦生活。又讲了昨天“官土匪”自卫军伍德子洗劫百什户，打伤王老太，掳走王永会，被请财神遭勒索的事情。众人泪如雨下，胡母更是泣不成声。邱如刚见此情景，也是泪流满面，道：“乡亲们，不要哭了，哭是没有用的。咱们老百姓得想个办法，不能永远受人宰割！”

王永科道：“咱们都是庄户人，老人们常讲，苦吃不死人，忍耐就能存活。可现在咱已无立足之地，有什么办法可想呀！”

刘才旺也道“人穷志短，马瘦毛长，咱就是受欺负的命呀！”

邱如刚却说：“人不能认命，李闯王、刘备刘玄德都是素民百姓，可他们却能真刀真枪打天下。薛平贵、薛仁贵也是讨吃叫街的，而后却能辅佐帝王打天下。天无绝人之路，人不能总是认命，咱老百姓更不能坐着等死……”

一席话说在了众人的心坎上，大家都认为邱如刚是个有见识的人。

当晚，邱如刚就住在胡官仁家。

第二天清晨，胡官仁要进沟割柴禾。邱如刚道：“官仁呀，我本是流落外乡的受难之人，初来你家就受到盛情相待，无可报答。今天，我跟你进沟一起割柴禾表表我的心意。”胡母道：“咱们都是受苦受难的苦命人，吃顿饭算个甚。你千万不要多心啊！”邱如刚执意要去，胡官仁只好应允。早饭后，二人带上柴刀绳子动身割柴。刚出家门，邱如刚提出要把昨夜谈话的王永科、刘才旺都叫上。胡官仁见说，感到话中有话。于是相约王、刘同行。进了沟，四人都上坡割起柴禾来，只见邱如刚手提柴刀扭扭捏捏不像个“庄户人”。胡官仁就手把手地教他。

“老乡，你在口里没有割过柴禾吧？”休息的时候，胡官仁问道。

邱如刚坦率地说：“我原来是太原成城中学的老师，我并非来此探亲，路上也没有被土匪抢劫一空……”

“那么，你到我们村干啥？你是做甚事的呢？”三人惊奇不已。

邱如刚道：“我是共产党，毛主席领导的八路军，奉命从山西雁北地区来大青山建立抗日根据地，号召穷人团结起来共打日本鬼子。光我们成城中学师生就来了 320 名。官仁哥，你们欢迎我们吗？”

百什户的村民早些时候虽然听说大青山里来了抗日的八路军，但从未见过面。今天他们三人亲眼看见了八路军派来的邱如刚，大家都异常的高兴。

“用什么办法抗日？”三人以渴望的心情向邱如刚请教。

邱如刚介绍了国内的形势、延安的现状与情况，共产党毛泽东的抗日主张。还特别介绍了山西平型关、娘子关、侯马、晋北等地区打击日寇的情况。听到这些胜利的消息，大家都眉飞色舞，心里痛快极了。

邱如刚道：“和敌人做斗争，咱们得有个组织，组织起来大家才能行动一致，才能互相配合。军民团结一心，才能把敌人赶出中国。”说着，他拿起一根荆条，用手轻轻一折，断了。又拿起大把荆条，让三人用力折，三人使尽力量也折不断。邱如刚哈哈大笑：“三位大哥，这就是组织，军民团结一致才能打败日本帝国主义。”

三人会心地笑了。

邱如刚提出要组织抗日救国会，通过抗日救国会来发动群众，组织群众、宣传抗日，组织游击队打击敌人。他说：“毛主席制定了建立抗日民族统一战线的政策。人不分老少，不分贫富，不分南北东西，不分民族宗教。有钱出钱，有力出力，有人出人。全国都动员起来，四面八方的打击敌人，咱四万万同胞一定能把日本鬼子赶出中国。”

邱如刚充满信心地舞动着拳头，三人都听得入神了。

“为今之计，咱们首先要把被请财神的王永会救出来，我们得想一个好办法。”邱如刚说。

“兄弟，你领我们干吧，你说咋办就咋办！”胡、王、刘有了主心骨。

四人背上柴禾回村，路过孙膑庙，四人在孙膑的泥像前对天盟誓：“我等四人愿结拜为兄弟，参加抗日救国会。同生死，共患难。不怕苦，不怕难，不怕死，赶不走日本鬼子誓不罢休！”四人的誓言在庙梁上轻轻回荡。

邱如刚道：“从今天起咱们就是抗日救国会的会员，都是革命同志了。革命同志不准暴露组织，不准出卖同志。谁要违反，必定受到抗日军民严厉的制裁。”

“海枯石烂，抗日到底永不变心！”胡、王、刘同声表态。

二、亮剑

伍德子大名伍点元。是王有功部第一支队长，与第二支队长刘子德（龙镇子）、连长李福英（愣新正）共同辅佐王有功。日寇沦陷绥远，伍点元与刘子德啸聚山林打家劫舍为匪，王有功踣而复起时，王、刘又披上了抗日自卫军的外衣。

伍德子手下得力的五个人被称为五虎上将，分别是震山虎王瑞、笑面虎额尔齐召·乃莫气、独眼虎刘长命、吊眼虎狗不吃、东北虎二肉蛋。

这天半前晌，伍德子正与五虎谈论三天前从百什户抢回的财神爷王永会的事，一个士兵跑进屋来报告：

“掌柜的，有一家娶亲的花轿从北面顺沟下来了，稀罕不稀罕（抢不抢）？

伍德子笑道：“太阳从西边上来啦！谁说咱‘卧龙岗’是三岔口的孙二娘店，经常路断人嫌。这不，娶亲的都要从咱团部圪蛋路过！”

“掌柜的，娶了她！”笑面虎额尔齐召·乃莫气眉飞色舞。

“娶了她！”伍德子拿定了主意。

“娶了她！”

“娶了她！”

……

喽罗们欢欣鼓舞。

一声忽哨，在吊睛虎狗不吃、东北虎二肉蛋的带领下，十多名士兵一窝蜂地向娶家卷来。

花轿落地，花容月貌的新娘被首先赶来的东北虎二肉蛋掀去了红盖头，吊睛虎狗不吃马上痴迷在那里。说时迟，那时快，轿夫迅速抽出短枪，黑洞洞的枪口顶住了东北虎的胸口和吊睛虎的脑袋，二虎手中的八音子手枪也被缴获。那貌美娇小的新娘杏眼圆翻，双睛冒火，谁也没有想到她会从衣襟里抽出一把菜刀来，奋力向东北虎二肉蛋的脑袋砍去。东北虎脑袋一歪，菜刀走偏，削去了二肉蛋的右耳。“哎呀呀！”二肉蛋惨叫一声，不顾满脸的鲜血，扭头欲跑，早被新郎拿来绳索，杀猪似地按倒在地绑了起来。

新娘还想砍杀，被娶亲的人夺去菜刀制止了。

十多个士兵被娶亲的汉子们缴了长枪，举起双手跪在地上。

新郎命令匪部兵士互相用战带绑了自己人，然后，写了一纸短信，命一名俘虏给伍德子送信。

伍德子正在家里等待发财的好消息，却见外号叫圪狸的兵士惊慌失措地跑进来道：

“掌……掌柜的不……不好了，弟兄们叫人家包……包饺子了！”

“甚？”伍德子瞪起了三角眼。

笑面虎接过圪狸手中的信来，轻声念道：

点元兄台：

我等远日无冤，近日无仇。本不该结梁子于当今，只因向日兄请我弟王永会上山作客。今弟欲接永会回家，愿将二虎与尔等十名弟兄与王永会走马换将，请速定夺。

阴山二红侠书

伍德子王点元一听，马上倒吸了一口凉气，没想到请了个财神却惊动了阴山二红侠。

阴山二红侠，乃老五红与小红鞋的并称。二人结为异姓兄妹，以行侠仗义、杀富济贫闻名于阴山南北。二人皆手使双枪，身怀绝技，指东打西，百发百中。

老五红姓张，蒙族，乌尔素人。曾劫什兵地任财主粮仓，放粮与百姓，百灵庙举义、投老一团、辅佐韩伍，为土默特旗闻名遐迩的义士。

小红鞋，是“金翅雕”云春梅的义妹，领鼓匠班吹尖子，善演二人台。民间传其有飞檐走壁之神功！一双小红鞋鞋底暗制马掌一副，踢人时百发百中，让敌人受重创于脚下。

读罢信件，笑面虎额尔齐召·乃莫气道：“进一步惊涛骇浪，退一步海阔天空。为今之计，只好扯乎（收手）了！”

于是，伍德子领着笑面虎额尔齐召·乃莫气、独眼虎刘长命亲自到后院去取王永会。

后院是一长排马厩与监房。伍德子等人刚进院，就听见有嗲声嗲气的声音从监房里传出：

“我的小亲圪蛋，姐亲亲你。来，小白脸蹭蹭姐的奶子……”

伍德子一听，恶气直冲脑门，一脚踢开监房。只见三姨太小凤仙正抱住王永会的双肩，伸脖子去亲王永会的嘴巴。王永会被绑了双臂，努力仰面躲开小凤仙的强吻。伍德子抢上前去，狠狠地打了小凤仙两记耳光：“贱货，真能丢老子的脸！”

小凤仙抱头跑到了自己的屋里大哭不已。

王永会被扶上了马背，由震山虎王瑞牵着马缰走下沟来。伍德子远远望见二虎狼狈地被人绑着，杀猪般地向他嚎叫：“掌柜的，救救俺们！”

下到沟底，二德子与众喽罗列队站好，笑面虎额尔齐召•乃莫气大声道：

“阴山二红侠，久闻英雄大名，在下有礼啦！我们掌柜的爱惜好汉，故特来亲自与二位走马换将，对永会小兄弟失礼之处还请多多担待。红侠您枪响，咱就同时放人，请吧！”

新郎官抱拳道：“既走江湖道，便尊江湖礼，失敬了！”抬手一枪，双方同时放人。笑面虎在红鬃马屁股上抽了一鞭，新郎官这头轿夫踢了吊睛虎屁股一脚，二虎与十名兵士拔腿便跑，王永会很快地被马驮回娶亲队伍。

“扯呼！”伍德子众人纷涌归寨。

王永会被众人解了绑绳，扑嗵一声跪倒在地，向新郎官磕头谢道：

“感谢阴山二红侠出手相救！”

“小兄弟可别谢我，我可不是什么阴山二红侠。”新郎官急忙把王永会扶了起来。

轿夫摘去帽子，王永会惊道：“官仁叔、永科哥、才旺叔，原来是你们。”

“此地不宜久留，咱们回村再说吧。”胡官仁牵了匪兵的红鬃马，扶王永会上马，众人得胜而归。

原来，新郎新娘并非“阴山二红侠”，而是邱如刚与本村的娥娥嫂子装扮的。为了不给百什户村树敌，邱如刚想了这个借力打力的办法。

曲娥娥，明眸皓齿，端庄秀美，性情刚烈，是善岱镇保同河村远近闻名的美人儿。十九岁嫁于百什户刘家为媳。日寇占据善岱镇后，筑炮楼、修工事，强化地方统治。这天，曲娥娥回娘家保同河小住，得知炮楼里的日寇抢走了娘家的猪，执意要将猪要回。邻里乡亲劝她道：“听说日本人烧杀抢掠，奸淫妇女成性，万万不可去送死！”

曲娥娥道：“日本人他也是人吧？！他吃猪肉，我要回个下水也可以吧。”遂独自前往。

孰料曲娥娥羊入狼口，被十多个日寇轮奸了，悽惨的叫声让周边居民胆颤心惊。直到第二天中午，曲娥娥才爬回了娘家村里。就在曲娥娥受辱当夜，娘家又遭鄂友三部强征粮饷大烟。粮食衣服被洗劫一空。老父亲挨打后躺在炕上不能动弹，几天后含恨而死。

曲娥娥发誓，只要有一口气在，就要杀鬼子、宰顽军，为死去的亲人和自己报仇雪恨。适逢邱如刚、胡官仁等用计救人，所以娥娥嫂子挺身而出，假扮小红鞋刀劈东北虎。

八名八路军战士参加了解救王永会的行动。

三、宝塔山的指示

八路军初到大青山，智取枪支马匹，用计解救王永会的事情，很快在周边地区传开了。更有人将此事传得神乎其神，说八路军是神兵天降，个个都能飞檐走壁，有飞毛腿神行太保戴宗之神功，杀富济贫，专与土匪、日本人作对。于是大家的好奇与向往之心兼而有之。

八路军李支队的二位领导于占彪和高鸿光在邱如刚的陪同下与胡官仁、王永科、刘才旺三人见面，彼此一见如故。他们代表李支队向百什户的人民表示慰问，宣传抗日救国会的道理，讲解了抗日救国会的任务后，宣布百什户抗日救国会成立。

于占彪说："我们八路军是共产党毛主席领导的红军改编成的抗日军队，是穷人的军队，天下穷人是一家，共产党就是穷人的大救星。我们来自五湖四海，都是阶级弟兄。抗日救国就得团结，只有团结在一起，才能求得穷人解放，未来的中国是穷人的天下！"

在老爷庙召开的抗救会成立会议上，决定胡官仁、王永科、刘才旺三人共同负责领导工作，邱如刚辅导他们。于占彪和高鸿光反复地向三人交待政策和工作方法，规定每人秘密发展三名会员。一人成三，三人成九，九人成二十七，就象滚雪球一样，越滚越大。不久，他们就发展了王永会、刘天河、姚亮、杜仲和、银民忠、孟天贵、胡海威、刘忠小、李国玺等二十多名会员。组织不断扩大，力量日益雄厚，影响波及到整个周边地区，小万家沟、祝拉沁、黑蛇图、 上达赖、白音察汉、忽拉格气、妥妥岱、达尔计、西柜、西梁、沙尔沁、窑子湾等村也逐步发展了二百多名会员。这些村的救国会搜集敌伪情报，破坏铁路，抢运粮食，巩固根据地。抗日烽火在阴山南麓，大青山脚下很快形成燎原之势。

肩上扛着枪，
手榴弹挂胸膛。
挺着个胸脯儿前进！前进！
好似群猛虎下山岗。
见敌人莫惊慌，
急忙爬在大路旁。
找目标，瞄准枪，
乒乒乒，乓乓乓，
打得敌人发了慌，
丢下子弹和军粮。
小车推来大车拉，
唱着歌儿进村庄。
汗淌淌，乐洋洋，
唱着歌儿进村庄。

未几，八路军八十多人排着整齐的队伍，唱着响亮的战歌进驻百什户村。村民们听到嘹亮的歌声都围拢到东圪堵来观看，青少年更加喜悦。新选的村长姚亮和救国会的会员给八路军端茶送饭，表示热烈欢迎。由于老乡们屡遭伪军、自卫军和土匪的骚扰，起初对八路军持观望态度。但是八路军住了不多几天，老乡们看到他们不打人不骂人、说话态度和蔼客气、不拿群众一针一线、买卖公平合理、纪律严明，人人便抛去了戒心。八路军还帮助老乡担水、扫院、割柴火、收割庄稼、打场、耕地，卫生员给患病的老乡治病送药，分文不取。八路军受到了人们的热爱，老年人说："天下哪有这样好的军队啊！"部队的干部战士平时还教青少年唱歌，以振奋人心：

工农兵学商，
一起来救亡，
拿起我们的锄头和刀枪
……

姚亮的身份是伪村长，同时又是抗日民主行政村村长。胡官仁、王永祥、胡挨仲三人分别负责宣传、武装、生产方面的工作。当日伪政权向村里派粮、派物的时候，姚亮经常前往伪政权，想方设法与之周旋，减免粮款。有时则到日伪军部去送假情报、过时情报，以取得日伪的信任。

接着又成立了妇女会、儿童团。曲娥娥发动妇女缝军衣、制军鞋支援部队。儿童团由最年轻的救国会员李民旺负责指挥站岗放哨，盘查来往行人，严防敌特潜入根据地刺探情报。

八路军南平川武装工作队进驻百什户村的消息不翼而飞，被土默特的地下党组织得到。

一天，沙尔沁村的蒙古族农民李定定只身来到百什户村，因为邻村上下种地接畔久有往来，所以和姚亮、胡官仁谈起话来犹如家人一般。双方毫无顾忌。李定定问起驻在这里军队的情况，姚亮说："八路军是从前的红军改编的，是咱们穷人的队伍，归共产党领导，是毛主席和朱德总司令指挥的。专门为抗日打鬼子来咱们这里的。八路军太好了，就像咱们的亲人一样。我们的祖辈先人也没有见过这么好的军队呀！"定定听了乐得合不拢嘴，又问："带兵的官叫什么名字？他是哪里的人？"姚亮道："队长叫姜文华，是湖南人，听说还是走过二万五千里长征的老红军呢，一点儿官架子也没有。"

胡官仁接着说："自从八路军进了咱们村，日伪军、自卫军、土匪都不敢来欺负老百姓了，百什户老百姓得救了。"

李定定羡慕地说："八路军能去我们沙尔沁住多好啊，我们村的老百姓也盼他们去。吃、穿、住我负责，希望你们和姜队长谈谈。"

姚亮说："定定，你叫乡亲们放心，姜队长说过周村都要去。中国的土地都是咱中国人的，我们一定要把日本鬼子全部赶出去。"

临行时，定定再次嘱咐："千万要把话传给姜队长，欢迎八路军早点到沙尔沁去。

过了两天，当夕阳西垂，晚霞笼罩，百鸟归巢的时候，李定定独自一人再次来到百什户村。姚亮和胡官仁将他迎回家中，李定定尚未坐稳就开口问："前两天我说的话你们告诉姜队长没有？"姚亮道："我们跟他谈了。"定定追问道："姜队长怎么答复的？"姚亮道："他很高兴，特别是听说你是个蒙老乡就像得了喜了，乐得双手急拍大腿，埋怨我们为什么不早点领你去见他。”李定定马上说：“我这次就是特意来见姜队长的，你们快引我去吧！”

于是，姚亮和胡官仁领着定定到了武工队队部。见面后，定定说：“姜队长，我们沙尔沁的蒙汉老乡早就盼你们能去我们村。”姜文华会意地说：“我们全国各族人民共同生活在中国的土地上，我们是一家人，一家人就应该说心里话。我们中国的少数民族比汉族人民受的压迫更深重。深重在哪里呢？你们比汉族人民多一层民族压迫。所以毛主席制定了民族政策，主张国内各族人民一律平等，对少数民族要给予照顾优待……”定定不等姜文华说完，插嘴道：“姜队长，你的话在我们村里也有人这样说过。”

姜文华道：“你听谁说过？”

定定：“我们村有两个从外蒙回来的人！”

姜文华喜出望外，激动地说：“我早就想见见他们了！”

定定从毡帽的夹层里取出一张纸条递给姜文华，姜文华马上向里屋走去。

里屋，秘书王威正在编写一封文件，姜文华把纸条拿给他看，上写：“你们是不是当年的红军？”署名“贾力更。”

回信只有两个字：“是，来！”

姜文华把回信交给定定。定定告辞而去。

姜文华双眼望着定定远去的背影，心情久久不能平静。“贾力更”三个字在他心上镌刻已久。贾力更正是党中央毛主席和司令部所指示的，他们必须抓紧时间要找的地下党负责人啊！

离开延安的时候，毛主席对李井泉、姚喆、姜文华等大青山游击支队干部郑重指示，要千方百计找到杨植霖同志的游击队和从蒙古国派回来的贾力更、奎子璋（奎璧）等同志。不久前，部队已与杨植霖的游击队胜利会师，现在又有了贾力更的消息，这怎能不让他兴奋呢？春季延安辞别主席的情景，姜文华至今历历在目。

在延安的窑洞前，主席买了土鸡，备了酒水为他们壮行，并且，还为他们讲述了主席记忆中的贾力更。

主席从桌上的盘子里抓了几把大枣，放在李井泉、姚喆、姜文华等人的手中，点燃了香烟，深深地吸了一口，望着延河边宝塔山上振翅南飞的大雁，意味深长地说：“那是一九二六年的事了……

贾力更，原名康富城，又名巴音巴图，一九零七年五月十二日出生于内蒙古土默特旗把什村。八岁入私塾，十六岁进土默特高等小学。一九三四年（民国十三年）春考入蒙藏学校插班学习，次年加入中国共产主义青年团，旋转入中国共产党党员。

一九二六年，一个春寒料峭、大雪飘飞的早晨。贾力更、李春荣、麟祥、云继珍、任殿邦、赵文翰一行六人离开家乡向广州进发。他们途经北京、武汉到上海，改乘海轮南下，于三月下旬抵达目的地。

三月的广州正是风光旖旎，气候宜人的季节。四季常青的满城林木和争奇斗艳的花卉让人心旷神怡。贾力更饱览了秀美的南国风光，凭吊了虎门、白鹅潭等古战场，瞻仰了三里元抗英遗迹和黄花岗七十二烈士墓。贾力更豪气满怀，慨然赋诗：

虎门炽烈浩然气，
三元怒潮剑戟森。
白鹅潭前忠骨恨，
七二英烈憾冥门。

南国豪杰屠龙手，
北域雕弓铁马风。
千里风尘为共和，
敢笑宋江鬼迷心。

座落在珠江之滨中山四路的番禺学宫。红墙绿瓦，绿树如荫，毛泽东主办的第六届农民运动讲习所就设在这里。这是一所新型的政治军事一体化学校，在大革命时期曾培养出许多出色的干部。

一九二六年五月三日，农讲所正式开学。贾力更和学员们穿着灰色军服，坐在绘有犁头的红旗下聆听了毛泽东所长的第一堂课。

开学后，来自全国二十个省区的三百二十七名学员完全按军事体制编为一个总队，下分两个中队和六个区队。贾力更、李春荣等人和后来从黄埔军校转入农讲所的高布泽博、王建功编在一个区队里，过着完全军事化的生活。

贾力更对农讲所设置的政治、军事、经济文化等二十五门课程都认真学习，细心领会，受到了很大教育。特别是毛泽东讲授的《中国农民问题》、周恩来讲授的《军事运动和农民运动》、肖楚女讲授的《海丰农民运动》等，使贾力更得到了马列主义与中国革命相结合的革命理论的进一步武装。

操场上，三十几名学员在比试摔跤。【注：摔跤，即角抵、相扑、掼跤的异名。据《清牌类钞·礼制》载：“布库，相扑为戏也，徒手搏击，分曹角力，伺隙蹈暇，不专恃匹夫勇，胜者有卮酒、羊臛之赐，立饮无算。”土默特人相承本族遗风，儿童及青年间相扑为戏，随时较量，俗称“撂跤”。】

贾力更来自内蒙，几位山东学员要与他一比高下。

贾力更伺机而动，闪转腾挪，几个回合，几位山东学员被他摔倒在地。

另外几名学员一起同上。贾力更跳出圈子，摆脱拘泥，敏捷应对，将众人撂得人仰马翻，气喘嘘嘘。围观的人掌声擂动，叫好声不断。

飞檐下毛泽东所长看得出神，问身旁的周恩来道：“此人是谁？”

“吉尔格勒。”周恩来道。

“在学员中好像没有这个名字。”

“蒙名叫巴音巴图，贾力更是他的汉名，是蒙古吉尔格勒的谐音。”周恩来作了进一步的解释，“是绥远来的学员，就读于蒙藏学校，受教育影响于李大钊、邓仲夏……”

“不愧是成吉思汗的子孙！”毛泽东赞叹道。

在紧张学习的日日夜夜，绥远籍学员受到了毛泽东特别的关怀和爱护。毛泽东所长知道绥远学员吃不惯大米，就让庶务部设面食组，让他们能吃到适口的饭菜。由于天气炎热，蚊虫多，毛泽东怕学员们被蚊子叮咬生病，经常在晚上睡觉时把他们的蚊帐放好。有时，贾力更与学员们在校门口水池里洗澡。毛泽东看到了，担心他们不适应南方气候，急喊：“快上来，水凉，会生病的！”

一次就餐时，毛泽东与贾力更坐在一起，谈起绥远土默特地区风土人情，贾力更道：

“土默特地区有‘三件宝’：山药、莜面、大皮袄。并且有四个‘再好不过’，那就是：

坐席好不过个红烧肉，
待客好不过个热炕头。
抽烟好不过个大烟斗，
喝酒好不过个二锅头。”

“哈哈……”听罢贾力更的叙述，毛泽东爽朗地笑道：“我以为我们湖南的红烧肉好吃，绥远的红烧肉看来也很不错嘛！”

过了一段时间，贾力更在外面搞回了二斤猪肉，亲自烧了一盘红烧肉让毛泽东品尝。毛泽东高兴地说：“吉尔格勒的红烧肉果然好吃，香而不腻，好吃得很哩！”

……

呜——呜——

宝塔山的上空再次出现了敌人的飞机，警报声骤然响起，打断了主席的回忆。姚喆、李井泉、姜文华等人劝主席尽快撤入防空洞。主席不慌不忙地站起身形，闲庭信步地走向防空洞，笑言道：“敌人害怕咱的草原雄鹰横空出世，不让我给你们讲故事了！”

四、沙海狼嚎

“一定要找到贾力更！”

一只拳头重重地击在桌案上。桌案上放着一纸电文。桌上的电话、水杯等物件随之而振动。

电文称：

据可靠情报，共党重要人物贾力更近期从蒙古归国。黑石联队，命你等配合德穆楚克栋鲁普、李守信蒙古军、羽山公馆等通力合作，寻找从蒙古国潜入的共党要人贾力更！

上肥原机关长

黑石的脸上，肌肉颤动几下，手把座椅，转身用双目紧紧地盯着墙上的太阳旗，太阳仿佛在淌血……

译电声嘀嘀不断。黑石感到一座大山向他的肩膀压来。

黄沙漫漫，逐浪涌向天边。太阳当头，火一样炙烤着行人。

这是1937年8月的一天，沙海驼道再次承载了一人一驼。这是一位30多岁的中年汉子，一身旅蒙商人打扮，头戴一顶草帽，飘带系于帽端，上身黑布夹袄，穿一条丝绸大裆裤，脚踏一双低腰蒙古快靴。

当汉子喝尽皮囊里的最后一滴水时，太阳已偏西，一人一驼的影子被拉得很长很长，骆驼已不想继续前进。

汉子摸了一把额头上的汗水，在干裂的嘴唇上沾沾水渍，用缰绳使劲抽打骆驼，一人一驼继续前行。

半个时辰过去，体力极度透支的汉子突然双目放光，用鼻子嗅嗅，似乎闻到了水草的味道； 而那峰骆驼，也高耸了颈项，立刻来了精神，随着它的主人，快步向前行进。

天已昏暗，但在一片低洼的沙窝里，一片一丈见方的泉水隐约可见。

芦蒲寸草拱卫了泉水，久违了的湿气向一人一驼袭来。

一人一驼正要冲向水草甘泉，然而，惊人的一幕出现在眼前，汉子与骆驼骤然惊悚。

泉水边，一位络腮胡壮汉光了膀子，手握一柄大砍刀，正与四匹狼对峙。

狼来回跳跃腾挪，眼睛闪动着亮光，壮汉俯身防护，满脸惊恐的神色。背后已是泉淖，不能再退分毫。而另一只狼已绕到泉水南面迂回包抄，准备泅渡去抄壮汉后路。

突然，拉骆驼汉子的骆驼惊嚎一声。与此同时，两只飞镖划出两道红线，一支射入一狼后背，一支直中一狼尾部，四狼惊嚎一声，箭一般向东逃窜，瞬间又一道红线从汉子手中飞出，尾部中镖的狼颈部又中一镖，沙丘上跃起落下，便再也不动了。

被狼困住的络腮胡汉子单手操刀，络腮胡子仍在颤动，如在梦中，呆若木鸡。

汉子与驼风一般地卷到泉边，急切地饮那泉水。

络腮胡如梦方醒，跪倒在沙窝里，不住地向拉驼汉子磕头，中年汉子自顾喝水，饮驼，用皮囊取水，如同没有看见络腮胡子一般。

沙丘上，汉子取下红绸飞镖，在狼身上将血渍擦去，将镖收起。

“敢问英雄高姓大名，多谢英雄救命之恩！”络腮胡跑上沙丘，继续磕头。

“我是包头徐记皮毛坊的二掌柜，谈不上什么救命之恩，路遇而已，你是？”

“恩人，我是大盛魁驼队的小掌柜，名叫雒老六，人称胡子驼。我们的驼队正在东面一里处歇脚过夜。我独自一人过来取水，险些丢了性命，承蒙英雄相救，没齿难忘！此处狼兽出没，不宜久留，英雄到我营地歇息如何？”

徐二掌柜道：“我是单人行路，去你那里宿营也好！”

络腮胡见说，高兴得不知如何是好，扛了死狼，将水袋皮囊置于驼背，抢过驼绳，兴高采烈地把徐掌柜领到宿地。

一轮弦月高悬夜空，沙海渐渐弥漫了清冷。远处传来了凄然的狼嚎声。一堆篝火在沙窝里闪动，火堆旁横七竖八地躺着疲惫不堪的男人。骆驼已被卸下驮子，缰绳串在一起，一个个伏在地上倒嚼。咚铃时而叮咚几声，使死寂的沙海夏夜凭添了几分生机。

雒老六将死狼扔在篝火旁，向众人介绍了二掌柜，并讲述了刚才惊险的一幕。

众人个个称奇，都来谢过徐掌柜。唯独一个扁脸瘦身的男子脸上掠过一丝阴影。

“今有稀客，且是我的救命恩人，弟兄们做饭麻利点，招待二掌柜！”

扁平脸道：“二掌柜既是皮货世家，不如二掌柜露上一手，把狼皮剥了吧！”

“二掌柜是稀客，怎能让他沾个血手？”雒老六道。

“我来！”二掌柜二话没说，接过短刀，割去狼头，划开四肢，去掉狼小腿，让人拽住两条去皮后腿，嗤拉几声，狼皮赤条条地被剥去，众人赞叹不已。

很快，狼肉的香味便在沙海里飘荡，火苗在吊锅下噼噼啪啪地响。雒老六端起酒碗，袒露着毛茸茸的胸膛对二掌柜道：“二哥，我雒老六敬你一杯，要不是碰上你，我此时已成狼口之食，大恩不言谢，我先干为敬！”咕咚，一碗酒下肚。

为人娶不下个好老婆
不如受苦拉骆驼。

卸下驮子把骆驼喂，
瞅一瞅妹子把心火去，

一把拉住骆驼缰，
我问哥哥凉不凉。

麦子不如麸子多，
为朋友要为拉骆驼的哥。
……

唱着唱着，扁平脸停下来，沙海深处又是几声狼嚎。

“二掌柜，您也是跑驼队的人，也来唱一段如何？”

二掌柜接下来唱道：

黄黄的骆驼白鼻梁，
我爱哥哥好心肠。

我拉骆驼妹开店，
路上路下好见面。

听见骆驼叫一声，
你走长绳我担心。

卧下个骆驼铺下绳，
吊起咚铃揪走妹妹的心。

稍尾子骆驼带咚铃，
要命鬼就是你一个人。
……

“咳咳咳，二掌柜唱得好，可二掌柜既是一个驮队的头，去大库伦（乌兰巴托）咋就一个人回来了呢？”扁平脸又说。

“我得了一场大病，没法行路，我的驮队一月以前就回包头了！”

“看二掌柜的手倒像个握枪行伍的。”

“这位哥是在盘查我吗？”二掌柜正色道。

“李兰拽，就你多逼嘴，狼肉也堵不住你的烂嘴头子！你别以为大掌柜收留你跟了我驮队，爷就管不了你，信不信爷扯烂你的嘴！二哥别尿那个灰圪泡，大盛魁还轮不上他个喝泔水的作乱！”胡子驼雒老六唾沫星子夹着酒气直奔李兰拽而去。扁平脸李兰拽哑然，被众人罚酒一碗倒头便睡。

五、真龙天子

走沙海，过草地，马上就到了丘陵地带。沿途不时看到三教九流、商贾百姓都向南山行进。路人都说，图图召真龙天子将要现世，四方百姓都去朝贺。

徐二掌柜不禁觉得好笑，脸上现出一丝可笑样子。扁平脸李兰拽看在眼里。

图图召始建于万历 12 年，据说是由三世达赖喇嘛索南嘉措筹建。自天子现世以来，召前车水马龙，商贾云集，叫卖声早晚不停。戏台设在山门外的旷地上，闻名塞上的“小红鞋”戏班在这里登台献艺。

驮队在乔家客栈住了下来。吃过午饭，虽然人困马乏，但喜欢热闹是人的天性。众人擦把脸，都到庙前来看个究竟。

李兰拽乘人不注意，在一山西货郎担子前驻足。

戏台上《柜中缘》唱得正入高潮，台下叫好声不断。然旦角“小红鞋”一眼便看见李兰拽与山西货郎碰面，眉头瞬间紧锁，但很快神形回归角色。

李兰拽悄悄地将几张钞票和一张纸条递给了小货郎。

二掌柜虽然在与驮队的伙计谈笑风声，但李兰拽的一举一动尽收眼底。

当西天收尽最后一抹晚霞的时候，天渐渐暗了下来，真龙天子接受朝拜的时辰就到了。

图图召后面的峭壁上，挂了黄绸龙缦，龙缦下是石桌石凳。石凳上有虎皮覆盖，石桌上摆满了各种新鲜果蔬。一位年轻后生举了黄罗伞盖候在那里。

电石灯、小马灯排列两厢，将龙座至山脚照如白昼。

三通鼓乐声过后，真龙天子在两位十五六岁女孩的陪同下在虎皮龙椅上落座。

山脚下黑压压地跪了一片人，三呼万岁声震耳欲聋。

礼毕，天子身穿唱戏用的龙袍，头戴皇冠，站起身形，朗声道：

“孤乃双龙镇秀才蒋立根是也！奉天承运，顺天地之造化，出世拯救万民于水火。今有蒋姓者中正，本非龙而虎，未能擎华夏之穹庐。只可做我蒋姓真龙现世泽民之铺垫。孰真孰假，尔等可见孤之作为！”

于是侍者数人命熄灭两厢灯火。蒋立根除去身上龙袍，站立龙座之上。只见蒋身上荧光闪烁，坡上坡下马上三呼万岁。

此时鼓乐声又起，当人们抬头再见天子时，龙座已空，天子、嫔妃已经不见了。

伙计们啧啧称奇，俱各回到乔家客栈。待众人熄灯睡去，二掌柜换上一身黑色夜行袄裤，蒙了面，将被子、枕头摆放成有人睡觉的样子，插了门栓，由窗户跳出跃上屋脊，消失在夜色之中。

图图召经堂后的大佛殿内，烛光明亮，东厢房的窗纸上烛光人影摇动。蒋立根除去龙袍内衣，舒服地坐在浴桶里，热水温馨可人，水面浮动着深山采来的花蕊。侍寝的二位女孩为蒋搓洗。

此时，一条黑影金钩倒挂于屋檐，手蘸唾沫捅破窗纸，将里面的情景看得一清二楚。大殿的几案上，堆放了许多的火柴。蒋立根的身上，全然被火柴涂过，“嫔妃”为他洗过身子，露出了本来的肤色。

真龙现世满身荧光，原来如此！都是火柴磷石作为。

夜行人一招珍珠倒卷帘翻身跃上殿脊，很快回到乔家客栈。

识破真龙天子假相，二掌柜越墙爬上了客栈院内的大柳树上。此时，几条黑影已立在他所住的房间门前。

寒光闪过，黑影已将房间门栓用匕首拨开，三条黑影进屋，两条黑影把守门外。

此时，二掌柜已移至屋顶，由房檐上倒挂了身子，“扑扑”两刀，结果了把门者的性命。

二掌柜迅速下房，窜入房间，指东打西，将正在砍杀自己铺盖和枕头的三条黑影捅倒在地。他点燃油灯，手托灯碗撕去一刺客的面布，倒吸了一口凉气，原来此人正是扁平脸李兰拽。

李兰拽尚存一口气，瞪大双眼道：

“你，你是……贾……贾力更吧！”

二掌柜点点头且问道：“你是谁，谁派你来杀我的……”

李兰拽脸上掠过一丝阴毒的笑意，牙咬舌根，一口鲜血喷在贾力更的脸上，头一歪，顿无气息。

院外，脚步声正紧。贾力更断定，至少有十余人向他而来，而这些人个个都是经过训练的武士。

贾力更取了褡裢，飞身上房，只身向图图召而去。身后几条黑影迅速追来。

贾力更从菩提殿上飞身而下，刚要进垂花门，门后一只有力的纤手叩住了他的手腕。贾力更出左手直取对方的双目，对方以左手将贾力更的走势削去。与此同时，贾力更认出，此人正是戏班子的旦角“小红鞋”。

“小红鞋”不由分说，将贾力更的手牵了，奔向经堂殿后的大佛殿。关好殿门，惊醒了熟睡的蒋立根，蒋与两位侍寝女孩吓得抱作一团。“小红鞋”将大佛身后的香烛纸类去掉，对贾力更说：“贾兄若无去处，可到防共二师韩伍处找我义兄老五红，切记！”

贾力更还想说什么，洞口已被堵上。贾力更深一脚浅一脚地在洞中摸黑前行，过了一会儿，有台阶向上升去。半个时辰后，贾力更拾级而上的去路已无，推开头顶的石板。他跃出山洞，只见头顶月明星稀，夏夜凉风习习。眼前是石桌石椅，天子现身时的虎皮龙椅尚在，华罗伞盖尚存。

山脚下的图图召尽收眼底。召庙最后院的大佛殿已是火光冲天！

六、死别更惊心

厚和市的北门，戒备森严。

城门顶上，挂着一个木笼。木笼中，是一颗带血的人头。

门侧，一则告示上盖着关东军的大印，上书：

“共党匪首贾力更者，反满抗日，今被斩首示众。另仍有余党吉尔格勒在逃，特悬赏大洋一万元，缉匪到案，即赏不误！”

告示下另附贾力更画像一副，脸上的黑痣特别显眼。

就在此时，一只大手抓住了贾力更的衣袖。

“徐二哥，你让兄弟我找得好苦呀！”贾力更惊讶之余，发现来人正是大盛魁驮队的雒老六。雒老六道：“徐二哥，此地不是讲话之处，借一个地方说话。”

他们在一片小树林里驻足。

雒老六道：“那天乔家客栈发生了血案，日本人到处抓贾力更。我驮队的李兰拽被杀。我想他与死去的四个蒙面人都是日本人的人，经大掌柜之手混进驮队专门寻找贾力更线索的。后来他们没有找到贾力更，把自称真命天子的蒋立根缉捕请功。城头上挂的就是蒋的人头。日本人放火烧了大佛殿。现在我知道了，贾力更就是恩公你徐二掌柜。现在日本人、伪军，乃至自卫军的人都在找你，你可要小心啊。恩公不知日后有何打算？”

贾力更说：“我要进城，有许多事要办，和你的驮队一起进去行吗？”说话间，贾力更鼻下已多了一部胡须。

咚铃叮当，大盛魁的名号就是响亮。贾力更手牵骆驼缰绳，与驼队大摇大摆地混进厚和城！

此时已是 10 月。与贾力更先后回国的勇夫，张禄、阿拉腾扎布按照从蒙古国起程时的约定会合于厚和市。

他们这次来是为了炸毁敌人的发电厂，并且已做了周密的计划。

然而，他们侦察了一个月，组织两次爆破，均因敌人戒备森严，无法下手。

这天，贾力更尾随两个守卫电厂的小头目来到了小饭馆。

贾力更要了二两稍麦，与伪警邻桌而坐，几杯酒下肚，伪军便把话题扯在了发电厂的警戒上。

“我们可得小心点，电厂出事，咱的脑袋就得搬家。”

“没那么悬乎，大同卧虎湾弹药库存储弹药枪械千万，都没人算计，咱这小小电厂能出啥大问题！”

“罗兄，小心能使万年船，小心点狗咬不着，可不能大意呀！”

“也倒是在理，听说共党闹得挺凶，我们也不得不防！”

“……”

贾力更听罢，结帐后匆忙离去。

这天，贾力更身穿暗棕色的蒙古袍，肩着褡裢，走进土默特旗打尔架村。他在一家院门前驻足，扶了扶压在眼前的礼帽，目光四望，确认无人跟踪，闪身进入院内。

“额吉，我回来了！”炕上坐着一位白发苍苍的老妇人，见贾力更进来愣在那里。

“你是……”

“我是富成呀，你的女婿康富成！”

“你是富成？”老岳母端祥着来人，摇摇头，“不是。我家富成脸上有痣，你不是！”

“额吉，我脸上的痣已经让治病的先生取了。你看，这儿还有刀痕呢。”

贾力更拉过岳母的手，摸自己的手术创处，并将唇上的胡子剥去。

岳母仔细地端详了许久，握住贾力更的手，嘴唇抽缩，眼泪扑簌簌地落了下来，而后悲怆难抑，“哇”的一声嚎啕恸哭起来。贾力更一时慌了手脚，扶了岳母的双肩道：“额吉，别哭，富成回来你应当高兴才是。”

然而，岳母越哭越伤心，泪水鼻涕流了满面，不住地摇头，哽咽着，双唇颤抖着说不出话来。

“额吉，您别哭了，伤了身子咋办呀。”岳母定了定神道：“富成呀，这八年……你知道不知道？……娜高……月善……你的儿子月善……梅梅……梅梅……都没了……都没了！”

“额吉，你说甚了？”贾力更听到岳母的话，如晴天霹雳击顶一般，晃了几晃身子，头脑一片空白。

“娜高……月善……梅梅……都……没了……”

“这是咋回事呀！”贾力更肝胆欲裂，泪若泉涌。

岳母一把鼻涕一把泪地叙说了事情的经过。

1929 年，贾力更出国不久，归绥大旱，老百姓难于糊口度日，便开始卖儿卖女。接着是瘟疫蔓延，“传头子”夺人性命无数。晚上烟囱里还冒着青烟，早晨就有人家绝户了。妻子娜高、女儿梅梅和儿子月善先后传染上了伤寒，都躺在炕上发高烧。官兵、土匪又常常来骚扰逼迫她们交出吉尔格勒康富成，不准她们母子三人请先生看病。父亲康海明整日提心吊担，今天被“请财神”勒索钱财，明天又被以“通共”之名吊打。母亲精神受到极度刺激，整天跪在菩萨座前烧香磕头。不到一月，娜高母子三人便撒手人寰。娜高临断气时还睁大双眼喊着：“富……富成……你……哪……个……啦……”

“额吉……您……别……说……了……”贾力更呜咽起来，喉结不停地蠕动，“娜高、梅梅、月善，我对不起你们呀……”

夜风侵入破旧的门缝，贾力更随之而颤抖，想起娜高的贤惠体贴，梅梅、月善的天真可爱，他五内俱焚。

深夜，踏着冷冷的月光，贾力更走出打尔架村。在荒芜的田地里，他扑通跪倒，将为娜高买的羊毛围巾、为孩子们买的蒙古牛肉干一并点燃。泪水在他铁青的脸上滑过。火苗扑的一声窜起，燃了他的头发仍浑然不知，他低声哽咽道：

“娜高，你围上这条围巾就不冷了，来世我康富成结草衔环也要与你终身为伴。梅梅月善，你们就把阿爸给你们买的牛肉干吃了吧，阿爸对不起你们呀……”

七、叫花子自有乞丐帮

“呜，轰隆轰隆，轰隆轰隆。”列车车轮敲打着铁轨，开往北平的列车停在了大同车站。

随着人流，车上走下来三位客商，他们分别是贾力更、阿拉腾扎布、王计蝉。站口戒备森严，他们从容地走向出站口。日本兵一一检查旅客的手掌，以此断定行人的身份。贾力更将车票递在鬼子面前，鬼子问道：“你的，什么的干活？”贾力更掏出伪土默特旗署开出的护照道：“我们买卖人的干活！”两名鬼子看罢护照，按倒三人的头，看罢发根，用日语道：“贾力更脸上有黑痣，头顶有疥疮，这三个支那人没有。”贾力更在蒙时学过日语，鬼子对话听得一清二楚，便愈加从容镇定。鬼子命伪军搜身，贾力更抬起双手，手中油黄光亮的烧鸡送在鬼子面前，烧鸡色味诱人，阿拉腾扎布手中的酒瓶在阳光下闪光。鬼子咂咂嘴向烧鸡注目，眼睛又溜向烧酒，而后目光又从烧酒转向烧鸡：“哟西，烧鸡大大得好！”贾力更将笑脸送在鬼子面前道：“太君，烧鸡、白酒大大得好，咪西咪西！”此时，手中的烧鸡已塞在鬼子手里，两瓶烧酒从阿拉腾扎布手中取过，递在另一名鬼子手中。鬼子小眼眯成一条线，兴然挥手：“开路！开路！”

出站后，三人坐了洋车，来到四牌楼附近，住进了高升旅店，包了房间安顿下来，对刚才的经过仍然觉得好笑。

阿拉腾扎布提起一只酒瓶，摇了摇道：“多可惜，那么肥的鸡喂了狗。还好，这宝贝未少分毫。”

“老阿，小心烧了手！”贾力更忙道。接过酒瓶，放到房间旮旯暗处，“咱们身处狼窝，须事事小心才是。明天我摸摸情况，而后见机行事。”

原来，那瓶中装了硫酸，只要再有汽油，即可制成威力很大的定时炸弹。

当东升的太阳将这家大户人家门楼前的下马石烤暖的时候，一位讨吃子脱光上衣，将腰子铺在石头上，用要饭碗来回碾压那件内衣，腾出手的时候还不住地在身上挠来挠去。抓住虱子时，双手大拇指甲一挤，“啪”

的一声微响，虱子破肚而亡。看罢虱血，讨吃子脸上现出一丝惬意。

“不种芝麻吃香油，
不种高粱喝烧酒。
东京收了往东走，
西京收了往西走。
东西二京都不收，
黄河两岸度春秋。
……

讨吃子抬头看时，见另一位同行立在他面前，“你唱的讨吃调挺好。”停下捉虱，讨吃子向来人道：“讨吃叫街刮野鬼，不一定哪天就夜倒卧了，有甚唱得好不好了。”

叫街汉道：“你是生客，哪来的？”

“绥远来的，听说大同的饭香，面广。”

“噢，来这里有甚抵挡（凭啥，靠啥）？”

“在家靠朋友，出门倚老大。我这儿有虱子笔，老哥不妨试试。”叫街汉掏出虱子药，在讨吃子的腰子内衣上来回涂画。

虱笔味道难闻，果然，一会儿功夫几只虱子就死了。

讨吃子接过虱笔，高兴地说：“这个好，这个好。你是生主，恐怕吃亏受气，我引见你去见俺们竿子头吧。”

叫街汉高兴地说：“我是薛平贵，遭磨难了，以后有好处绝对忘不了哥。”

破庙里，叫街汉见过竿头，奉上几泡大烟。

竿头听过讨吃子介绍，要了三支虱笔，语气虽有缓和，却又道：“你有甚本事，敢闯俺的地盘。

叫街汉道：“在厚和市，我是那里的帮主。”

“既是帮主，就该有使讨吃棍的本事！”说着话，竿头手中的打狗棍已劈向叫街汉的头顶。

听风声辩方向，叫街汉不躲不闪，手中讨吃棍向上平举，接了竿头一招。

竿头一声叫好，手中棍子又扫叫街汉下路。

叫街汉棍立身侧，挡了竿头的走势。

竿头将打狗棍顺势上提，棍头直取叫街汉眉心。

只见叫街汉不慌不忙，手中棍金蛇缠身，搅乱了竿头递来取向。竿头握不住棍，打狗棍脱手而去，在叫街汉棍头转了几圈，如风车一般，而后，插入庙堂泥像前的香炉灰中。

群丐齐声叫好！

竿头脸色由青变白，“使使打狗棍法试试看。”

叫街汉操棍在手，不再垂首驼背，闪展腾挪，指东打西，使的却是漠南武社火套路，弄得破庙灰尘翻飞。然双脚靸着的破鞋却不曾飞出。

竿头道：“这么看来，你是来踢棍头的！”

“哪敢哪敢，落难之人能讨几口草料（指饭食）就管荣乎了，哪敢冒犯老大。从今以后，老大叫我冲南蹶起，我也不敢向北扭腰。”

“哈哈哈哈。”竿头道：“从今以后，俺捞浮油，不叫你喝泔水！”

众丐谈起一天的收获见闻，叫街汉将话题故意引到卧虎湾。从而得知，有几个乞丐在卧虎湾做苦力装卸军火。

叫街汉不是别人，正是贾力更！

八、虎口起惊雷

几天后的一个晚上，贾力更换了装，回到旅店，把侦察到的情况向同志们介绍了一番，然后说道：“看来通过乞丐，混进军火库当搬运工，趁机爆破是完全有可能的。现在，要紧的是设法搞到汽油。”他说出了自己的打算，老阿和小王也做了些补充，于是，一个行动方案就制订出来了。

次日中午，他们分头来到四牌楼前，装作逛商店的样子，慢悠悠地蹓跶着。一会儿，一辆汽车停在路边，司机关好车门进了一家饭馆。贾力更向小王使了个眼色，小王立即尾随司机进了饭馆。几分钟后，他走出来向贾力更点了点头，意思是司机已经开始吃饭。贾力更回身向汽车走去，同时老阿也迎面向他走来。两人在车前刚照面，贾力更说：“金掌柜，多时不见，发财，发财！”老阿也说：“ 是你呀，唐老板，买卖兴隆吧？”两人像多时不见的老相识一般，靠在车头上谈起了生意经。贾力更一边说着话，一边敏捷地拧开水箱盖，把一包白糖倒了进去，又把盖子拧好。接着两人扬了扬手走开了。

司机吃罢饭，钻进车门开动马达就走。走了一小段路，汽车就像病牛一样，喘着粗气停下了。司机赶忙下来修车，鼓捣了好久，车刚起步又不动弹了，如此反复数次，司机无计可施，急得满头是汗。这时贾力更走过来问道：“车出毛病了？”司机说：“倒霉，修了半天就是找不出毛病来，要耽误装货了，唉。”贾力更说：“不要急，我帮你看看。”“您？”司机看着面前的商人有点不大相信。贾力更一边卷袖子一边说：“老弟，以前我也是干这个的。”一边拿起工具熟练地干开了。他查了电路又检修油路，突然“啊呀”一声，对司机说：“水箱这么烫，快，换水试一试。”司机急忙去打水。换了水，车果然打着了，机器运转正常。司机跳下车来说：“谢谢，您可帮了我的大忙啦。”掏出香烟恭恭敬敬地递给贾力更。贾力更掏出打火机来，咔咔咔，连续打了十几下，怎么也打不着，便说：“又没油了。”司机忙说：“油箱里有的是，您灌点吧。”贾力更装作不好意思的样子说：“使不得吧？”司机说：“没关系，您有瓶子吗？”恰在这时，小王拿着几个空瓶子急急忙忙地跑过来对贾力更说：“唐掌柜，家里来了客人，快回去吧，我去打酒买肉。”贾力更说“知道了——哎，把酒瓶给我一个。”他接过瓶子递给司机说：“师傅，要不妨事，就少给点吧。”司机痛快地给他灌了满满一瓶。贾力更说：“谢谢。”司机坐进车里，说了声再见，开车走了。贾力更和小王相视一笑，拿着汽油回旅店去了。

下午，贾力更带着小王出去侦察，得知敌人的一列满载军火的火车，已经停到卧虎湾的岔道上，便匆匆赶回旅馆。他和老阿商量后，再次化装成乞丐，于当晚到破庙去了。竿子头见他来了，扔掉手里的烟蒂问道：“你是咋啦，咕咕鸠打断脖颈——灰头耷拉的？”贾力更一屁股坐下，唉了一声说：“讨吃要饭，真比登天还难，这两天实在饿灰了。头儿，求您可怜可怜，给咱想个办法吧！”旁边一个乞丐说：“军火库又雇搬运工了，要不让他去吧。”竿头问他：“你能受得了那个苦吗？”贾力更说：“给钱就干，再苦也比饿死强！”竿头说：“好吧，明儿保你当上搬运工。不过……”贾力更忙说：“哪能忘了您，挣的钱有您一半！”竿头笑了：“好，这才像个样儿！”

夜间，贾力更悄悄来到旅店附近的小巷里与老阿碰头。他向老阿布置了任务，约好接头时间和地点之后，立即赶回破庙，和乞丐们挤在一起躺下了。

第二天上午，贾力更当上了临时搬运工。他来到卧虎湾军火库，只见到处都是鬼子的岗哨，戒备森严。在入口的岗亭前，经过严格的检查，搬运工们被领到岔道的火车跟前，一个鬼子军官杀气腾腾地说："统统地卖力，金票大大的给。捣乱的不行，杀了杀了的！"接着，他们在鬼子的监督下开始搬运军火。从岔道到库房，足有二里多路，上百斤的弹药箱压在肩上，搬一趟就累得气喘嘘嘘、大汗淋漓了。贾力更本来是荒身子，干这样的重活，加上连日的奔波劳累，体力消耗很大，因而搬起沉甸甸的弹药箱感到特别吃力。几趟下来，汗水已湿透了破布衣衫，两条腿像灌了铅，每往前跨一步都要费好大劲。但是，他咬着牙，硬是坚持着。监工的鬼子见他很卖劲，满意地说："你的，苦力大大得好。"贾力更装出一副笑脸，心里却说："等着吧，用不了多久，老子就会把你们送上西天！"他一边搬运弹药，一边细心地观察。在巨大的库房里，装子弹、炮弹和手雷的木箱由鬼子指挥苦力码放在三处。中间留有五尺左右的通道，弹药箱一行一行地排列着，中间又有尺数宽的小过道。鬼子就在这些过道里来回巡查。看着堆积如山的弹药，贾力更想："这些杀人武器投到战场上，会给中国人民造成多么大的灾难啊！"他恨不得立刻把这座军火库化为灰烬。巡查的鬼子又过来了，贾力更装出认真的样子，对鱼贯而来的搬运工们说："伙计，轻点放。""来，放整齐些。"鬼子满意地点点头往别处去了。贾力更瞅准这个机会，装作码放弹药箱，迅速搭成一个仅能容一人的空洞，外面再用箱子堵严，立即离开了这个地方。

傍晚收工出来，贾力更简直累垮了。他拖着疲倦的身子回到破庙里，正在供桌前抽大烟的竿子头问他："累散架了吧？来，抽口烟解解乏。"贾力更躺到烟灯前说："猫儿喝烧酒——够呛。"便接过烟枪来吸了一口，他停了停，看看天色不早了，说："头儿，您的烟真灵，果然不乏了。我出去再打闹点东西。"站起来走出了庙门。

在朦胧的月色中，贾力更大步流星地赶到城西的一个乱坟滩里，和已经等在那里的老阿接头。他坐下来问道："小王呢？"

"在那边警戒。"

"东西带来了吗？"

老阿拿出两个瓶子来说："这是汽油，小瓶里是硫酸，这是麻纸。"贾力更接过来装在身上，低声说："明晚实施爆破，你和小王明天午后出发，到古店站等我。"老阿问道："有把握？"贾力更说："引爆不成问题，军火库的几座库房相距二三十米，弹药库一爆炸，彻底摧毁军火库问题不大。你们必须按时撤出，要轻装！

老阿摇头说：“不行，太危险，我留下接应你！”贾力更说：“人多了反而不便，我懂点日语，情况也熟悉，没关系。”他握住老阿的手说：“就这样决定了！”老阿依依不舍地说：“老贾，小心啊！”在夜色的掩护下，他们从相反方向离开了乱坟滩。

早晨，在飒飒秋风中，贾力更披着烂皮袄，夹在搬运工中间到了岗亭前，若无其事地接受鬼子的检查。几天来他已给敌人留下好苦力的印象，另外他身上的汗臭直冲鼻子，因而鬼子只是简单查看了一下便放行了。这样，贾力更藏在皮袄袖筒里的爆破用品便被顺利地带进了军火库。

这天，贾力更搬运弹药箱更加卖力，他想着即将实施爆破，压在肩上的弹药箱也不觉得沉重了。太阳落山前，一列车弹药就要搬完了。贾力更背着一箱炮弹走在十几个搬运工之前，垫在背上的烂皮袄忽煽着。他快步走进弹药库，放下弹药箱，回头看了看，几个鬼子正在门前闲聊。他敏捷地钻进事先准备好的空洞中，掏出装汽油的长颈瓶子，在瓶颈深处严严实实地塞了好多层麻纸，然后把小瓶里的硫酸倒进去，盖好瓶盖，把瓶子塞在炮弹箱之间。做完，探出头来，见四下无人，纵身出来，用弹药箱把空洞堵死。之后，他到别处装作摆放不整齐的弹药箱的样子，瞅空和别的搬运工一起走了出去。

收工后，搬运工们领上兑换工钱的牌子出来已是掌灯时分。贾力更在车站附近的小饭馆匆匆吃了饭，赶紧来到旅店附近，看看无人，翻墙进去，洗洗脸，飞快地换了衣服，依旧是商人打扮。收拾停当后，他到柜台前付了店钱，说次日要到张家口去。而后回到房间躺下来休息，他要等到十点左右听到爆炸声才撤退。等待中，他心情很不平静，“万一不起爆，必须设法潜入军火库引爆。”想到这里，他翻身下地，检查了一下备用的硫酸和汽油，重新躺下闭目养神。等啊等，由于过度的疲劳，他睡着了。朦胧中突然传来了惊天动地的巨响，他一下子从床上弹了起来，知道爆破已经成功，是撤的时候了。他迅速收拾好东西，跨出门来，和店掌柜说了声要去会一个朋友，迈步走到了街上。

这时，“轰隆隆”“啪啦啦”，爆炸声响成一片，大同城北的夜空完全被烟火映红了。城里的鬼子和伪军乱作一团。贾力更乘机赶到东城墙下，从水道钻出城墙，身后传来了凄厉的警报声。他知道鬼子开始戒严了，转过身，一阵疾走，绕过火车站，沿着铁路向北奔去。

后半夜，他穿过山洞，来到古店站附近，与等在那里的老阿和小王会合。老阿激动地抓住贾力更的手说：“老贾，成功了！”贾力更说：“是，我们成功了！此地距大同不远，必须赶快离开！”小王望了望车站说：“没有客车，怎么办？”贾力更沉思片刻说：“咱们扒货车走。”老阿表示赞同：“好，就这么办。”于是三个人潜入车站，等了一会儿，一列货车由南开来。他们乘火车进站减速之机，飞身上了车，隐蔽好身子。贾力更、阿拉腾扎布和王计蝉听着断断续续传来的爆炸声，望着大同冲天的火光，脸上浮起了胜利的笑容。

九、虎踞龙盘霞满天

察素齐的同兴义酒馆，三只酒盅碰在一起说：“为我们的买卖大发干杯！”

“干！”

“干！”

回到归绥，贾力更、阿拉腾扎布、王计蝉为自己的胜利庆贺。

这边高兴异常，邻桌的二人却愁眉不展。一位个头大，一位个头小。

“咳！”一声长叹，“哥你说，那把什板申没听说有姓贾的吧。”大个子道。

“都是那何野老圪泡发神经，今天哥又挨了那日本人耳光了！”

“你说贾力更是不是蒙古人吉尔格勒？”

“我也不知道，日本人更不知道。”

“把什板申的蒙古人不是姓康，就是姓丁，怎会有姓贾的呢？”

“哎，给日本人当狗真难！”

“嘘，这话可不能乱说，咱生是满洲国的人，死是满洲国的鬼！哪朝哪代有轻而易举就能打天下的？”

“……”

贾、哈、王三人虽在喝酒，却将邻桌人的话听得一清二楚。

三人结罢帐，贾力更对阿拉腾扎布和王计蝉道：“咱各自回家看看，三天后到奎璧那里会合。”

三人各自走开。

大个儿和小个儿特务在前面走，贾力更在他们后面暗暗跟踪。很快，两特务进了警察署，出来时却是头罩二道蓝的白毛巾，身穿黑色夹衫，脚踩老蓝布布鞋的农民打扮。二人肩扛铁锹，出镇走了五里路，来到了把什板申村边，在康家场面附近来回转悠。过了一会儿，村口走出两位农民汉子。一位身材高大，气宇轩昂，另一位结实持重。二人迎住大小个儿特务道："你们从哪里来，来这儿干甚？"

"从察素齐来，接水的。"小个子特务说。

"今天轮哪个村儿浇地？"

"今天把什板申浇地才头一天，你说哪一天该察素齐接水？"

来人支支吾吾，难以回答。

"你们根本就不是接水的！到底是干什么的？"大个村民正色道。

二人对视一下，无言以对，袖间摸出特务证道："我们来此侦察八路军和游击队！"说话间就要掏枪。

说时迟那时快，两农民手急眼快，先发制人，黑洞洞的枪管已顶在两特务的头上，并缴获了特务的手枪。俩特务被拖进一处院落，用麻绳捆了个结结实实。

"老实交代，谁派你们来的，来干啥了？"大个农民开始审问。

俩特务闭口不答。

"树林哥，先把大个的剜开屁眼儿，像鄂友三那样逗肠子，看这个圪泡说不说！"

逗肠子是鄂友三杀人的一种刑法，先将受害人的肛门剜开，将直肠栓在树上。两个人架着受害人跑，将受害人的肠子拉出来让其残痛而死。丁树林取了匕首，将大个儿特务的裤裆一刀挑开。大个儿特务急忙告饶，"我说，我说！"

两特务你一言我一语，如实交代了他们的任务。原来，日本厚和市特务头子何野命他们来把什板申侦察贾力更的踪迹，限五日之内找到贾力更的下落。卧虎湾爆破军火库，令土肥原贤二都为之而震惊，命绥远关东军极速破案。

于是，把什板申成了特务、汉奸重点侦察的地方。

"我就是贾力更！"贾力更从照壁后闪出身来，站在了四人面前。

"贾力更？哈哈，是二圪墩（二圪墩是贾力更的小名。）回来啦！"俩村民高兴地跳了起来。

两个特务瞪大眼睛：“这就是华北关东军煞费苦心要找的贾力更？”

“大个儿万虎、丁树林，你们干得漂亮啊！”

“二圪墩，你回来干啥了？你的肩头可扛着日本人花几十万现大洋要买的吃饭家俱哩！”

“我回来是送这两个家伙上路的！”

“可不是，这两个家伙陷害了不少的抗日军民，死有余辜！”丁树林道。

“杀了狗日的！”大个子万虎道。

于是，两个特务被拉到石灰沟就地处决了！

“咱们村是是非之地，万万不可久留。”云万虎对贾力更说。

“我看看我阿爸就走！”贾力更道。

“准备到哪里去？”丁树林说。

“去善岱找奎璧奎子璋。”

“不妥，”云万虎道，“熟地方你万万不可去。你到我结拜沙尔沁的李定定家隐蔽一段时间吧。”

贾力更沉吟良久，答道：“行！”

在李定定家住下后，通过李定定联系，奎壁、勇夫、赵诚、张禄等人先后来到沙尔沁。他们一边开展工作，一边寻找党组织。

这天，李定定再次侦察归来，断定百什户新来的部队就是当年的红军，于是，贾力更写了一张纸条，上书：“你们是不是当年的红军？”待李定定拿回回信，奎壁、贾力更欣喜若狂，只见回信道：“是，来！”

同时，李定定还捎回百什户村村长姚亮的话：“驻百什户村的是八路军派出的武装工作队。队长姜文华正在寻找从蒙古国回来的蒙古族同志，希望赶紧来联系。”贾力更激动地紧紧拉住勇夫的手道：“终于找到咱们的部队了，终于和上级联系上了！走，到百什户去。”此时已是鸡叫三遍之时，两人马上起程。

当他们来到百什户村的时候，天已经大亮，东方一抹红霞映衬着晨光的美丽。贾力更和勇夫的心里，升腾起一股日出般的自豪与希望。

姜文华和秘书王威热情地接待了贾力更和勇夫，姜文华道：“党中央毛主席寄希望于你们从蒙古国回国的同志，还讲了贾力更同志在农讲所的故事。这次武工队开辟南平川的工作，首要任务就是要找到你们。这下好了，终于和你们联系上了。”

贾力更提出，要尽快面见支队首长并汇报请示工作，于是姜队长派邱如刚和一名小战士把他们护送到了万家沟支队政治部。

中午，在万家沟村一所民房里，贾力更、勇夫和支队司令员李井泉、政治部主任彭德大会面了。他们彼此握住对方的手不停地摇动着："早就盼望能和你们联系上，以后有你们参加，根据地的开辟和巩固更有把握了！""我们也盼望着部队的到来。你们来了，群众就有抗战的主心骨了。"

支队首长像欢迎久别重逢的老战友一样盛情款待贾力更他们。炕桌上摆满了罐头、饼干、香烟等战利品，大家围坐在一起，交谈着，不时发出阵阵爽朗的笑声。"老贾，你怎么这样消瘦？"彭主任突然问道。勇夫接过话题说："他呀，最近干了一锤子大买卖！" 接着把爆炸日寇军火库的经过介绍了一番。"嘿，了不起，老贾，你真不愧是孤胆英雄！"彭德大竖起大拇指称赞道。李司令员也说："我们在越过平绥路以前就听说了这件事。原来是你们干的，炸得好，给了日寇一次狠狠的打击！"贾力更谦逊地说："我们不过是零敲碎打地搞了几下。主力部队一来，绥远的抗日斗争就可以全面展开了。李司令员，我们把工作情况汇报一下吧。"于是他们把一年多来的群众工作、兵运工作和对伪职人员的争取工作等情况作了汇报。最后，贾力更说："一年多来我们苦于得不到党的指示，现在有了组织上的领导，李司令员，给我们分配任务吧！"李井泉说："你们做了许多工作，为今后斗争的开展打下了很好的基础。至于工作，别着急，够你们干的。根据上级指示，一旦和你们联系上，就请你和奎子璋同志参加特委的工作，现在就算正式通知你了。关于开展这里的斗争，请彭德大同志谈谈吧。"

彭德大在炕上摊开一张地图，指着大青山地区说："在这里开辟抗日游击根据地，就好像在日寇背上插入一把钢刀。我们既能和晋西北根据地呼应，又可保障陕甘宁边区的北翼，牵制住大量敌人，使之不能南下、西犯。更重要的是，可以打通国际路线。大青山抗日斗争的意义就在这里，这是党中央的英明决策。"贾力更与勇夫交换了一下眼神，急切地说："我们是当地人，人情地理都熟，给我们分配任务吧——动员兵员、筹集给养，只要是有利于抗日的，有利于实现党中央战略意图的，干什么都行。"李司令员说："既然如此，彭主任，你给他们谈谈吧。"彭德大说："在这里，有自卫军、土匪、 汉奸、伪蒙古军，情况错综复杂，给我们的工作造成许多困难。这里又是民族地区，根据党中央动员蒙古族各阶层人士抗日的指示，动员蒙古族群众，开展伪蒙古军和伪政工人员的工作，对击破日寇

‘以华制华，分而治之’的阴谋，扩大统一战线有着特殊意义，所以……”贾力更和勇夫异口同声地说：“那就把这些任务交给我们吧。我们在这方面已经有了些基础。”“好，就交给你们。”李司令员说，“至于别的工作，如后勤供应等等，也是要搞的，还需要进一步研究部署，以后你们和彭主任直接联系”。彭德大拿出一些文件来，交给贾力更，说：“这是党中央的有关指示，你们先看看吧。”贾力更说：“我们召集奎璧、李森、赵诚等同志研究一下开展统一战线、筹集物资以及群众工作的措施，立即着手工作。彭主任，以后要请你多批评指示啊！”彭德大拉住贾力更的手半开玩笑半认真地说：“哪里，你是老革命嘛，好多事还得倚靠你们哪！”说罢，大家相视一眼大笑起来。

十、狼嘴里的羊羔

年底，万家沟沟口两侧的村庄笼罩在一片惊恐之中，古城、把什、沙尔沁等村的牲畜，几乎都被绥远民众抗日自卫军掠走，有些已被屠宰。各村的农民都为自家的耕畜担忧，来年开春耕田种地该如何是好。于是，他们都到百什户要求八路军能为他们追回牲畜。

自卫军系国民党所属杂牌队伍，其总司令部第三、四路均驻万家沟一带。大青山支队挺进绥远后，严格执行统战政策，与其建立了友军关系。鉴于自卫军成份复杂，土匪、泼皮、破落户皆而有之。由支队军方出面，倘遭拒绝，极有可能影响两军关系。因而支队首长斟酌再三，决定让贾力更狼口夺羔。

贾力更得知此事，慷慨允诺：

“我去！”

接受任务后，贾力更在把什村召集相关人员商量索要耕畜的办法。大家认为，十大区赶走牲口，与土匪请财神是一样的，不用钱赎恐怕难以要回来。贾力更同意大伙的看法，说：“我们据理力争，以最小的代价把牲口要回来，放心，一定能办到。你们分头准备东西，我明天就进沟。”当晚，他把本村青年、抗日骨干贵树找来，问道：“听说你认识十大区的矛招财？”贵树点点头说：“是我在云社堡种地时认识的，此人本姓张，外号矛招财。如今当了十大区的团长，不知道还认不认咱。”贾力更说：“认识就好办。贵树，你敢不敢和我进一趟大沟，去找矛招财把人们的牲口要回来。”贵树摇摇头说："东西到了他们手里，就像羊羔进了狼嘴，哪能要回来？"贾力更说："不管是狼嘴还是虎口，掏也要掏出来，何况他们还打着抗日的旗号。"停了停又问道："你只要在矛招财面前给我引见引见就行，怎么样？"贵树挺起胸脯说："富成哥，行。日本鬼子都敢打，还怕去十大区。"贾力更赞赏地说："好，来，咱们合计合计要牲口的办法。"

次日早晨，贾力更背着钱搭子，与贵树冒着寒风进了大沟。小晌午，他们到达矛招财的驻地交城铺。矛招财正躺在炕上抽大烟，并不搭理来人，只顾吞云吐雾。待其抽完一个烟泡，贵树上前说："张团长，辛苦了。还认得我不？"矛招财抬了抬眼皮，拖着长声说："噢，是贵树，你不是在归化城念书吗？"贵树说："日本鬼子一来我就不念了。"矛招财嗯了一声问道："那你跑到山里来做甚？"贵树指着贾力更说："团长，我给你引见一个人，他是我们村的……"矛招财截住话头，打量了贾力更一番问道："你是干甚的？"贾力更放下钱搭子回答，"国土沦陷，只好在家务农。"矛招财放下烟枪说："看你也不像个庄户人，原先在哪里高就呀？""归化城教书。"矛招财坐起来瞪大了眼睛："什么？你是日本人的探子吧！"贾力更笑了笑说："团座，这种玩笑可开不得啊！"矛招财从枕头下抽出枪来冷笑道："谁和你开玩笑！来人，拉下去敲打敲打！"贵树着急了，大声说："团长，别……"贾力更拦住贵树，平静地说道："我不愿给小日本当奴仆才回家种地的，问心无愧。团座，听说贵部是抗日的我才敢来，你要怎样就怎样吧！"贵树也说："团长，他要是探子我能领他来？我敢拿身家性命为他担保。"矛招财把手枪扔在炕上说："那么，你们来此何干？"贾力更从钱搭子里掏出几条香烟和一块三四两重的鸦片说："初次见面，这点薄礼请团座笑纳。"矛招财脸上露出了笑容："说吧，究竟有甚事？"贾力更坐在炕沿上说："受乡亲们的委托，来向团长求个情，请团长把各村的牲口发还吧。"矛招财立马坐起来叫道："发还？说得轻巧。老子出生入死抗日，拉几头牲口算什么！"一甩手，又躺到了烟灯旁。

贾力更和贵树交换了一下眼色。贾力更拿出小烟袋来抽着，对矛招财说："团长，我是个半路出家的庄户人，有一事不明，不知能否请教一二？"矛招财"嗯"了一声算是答应。贾力更问道："庄户人种地靠什么？"矛招财随口说道："还用说，牲口、籽种和粪水。"贾力更立即接住说："是呀，没有牲口怎么耕地？种不下去还能有收成？老百姓没收成，拿甚供给贵军？"矛招财一时语塞，顿了顿蛮横地说："反正我得要给养。

要牲口，没门儿！”贾力更见对方说到要给养，便说道：“其实，乡亲们谁不盼望打败日本鬼子。他们是支持抗日的，愿意给抗日部队输送给养的。不过，他们每年能有多少收成，团座是清楚的。他们既要应付日伪的赋敛，又要竭力支持贵军和八路军抗日杀敌，时不时还要遭受土匪的抢掠，所以希望团座体谅乡亲们的困难。”矛招财说：“我体谅他们，谁体谅我？”贾力更接着说：“团座也知道，各村对贵军摊派的粮款从没拖欠过。像拉走耕畜这样的事，恐怕贵军总司令也未必首肯吧？如果贵部给养困难，乡亲们勒紧裤腰带也愿供给。不知需要多少？”矛招财略一沉思说：“好吧，给你一个人情，送三十石小米，把牲口赶回去。不过，马匹都得留下，征作军马。”贾力更毫不让步，坚决地说：“团座，您这可是额外的摊派。乡亲们够困难的了，眼下只能凑十来石粮。至于马匹，您也知道，咱们这一带马是主要耕畜。没了马，别说来年不能种地，就是冬季往城里拉煤，上后山打换也干不成。打闹不回来，拿甚供给军需。作为团长，不能不顾民心啊！”矛招财皱了皱眉头说：“那么，依老弟之意呢？”贾力更说：“承团座看得起，我以为，让各村给贵部送十石粮食，再给团座诸位送些烟酒略表敬意，怎么样？”矛招财搓了搓手说：“好吧，就这样。不过马还得留下十几匹，都记在各村大户名下。”贾力更见已无讨价还价的余地，便道：“好吧，就这样。我能不能赶上牲口出沟？”

“牛骡可以赶，马匹等送来东西再说！”矛招财道。

贾力更和贵树当即将近百头牛骡赶回农家手里，而后以十石小米和一些烟酒换回了除十余匹的全部役用马匹。至此，各村村民悬着的心才算放下。

十一、鱼水情深

朔风凛冽，雪花飞扬。大青山里，土默川上，白茫茫一片。群众都穿上了棉衣、皮袄。可武工队的干部、战士依然单衣裹身，昼夜站岗放哨执行任务。乡亲们看在眼里，痛在心上。为此，抗救会的会员们召开了紧急会议，刘天河、胡官仁、姚亮等人向乡亲们提出武工队员受冷冻的问题。

次日清晨，姚亮、胡官仁、刘天河、刘才旺、胡挨仲、王永科、王永会、曲娥娥等人来到武工队队部。姜队长起身欢迎：“今天一早就来了这么多同志，莫非出了大事？”

姚亮道：“现在已是寒冬十月了，乡亲们好赖都穿上了旧棉衣，烂皮袄了。可咱们子弟兵还是身着单衣，我们心里难受啊！”

姜队长感动地说：“我代表指战员谢谢大家。我们从雁北地区出发时是七月，部队为了便于行军作战未带棉衣。现在天气转冷了，后方的补给一时送不上来。目前司令部在想办法，可能短时间内还解决不了，所以只好忍耐一下，我们把站岗放哨执勤的时间缩短了，增加班次，勤换班，勤换人，等待后勤供应。”

听了这些话，大家更受感动。姚亮说：“姜队长，你们远离家乡来此抗日，为的是救中国，现在百什户就是你们的家乡。乡亲们不能看着你们受冷冻。我们商量好了，大家自动捐款集凑起来给咱们的战士买棉花、买布匹。每人缝一套棉衣。”姜队长感激地说：“亮叔，乡亲们的心意我领了，非常感谢。但百什户村子小，人口少，而且特别穷，哪里有力量捐这么多钱啊……你们是不是想强迫群众出钱啊？这可不行，我们有纪律，不拿群众一针一线，不准侵犯人民的利益！”姚亮忙道：“姜队长你放心，我们不会强迫群众出钱的。我们打算跟周村的村长商议，叫他们也动员各村的老乡。十来个村子都出力，集凑起来钱的问题就解决了。”姜队长再三叮嘱：“对周村的村长说，千万不可强迫摊派。要有专人负责，立起帐薄。日后，我们后方的补给送上来，原数归还群众。”

次日，妥妥岱村的冯富祥，沙尔沁村的李定定，小万家沟的孙俊，祝乐庆、忽拉格气等村的村长都来到百什户村。姚亮家里包了饺子，热情地招待大家。姚亮给每人倒满了酒，举杯道：“自从八路军来到百什户后，尊老爱幼，帮助群众解决困难。他们为我们抗日锄奸保平安，周围的老乡得到了安宁。现在老百姓都穿上了棉衣、皮袄，可是八路军穿的还是单衣单裤，眼下已有个别战士冻坏了手脚。往后一天比一天冷，数九寒天会冻死人啊！”

冯富祥马上说：“咱们得想办法解决这个困难。”

李定定道：“没有八路军谁给咱们抗日保平安呢！”

孙俊说：“那时日伪、自卫军、十大区、土匪独立队又会来欺压咱们老百姓了。”

姚亮一听大家的心思都打在一个点儿上了，继续说：“所以，请大家共同商议，请诸位回村动员乡亲们，人人出力，家家出钱，把集凑起来的钱买布买棉花，不足的款由我们百什户包起来。同时我们村的妇女负责连夜缝好，每人一套棉衣，一双棉鞋。等着战士们的身子缝，叫他们穿得合合适适的。”几位村长听了非常同意，都说：“亮哥的想法太好了，就这么办吧！”

三天后，各村村长都带上钱款齐集百什户村。姜队长说：“这么快就把款集起来了，乡亲们情绪怎样？有困难吗？”

冯富祥说：“老乡们一听是给八路军做冬衣，都争着给送钱。”李定定说：“老乡们说冻坏了八路军我们心上过不去呀！”

姚亮把各村的捐款让王永会立帐登记。一算计缝一百套棉军衣，做一百双棉鞋还有剩余，余下的款可买到一百付棉手套。

晚上，救国会的会员都到齐了，姚亮紧锁着眉头不说话。胡官仁问：“亮哥，前几天愁没钱，不能缝棉衣，现在有了这么多钱咋又愁起来了？”

姚亮道：“大家想一想，买三四百丈布，四五百斤棉花，在察素齐会引起敌人和特务的注意。再者城门把守严密，用什么办法才能运回村呢？”

此言一出，众人皆犯愁。此时正给大家做饭的曲娥娥道：“我们先把每个战士的身体量好，计算出各个标准各多少套。然后组织咱们的会员带上“良民证”，单个儿去察素齐买布买棉花，既不会引起敌人的注意，又能顺利出城门。”大家听罢都乐得拍手叫好！

在曲娥娥的带动下，不到十天，武工队的干部、战士人人都穿上了崭新的棉军装、棉军鞋，戴上了棉军帽，可以暖暖和和地执行任务了。战士们派代表每村每户去感谢乡亲们。乡亲们说：“看见你们穿上新棉军装，我们的心也暖和起来了。”

十二、萨托游击队

李支队的司令部驻在大万家沟，穷人的腰杆硬了，抗日的情绪也更高了，各村抗日救国会、妇女会、儿童团都积极地参与了抗日救亡工作。然而，部队的给养需用量大大增加，给百什户人民增加了负担。姜文华召集全村的救国会员开会研究，决定到敌占区把征集到的粮食运到根据地，并把运输的任务交给了抗救会。

黄昏时候，武工队与抗救会人吃饱，马喂足，运粮队悄悄地出发了。姚亮一组到朝号村，刘天河一组到哈素村，胡官仁一组到云社堡，王永会一组到参将村。在武工队的掩护下，向事先摸底后的财主富豪征取粮食。

半夜时分，运粮队征集到了粮食，统一集合得胜而归。路侧突然响起了枪声。邱如刚一边指挥武工队员抵抗，一边掩护粮队迅速隐蔽在庄稼地里。

枪声停止了，月光明晃晃地照在田野里，薄雾萦绕了麻子地和高粱地，只听到夜鸟的咕咕声，而后沉寂无声。

“百什户家，你们吃了熊心豹子胆了？竟敢来川底抢粮。你们已经被警察和我的家兵包围了，快点把粮食放下，回去吧。子弹不长眼，不要让你们的媳妇成了寡妇！”此时，对面有人在大声喊话。

“你是谁？”胡官仁道。

“我是陈国祥，我有人有枪，刁人的事还轮不上你们，不要活人眼里入指头，回圪哇！”

邱如刚知道了对方是些杂牌武装，于是把群众与武工队搭配起来，分成三股，传令下去如此这般。“叭”的一枪，大地主陈国祥的礼帽被揭去。陈国祥立马尿湿了裤子，扭头上马便跑。武工队与群众高声大喊：“缴枪不杀！”伪警与家丁都说八路军大部队来了，不敢应战，纷纷败逃，直退到铁帽村仍惊魂未定。

此役武工队与抗救会员无一人伤亡，缴获马四匹、长枪五支、杂牌队死伪警察二人，死陈国祥的家丁一人。

月亮洒下一片清辉，武工队与抗救会的战士、乡亲们一个个兴高采烈地得胜而归。王永会拿出腰间的竹板，即兴唱起了快板段子：

恶霸老财陈国祥，
养了家兵养恶狼。
伍德子是他后老子，
小日本来了认亲娘。
刁钻古怪坑乡亲，
得了钱痨不纳粮。
来了克星邱如刚，
剜了心嘴子起了粮。
起了粮，还克良（过意不去），
送来马匹和长枪，
你说日秧不日秧（可笑的意思）！
日秧——不———日秧。

经过多次血与火的运粮斗争，百什户人体会到枪杆子的重要性。大家纷纷要求成立游击队，要像老李森金小才一样领上人马去打鬼子。

武工队的领导高鸿光修书一封，派胡挨仲、王永会二人到大万家沟李支队司令部去找支队首长白如冰。白如冰鼓励他们好好干，并指出："抓枪杆子要擦亮眼睛，千万不能发生误伤！"且命军械库发给他们步枪 4 支，冲锋枪 4 支，子弹手榴弹若干。高鸿光把自己的八音子手枪也发给了他们。

于是，孟天贵、胡喜福、孟中元、张二喜、张润栓、孟金栓、韩福成、胡挨仲、王永会等十几名精壮后生被挑选出来，在黑牛沟接受军事训练。八路军王学楷连长与贺指导员组织训练工作。姜文华给大家上政治课，讲毛泽东主席的游击战术、步法训练、射击要领、射击安全、地形地物的利用、进攻与撤退、夜间行军要点等，都举一反三地予以训练，最后进行了实弹射击和爆破实习。

萨托游击队成立了！

在村间戏台上，高鸿光和姜文华讲了话，并举行了授枪和宣誓仪式。

"孟天贵！"

"到！"百什户孟天贵接过八音子手枪。

"现任命你为萨托游击队队长！"台下一片欢呼。

"薛占海！"

"到！"八路军干部薛占海被任命为指导员。

百什户刘天河当上了交通员，百什户胡海威任一班班长，把什板申丁良豹任二班班长，百什户张进财任三班班长，妥妥岱要板墩任四班班长。

萨托游击队组建后，活动范围东至厚和城，西至美岱召、沙海子、双龙、萨拉齐，南至托县五申一带。

从此，破袭战、麻雀战、抓特务、惩汉奸、撬铁路、割电线、萨托游击队很快名声大振，令汉奸特务胆颤心惊。厚和市日本顾问铃木佐吉震怒不已，恨恨地骂道："中国人良心大大地坏了！死了死了的。"

十三、龙王出府

抗战时期，土默川盛产大烟土，人们称其为"黑金子"。在武工队和游击队筹集的物资中，"黑金子"是其中一种。它可以换回白金子，买回部队所需的东西。不但是大青山根据地财政的一项重要来源，就是对延安和晋西北根据地也是一个很大的支援。

在筹集物资的过程中，武工队和萨托游击队除了随时和日伪军作战外，还得时刻警惕伪乡长、伪村长和那些认敌为友的大户人家暗下毒手。这些人不但拒绝交纳抗日粮款，还充当日寇眼线，抓捕我方人员。在如此困难的环境中，武工队和游击队除做基本群众工作的同时，与敌伪进行了针锋相对的斗争，对罪大恶不大者，予以打击为辅，争取教育为主的方略对待；对死心踏地卖国求荣者，该杀即杀，决不心慈手软。

此时，正是五黄六月天气，太阳热辣辣地悬顶高照。一位担着小担的货郎手摇拨郎鼓，肩披长褡裢，头顶草帽，一摇三晃地来到百什户武工队驻地。货郎唱道：

针头线脑顶针子，
头绳蓖梳剃头刀。
七尺布头裹小脚，
五尺花布做小袄。
灌馅麻糖圪料料，
玻璃圪板儿哄小小。
……

听到唱声，姜文华一眼就认出是贾力更来了。他急忙迎出来，把贾力更的担子接过，让进屋里。姜文华倒了一盆凉水让他洗脸，并为他沏好了山茶。

贾力更呷了一口茶水，说道："里素村的梁八斤为富不仁，横行乡里。日本人一来他就当上了维持会长，他的儿子是黑石部队的特务。父子俩恶贯满盈，人人切齿痛恨。我们送延安的青年学生若被他获息，潜在危险更是不可估量。"

姜文华沉吟片刻，道："处绝了他！"

"只是此人诡计多端，居无定所，且自养了兵丁，只能智取，不可举动太大。"

"以贾书记之计？"

贾力更俯首低声，告诉姜文华如此这般。姜文华拍手称妙！

六月初八，把什板申的龙王庙异常热闹。龙王庙对正的古戏台上，《借东风》唱得正精彩，“咚哒”随着二踢脚的响声，鞭炮噼哩啪啦一阵骤响。

“南平川里素家来请龙王啦！”有人在吆喝。

果然，两只肥大的绵羊犄角系了红绸，被连推带拉地赶进庙来。在东厢“领牲”房间，两羊被浇了冷水。毛巾在羊背上胡乱搓擦，羊遇惊遇冷，立即猛抖，脏水立马溅了众人一脸一身。众人很是满意，认为“领牲”成功。龙王收了他们的祭品，于是入大殿参拜叩请龙王出山。

龙王庙始建于光绪二十六年归绥大旱。正殿三间，内供三尺多高龙王坐像一尊。其面黑里透红，眼大如铃，络腮红颜，身着红色披风，威严端坐神堂，使人望而生畏。

绣垫上，跪了五条壮汉。一位是文静儒雅的奎璧奎子璋，另一位是粗犷不羁的金小财李森，再一位是牛高马大、气宇轩昂的云万虎，再者二位是南平川里素村的二位村民主事。

云万虎是蒙汉社送龙王出府去里素的陪者。

是年干旱异常，以致于黑河断流。善岱、铁帽、里素、大岱虽土地膏腴，饱受黑河水润泽。但奈何天无一丝云彩，地无半分水气，干涸了河道，枯裂了垄亩，请把什龙王出府救急是里素人唯一的期待。

龙王庙正殿旁有小轿一座，内坐有“出府龙王”塑像一尊，并有随行銮架一副。专供天旱时，外村人来把什板申请龙王“出府”，为其祈乞降雨之用。

“龙王出府喽！”

随着云万虎一声吆喝，抬轿、敲锣、打鼓之人都头戴柳条圈儿，虔诚地奉龙王出府。把什板申的乡绅及里素主事亦煞有介事地为之。两厢有銮架随行，且不允许女人观望，说是怕“阴气冲磕”。龙王所到之处乃至沿途村社街镇，民众都要摆祭品、端水碗，举行“街敬”。

龙王到了里素村，早有望风者回报喜讯。于是，在村外，乡绅财主迎将出来，后面有百姓跟随，呼啦啦地跪了一片。轿子停下，龙王接受乡民士绅参拜。与此同时，云万虎悄声问里素请神主事道：“谁是梁八斤？”主事道：“戴瓜皮礼帽，穿马褂的那人便是。”

梁八斤五十多岁，白皙的面皮。请龙王是村间隆重的要事，所以必须参加露脸，他只顾叩头礼拜。不曾想一只枪筒死死地顶住了他的软肋，此人底气十足地低声道：“不许声张，跟我走！”

梁八斤发现骤然事变，不得不随了来人。请龙王的另几人亦置龙王不管，拥了李森和奎璧，径直向西北而去。李森的枪管仍然死顶梁八斤肋部，很快地进入一片高梁地。

奎璧道："我们是八路军游击队。你父子认贼作父，横行乡里。今日请你进山一趟！"

"贵军饶命，贵军饶命，梁某从命就是，从命就是！"

走了五里多路，善岱镇已极目可望。梁八斤见李森等人松懈了警觉，于是撒腿便跑。大个儿万虎紧追不放，眼看就要追上，伸手抓其衣背之时，梁八斤突然转身，一道寒光直奔万虎而来，万虎侧头闪过。梁手中的匕首又直奔万虎胸部而来，万虎侧身转向，让过锋芒，右手去扣梁八斤的手腕。梁的手中刀划了一道弧线向上收回。万虎的脸上瞬间现出一道划痕，鲜血马上流出。与此同时，万虎出脚踢向梁手腕。梁的手中刀"嗖"的一声，飞向田畔的大柳树。

梁八斤没了兵刃，甩腿跑向河槽。万虎见其已跑到河槽岸上，若纵身跃下，就有逃走的危险。于是，万虎从腰间掏出手枪，"叭叭"两枪，梁八斤滚落河槽。

梁八斤毙命，奎璧道："梁八斤之子梁安效命于黑石，其父出事，其子很快就会赶来，我们若北撤，必遭追击。须反其道而行之，去独立坝隐匿。"众人点头称是。于是，云、李、奎三人取了梁八斤的匕首，顺河槽向北疾行三里多路，而后钻入路西小柳林，反方向向西南而去。

梁安闻听其父出事，迅速引领一小队鬼子，一个连伪军，骑自行车的、骑马的伴着滚滚尘烟向里素村杀来。本家侄儿梁二梆浪领其哥找到梁八斤毙命之地。梁安找到其父尸身，马上放声大哭，声言不杀奎子璋誓不为人。寻踪觅迹，人马很快向善岱、什拉村杀去。

云、李、奎三人向西南方向行进三十里路，来到独立坝村，悄然越墙进了姜二婶院内。妇救会骨干姜二婶四十多岁，此时正与村里的几位动委会成员研讨对付敌人的工作事宜，三人的到来，让大家很高兴。姜二婶正准备为他们做饭的时候，有人跑来报告，一队日伪骑兵正由村东向村里奔来。情况马上变得异常紧张。

此时，姜二婶家已聚集了二十余人。以前，奎璧等人多次在她家隐蔽都未出过差错。然而此次人多，她的院中连个适合隐蔽的地方都没有，万一敌人闯进来可就糟了。

姜二婶让大家别动，马上出去望风。

奎璧见情况紧急，为了不给村里老百姓造成损失，马上命令大家准备行动，越墙从村西撤出去。

就在此时，姜二婶从大门外进来，“咣当”一声将大门关上。她看见大家要行动，决然道：

“哪里也不要去，就在院里呆着！”云万虎正要对她解释，她却先开了口：“大天白日往出撤，能不被敌人发现？人家是骑兵，咱是徒步，还有不吃亏的？”大家佩服她的分析，脱口道：“那该咋办？”

“我有办法。”姜二婶从容道。看着她那胸有成竹的样子，奎璧和李森等人的心安定下来了。于是，他们又想起她与鬼子汉奸斗争的故事来了。

那是去年夏天的一天，姜二婶召集同村和周村妇救会会员在家里开会，商议支援抗日的事情。忽然日本鬼子的几名狗腿子荷枪进入院内。大家一时慌了手脚，不知如何是好，只听姜二婶低声对大家说：“不要动，听我的！”只见她手里指天划地，口里念念有词，出言全是口里人方言，“相公”长、“玩童”短地顶起了大仙。看到她装神弄鬼的样子，其他人立即明白了姜二婶的用意，围住她，倒茶的倒茶，奉烟的奉烟，祈求大仙消灾祛祸，问起吉凶来。狗腿子们见众人虔诚地求仙拜佛，怕手中凶器冲磕了大仙，担心没有好下场，就悄悄地溜走了。从那以后，周村人称姜二婶为“姜大仙”。于是她就利用这个身份开展抗日工作。

可这一次，她怎么应付敌人呢？只见她悄悄地对奎璧说：“你们安安稳稳地在家呆着，千万别出去。”她让大家藏在院中的秫秸里，信步走将出去，“咣当”一声，关了院门，并从外边上了锁。

不大一会儿，就听到嗒嗒嗒的马蹄声和鸡飞狗跳的声音——敌人进村了！院中每一个人的心一下子提到了嗓子眼儿，云、李、奎不由地将枪端在了胸前。

“乡亲们，皇军进村了，快出来迎接啊！”在混杂声中，大家听见了姜二婶的嗓音，这声音虽然是发自一个普通农村妇女的口中，但在独立坝村民的心目中，却是一道动员令。大家都很清楚，一定是有了特殊情况，所以就按姜二婶的‘命令’行动起来。于是又听到‘热情’的招呼声：

“老总，来吧，我家有白面、鸡蛋。”

“老总，我给你遛马。”

……

过了一会儿，村子里渐渐安静下来了。

原来，在姜二婶的安排下，各家各户把鬼子和伪军三三两两地‘请’到自己家中，有的给烙油饼炒鸡蛋，有的给吃面条。就这样，这一队杀气腾腾的敌人被分割开来，一个个狼吞虎咽地大吃起来，抓武工队的事早丢到瓜哇国去了。只将个领路的梁二梆郎急得在村里团团转。众鬼子、汉奸在村里折腾了大半天，得意洋洋地翻身上马，尘土飞扬中开出村外。

当姜二婶回到院中的时候，大家都向她围了过来。只见她拖着疲倦的身子步履蹒跚地走向众人，眼里却充满了得胜的喜悦。大家都说："姜二婶，你真有办法！"她嫣然一笑："那是有你们在给我壮胆啊！"

十四　伪警署长

回到万家沟司令部，彭德大主任高兴地把他们迎入屋内，"锄奸队回来啦！"

屋内，两个身穿鬼子军装，腰挎东洋刀的日本人正用日语交谈。老李森眼尖，一眼认出是贾力更与福岗留，道："这两个灰猴，穿了鬼子的衣服，不怕老百姓喝你们的血？！"

贾力更道："小财哥这回又立大功了，骂人骂得又顺耳又好听。咋，轮着你们虎口拔牙，就不允许我们化装进城？！"

福岗留道："小财哥的大大地好，合我们日本人的脾气，我们反战同盟大大的喜欢你。"

李森正欲回话，彭德大指着另外三人道："这位是我们民运科长王瑜山同志。这位是百什户刘天河同志，是萨托游击队的交通员。这位是萨托游击队的孟天贵队长。"

云万虎高兴地道："他们三人我都认得，都是使枪的好手！王瑜山的人头还被挂在旗杆上示过众呢，《蒙疆日报》更是为自己大吹大擂了好长时间呢！"

彭德大道："敌人杀了乞丐王雨珊来瞎吹嘘，我们的英雄这不是好好地活着吗？你们这次除去梁八斤，对敌特汉奸震慑很大，确实起到杀一儆百的作用。不少伪乡村头面人物主动和我们拉关系。但是，善岱周围的工作却很不顺利。原因是那里的警察署长处处和我们作对。惩处里素伪乡长梁八斤后，他虽然有所收敛，但是，依仗镇内二百余名军警和一小队鬼子的实力，仍然千方百计阻挠我们在那里筹集物资、征收大烟税。善岱镇镇长是我们的内线，还有王富同志负责联络，因而对这个伪警署长的情况了如指掌。此人是东北人，姓于名得水。东北沦陷后，为了吃饭，他混迹于伪军中，走上了卖国求荣的道路。‘七七’事变后来到绥远，当上了伪警察署长，虽没有血债，但为搜刮钱财也做了许多坏事，民愤很大。我们决定以软硬兼施的办法，把他争取过来，为我们所用。奎璧、云万虎、李森同志在善岱一带名声很大，此次消灭梁八斤伪乡长，更是引人注意，所以这次行动交给王瑜山、刘天河、孟天贵三位同志来完成。奎璧同志请把你们除去梁八斤的经过向大家汇报一下，以便为更好地完成新的任务积累经验。”

于是，奎璧介绍了这次锄奸灭梁行动的全部经过和值得重视的细节。

“了不起，姜二婶真是文武双全的指挥员！”彭主任听到姜二婶的故事后，十分激动，不由得伸出大拇指赞叹不已。

眼看快要中秋，人们从四面八方来到善岱镇赶庙会，归武地区最著名的“小红鞋”戏班被请来演出。戏台位于姥爷庙旁。王瑜山、孟天贵、刘天河、王永会等10余人个个当地老乡打扮。他们把白布衫搭在肩上，露出里边的红腰子、花爪爪，一路走，一路扯起“烂席片”，唱了东又唱西：

眼看籽眼手摇耧，
脚踢坷垃口喊牛。
卸了耧犁打啦咚，
妹子拢马缰不离手。
……

一行人由红旺子做向导，从什拉村出发，陆续混进了善岱镇。

善岱镇原是黄河古驿路重镇，是漠南塞上的水旱码头。善岱庙会古而有之。街上叫卖声不绝于耳，三三两两的伪军闲游乱逛，赶会的人都怯生生地躲避着他们。梁二梆郎死了伪乡长二叔，其哥梁安安排他当了伪警察，混迹于善岱镇泼皮破落户之间。梁安命他时刻查找大青山武工队的人，以便为其父报仇雪恨。其时梁二梆郎牵了自家的黑狗，向人自诩是日本人赐他的大洋狗，大摇大摆地走出了警察署。警察署门口，两个岗哨有气无力地站立两厢，如鸪鸪鴂断了脖颈，灰头耷拉，一看就是大烟鬼。“拉狗的就是梁八斤侄子梁二梆郎。”红旺子告诉大家：

“小心这个狗腿子，”王瑜山提醒大家行事。

“怎么才能抓住于署长呢？”王瑜山正在想办法。红旺子碰了王瑜山道：“来了！”

梁二梆郎出来未久，伪警署长便走了出来，两名岗哨连忙行礼。于得水身穿便服，鼻梁上架着副墨镜，大模大样地来到街上。当其离门岗二三十步远的时候，王瑜山将此署长迎住，迅速用手枪顶住他。

“识相点，打狐子为皮（青帮黑话）！”署长正要出声，王瑜山用枪戳了他一下，“老实点，我们是八路军，现在镇上全是我们的人，你若高声一句，就要了你的狗命！”低声而有力的警告让于得水不寒而栗。

“兄弟不敢，你千万别开……枪……”于得水吓得全身不住筛糠，并结结巴巴地求饶不已。

“你跟我到镇外走一趟！”王瑜山命令道。

“可……可以……哪儿都可以。”署长应允着。

到了西城门，署长于得水喝退了守门的兵丁伪军，与刘天河携了手，出了城门走在了通往保同河村的路上。署长的表情不住的变化，时而愤怒，时而悔恨，时而绝望，最后，里素伪乡长梁八斤被处决的可怕场面出现在他的眼前；又见王瑜山等人把他押进高粱地，登时吓得面如死灰，犹如稀泥一般瘫倒在地，“八路军爷爷饶命，八路军爷爷饶命……”

“八路军优待俘虏，你是知道的，除非像梁八斤那种死不悔改的人！”刘天河道。

“是，是，兄弟……兄弟知道。”于得水正要站起来——见孟天贵手端双枪，二目如电，黑着脸盯着他——又瘫坐垄间。

王瑜山道：“爱国不分先后，只要放下屠刀，回头抗日，人民是欢迎的，共产党八路军是既往不咎的。如果继续为日寇卖力，与人民为敌，里素伪乡长梁八斤的下场就是你的下场，何去何从，你自己选择！”

“再也不敢了，小人愿为贵军效力。”于得水见八路军没有杀他的意思，心里踏实多了。

王瑜山道：“今后我们的人要到这里来活动，只要你够朋友，我们不会给你出难题。不过，你要给我们捐抗日粮、交抗日款，并协助收大烟税！”

“一定，一定，”署长一迭声道，“照办、照办！”

"你写个保证，这是军事协议！"刘天河拿出了纸笔，王永会早将印泥送过来。

于得水颤抖着写下了保证书，书曰：

我于得水感恩八路军不杀之恩，日后愿为贵军效犬马之劳，此誓至死不变，天日可鉴。凡日本关东军者，为我血海寇仇，不共戴天。若日后余不尊此约，背什么枪中什么弹。

特此协定

于得水

于得水拇指沾了印泥，录指纹于协议之上。

王永会收了保证书，王瑜山又道："你如果以后要变卦，我们把这个保证书拿到黑石部队，你的脑袋就搬家了！"

"不敢，不敢，我是中国人，绝不会变成日本人。我保证为贵军服务！"并乞求道，"我们大家都得讲义气呀！"

"给，将这条黑布蒙眼，我们走后一个时辰你再解开！"刘天河命令道。

于是，众人撤离，过了一袋烟的功夫，于得水估计八路军已走了，随手解开蒙眼黑布。"嗖"一股寒气扑面而来，一把匕首尖刃已经架在了于得水的脖子上。

"老实点，找死吗？"孟天贵的声音虽然不高，但如雷轰顶！

"小人知错，小人不敢……"于得水磕头如捣蒜，连忙把黑布重新系好，还打了死结。

小分队撤到什拉村堡垒户范五满家，准备将电台取走带回大青山。不到一袋烟的功夫，范五满的大儿子成成跑了回来说："外面有个讨吃子，就走就放石头，现在石头快摆到咱家门口了！"

对这突如其来的情况，王瑜山与众人进行了分析，一致认为这个讨吃子肯定与今日争取于得水的行动有关，很可能是给鬼子引路的汉奸。范五满眉头一皱，道："收拾了狗日的吧？"王瑜山沉思一下说："这样吧，你想办法把他领进家来进一步察看一下。"老范眼里闪着亮光说："好！你们先躲避一下吧。"说完，将众人藏在柴屋里。然后他不慌不忙地向大门外走去。

王瑜山知道，柴屋的后墙有挖好的洞，用干坯堵着，必要时，推倒坯就能脱身。

范五满刚出大门，见此乞丐俯身在门前放下一块石头。老范故意干咳了一声，乞丐吃了一惊，赶紧把石头拣了起来。老范不以为然地说："院里没狗，用不着石头！"乞丐掩饰道："啊……大叔，行行好打发点吧！"

"哎，这年头讨吃要饭怪可怜的。你回来，我给你热点莜面，饱饱吃一顿！"范五满一脸慈悲相。乞丐迟疑了一下，无可奈何，只好跟了进来。

进了屋，乞丐下意识地抬腿就要往炕上坐，一想不妥，马上退回来蹲在瓮跟前。乞丐的动作老范看在眼里，但他不动声色地走在厨柜前，一面从里面端出多半盘冷莜面，一面在乞丐身上瞟了几眼，看到乞丐破烂衣服里穿得却是黑绸夹衣。"没错，是特务！"他心里有了底。

特务心里有事，早就搓脚捻手地蹲不住了，见拿出了莜面，站起身来说："大叔，快不要麻烦了，我吃几口冷的就行了。"说罢，伸手就要抓莜面。老范挡住他说："别忙，我这人一向行善，不为别的，只是为积点阴德。等一等吃热的。"回身对炕上的闺女说："杏女子，快添水烧火！"说着又去拿茶盘，故意把擀面杖弄到地上。

听到响声，特务打了个冷颤，一看是擀面杖掉了，装作歉意道："看把大叔忙的！"老范拾起擀面杖，笑了笑说："没事。成成，抱柴禾去！"成成出门了。特务不放心，用眼睛盯着成成。乘特务扭头向门外张望之时，老范操起擀面杖朝特务后脑勺打去。特务连声也没吭出来就倒在了地上。老范连二赶三又是几面杖，乞丐一命呜呼！

"成成，叫你王叔们回家来！"听到范五满激动的话音，王瑜山等人走出柴屋，进家来，见特务死狗一样挺在地上，翻过脸来一看："咦！梁二梆郎。"大家都不约而同地惊呼道。王永会在尸身上摸了摸，从腰间抽出支短枪来，兴奋地说："范叔，干得太好了！"老范嘿嘿笑了两声，扔下擀面杖对成成说道："你快去照特务的样子，往二十家子村摆石头！"成成答应了一声，返身就走。

"等一等！"王瑜山道："沉住气，摆到半路就行了，快去快回！"成成走后，王瑜山说："得赶快处理这具尸体。"老范不慌不忙地说："先填进瓮里，晚上抬出去扔到河里喂了鳖，保准神不知鬼不觉。"

"大白天，也只能这么办。"

大家把梁二梆郎的尸体塞进一只大瓮里，瓮口加了伪装，又将屋内打扫了一遍。收拾停当，范五满道："叫敌人跟着石头到野滩里打转转吧！"

不出所料！午后，伪军和鬼子兵果然循着沿路摆下的石头，匆匆穿过村子，向二十家子方向扑去。

十五、送丧

贾力更和福岗留化装成日本军官，在厚和城搞到子弹一千多发、两组蓄电池和五个真空管。由于羽三公馆的小货郎因在图图召与李兰拽联手欲除去贾力更向日本人请功，最终刘兰拽被杀，于是日本人火烧大佛殿，杀"真龙天子"蒋立根，并悬首级于城门之上，谎称杀了贾力更而请功。小货郎将贾力更的形象深深刻在了心上。此次贾力更与福岗留在厚和市圪料街伪警察署与伪署长私下商谈购枪事宜，被小货郎认了出来。小货郎令红会特务跟踪贾力更。贾力更只好将物资转移到麻花村的伪乡文书刘之德家。

此时正是一九三九年，鬼子在察素齐、毕克齐等地集结大量兵力，准备对大青山游击队根据地进行秋季大扫荡之时。敌人把通往山里的大小路口完全封锁起来。铁路上，敌人的铁甲车白天晚上跑个不停，要从南平川或其它要隘把这些物资运往根据地，可真不是件容易的事。

王瑜山带领孟天贵、刘天河、王永会、曲娥娥等人以奔丧吃糕走亲戚为名，来到了麻花村。正当大家焦虑如何行动之时，刘之德心生一计，道只能如此这般。众人连连叫好，当下决定以刘之德之法行事。

是日晚，刘之德把给爷爷备下的寿木棺材弄来。众人把一千发机枪子弹、两组蓄电池和四五个真空管都置入棺木，填了些柴草，然后把早已准备好的半扇子猪肉盖在上面，并在棺木上故意弄了一个洞，而后凿了银钉，谓之"七星材"……安排妥当，刘之德道："送丧时没有女人不行，得再找个女人嚎丧。"

"我来哭！"曲娥娥道。

"让妇女和咱们一路闯荡不太安全，娥娥嫂子执意要来，没办法她硬是跟来了！"王瑜山道。

"我早就想好了，让我老婆去。你装成我小舅子，娥娥妹子装成我亲妹妹。"

"不行！"王瑜山摇着头，"万一出个差错……"

"这个时候不能考虑这么多了，完成任务要紧！"刘之德严肃地说，众人只好同意他的主张。

三天后，按照本地人的送丧规矩，把棺材放在一辆二饼子车上；材上拴了只大红公鸡，称作是："引魂鸡"。天不亮，他们就向村外走去。老刘赶车前行，刘大嫂、曲娥娥穿重孝各骑一头毛驴跟在车后，王瑜山扮作刘大嫂的弟弟牵了缰绳。孟天贵、刘天河、王永会跟在后面，一行人都身穿重孝向北而行。凡所经村庄，曲娥娥与刘大嫂就嚎啕大哭起来：

"妈呀，咋忍心留下我们，管你一个人走呀……"

"妈呀，你教闺女咋想你呀……"

行至中途，只见前面尘土飞扬，铁蹄"嘚嘚"，一队人马旋风般地卷来，将丧车团团围住。一个货郎打扮的人操山西口音道："丧车不能走，他们必是大青山的八路军。"

此人耳朵有一个破洞。王瑜山等人认出：他正是贾力更临行时描述的"小货郎"，也就是羽山公馆的特务。

众人知道来了劲敌，今日难免一战，随时准备掏枪战斗。

就在此时，一伪警头目下马来到棺木车前，用马鞭敲敲棺材道："老百姓打发死人你扯什么蛋，羽山公馆尽训练出些疑神疑鬼的孬种！营队长你下马来，闻闻死人的臭味如何……"边说话边呕吐起来。

送丧队众人认得，此人便是善岱伪警察署长于得水。

"无论如何，人员搜身，棺木验尸。" 小货郎营队长不依不饶！

"妈呀！你死得好苦，冤魂也不得安宁……"刘大嫂大哭不已。

"我的亲妈，你死得好苦呀……"曲娥娥更见悲恸。

"棺木内必有蹊跷，开棺，开棺！"

于得水瞪眼道："你个摇拨浪鼓的尽是无事生非，爷们回呀，你留下！"于是立刻上马，众警啸然而去。

小货郎看看送葬队伍，又看看驰去的警察队，急忙上马，恼羞成怒的吼道："于得水，信不信爷到黑石阁下那里告你！"

马队走不多远，影子尚清晰在目，另一队伪军拦住了于得水，不知于得水说了些什么，于是另一队伪军亦随于得水返回。

来者原来是梁八斤之子梁安。梁安信任于得水，所以不听小货郎之言，随即返回。

丧车继续前行，众人笑谈刚才遭遇，所以忘了乏累。此时正值土默川初秋，天气炎热难当，天已正午，骄阳炽烈。经此遭遇，大家的心又绷得紧悠悠的，也顾不上擦汗，一个劲地往北赶。棺材里，那放了一天多的猪肉早已腐烂，难闻的臭气顺棺材那洞散发出来，呛的人不敢大口出气，一群群绿头苍蝇在棺材上飞起飞落，谁看了都恶心得想吐，唯恐避之不及！

凭借这种“威风”，送表队又走了四十里平安路，很快越过铁路线。前面，沙尔沁村已经看得清清楚楚了，过了这个村子，一进万家沟就安全了。可是，就在此时，前面不远的地方，路口上出现了敌人，赶车的刘之德扭回头，向众人投以询问的眼光。王瑜山道：“中途停车或绕道，必会使敌人看出破绽，因为敌人已看到了我们，正朝着我们指指点点呢，继续前进！”

于是，大家不慌不忙地朝鬼子把守的路口走去。

“什么的干活？”没到跟前，鬼子就凶神恶煞似地朝众送丧者吼道。

“太君，送丧的。”老刘哭丧着脸回答。

“站住！”一个刀条脸的家伙歪戴了礼帽，恨恨地说，“哪个村的？”

汉奸！众人不由一惊，暗想：当汉奸的不少是当地人，如果说话有出入，就会招来麻烦，必须想办法稳住他。于是王瑜山定了定神，抢前一步说：“沙尔沁的。”

“沙尔沁？”刀条脸迟疑了一下，眼珠转了几下，发出一声冷笑：“我怎么没见过你？”

观其神形，王瑜山断定此人不是沙尔沁人，这家伙是在冒诈。于是，他不软不硬地回道：“我也没见过您呀！”

刀条脸见回话理直气壮，一时没词儿了。趁此机会，王瑜山向刘之德呶呶嘴：“姐夫，走吧，天不早了。”

“搜查搜查的！”

刚要转身，五个鬼子端着枪刺，朝着棺材而来。

众人的心一下子提到了嗓子眼儿，但外表还是非常平静。王瑜山一边往棺材旁走，一边大声哭诉：“妈呀，你活着受苦，死了也不得安宁，呜呜……”

女人们见状，也大声嚎哭起来。

刀条脸嗅着恶臭，又看到棺材上面乱飞的苍蝇，他不住呕吐，问王瑜山道：“这死人是你甚亲的？”

“俺妈。”王瑜山忙悲怆道：“前十天去善岱看俺姐姐，谁知刚去两天就害伤寒病倒了，没过几天就……”说着，刘之德、刘氏、曲娥娥又同时哭泣起来。

“啊！”鬼子一听“伤寒”二字，忙退后几步，惊叫着只掩鼻子，“八嘎呀噜，快快地开路！”

汉奸见鬼子下了命令，也就不再纠缠，扬扬手道：“快滚！”

十六、鱼龙混杂蛇鼠一窝

经过战争的洗礼与锤炼，萨托游击队越战越勇，越打越强，很快，队伍发展到 200 余人。姚喆司令、彭德大主任，杨植霖、贾力更等战地首长和地委领导时刻都在关注着这支队伍的发展壮大。

根据姚喆的建议，经支队党委的批准，李容玉、任补换、张钧田、高富虎、刘天河、孟天贵、于毛眼、范崇儒 8 人被派往归绥市郊，建立武归抗日民主政府。由李容玉兼任代理县长，领导军民开展抗日斗争。

出发前，姚司令分析了敌我友三方面的力量和当时的形势，指出开辟这一根据地工作的重要性，并讲了党的政策和策略。

土炕上，是一幅归绥地图，姚司令指着地图道：

“这里是青山南北也是城市和草地之间的咽喉地带。如果我们控制了这个地区，就如同我们手里攥着两把钳子，紧紧地夹住了归绥和武川的咽喉，使敌人喘不过气来，然后逐步把归绥城包围起来，准备迎接战略上的大反攻。当然，要做到这点是非常不容易的。大家来看。”姚司令把队员们让在图前继续道：“从敌人的武装力量分布来看，黑石旅团的主要部分就驻在归绥城里，大约有两千人，完全是现代化装备，城内外还驻有德王及李守信的伪蒙古军四、六、十共三个大队；还有伪警察、伪保甲自卫团等地方武装及便衣特务；再加上顽固军，土匪等，总共将近两万人。而你们县政府才八个人。司令部为照顾你们，每人发一长一短两支枪，总共才十六支枪，要和那么多敌人去斗智、斗勇、斗法，还要在那里扎根，你们有胆量、有信心做铁扇公主肚子里的孙猴子吗？”

李容玉道：“只要党需要，抗日需要，再困难也要去，而且一定要完成任务！”

“保证完成任务，请首长放心！”队员们行了整齐的军礼！

鸡叫三遍的时候，小分队出发了。走在最前面的是任补奂，他是当地人，高高的个儿，敦实的身架，是武归县的武装部长。他身后是武工队长张钧田，贵州人，猎户出身，是长征过来的年轻“老干部”。长征前负过伤，脸上留下一条深深的刀痕，大家叫他“张疤子”，其后是高富虎、刘天河、孟天贵、李容玉等人。

经过几天的迂回行军，穿过好几道封锁线，小分队连夜赶到卯独沁。为了便于开展工作，小分队把长枪藏在山洞里，掖好短枪，然后去找上次反扫荡认识的何、尤、韩三位老人。此时老乡们断粮多日，一个十三四岁的女孩怯生生地用一条破麻袋盖着自己坐在墙角旮旯遮羞。小分队拿出自己的口粮和他们一同做饭吃，并把自己的衣服送给小女孩穿。老人道：“鬼子这次扫荡，把乡亲们的粮食、衣服都抢了，锅碗瓢盆都砸了，房子烧光了。鬼子走后，大家又陆续回到家里，修建房屋、抢种庄稼、挖野菜、砍柴禾。可是鄂友三又来称王称霸，欺压乡亲。老百姓实在没法儿活了。”

尤老汉痛苦地说：“我家儿媳叫‘鄂毛驴’，糟蹋苦了。”

原来，鄂友三来村里驻扎。尤老汉的儿媳，香女子不甘鄂匪羞辱，向跄蹴在炕上的鄂友三告状道：

“师长，你的护兵刘秃子亲了我一口。”

鄂友三听罢当场一怔，同时在脑子里闪过了杀与不杀的念头后，便笑着说：“咳！打人骂人是得罪人的事，亲你是稀罕你了，还生甚气了？”香女子冤屈道，“他是箍住人家的！”鄂友三接着道：“你们都是年轻人，可袭人了，要不你亲上师长一口顶帐吧！”

众匪骤然淫笑。

鄂友三开拨那天，香女子被鄂友三祸害了。香女子羞愤难当，悬梁自尽了。

尤老汉讲到此处，众人悲然而啼。

张疤子愤然起立，拳头击打在柜上，“不杀顽匪，誓不罢休！”

李容玉县长道：“乡亲们，不要哭，咱每个穷人都有一本血泪帐，小鬼子和自卫顽军的末日很快就要到来了。”

为了更好地发动和组织群众，小分队决定不暴露身份，先分散开给老乡们修房种地和干其它活，好在八个人都是庄户人出身，什么活儿都会干。小分队先后来到跌水、宽坦子和大西沟几个村，与老乡认干儿，拜结拜，有甚活儿抢着干，把仅有的一点粮食分给群众，大家只好天天吃野菜。这样，小分队与群众建立了深厚的感情，也摸清了各方面的情况。经研究，大家一致认为工作重点应设在大西沟。

大西沟位于哈拉沁沟中段，往南出沟口约二十里可达哈拉沁村，再往前三十里就是归绥城，往北到武川也只五十多里。这里地势险峻。从南面哈拉沁村入沟，五里处是石灰窑。石灰窑两面石山壁立，鬼斧神工，无路可登，犹如天然的门户。再往北五里处有老爷庙一座，小四合院内住两个老道。道人受尽日伪和土匪糟蹋，对八路军、共产党有些了解，请求八路军救助他们，还希望能为小分队做工作。于是，小分队就把联络点设在这里。

再往里就是大西沟。大西沟位于料木山下，是哈拉沁沟这条贯穿大青山大沟的分支。它座东朝西，其间山套山、沟套沟，包括小西沟，石窑沟、干沟子、长尾巴梁和钱树碑等。山势险峻，道路崎岖，是个进可攻退可守的好地方。苟子臣就盘距在离沟口十来里的石窑沟里。

鄂友三在离大西沟十余里的杨树窑子有个据点，常驻二十余人，最多时达一百人。这些人奸淫妇女，抢劫杀害百姓，反对共产党八路军，可谓罪大恶极。

另一股匪众苏美龙，虽然干了很多坏事，但有时在表面上还要跟八路军表示友好。

鄂友三与苟子臣结梁子在先，互相嫉恨，又狼狈为奸，互为利用。

当初，鄂友三想去找苟子臣搞统战，彼此靠拢支援，一致对敌。正在他考虑联络苟子臣人选的时候，正好有一位武川县人贾凤翔来投靠鄂友三。

苟子臣原是傅作义部的一个连长。“七七事变”前夕，奉命到归绥县地方团队当教官，人称苟教练。抗日自卫军初建，任他为第二十一团张亮部副团长，驻扎在归绥城西的瓦窨圪沁一带。

后来张亮死后，苟子臣继任团长，人称苟团，旋被傅作义改编为直属支队，任司令，仍以瓦窑圪沁一带为根据地，活动于川前山后。

贾凤翔原是自卫军第四路十四团副团长。郭部瓦解后回家务农，由于不愿无所作为，前来投奔鄂友三。

贾凤翔献计道：“我虽然是赤手空拳来找你，就是想跟上你抗日。你如果信得过我，请让我带些人到旗下营一带扩充人马，以便和苟子臣取得联系。我知道他还在瓦窑圪沁……”鄂友三经过仔细考虑，给贾派了 16 名精干士兵，挑选了 16 支步枪出发了。并商定最晚 20 天带回好消息。

颚友三翘首期盼佳音，传来的却是噩耗：苟子臣为了贪图 16 支步枪，诱杀了贾凤翔等 17 人。鄂友三闻迅后，气得怒火中烧，暴跳如雷，大骂苟子臣不是人，并带领部队去找苟子臣算帐。

苟子臣将鄂友三迎入司令部，面对鄂友三的质问，苟子臣解释说：“枪支保证奉还，但人是不能再活过来，因为他们军纪太坏，而且还想缴我们的械，不得已处死了他们。我知道你重振家业困难，才把枪支给你保存起来，我这样做也是为了不让他们坏了你的名声。”

事到如此，鄂友三只好作罢。于是二人各怀私欲，聚两三日，图谋联手之计。

针对以上情况和八路军对顽军区别对待的原则，大家一致认为对苏美龙还应当进一步争取。但因鄂友三的主要力量不在这里，决定先干掉荀子臣，一可为民除害，便于小分队扎根；二可以威胁鄂友三的联络据点；三可以敲山震虎，震慑苏美龙，使其向八路军靠拢。

十七、三打荀子臣

为了消灭荀子臣，小分队进行了进一步的侦察，对荀团的一切做到了进一步的掌握。

荀团的窝子建在悬崖绝壁之上，钻石洞、攀石级、过栈道，只有一条崎岖山路可以进入，地势非常险恶，且机关重重，戒备森严，强攻不行，偷袭又无法接近，真正是无计可施之地。

访贫问苦，小分队认识了山民李丁。那天，李丁夫妻正在家里的房梁上双双上吊，被孟天贵、于毛眼救了下来。

李丁住在离大西沟约五里远的荨麻湾，忠厚老实，以打柴狩猎为生。其妻卢团凤贤惠善良，相貌秀美，天生一副美人胎。两口子勤俭持家，非常恩爱。乡亲们说李丁好命，撞了桃花运，娶了个貌美如花的老婆，此生不枉来世一回。

可是，荀团的匪徒们霸占了他的女人，还给卢团凤起了个侮辱性的外号“二红鞋”。刚开始，匪徒成帮结伙到他家祸害，大吃大喝，当众污辱卢团凤，还逼着李丁在一旁侍候。当匪徒们把他家的东西折腾光之后，又逼着李丁三天两头地把卢团凤送进寨去。每当处决汉奸或无钱“财神”时，都要逼他夫妻观看。

路侧，荀团的人逼迫李丁挖几个坑，而后将要处决的人头冲下埋掉，叫栽电线杆。人上身已埋，两腿还在痛苦蹬跶，众匪哈哈大笑，并对李丁夫妇说，这就是“杀鸡给猴看”！

最后，在死者脚上挂一牌子：“汉奸的下场。”

荀子臣还在瓦窑圪沁的时候，有一次鄂友三去拜访他。

荀子臣问鄂友三的近况，鄂道："形势十分严峻。每隔两天就打仗，有时一天打两三次，常常不能在村里落脚，瞅空进村做饭吃，烟囱一冒烟，敌人便闻风而动，不是伪保安团，就是伪警察，要不是伪靖安军，马上就来接火，弄得连饭也吃不成，官兵都疲惫不堪。夜里有不少汉奸，捉住时一枪崩，枪声又招来敌人……"

鄂友三一口气说了许多实际问题，睁大三角眼，凝视着荀子臣，仿佛要在荀子臣的脸上，一下读出许多妙计来。

荀子臣慢条斯理地对鄂说："子弹宝贵，崩汉奸不合算，留下来打日本人。对汉奸或用大石头砸、麻绳勒、或用栽电杆的办法来处死，其中勒死最省事。"鄂友三问："两人用麻绳勒人还省事？荀子臣道："别着急，光这还不行，还必须把地盘恐怖起来，让敌人掉头，友人抬头。不把敌人收拾尽，友人想靠拢我们也不敢，这是根本的事。瓦窑圪沁这四五年来始终没被小日本占领，也没有把我们撵跑，就是得益于恐怖手段，只要有陌生人进来，就处死他。根据地的老乡与外界瞎来往也不行。所以好人有安全感，都拥护我……"鄂友心领神会。接着，荀子臣又说："我们昨晚又捉住一个汉奸，一会儿要勒死他，你好好看一看，并派一个兵学学技术。

鄂友三让心腹张三娃去学。张说："打仗我不怕，勒人我不敢，眼睛黑豆豆的我下不了手。"鄂又让其他人学，大家都不愿意，柴俊山突然说："我学！"

柴俊山看完勒死人的全部操作过程，觉得果然省便，用一尺麻绳打结成圈，双股套住人的颈项，再用一个短小的木棍穿进绳缳的一头绞几下。受刑者颈项大动脉供血不通，马上倒地。又在其背上猛跺一脚就断气了。从此以后，柴俊山学艺成功，当上了鄂友三的御用刽子手。

所以，绥远就有这样的哩语：

好人遇上鄂友三，
二尺麻绳把你拴。
灰人遇上鄂友三，
又有吃来又有穿。

荀子臣不到一年，就裹挟和吞并了周围的零星股匪，发展到一百多人，离开瓦窑圪沁在石窑沟安下了窝。除经常派人四处烧杀抢掠外，经常留在石窑沟窝子里的约有四十余人。苟杀人成性，以杀人取乐，一夜功夫就在哈拉沁村杀了二十多人。在这一带其残害老乡、过路行人及八路军工作干部，使整条沟路断人息。裸暴的尸体常常引来恶狼饕餮尸体、进攻人畜。邻村路人对苟子臣恨之入骨。

在白色恐怖下，苟团窝子如同阎王殿，除李丁之外，没有第二人进去过。

李丁被孟天贵和于毛眼请来了。李丁瘦得只剩下一副粗大的骨骼。走进屋来，呆呆地站在那里。每位队员都向李丁投去同情的目光。李容玉给他倒了一杯山茶递过去，并强忍着悲愤向他介绍了八路军小分队每个人的身份和请他来的目的。

李丁未接茶水，“扑嗵”一声跪倒在地，咚咚磕起了响头，刘天河、孟天贵慌忙去扶。李丁紧紧地抱住了李容玉的腿不放，半天也说不出话来。众人把他扶起来坐在条凳上，端过水碗让他喝，安慰了好一阵子。他又突然跪倒，呼天抢地地哭喊道：“你们可真得给我做主哇！只要你们给我报仇，就是叫我立马死了，也心甘情愿。”说着又痛哭起来。

压抑了许久的委屈和泪水，如山洪爆发般地倾泻而出。

经过再三劝慰，李丁才平静下来。他详细介绍了苟家寨的情况。

苟团在石窑沟有二十多间窑洞房，都打在半山腰。虽有一条小路可以通行，但遍布明岗暗哨。机关陷井，暗道曲径，绝崖误途，不知底细的人必然有去无回。

李丁又道：“我去过几次，知道路怎么走，我给你们带路。万一那些狗东西发现了，我就说是送女人进寨。你们就乘机冲上去！”

大家商量了一下具体问题并设计了两套方案，决定当晚就干。

乡亲们听说八路军小分队要去攻打苟家寨，都赶来助阵。猎人们把猎枪带来。妇女们烧开了水，蒸了许多糠菜团子，让大家吃饱喝足了，随时准备出发。不知何时，卯独沁的何、尤、韩三位老人也来了。三人头裹红巾，腰、腿系了红带，背插义和团的大片刀，虽然年迈，但见其另有一凡英雄气概。

这是农历六月初的夜晚，山沟里黑得伸手不见五指。由李丁带路，摸了沿途哨兵，避过误道机关，很快就运动到匪巢近处。李容玉令张钧田、任补奂各领一部分群众，从两侧迂回接应，呐喊助威。李容玉亲带其余队员与猎户从正面主攻。

这时已是后半夜了，多数顽匪已进入了梦乡。只有一间房子里还有光亮，几个匪徒正在抽大烟。孟天贵、刘天河率先突入窑洞，结果了这几位“双枪将。”

众匪从梦中惊醒，乱成一团。苟子臣的马夫从马厩旁的小屋里奔向马厩。尤老汉早已发现，大砍刀一挥，一招力劈华山，这个马夫就瞬间丢了性命。借着流弹的光亮，苟子臣知道上马撤出无望，马上组织众匪抵抗。正当突击队员往窑洞中冲击之时，苟团众匪的火力封锁了门和窗户，几次突击没有突破，战斗僵持了下来。

山沟里漆黑一片，伸手不见五指。只能听到流弹呼啸，枪声轰鸣于山谷，呐喊声震耳欲聋。苟团不知道外面有多少人，也不敢出击，只能封锁了门户，继续僵持下去。

僵持了一阵，眼看天光大亮。小分队怕敌人天亮后发现自己的虚实，因此产生严重后果，于是当机立断，迅速撤出战斗。

为了让群众免遭报复，小分队让乡亲们躲了起来，并嘱咐要保守秘密。之后，小分队隐蔽在性格豪爽、为人忠厚的卢河老人预备的秘密山洞里。

“啪——啪——啪——”

“啪——啪——啪——”

苟子臣的人面对面站了两列，互相不停地打耳光。

“操你祖祖的，爷多会儿吃过这么大的冤枉亏。都是你们这些没用的灰圪泡不争气！叫人家下了瓜了还不知道所以然……”

被打死打伤七个自卫军兵丁，苟子臣气得暴跳如雷，于是拿手下士兵出气，并派人四处打听情况。

“四猴，你能说会道，去鄂友三那里去搞搞统战，搬搬兵，叫他有事照应一下！”

“噢。”四猴虽然不情愿，但他只好低眉顺眼，执行任务。

“要翻身，你去联系苏美龙！”“

“是！“

搬兵的人走后，苟子臣头枕布鞋躺在大青石上想办法。

由于八路军小分队事先做好了安排，所以苟子臣什么事也没有打听出来。摸不清情况，不敢回寨，只好整天在山头上瞭望、转悠。双方就在山上捉迷藏。“双枪将”们没有吃的，没有喝的，过不了大烟瘾，众人叫苦连天。

搬兵的人回来了，但没有领来一兵一卒。

四猴说："鄂师长让我告诉您，贾凤翔的家属要骨衬了，忙不过来。"

要翻身汇报道："苏美龙正和西马群的小财子老李森喝烧酒了，看也没看俺一眼，让人家看门的给轰出来了！"

苟子臣听罢，气得七窍生烟，但又无可奈何，绝望之余，恨恨地骂道，"你们不仁，别怪老子日后无义！"

"轰隆隆！"闪电撕破了漆黑的天底，山雨骤然而降。一阵惊天动地的轰响，山洪咆哮着倾泻而下。"快起坡！"苟子臣拚命喊叫，"双枪将"们顶着暴雨拚命爬坡。老兵彭栽根瞬间被卷入洪流。

"回寨哇！"苟子臣跺跺脚，一狠心带领喽罗回了苟家寨。

小孔明计狗子提醒道："掌柜的，不要叫人家捂了蚂蚱……"

"不咋哇，"苟子臣分析道："这么多天了也没动静，一准是路过的流匪，想捞点油水，没捞上不一定到哪刮烟鬼去了。"

"苟子臣回窝了。"听到李丁以及乡亲送来的消息，小分队决定，乘苟匪又累又饿之机，再打他个措手不及。

乡亲们见八路军上次打苟团，自己无一伤亡，却打死了七个匪徒，还吓得苟子臣七八天没敢回家，很是高兴，这回又来了许多人。他们有的拿着菜刀、斧子、铁锹、板镢，有的还手提铡草刀刀片。卢河、何、尤、韩等老汉找来了几个洋铁桶、鞭炮作武器。有人问这玩意儿有啥用？卢河老汉风趣地说:"是咱八路军常用的土机枪,威力巨大啦！不信,问问李县长。"

想不到李容玉平时无意中给他们讲的"土机枪",竟被他们真的用上了。

有了上一次的经验，小分队改变了打法。让老百姓在两侧呐喊助威，八个队员全部参加正面攻击。待正面打响，左右再行动，不要过早暴露，以免打草惊蛇，分配停当，马上出发。

漆黑的雨夜，震荡山谷的洪流，掩护了小分队与乡亲们的进击行踪，轻车熟路，很快就摸到苟团的寨口。只见各窑洞房舍都亮着灯，"双枪将"们还在乱作一团，小分队迅捷如猿，突入各屋内向苟团人马猛烈射击。四围呐喊声震天动地。

喘息未定的苟团以为这次真的来了大部队，胡乱地放着枪，一窝蜂夺路而逃。

突击队消灭了室内的匪徒，正想纵深发展，才发现自己上了当，原来苟团的室内构造也同整个布局一样，非常严密。而且室内各自成间，互不相通，根本无法迂回。若再向外突击，只见外面苟兵群集，枪声不绝，出去就等于找死。突击队只好躲在门窗后面向外射击。此时，大家心情都非常紧张，若匪徒真的封锁门窗，再反扑进来，小分队就得以一对四五个亡命之徒，那就危险了。

果然，四猴、要翻身组织人马封锁门户。计狗子保护苟子臣外撤，一行苟匪顺坡道台阶奔命。

李丁见状，仇人见面分外眼红，迅捷爬上院墙，解开了控制一根木椽的麻绳。木椽飞速转动几圈，如风车一般，眨眼间机关顿开，崖上的乱石如雨点般地飞落下来，砸得苟团众匪鬼哭狼嚎。

就在此时，苟子臣的子弹射入李丁的胸膛。李丁晃动了几下身子，从石头墙上摔了下来，从院墙外的悬崖上坠落在沟底。

与此同时，四围机关枪枪声大作，是卢河等老者点燃了洋铁桶里的鞭炮；唢呐声同时响起，是尤老汉吹奏的戏中武生花枪片段；“缴枪不杀”“冲啊”，是众乡亲的呐喊。苟子臣见四面楚歌，疑是大部队的人马如洪流般向他卷来，苟子臣哪见过这等阵势，如同惊弓之鸟，率余众仓皇逃命。四猴与要翻身不再对付室内的战士，恨不得插上翅膀飞出是非之地，迎面一柄铡刀挂定风声向要翻身砍来，刀片正中要的颈项，要翻身当场倒地。提刀汉子又向四猴奔来，四猴抱头滚下山坡。

匪穴里，子弹、衣物、大烟和烟枪扔得到处都是，厨房里还有一锅饭。马棚里拴着十几匹马，四十多具鞍。原来苟众连饭也没吃，鞍也没备，饿着肚子跑了。地下还扔着八具死尸和两个伤号。正清理时，老乡们赶了进来，李丁妻子卢团凤手里握了剪刀，奋不顾身地向苟兵伤号胸部扎去，张钧田赶紧去挡，剪刀偏了方向，正中苟兵左眼，苟兵惨叫一声昏死过去。其他村民也举起菜刀、斧子砍向伤兵，小分队指战员费了好大功夫才劝住。众乡亲见锅里的饭纹丝未动，因好久未见粮食，便不客气地你一碗我一碗吃了起来。卢团凤领着众人找到一处秘密仓库，卸掉机关，打开一看，里面有十几石粮食和许多布匹子弹。其它值钱的东西已被众匪带走了。

天亮了，雨停了，洗刷过的群山层峦叠翠，山岚萦绕。八路军指战员把粮食分给群众，并嘱咐大家提高警惕，防止匪徒报复。

正当人们寻找李丁分粮之时，山坡下的沟壑里传来了卢团凤伤心动肺的恸哭声。众人都向哭声循去，看到了卢团凤抱着李丁遗体昏死过去。于是，一片哭声在山谷中来回碰撞，鸟兽惊心！

山洪仍在咆哮！

尤老汉的唢呐声悲然而凄凉，压过洪流哮声，远远地飘向山巅远处。

……

果不出所料，苟团接受了教训，把分散的匪徒都集中起来，到处流窜。尤其得知八路军只有八人便端了他的老巢时，更是恨得咬牙切齿，一直伺机报复，故一直在绥中一带盘桓。奈何八路军武装力量迅速壮大，军民团结如铁桶一般，使他始终没有空子可钻，而他的活动规律却被八路军主力所掌握。

是日上午 10 点多钟，在土城梁村边，大户人家男女老少和雇用的长工在打麦场上忙着碾麦子，也有的用连枷打莜麦，口里哼着山曲儿和二人台小调，一派秋收农家乐景象。就在此时，一队穿着各色衣服的队伍开进村中，坐在一片空地上打尖吃饭，很快，保、甲长被唤来，哪敢有丝毫怠慢，当即引导营连负责人到各家各户安排米面锅灶。

原来，这支队伍正是苟子臣的苟团。苟子臣由于战事频繁，不敢让兵士乱跑闲逛，以便能随时集合队伍抵抗不测之敌，所以下令队伍就地解散。这些兵士有的忙着大小便，有的席地而坐，有的躺在地上聊天吸烟，有的还在铡草喂马。

近午，苟团众匪围圈吃饭，吃菜喝汤忙得不亦乐乎。突然四面八方喊杀连天，哨兵来不及鸣枪报警，大刀已劈在头上，鬼哭狼嚎一命呜乎。连排长、士兵们被惊得呆若木鸡。当官的一迭连声地喊叫抵抗，可是已来不及了，许多官兵头上、身上被大刀劈得血花四溅。白马连黑马连势如洪涛冲杀下来，仿佛天塌地陷一般。在惊慌失措之余，苟子臣在计狗子的保护下拚命脱逃。然计狗子很快被削去脑袋。苟子臣侥幸得脱，逃到田间，躲在莜麦码子底下，待到夜间才逃出山村。

苟子臣化装成乞丐，经多方打听，消灭他苟团的是黄厚二团的白马连和黑马连。

苟团被八路军消灭的消息，迅速传遍大青山南北。吓得鄂友三联络点的匪部缩回了脖子，再也不敢出来活动，可又舍不得这块地盘，仍赖在杨树窑子不走，每到晚上，靠放枪来壮胆。

李容玉小分队趁一个月黑之夜，摸进了杨树窑子。包围了鄂部的窑房，一阵排子枪和手榴弹打了进去，里面哭爹喊娘地嚎了一阵就没声了。小分队悄悄撤到山头上监视。

第二天天大亮了，才见两喽罗胆颤心惊地张望了一阵，又返了回去。

过了一段时间，只见十几个兵扛着、抬着一些东西，用门板抬了两个伤号溜走了。

小分队清理鄂兵据点，埋葬了两具死尸，把内存粮食分给乡亲。

苏美龙闻迅，连夜送来鸡毛信一封，表示真心抗日，保证做到：一、开放沟口，保护行人，恢复交通； 二、随时交流军事情报，尽可能给过往八路军、游击队以方便； 三、尽可能支援各种物资。

十八、智破封锁线

大青山的鸬鸪瓦灰灰，
要参军就去当游击队。
……

山曲从半山腰飘落下来，又在山沟中来回游动，涧水哗啦啦地流动，姑娘、媳妇们的洗衣锤敲棒子有节奏地敲打着，山岚弥漫了峰峦，苍松翠柏在云雾间时隐时现。

木匠的锯声、铁匠炉的叮当声、风箱的拉动声形成了和谐的立体伴奏，山曲军歌此起彼伏，何、韩、尤老汉没了牙的嘴笑得不再合拢。

战士们将苟团留下的房屋细心地修葺，营房一派崭新。附近垦了荒，种了地。何、韩、尤老汉无依无靠，此时被请来，管理营房、看守仓库、经营农业。

游击队尽力帮助老乡度过灾荒，把大家组织起来，变工互助；除继续修房，抢种外，还发动大家开发野生资源。山上野生动植物有许多，光药材就有几十种。党参、黄芪、甘草、枸杞、当归、远志、五加皮、毒蛇、蝎子等，都是上等药材。山上野生禽兽也不少，狍子、黄羊、青羊、盘羊、豹子、狼、红狗子（比狼小类似狼）、狐狸、扫雪（即雪貂）、野兔、野鸡、石鸡、斑鸠等。烧柴更是满山都是。经过游击队发动组织，乡亲们很快就采集了许多药材，捕捉了许多禽兽，砍了许多烧柴。家家户户都堆满了这些东西，可就是不顶粮吃，不顶衣穿。五荒六月饿死人，不能解决这个问题不行，要解决这个问题就必须尽快打破日伪的封锁，沟通城乡交流，把山货变成老乡急需的粮食、布匹等。

突破封锁，向平原挺进！

日寇为了把游击队困死在山里，归绥沦陷不久，就逼迫村民用了两年的时间，挖了一条从张家口到包头的沿山封锁沟。沟宽沟深皆一丈。沿沟拉起了铁丝网。较大的村落和沟口都设有据点，派兵把守。光归武地区，从坝口子到塔利的几十里沿山地区，就设了十来个据点，驻日伪军近千人。企图以此把山里的游击队与平川的百姓完全隔开，把山里的游击队困死。

哈拉沁沟外的哈拉沁村，是一个有几十户人家的大村子，也是山区与平原间的交通要道。日本人也知道这个地区的重要性，截断了这里的交通，还在村里设有伪保公所、伪保甲自卫团团部和一百多人的伪军中队，村后的山坡上还修了七、八个炮楼，控制非常严密。

这个村里有三个主要的头面人物，老喜鹊、闫俊和董承师。老喜鹊是伪保甲自卫团长兼伪军中队长，闫俊是伪保长。他们两个是公开掌权的，实际是傀儡。真正掌实权的是董承师。他虽无公开头衔，但他是大地主，城里还有字号，山上又有砂石白灰厂。董承师掌握了全村的经济命脉，什么都得他说了算。

保长闫俊是董承师的儿女亲家，董承师的儿子是大少爷民贵子，少奶奶即闫俊之女闫小凤。即使老喜鹊的伪自卫团长和伪军中队长也是董承师指派的。二毛眼是老喜鹊的弟弟，专门为董承师管理石灰窑砂石厂。所以，乡民中有这样的民谣：

老喜鹊，叫喳喳，
不如董承师一句话。
闫俊俊，当保长，
不主事老让亲家骂。
二毛眼搭照石灰窖，
好像走了上奈何桥。
民贵子，是大少，
打里照外不开窍。
哈拉沁，玛拉更，
董承师踮一脚就地动。
最可怜，老百姓，
没吃没喝瞎海混。
……

砂石石灰厂座落在封锁线外的山坡上，里面有许多工人，每天都数次出入于封锁线。这天，孟天贵、刘天河以苦力打扮混进了窑工队伍。

两天后，孟、刘回来汇报说，工人们知道了八路军准备在这里开展工作，都非常高兴。因此，要求部队首长赶快去一趟，有要事相商。又说，窑上的窑头二毛眼是老喜鹊的弟弟，比较开通，好说话。

为了慎重，李容玉带着刘天河，任补奂、张钧田、孟天贵、范崇儒来到窑上，找到二毛眼说：

“我们是逃荒来的，想找份活儿干，不要工钱，给碗饭吃就行。”

“好，留下吧！”二毛眼喊道：“张二挠，领他们去石灰矿吧！”

“噢，好勒儿！”

到了石灰矿，李容玉等跟工人们一起干活，一起采石。休息的时候，李容玉就为大家讲抗日、讲延安、讲解放区，“张疤子，你给大家讲讲井冈山、讲讲红军的故事吧！”

于是，贵州猎户出生的张钧田就给大家讲打土豪、分田地，血战井冈山、红军长征，解放区土改的故事。工人们听得热血沸腾，张二挠道：“疤子哥，咱们绥远也来红军了吗？”

李容玉道：“我们就是红军改编的抗日八路军，我们是天下穷人的子弟兵。我们大青山也要建成像延安一样的根据地。以后，这广大的绥远省就是咱穷人的天下！”

窑工们的眼神中充满了羡慕和向往。李容玉道：“现在鬼子封锁严密，山里的部队与山民被困后没有生活来源。如今只有打开沟口的封锁，让山里山外走活经济，让咱们的队伍能够顺利进出关卡与要隘，我们的工作才能顺利开展。”

“董承师是铁杆汉奸，死心塌地跟定了日本人。”张二挠道，“老喜鹊常说日本人外强中干，伪军总是被日本人作炮灰使用。八路军到处打胜仗，鬼子的日子也长不了啦！咱们得留条后路啊！我看老喜鹊可以争取。”

窑工二丑旦说：“老喜鹊也不咋听董大瓜（董承师的外号）的话了，好些事表面应承，实际都按自己的意思做！”

“董大瓜也老要挟老喜鹊。老喜鹊赌气给窑工们发了一升五合米。”

“两人的意见是越来越大了！”

“找二毛眼，让二毛眼掏腾他哥哥老喜鹊。”张二挠说，“虽然二毛眼是董大瓜为了拉拢老喜鹊才派他在石灰窑管事的，但弟弟总是向着哥哥老喜鹊的，二毛眼比他哥哥开明得多。”

“对，找我们的头二毛眼。”

李容玉以询问的眼光看向刘天河、任补奂等人，大家都点点头。

“我这就去找二毛眼。”窑工二啦咚说。

太阳快要落山的时候，二啦咚回来了，“二毛眼答复说，窑上说话不方便，第二天到老爷庙接头。”

老爷庙即关帝庙，是当初打苟子臣时建的八路军联络点。两位老道离尘与素净已成了八路军的得力交通员，见二毛眼来赴约，做了饭菜热情招待。

谈话中李容玉发现二毛眼对共产党的抗日主张和八路军的发展情况了解不少。李容玉对二毛眼介绍了现在全国乃至世界的反法西斯战争形势以及共产党的政策，然后提出开放沟口，代购物资和提供情报的要求。请其从中斡旋，二毛眼满口答应：

“我一定说服我哥哥尽力照办。我哥那里好办，但董承师那里不好办。我先说服我哥哥，结果如何，两天后再来答复。”

为了给其哥老喜鹊铺条后路，二毛眼提出要与李容玉、任补奂、刘天河等义结金兰，于是，离尘与素净在正殿为他们备了香烛，众人跪倒在关老爷座前。

蜀汉关羽塑像身高七尺有余，左手捋须，右手持书，神态凝重，两旁是关平端印，周仓扛刀之威严塑像。在关羽塑像后，还有一尊倒坐观音之小泥塑像。

“我等今日结为异性兄弟，不求同年同月同日生，但求同年同月同日死，此志不渝，关老爷可鉴……“

两天后，二毛眼如期来到老爷庙。他知道大家没吃的，便用毛驴驮来一石小米。他告诉大家说，他哥哥老喜鹊答应按八路军的要求办，但说不要让董承师知道，以免其从中作梗。

武工队连夜动员山民出山进城。李容玉带领刘天河、孟天贵、任补奂等人进城保护。城门口，因当时城里物资奇缺，把门的伪军也未加阻拦，要走了一些名贵药材后，还指引了要走的路线，并暗示哪些地方鬼子特务多要引起注意。很快，买卖顺利完成。老乡们此后又去了几趟，他们的饥荒也得到了缓解。

这次进城，其意义很大。一九三八年，李容玉在绥远做民运工作时，也多次进城做过工作，还向商家字号派过捐，有的人认得他。自从“雪豹”刘洪雄被打入八路军内部的敌特“野狼”薛世英告密，英勇就义于厚和城，地下党组织遭到严重破坏后，鬼子又频繁扫荡，还一再宣传说八路军统统被消灭了。这次进城，李容玉再次见到了过去认识的一些人，让他们知道八路军还在。

趁热打铁，扩大战果。游击队拟定了更宏大的计划。

这天，李容玉让张钧田、孟天贵、刘天河留守营房，其它战士通过哈拉沁卡子，到南平川开展新区工作。当走到石灰窑时，窑工们都迎了上来，“卡子又被封锁了。”大家气愤地说。此时，二毛眼也来了。于是，他们同二毛眼一起返回沟内在一隐蔽处谈情况。

原来，董承师发现沟口开放了，怕鬼子怪罪下来吃不消，便气急败坏地连夜赶回哈拉沁把老喜鹊骂了个狗血喷头。老喜鹊只好又把沟口封锁了。然而，董承师还不放心，又把他在伪军中的亲信集中起来，日夜轮番监视把守卡子的伪军。

怎么办?

大家一致认为，要打开沟口的封锁，必须制服董承师，最好把他抓起来。可是董承师整天躲在归绥城，抓他很不容易。不过，他的大儿子民贵子在家管理一切，是董家的台柱子，同时还是保长闫俊的女婿。抓了民贵子，可谓一箭双雕，既可制服董承师，又可威胁其岳丈闫俊，还可以在他们中间制造矛盾。这样，老喜鹊的工作就好做了。

第二天下午，任补奂、高富虎、范崇儒、孟天贵等武工队员夹在白灰窑下班的工人中过了哨卡，在工人们的指点下，向民贵子家奔去。

此时，天已黄昏。民贵子刚浇完房后的大烟。长工们收拾完东西回去了，唯独民贵子还在地畔观看。一身窑工打扮的任补奂等人来到民贵子身边，孟天贵向民贵子借火抽烟，任补奂拉了几句家常话，突然高富虎掏出手枪，枪管死死地顶在民贵子的后背上：

“不许乱动，不许说话，董少爷跟我们走一趟吧！”

民贵子哆哆嗦嗦地跟着走。路上任补奂交待了共产党的政策和对付岗哨的办法，民贵子一一答应。

来到山口，天已全黑。民贵子老远就喊道：“弟兄们，窑上出了点儿事，我得去处理一下，快开开栅门。”

听到大少爷的喊声，伪军们赶快开了栅门，众人跟着民贵子过了哨卡。

走在最后的任补奂将一封纸信件交给一位伪军，吩咐道：“大少爷有事要与你们团长老喜鹊商议，找了半天也没找到他，写了几句话在此信上，你们赶紧送去，千万不要误了大事。”

长工短汉们都吃过饭了，就是不见民贵子回来。

经堂里，老太太手里数着念珠，右手敲着木鱼，不停地跪在神龛前祈求祷告。董老太爷坐在太师椅上，由小丫头侍候着不停地吞吸着大烟，桌上的饭已经凉了，但还是未见民贵子回来。

管家董福顺轻步走了进来道：“老爷，长工们都去寻找了，据乡亲们说，天快黑时有人看见几个窑工打扮的人把大少爷带走了！”

“请财神了，定是民贵子让请了财神！”老太爷的山羊胡子哆嗦起来。

“哇”，儿媳妇闫小凤哭出声来。

“哭，就知道哭，哭能顶屁用！”老太爷“啪”的一声，把烟枪摔在桌上。

闫小凤吓得不敢再哭，但忍不住小声抽泣。

很快，保长闫俊也急急地赶来了，一进门就问，“大掌柜回来了没？”

“爹，”小凤拉住了闫俊的手大哭起来，“民贵子咋办呀？”

闫俊安抚女儿别哭，而后劝慰老太爷道：“老人家且莫着急上火，打狐子为皮，银子不够咱添上钱，没有不下雨的老天爷，等大掌柜的回来自有办法。”

老太爷跺跺文明棍儿，想说啥但又没说出来。

鸡叫三遍，派出进城接大掌柜的车还没有回来，全家人都急得团团转，佛堂里老太太的木鱼声一阵紧似一阵。

直到天方见亮，东方露出了鱼肚白，董承师才拉了许多银元和大烟板子赶了回来。

“老喜鹊呢？”

在董承师赶回家门之时，老喜鹊也赶来了，原来老喜鹊新交了一个年轻的小寡妇叫海林子。他在海林子家过夜，所以伪兵找了他一夜才把他找到，并把信交到他手里。

董承师见老喜鹊才来，更是气不打一处来，又听说大少爷是从卡子上过去的，并留下一封信，便手指老喜鹊的鼻尖破口大骂：

“你真是个没用的东西，给你一个团的兵、一百大几拾条枪连个家都看不住。皇军七八座炮楼、十来个据点就在跟前你能出这么大的娄子？喂条狗还能听见几声汪汪叫，就这样不声不响让人家把大少爷箍上走了，看你丢人不丢人，紧巴摸捞的把住沟口还出了这事，不知哪股筋抽得你还开放了山口。日本人知道了，看扒不了你的皮咋的？你的脑袋快叫日本人搬家了！”

骂罢老喜鹊，董承师又横眉霸眼地拧了闫俊两眼。闫俊假装没看见，现在他最关心的还是女婿的下落，于是，他从老喜鹊手里拿过信来，念道：

董承师兄台，我等是请令公子上山的八路军武工队。现在，是国家民族危亡之关头，抗日救亡乃所有中国人责无旁贷之义务。而你一向为富不仁，作恶多端，巧取豪略，且认贼作父，充当汉奸。现将令郎请去，略示警诫。我共产党八路军向来以大局为重，我党之《抗日十大纲领》谅你也有所耳闻。只要你接受我们的条件，共同抗日，我等既往不咎。望悬崖勒马。何去何从，尽快抉择。特此闻达，休谓言之不予也！

要件共四条：

一、 开放沟口，保护行人；

二、 暗中帮助八路军搞情报和军用物资；

三、 不许干涉群众抗日活动；

四、 串通其它村保甲和自卫军执行上述条件，共同抗日。

归武县抗日民主政府

听罢来信，董承师瘫坐在椅子上，屋内一片寂然，老太太的木鱼声更为响亮。

沉寂良久，老太爷的文明棍敲得地面“嘚嘚”响：“我一直教诲你民为贵，民为贵，还将孙儿取名为民贵子，你就是不听我的训诫，这回现时报应了吧……”

“亲家，你就依了吧，八路军比皇军更厉害，更惹不起。”闫俊心里着急女婿，首先打劝亲家公。

“不行！万万不行！尤其是第三条，鬼子怪罪下来，我身家性命统统不保，不行！”

“呜！民贵子这会儿也不知道叫人家打成个甚样儿了，呜——我好命苦哇！”闫小凤又泣不成声地哭道。

“大掌柜，大少爷的安全要紧，你先依了才是上策。”老喜鹊道。

“你手里的枪莫非是吃素的？”董承师又向老喜鹊瞪起了眼睛。

“咱们的队伍和苟团比起谁厉害？”老喜鹊回敬道，“啪”的一声，枪摔在了八仙桌上，“老子不干了，你自己领兵挂帅哇！”

“喜鹊哥莫火，凡事都有解决的办法。”闫俊开导道，“大掌柜的索性报告皇军，就说为了解决皇军的物资缺乏问题，增加皇军收入，增强山前山后民众与皇军的感情，促使大东亚共荣早日实现，封锁的沟口不如开放。此正所谓大禹治水的故事，只有疏而导之方可事半功倍。”

董承师盘桓再三，答应了八路军的条件。

民贵子当天归家，精神状态比在家时好了许多。他向家人述说了与八路军共同生活的经历，讲了许多抗日的道理和共产党八路军的主张。他们说八路军不顾生死，吞糠咽菜，却能替民分忧，为民谋福。

“驮一毛口袋小米给他们送去吧！“老太太吩咐道。

“是，孙儿马上就去。“

第二天，闫俊同民贵子一起来到老爷庙，要求与李容玉见面。闫俊说，在这件事上，他费了很大的劲，今后还有许多困难和危险，希望贵军能体谅他。李容玉肯定了他的进步并告诉他，不管出了什么问题，绝不连累你们。无论在什么情况下，我们八路军决不向敌人吐露实情，这是我军的一条铁的纪律，请你们放心。闫俊就这样既表了功，又讨了底，高兴地走了。

小米留给了老道离尘与素净，并让他们接济更穷的乡亲。

哈拉沁沟的封锁打开了。群众能自由地出入，解决了生活上的一大困难，商人们也能做买卖了。尤其是为游击队、武工队打开了一条通往归绥的大路。从这里不但可以得到所需的物资和情报，还可以随时进城做工作。

刚刚送走民贵子和闫俊，一人一骑飞速驰来，马上跳下一个人来，李容玉认得，此人是把什板申的云万虎。枣红马汗水滴滴，云万虎也汗流满面，他带来两个坏消息：贾力更在送学生到延安途中牺牲了；另据韩伍可靠消息，黑石部队要血洗百什户村。

李容玉命张钧田带领新兵连留守营盘，其余指战员驰援百什户村。

十九、血战沙场

萨托游击队成立仅一年的时间，就战果累累：月黑风高之夜，钳断妥妥岱一带敌人电话线数千米，砍断电杆百余根，拧掉铁道钉千余颗，撬去铁轨二三里； 先后擒获敌特三四十人，于南平川各村，勒令地方富豪、伪军缴粮两千余石，缴款上万元。尚有布匹棉衣、大烟等物资运进大青山以供军需。他们还配合八路军攻打毕克齐、察素齐镇警察署；抢救被俘的八路军干部杨建林同志归队；捉拿顽固地主一间房的宽会子、里素村的陈功、西柜村的贾海旺、古城村的摩天、里素村的刘六喇嘛等并敕令他们限期交纳粮食布匹大烟以供军需；三道河之战、瓦窑圪沁邓团之战、胶泥湾伏击战、双龙镇缸房营子天主堂洋神甫之战、剿灭叛徒胡定良之战……萨托游击队屡战屡胜，屡建奇功。

南平川武装工作队和萨托游击队从四面八方打击日伪军，敌人把百什户根据地视为眼中钉，必欲除之而后快。

这天，杨植霖和彭德大首长亲自来百什户村视察工作，并且为贾力更同志召开了追悼会，布置了南下计划。不料日伪军于拂晓向百什户发动突然袭击。武工队和萨托游击队奋起抵抗，战斗异常激烈。姚亮等组织妇女儿童和老人安全撤进了山沟。战斗整整进行了一天，黄昏时，敌人才遗尸遁去。游击队员杜满喜等三人于战斗中牺牲。赵安云、李来栓、张白白、李旺旺、高进才、妇女会员银彩女、徐改改、谢莲莲等人负伤。

司令部对形势作了估计与判断：敌人吃了败仗，决不会善罢甘休，必然会派大军再次侵扰报复。于是彭德大主任亲率邓团八连许秉智赶来白什户增援。本村青壮年配合部队一起动手，日夜抢修暗堡、挖交通壕。并且在村南挖了许多陷阱，里面布置许多油麻团，以防敌人坦克攻入。

不出数日，日寇黑石指挥官亲率汽车十余辆，满载日伪来到村外，分南、东两路向百什户展开攻势。轻重机枪、迫击炮以密集的火力向村内轰击。日酋挥动明晃晃的指挥刀指挥进击。在彭德大的指挥下，游击队沉着应战，待敌进入火力圈予以还击。伪军在前，日军在后，一声喊打，敌伪纷纷倒地，手榴弹在敌群中开花，硝烟弥漫，血肉横飞。黑石将大部分兵力开到村东的朝代沟沟门，企图切断游击队撤出后路。许秉智率八连战士英勇战斗，许多日伪踩中了游击队的地雷，尸身布条挂满树枝，血肉染红了溪流。彭德大命令我布防在村西的部队向南包抄，村内的预备队增援朝代沟。黑石见状，担心被游击队包了饺子，气得暴跳如雷，“土八路狡猾狡猾的，八格，八格牙路！”一颗子弹飞来，击中头顶，帽子被打飞。就在此时，西南方向轰隆隆开来七辆坦克，后面是冲锋的伪军和日军，黑压压的一片尘土卷来，萨拉齐的山崎部队前来增援。黑石指挥官马上来了精神，砍倒两名后退的伪军，“前进……前进……”余众再次组织力量进攻。

“嘀嘀嘟嘟嘀嘀……”冲锋号响了，村里的后备队员喊杀震天，迅速出击，白刃战加枪战打得昏天黑地，很快地击溃了敌人。此时，宫崎部队的坦克枪弹密集扫射，战士们迅速撤回阵地。很快，坦克车掉入陷阱，乱油麻团缠住了履带，不能前进，宫崎见状，大声咒骂：“八格牙路，良心大大的坏了，死了死了的！”“杀咯咯，杀咯咯！”虽失去坦克掩护，但宫崎还是督导兵士向前冲去。

就在此时，村南一队骑兵健儿挥刀向前冲杀过来，为首的正是回援的李荣玉。宫崎与黑石腹背受敌，赶紧指挥撤退，但骑兵瞬时已到眼前，大刀片在敌群中飞舞，鲜血红花乱溅，日军、伪军纷纷奔逃。黑石飞身上马，逃出战阵。宫崎则被打中腿部，被副官拚死抢出，驾车逃跑。

“活捉坦克，活捉驾驶员！”王永会奔向了坑中的坦克，一梭子枪弹从坦克射来，王永会倒在了血泊之中。

李容玉指挥增援战士，匍伏前进，在火力掩护下，将手榴弹成捆的置入了坦克盖中，巨响之后，每辆坦克动也不动了。

刘天河抱起王永会的遗体，一步一步地向村里走去。

二十、血洗百什户

敌人吃了败仗，命令驻察素齐的伪防共二师师长韩伍亲自到百什户村烧房。韩伍当然不会执行命令，但又得如令交差。于是与洪参谋（属八路军派去的内线）研究，决定用计蒙蔽黑石。洪参谋火速通知百什户村，叮嘱按计行事。正月二十一日，韩伍亲率特务连进击百什户。特务连绝大部分官兵都是蒙古人，皆韩伍心腹，朝天打枪，“乒乒乓乓”声势非同一般。进村后韩伍见百什户军民早已撤退，村中空无一人，遂命令将村外的几间闲置的土房倒上煤油点燃；又叫官兵把煤油倒在百什户人早已堆在村内场面和空地上的柴禾垛上点着。一时火光冲天，浓烟滚滚，三十里外，皆可看到。

然而，一个黑影却藏在村西的石墙下将村里的事看了个一清二楚，此人不是别人，正是那厚和市羽三公馆的日伪特务——山西小货郎，火光照耀，一丝奸笑挂在脸上。

小货郎向班津指挥官报告了火烧百什户的真实情况。班津转报厚和市日本顾问铃木佐吉。铃木大怒，嘿嘿冷笑几声，很快，韩伍被应召而来。

韩伍被铃木请入会馆，一名日本舞妓正在翩翩起舞；另两名日本女子穿了木屐，献上茶酒，立于两侧侍候。

铃木双目死鱼一般地盯着韩伍看了良久。韩伍被看得心里发毛，但他面带微笑，无半分破绽。

“韩沙，你的，功劳大大的，火烧百什户，胡子存身不得，你的，效忠大日本帝国天皇陛下，大大的好！”

“哪里哪里，韩某应该如此，应该如此……”

韩伍走后，铃木马上密令黑石部队突袭百什户。

拂晓，日军的装甲火车停在妥妥岱村北。黑石部队蜂拥下车包围了百什户村，装甲车上的大炮猛轰百什户。顿时火光冲天，天塌地陷。硝烟弥漫中，有十多名老乡被炸死。八路军在措手不及的情况下，掩护村民撤退进沟。同时组织兵力阻敌前进，战斗极其残酷。相持两个小时后，山崎部队从萨拉齐调来三个骑兵连驰援黑石联队。姜文华根据敌强我弱之现状，在完成掩护撤退、阻击任务后，下令部队和游击队转移进沟。

敌人进村后，把百什户没有带走的牛马猪都做了战利品，挨户抢劫后，把汽油浇在房上，点火焚烧。杜满清夫妇不愿离开家园，中途返回，被日军活活捅死，扔到火中烧焦。最后日军把墙推倒，把树砍光。山村变色，惨绝人寰。

北大梁上，望着自己的家园被毁，妇孺老幼哭成一片。

姚喆司令员等领导对撤进大青山的村民进行了诚挚慰问。党组织号召人民化悲痛为力量，在党的领导下把抗日战争进行到底。刘天河代表乡亲们表决心，他说：“我们横下心了，以牙还牙，以血还血，坚决抗战到底，向敌人讨还血债。”老年、妇儒被送到南平川各村亲戚家暂居。青壮年大部分留下编入了运粮队，继续下南平川偷运粮食给养。青年人报名参加八路军游击队，拿起了枪杆子打鬼子，直到抗日战争胜利。

全国解放后，党和人民政府不忘百什户根据地对革命做出的贡献，年年派慰问团慰问，帮助百什户恢复重建和发展生产。刘天河曾代表百什户村的人民去北京，受到毛泽东、刘少奇、周恩来、朱德等党和国家领导人的亲切接见。阴山英烈事迹，与天地长存！

葫芦沟

一、葫芦沟

此索里镇背靠阴山，面向黄河北岸辽阔的冲积扇平原，黑河水在这片丰腴的土地上迤逦西行，造就了这片古敕勒川草地的现代文明。从此索里镇向北行五里路，便到了阴山脚下的沟口村，进山后不多远，便是葫芦沟了。这道沟之所以被称作葫芦沟，是因为前后两段是由两片开阔地组成，整道沟中间狭窄 ，如同一个倒躺于山中的亚腰葫芦一般。

从沟口村进沟行三里多，眼前是一条只能通过一辆卡车的山路。过了山路，眼前便豁然开朗起来，这就是前葫芦沟。河床上是几块山药地，地边上生长着几颗杏树，杏花开满了枝头。山丹花、桃花开满了山坡。粉的像一片片彩云，红的像一盆盆火。馨香的空气中略带着雨季的潮湿感，鸟儿不停地叫。公野鸡被草丛中的野兔惊起，抖动着漂亮的尾巴飞向山脊，后面是它的追随者石鸡、半鸥。

向沟的深处再走四里路，便是后葫芦沟。葫芦的亚腰处有座面西座东的山神庙。山神庙北侧是一夫当关、万夫莫开的石门，名叫南天门。进入南天门就是后葫芦沟中的葫芦村了。

葫芦村四面是陡立的山坡，到村子周围坡度渐缓。整个村子是一个如同母鸡在草堆里构筑的锅型窝巢一样的凹地。坡上沟底都住了人家。此时晨雾已散去，太阳爬上了山顶，村子周围的沟壑里听到开山采石的炮声，去山外卖石头的55型大轱辘拖拉机的马达声。村里的公驴叫个不停，鸡犬也跟着凑热闹，家家户户的烟囱里吐着浓烟。还有谁家的女人粗着嗓门叫自家的猪，并且还夹杂着粗暴的骂猪声，也许是狗抢了猪的吃食，接着又是狗被打的尖叫声。

龙驹一大早就起来了，去河槽旁的水井挑了两担水。他不去理会正在睡懒觉的如月，黑着手拿了两个馒头，一边吃着，嘴里还抽空哼几句戏文。

两脚一前一后地不住往前递着，递过多时，唱了几段戏文，已经来到了前葫芦沟。

前葫芦沟没有人家居住，却有三间土房，是村里万富家的护林房，此房经常没有人来住，只是万富每到种植树秧的季节才偶尔来住上几天。同时也要受老婆怨骂几天。

与护林房有一沟之隔的东河床上，停放着一辆破旧的小篷车。所谓的小篷车，只是一辆小四轮拖拉机和一个拖挂的车斗子罢了。这是龙驹的活动工棚。车头上积满了油垢，与龙驹那经常不洗的脸一样黑。车箱上绑着几根木棍，上面捆了一块破旧的帆布。为了能更好的遮风挡雨，龙驹又把家里炕上铺的破油布盖在了帆布上面。

龙驹来到小篷车旁，里面很响的鼾声便敲打起他的耳鼓膜来。龙驹拍打着车篷道；

“来财，来财，太阳晒屁股门子了，咋还不起来？”

“啊哈！”里面是打哈欠的声音，接着车篷晃动了几下，篷尾的布帘便被掀开了，一张没睡醒的脸便递在了龙驹面前。来财用手使劲地揉了揉眼睛，那两只互不对称的眼睛出现在龙驹的面前。他的眼睛似乎在看着别的地方，其实是在望着龙驹。这样坐着缓了一会儿，他才开始穿起裤子来。

龙驹不再去理会来财，开始在野灶里生起火来。待来财穿好衣服，锅里昨晚来财吃剩的半锅面条已经热得突突响。来财揭开锅盖，见里面爬了许多夜里飞来觅食而被淹死的蛾子，便不愿去吃。龙驹却不在乎，一阵吸溜声过后，半锅剩面已经被吃光了。

吃罢饭，龙驹便唱着爬山调，忙着去修损坏了的镐子、铁锹，顺便去河槽里给喷灌加油。来财则又钻进车篷，去算收支帐目去了。

太阳升起一竿子多高了，虎威和刚刚才满头大汗地推着自行车从此索里镇来了。刚刚驮着买来的焙子，这是他们的午饭，虎威唱着《喇嘛哥哥好》的调子，刚刚吹着口哨和着，虎威牛高马大，刚刚却瘦小枯干，俩人站在一起极不协调。

葫芦沟的人只知道葫芦沟出煤，谁也不曾想到葫芦沟会有金子。一次偶然的机会，龙驹发现沟里有金子，他便约来远房的表弟来财和镇上因打架斗殴吃了官司后刑满释放的虎威，还有因机械厂停产而下岗的刚刚，组成了一个四人淘金队，整天地洗金子。有时一天可得金子三克、两克，有时一连几天也毫无收获。但是到月底经来财三番五次地结算，把金子变成现金，每人能收入二十多元，是刚刚上班所挣工资的三倍。龙驹的喷灌每天是要顶上一个人的股，所以龙驹挣的是双份钱。

葫芦沟第二个来洗金子的是村里的寡妇刘三女，她每天带着五六岁的小女儿挖洞掏金。这个女人极会打洞，极会辨认沙层，她所得的金子有时竟比龙驹的淘金队的收获还要多，虽然龙驹他们使用的是“现代设备”。

人都到齐了，待虎威和刚刚抽过一支烟略作休息之后，龙驹便招呼大家开工了。

河槽中挖了一个大大的坑，他们把坑中可用的沙子扔出来，堆在事先架好的滤槽边。滤槽是用钢板焊作的梯形槽，大头用木架架起，小头顶在地上。槽里是三角铁焊成的梯形格子，正好镶在滤槽中。沙子堆得多了，龙驹便用曲柄将喷灌摇动起来，摇了几圈，龙驹便喘起了粗气。而喷灌也喷着烟气喘息起来，一阵紧似一阵，然后便轰响起来。水从河沟里被抽上来后便哗哗地在滤槽里流动，欢快的飞溅着水花，虎威忙着把沙子铲入滤槽中，来财忙着去铲槽尾的尾沙，刚刚则站在滤槽侧面，不断地用铁钩钩活格子中的泥沙，而龙驹则跑前跑后照应忙不过来的人。一个小时过后，一大堆的沙子已被过滤完毕，停了机器，众人已是满身臭汗。这时阳光已经从头顶直射下来，沟里没有一丝风，大家的肚子也开始唱起了“空城计”，于是一个个躺在地上，不想起来了。

“吃饭吧！”龙驹说罢，躺着的人便一个个坐了起来。龙驹拣了些干柴，点燃灶中的火。一阵噼噼啪啪过后，锅里的水便开了。于是，大家便争着吃起干粮来了。

“喔！刘三女——”龙驹向着北面高声地喊了一嗓子。

往日这时，刘三女听到喊声便会领着女儿过来喝开水，吃自备的干粮，最后再抽上几口大烟土，一边将手伸进衣襟搓摸她胸前那两堆松垂的软肉间的积垢，一边和这些汉子们说些不干不净的话取乐，乐到最大限度的时候便笑得爬不起来。旁边的小女儿怪怨她几句，便独自去摘花扑蝶玩儿去了。

半个小时过去了，大家水足饭饱后，便倒在地上迷糊起来了，可是刘三女却没有过来，龙驹担心刘三女会不会出事，正要站起身去寻找，这时看见刘三女领着女儿过来喝水吃干粮。刘三女快速地吃过喝过，匆匆地吞吐了一阵烟雾，无论男人们怎样逗她。她都顾不上和大家说笑，应和了几声，便又领着女儿干活去了。

“刘寡妇得了金娃娃了还是怎的，要不今天怎么一反常态了呢？”刚刚突然翻身坐起来，向想心事的龙驹说道。

“财神爷也是爱女人的，兴许那女人会洗住个裤裆里的金棒棒来。”虎威粗野的像草地里买回的野马。

“北面坡底根本不会有什么金子，别瞎想啦。她这几天根本是瞎子点灯白费蜡，我的眼力没错。”龙驹不满队员们打断了他的思绪，所以不耐烦起来。

“表哥又害起相思病来了，又想杏花了，是不是？”来财拿龙驹取笑。

“胡扯！”龙驹狠狠地说。

“驹哥可真是天生的风流命呀！我虎威敢走南，敢闯北，天塌下来也不怕，可就是没和女人睡过觉，惭愧惭愧，枉活了二十八年了！”虎威感慨起来。

“瞧你公牛一样的身子，谁敢和你睡觉，还怕你把人家压死呢！”来财说道。

“你懂个屁，再小的女人也有三分驮力，不信你问问刚刚。”虎威知道龙驹不会替他说话，便又拽刚刚帮忙。

没人回答，虎威回头一看，刚刚不知何时已经离开了。

“女人！女人！又是他妈的女人！”龙驹心里堵得厉害，狠狠地向这几个躺得展条条的人瞪了一眼，和春兰在一起的日子又浮现在他眼前。

二、春兰

晨风吹散了云雾，就像新郎掀去了新娘的盖头一样，葫芦沟羞涩地亮出了她的面目。

春兰麻利地洗净饭后的锅碗，将泔水倒进了猪的食槽并给猪续添了吃食，这才坐在穿衣镜前梳理头发。

村北磨石沟口，响起了悠扬而熟悉的唢呐声，春兰知道，龙驹正在沟口等她呢！他们要进沟打野杏，杏核可以用来卖钱，如同挖药材、采山茶一样，这是他们山里人的一笔收入。

“妈！我走了。”春兰拿起地上的牛毛口袋，一边说话，一边走出了家门。

“春兰，回来！”春兰妈正在炕上用破布浆糊打衬子，见闺女要出去，急忙赤脚追到门口，“春兰，你今天去镇上买身衣裳，后山家后天就要来相亲了！”

“我不管！”春兰已经走出了院子。

“……”春兰妈气得说不出话来。

春兰长得浓眉大眼，直鼻小口；白净的皮肤，水灵灵的如同雨后的荷花；两条大辫子一直垂到臀部，随着他轻快的步子在背后来回地舞动；修长而丰满的身子如同风摆杨柳一般袅娜。像小的时候一样，龙驹依旧坐在沟口的磨盘上等她。

龙驹接过春兰手中的毛口袋，俩人一起向磨石沟的深处走去。这道沟绝壁怪石，十分险要，有的地方只能容一人徒步而行。上攀时龙驹总是回过头来拉春兰一把；过河时春兰提着龙驹的鞋子和唢呐，让龙驹背着她过去，一如小的时候那样。

然而，毕竟他们都到了怀春的年龄，当春兰爬上龙驹背上的时候，春兰闻到了男人特有的一股气味。她闭上眼睛，品味着一种难以形容的幸福。而龙驹更是贴身体验到了年轻女子的芳香。春兰的鼻息吹打在他的脸上和颈项上，坚挺的胸部紧贴着他的后背，绵厚温软，让他心中莫名其妙地激荡。他俯视着漫膝的河水，眼前不住地眩晕。

爬上那道长满杏树的山梁，他们来到那棵大榆树下。光滑的大石横卧在树底，是人们纳凉的好地方。

远处山岚环绕绝顶，身边清风宜人。虽然艳阳高照，但人坐在大树下有一种说不出的舒服。叫蚂蚱在树上叫个不停，龙驹嗓子一热，不由地唱了起来：

割罢糜子收罢了秋
为了妹妹往回走

西山嘴外卧羊台
扔不下妹妹趸回来

春兰听到龙驹唱起了古老的爬山歌《心上开了一朵牡丹花》，接下来便唱道：

听见哥哥马铃铃响，

一头撞烂两眼窗。

听见哥哥拴住马，
心上开了一朵牡丹花。

哥哥白马拴住啦，
妹妹清茶沏好啦。

四眼眼玻璃往外瞧，
笑眼眼哥哥又来啦。

清早起来嗖噜噜风，
我问哥哥冷不冷。
……

唱着，唱着，春兰眼睛一红，流出了眼泪，接着便唱不下去了。

龙驹将春兰白皙的手握在自己手里问道："春兰，怎么了？"

"龙驹哥！"春兰扑在龙驹的怀里放声大哭。

原来，春兰妈要将春兰嫁到偏远的后山去，为的是给春兰的哥哥春山换回一个媳妇来。这样，未来嫂子的哥便是自己的丈夫了。那个陌生的男人二十九岁了，比春兰足足大了九岁。

春兰的哥哥常春山已经三十一岁了，至今尚未娶亲。他憨厚老实，说话迟钝，虽有一身好力气，是干活的能手，但看上去笨重呆傻，没有谁家的闺女会看上他。

换亲，成了常家唯一的选择！

夕阳西下，天渐渐地黑了下来。龙驹扛着整口袋的杏核，和春兰一起来到了常家。

屋檐下，一堆潮湿的柴草冒着浓重的黑烟，为屋内的人驱赶着蚊蚊蛇蚤。

春兰妈用平淡的语言来回答龙驹的求婚。这些话虽然苍白，但字字如钉，没有半分回旋的余地。

"龙驹啊，婶婶也知道你和春兰好，可是你也知道，我们老常家三代单传，就你春山哥一条根。如果不换亲，他就娶不上媳妇。你不能眼睁睁地瞅着让我们常家断根吧。这样做虽然苦了春兰，但这也是婶婶没有办法的办法呀……”

听着，听着，龙驹也不知道春兰妈在说些什么。他像是醉酒的人一样，不知道自己是怎样走出常家的，不知道自己是怎样回到自家的小屋的。

秋收过后，常家迎来了双喜临门的日子。

炮竹齐鸣，鼓乐暄天，欢快的气氛淹没了新人的悲凄。这必将是送走一个“扬子江心断桥”的女儿，迎回一个“万丈高楼失脚”的媳妇。

万富媳妇今天特别高兴，仿佛今天这喜事是专门为她而办的一样。她逢人便说：“谁给人说媒也没有我这次说得露脸，两家人家又娶又娉，我这可是大功一件……”

车队在炮竹声中徐徐地向村外移动，过了南天门，过了山神庙，又过了防洪坝，再过了葫芦腰……

山梁上，一阵凄厉的唢呐声传来，如同来自天籁的悲歌。

车门骤开，新娘从缓慢行使的婚车上抢扑在地，额角撞在石头上，鲜血顿出，爬起来又向坡上跑去。

送亲的人急忙把春兰抱住，众人七手八脚地把她塞进了婚车。

“龙驹哥！”龙驹听到了春兰悲凄的叫声。

在新郎的催促下，司机加快了车速。

唢呐又奏响了，悲切而又悠扬！

龙驹开始跟着车队在山梁上奔跑，拐过山脚，婚车隐去了影子。龙驹摔倒了，他滚下了山梁。

三、刘三女

“驹哥，驹哥，有金子！”

龙驹的心正在为往事而淌血，这声阉人般的尖嗓音又将他破碎的心狠撕了一下，他很讨厌这种叫声。

“果真有金子，北面西坡下！”刚刚兴奋地跑过来，上气不接下气的说：“我偷偷地藏在一块石头后，看见刘三女在清盘的时候，旁边的小闺女‘呀’地惊叫了一声，被她妈慌忙把嘴给捂住了，四处望了望，才用手在摇盘里拾了起来，金子大着哩，在她们头顶的崖头上。万富也在偷看，嘴张得好大呢！”

“我们应该换个地方了！”来财马上提议。

“驹哥，运气来了，发了财，你给兄弟介绍一个娘们。下午我们就移过去吧！”虎威兴奋地跳了起来，就像属于他的女人已经站在了他的面前。

“那太钻眼了吧！”本来就心烦，现在龙驹仍然沉浸在那段悲凄的回忆中，叽叽喳喳的乱嚷使他发现他的队员们一个比一个丑陋讨厌。

“钻什么眼，我们又不是要去抢她的矿洞。刘备取西川，不取也得取。有我们和她相邻，她更安全。”

“财神爷造就的财宝，人人有份！”

“咱们不去，别人也会去的。”

队员们七嘴八舌地嚷开了。

“等等看吧！”一阵嚷嚷过后，龙驹也有些动心了。

下午，队员们便懒得再动了。龙驹气得直骂娘，但也奈何不了他们。

眼看太阳快要落山了，龙驹的洗金队一无所获，却白白地浪费了好多柴油，龙驹又恨恨地骂娘。忽听一阵突突的马达声从村子的方向传来，一眨眼的功夫山石后闪出一辆55型拖拉机来。车上拉了一台喷灌、锹、镢、滤槽、锅碗瓢盆等，万富的老婆、万富的雇佣工一行七人都坐在车上。拖拉机径直向刘三女的矿地方向开来。

“不好了，先下手为强，后下手糟糠！”刚刚知道不妙，第一个喊了起来，愣把“遭殃”说成是“糟糠”。

“奶奶的，东一只眼西一只眼看个求，还不快去占领阵地！”说话间，来财已被虎威踹倒在地。虎威像一个临阵的勇士，第一个甩开“飞毛腿”，向刘三女的矿地跑去。

55型拖拉机虽快，但山沟里是显不出它的身手的。万富见龙驹的人马向自己的目的地抢去，慌忙刹车。队员们从车上跳下来，挥舞着锹镢拼命地跟着万富向目的地一阵风似地卷去。

虎威在万富赶到的同时，展条条地躺在了紧靠刘三女矿洞的南侧。刚刚由于跑得过急抢了个狗啃地，被石头的反作用力碰掉了一颗门牙。他顾不上去管流血的嘴，奋力在虎威的脚下、头顶等方位刨起矿地的界线来。石子、沙子胡乱地打在虎威的脸上和身上，虎威高兴地叫骂着：“慢点埋，老子还没断气呢！”

万富见刘三女矿地的北侧是突兀的石壁，南侧已被虎威占住，自认此争已经败北，但鹿死谁手仍未定论，争夺矿地还是首要任务。于是，他带领他的人马，紧靠着虎威占据的地盘奋力挖掘，以便能控制对手向南扩展。石子不时地冒着火星，溅在了躺着的虎威身上。虎威猛地跳起来，夺下万富手下一个小伙子的镐子，奋力扔在头顶的崖上。小伙子一惊，未明所以，虎威的巴掌已经亲了他的脸。与此同时，头顶崖上的镐子并未驻足，带着许多沙土石子胡乱向众人头顶打来，“闪开！”人们顺着喊声，本能地向外去躲。那个年轻人挨了虎威的巴掌，准备上去拼命，对自己即将到来的危险浑然不知。正待发作，他却被一个人一脚踢倒在地，那把将要夺取他性命的铁镐落到了他未倒时的那个地方。众人一看，原来在小伙子被龙驹踢倒的同时，铁镐已被龙驹接住了。小伙子保住了性命，万分感激，望着龙驹说不出话来。然而，他不明不白地挨了虎威的巴掌，哪能气得过，抄起一把铁锹，一个“力劈华山”之势向虎威的顶梁劈来。这时虎威手里也拿了一把镐子，他哪能怠慢。只听“当”的一声，镐子已架住了来势凶猛的铁锹。“住手！”随着一声吼叫，龙驹两手抓住了二人的器械，黑着脸威风凛凛地站在了当中。那个小伙子因龙驹对他有救命之恩，不好发作，只得作罢，恨恨地瞪了虎威一眼，愤愤地骂道：“小子，走着瞧。”虎威却是天生的祸根子，仍是半点不饶：“难道爷怕你吗？你小子拿上三两棉花好好到镇上纺（访）一纺（访），打听打听爷是何许人也！”

“回家吧，别嚷嚷了！”龙驹喝住虎威。这时，大家才晓得，天已经黑下来了。双方都收拾了家俱，各自拉走了自个儿的人收了工。这时，楚河汉界已定，龙驹和来财留下照看矿地，万富的人马回他的护林房去了，虎威和刚刚回镇上去了。

四、杏花

“让我们也跟着你们干吧，我们是不会拖累你们的。”杏花慢吞吞地向龙驹几个人说道，偷眼看看自己的男人旺旺。只见旺旺把头深深地埋在裤裆里，将脸前的石片垒起来推倒，推倒了又垒起来。

“怕是不行吧，我们倒是不在乎你们俩做多做少，只是我们前天占得地方小了些，怕人多做不开，你们说是不是？”刚刚显出了万般无奈的样子。

“就是，就是！”虎威首先响应，“要不是驹哥拦着，万富那地盘也是我们的了，还愁多你们两个人？”

杏花见虎威和刚刚将她和旺旺拒之门外，旺旺又是缩头缩脑的人，心里很不是滋味，眼光热热地望了望龙驹。龙驹眉头上早挽了一片重重的疙瘩，然而他还是说话了：

“不管怎样，我看还是把他们收下吧！”

“表哥，这……”来财想说什么，却又说不出来，心里却不住的念叨：“英雄难过美人关哟，其实她长得还不如我那傻嫂子如月好看呢！”

“这事肯定不行，人多了发生事故的机会多，挤在一起干活既浪费人力又窝工，对旺哥和旺嫂来说也没好处，旺哥你说对不对？”刚刚又道。

“嗯，说——说的也是，不过……”旺旺看看龙驹，又看看杏花，显出进退两难的样子。

“驹哥，就让他们自己干吧，要不，跟万富说说，看他们要不要。再说，这两天增加了这么多洗金子的人，另让他们搭个伙也好，这事弟兄们都不同意，我看就算了吧。”虎威显出了不耐烦的样子。

“别说了，我说留下就留下！”龙驹固执己见。

“不行，你一个人说了不算！”虎威已忍不住了。

“不听我也好，咱们散伙算了！”龙驹更是愤愤不平。

“散伙就散伙，不要认为你有机器就了不得。矿地是弟兄们占的，就凭昨天收入的金子，还愁买不了你那几件破玩艺儿。有了钱老子女人都有的是，用不着像你那样拿弟兄们的利益来偷情！”虎威又撒起野来，他们这么一闹不要紧，引来了许多看热闹的人。

旺旺只是不住的咳嗽，两只手不停地在大腿上乱搓，脸上红一阵白一阵，身上热一阵凉一阵，汗水不住地从他那发青的脸上流了下来。

“驹哥，你就和他们干吧，不要为了我俩和他们伤了和气。我们俩是累赘，他们是对的，我们这就走，啊，驹哥！”杏花紧紧地拽住要去拆卸喷灌的龙驹，眼里流出了乞求的泪水。

“驹哥，不要发火，有话好商议嘛。你听我说，看这样行不行：咱们地方很小，等三两天向里打了洞，多俩个人也就能施展得开，先让他们俩自个干上两三天吧，你说呢，旺哥？”刚刚一边劝说龙驹，一边以商量的口气向旺旺说道。

“行，行，——你……你们要，我就好。”旺旺搭讪地说道，脸上露出了不自在的笑容。

龙驹见说，也就不再发作了，独自坐在那里生闷气。

“不打扰你们了，我们自己去干！”杏花走过来，拉起旺旺便走。

“可是，他们……他们不是答应了吗。”旺旺一边走，一边还是惋惜地说道，不时地回头看向众人。

看热闹的人们见旺旺被趔趔趄趄地拉走，便哄然大笑起来，万富的媳妇说得最起劲。

望着杏花那疲惫的背影，龙驹的心里像打翻了五味瓶，酸甜苦辣真不是个滋味。

五、龙驹和杏花

在春兰出嫁后的半年时间里，葫芦村的人没有看见过龙驹。

龙驹守着满身是病，双目失明的老娘，在家中躺了半年。

第二年秋天，老娘不行了，在老娘再三的恳求下，为了完成老娘的心愿，他娶了镇上的如月为妻。

如月过门没几天，娘就放心地走了，因为儿子也算是成家立业了，可为她传宗接代了。到了阴曹地府，她也可以对死去的老伴有所交代了。

龙驹感到有生以来无穷的孤单开始陪伴着他。

人常说人和人在一起过日子，日久天长总会处出感情来的，看看如月，唉……

造物主偏爱捉弄人，如月本来是一个漂亮的女子，却给她搭配了一个不健全的头脑。几个月都过去了，新娘还是守身如玉，不让龙驹越雷池一步。龙驹心灰意冷，也不和她计较，每天不言不语地帮如月做家务，每每这时，如月只是对他傻笑。

日月如梭，时间过得飞快，转眼半年又过去了。

渐渐地，龙驹发现，每隔几天，都有人来替他把衣服拿走，洗得干干净净，叠得平平整整，不知何时又送了回来。这使他莫名其妙，问及如月，如月也说不清楚是谁，只说是一个不认识的女人。

煤矿上的活不太忙了，田里的营生又多了起来。由于村里的人们粮食紧张，田里的玉米棒子便不知不觉丢了许多。队长一时着急，看龙驹为人老实，就把他从矿上抽出来做了看田的治安人员。然而，无论龙驹怎样地奔忙，玉米棒子还是丢失不止，气得队长把龙驹叫去臭骂了一顿。

受了队长的斥责，龙驹更是加了十二分小心。这天，他在沟畔的一块玉米地里巡视，突然听到“叭——叭”的响声，是有人在偷掰玉米。他断定此事是一个人所为，便悄悄地向那个方向蹑手蹑脚地挪去，看见是一个女人。女人似乎也发现了他，静静地站在那里。龙驹猛地跳在女人面前，那女人并不慌，细眉细眼，清秀的瓜籽脸，手里提着一个篮子，里面是在沟间的溪水里洗净后晒干了的衣服。见龙驹站在了她的面前，眼里便闪过一道惊喜的光。龙驹认得，她是旺旺的妻子杏花。

“旺旺嫂子，你怎么会在这里？”龙驹双目紧盯着女人的脸。

“是龙驹哥，你把我吓了一跳，我正小便呢！”杏花红了脸。虽然旺旺比龙驹大，但这女人的岁数却要比龙驹小三岁，她竟对龙驹以哥相称。

“不可能吧，你准是掰了队里的玉米了！”龙驹冷冷地说。

“驹哥，你可不能冤枉我呀，不信你搜搜看。”说着杏花将篮子递了过来。龙驹并不接她手中的篮子，目光却落在了杏花那鼓鼓的腰间。只见杏花平日那好看的细腰变得粗了许多，上衣角露出了一节腰带的穗子来。人们都说旺旺是个上不了马又不能生孩子的主，只能整年地抽大烟，只可怜了这个活寡妇。而这女人的腰今天却变成了这样，那玉米棒子准在她的腰间藏着。这样想着，龙驹也没有多想别的，伸手去拉杏花那段露着的裤腰带穗子。杏花只是站着不动，清秀的脸上布满了红晕。龙驹只一拉，那裤带的活结就开了，随着几个玉米棒子落地的声响，杏花的裤子也脱落下来。由于她连内裤都无钱缝制，赤条条地将整个下半身都露出来，而她却并不惊慌。却把个龙驹惊得目瞪口呆，既说不出话来，又迈腿不得。直愣愣地站在那里，不知所以。这时，杏花平静地从篮子里拿出几件衣服来，慢慢地铺在了地上，还有几件衣服平展展地放在篮子里。龙驹认得，那正是自己的衣服。这时，他才知道就是这个女人，为他缝洗了好长时间的衣服。

“驹哥，我们都是苦命人，就连那苦命的牛郎织女都比我们要强。你过来吧，我知道你是好人，我也相信你是喜欢我的，我们都是吃人间烟火的凡人，你就过来吧。”杏花眼里流动着恳切而又激动的秋水，热热地望着龙驹，然后慢慢地躺在地上。

这时，龙驹已被一股激情的火所燃烧。他俯视着这个以前他从来没敢奢望的女人，一个可怜的女人，像春兰一样苦命的而又是那样美丽的女人。他觉得，不知她的哪里那么像他那可爱的春兰呀！是眼睛，是那一双深潭似的黑黑的眸子。于是，一股难于言状的激情把龙驹推到了那女人的身旁。他慢慢地俯下了他那壮实的身子……

天上的白云旋转了，女人呻吟了。这是一对未能享受人间烟火的男女的一次动人的新婚之夜啊。他们的洞房，就是这神秘的青纱帐。那轮羞红脸的即将隐去的落日，不就是他们的洞房花烛吗？

第二年，旺旺得了个大胖小子，这使他很高兴，他终于有了接续他香火后代的人了。虽然他知道这不是他的，但他还是无比高兴的。从此以后，他便经常向龙驹借钱，但是很少还过。只是逢年过节，旺旺都要请龙驹过来吃顿酒饭。每到这时，杏花也总是打扮得漂漂亮亮的，喜滋滋地跑来跑去，如同年轻了许多。临走时龙驹总是在那小子脸上亲上几口，然后才满意地回去。

六、黄金办

葫芦沟出了大量的金子！

消息像长了翅膀一样，一日千里地向山外飞去，与此同时加上了绘声绘色的夸大成份。于是，山外有好些庄稼汉都丢掉了手头的营生，争着来葫芦沟里探宝，镇上的好些卖干货大饼的，卖鱼肉荤腥的，卖碗面小吃的也都来做买卖了。还有那些靠贩卖金子而争取暴利的人也纷纷而来。金子的收购价日见增长。镇上的黄金办很快地控制了开采之地，每隔三天两天都要来强制人们领取采金证、交纳采金税。于是，整个前葫芦沟打破了它千百年来特有的寂静。山坡上到处是伤痕累累的矿洞，蚁群似的人们“叮当叮当”地不停挖掘。机器声、唱歌声、说笑声、臭骂声在山沟中回响个不停，如同一个庞大的立体声音箱，盛不下这么多混乱的各种音符，直冲天空升去，传得很远。整条溪水的下游都变成了浑浊的颜色，一直流出山外，从此索里镇南蜿蜒流去。

早晨，太阳慢慢地爬上了山顶，前葫芦沟弥漫了一层浓重的雾气。鸟儿悄悄地躲在石缝里懒得出来，静静地听着沟里回荡着的叮叮咚咚的凿石挖洞的声音。

雾慢慢地散了开来。这时，隐约听到有汽车马达的声音从山外传来，不知是谁在高处喊了一嗓子：“黄金办的来了！”于是，人们一窝蜂似地跑了起来，只有那些刚从山外来的人没有跑。这些人没有反应过来怎么回事，只是愣愣地看究竟发生了什么事。这时，那乳白色的汽车戛然停住，车门骤开。几个穿绿色制服的人从里面下来，向四处洗金子的人们追去。领先的是一个生着络腮胡子的强壮汉子，一边跑口里一边喊着：“谁也不要乱跑，都给爷站住！”那些来不及躲避的人便被这几个人赶了回来，然后由一个人把这些人看住，其余的人便去坡上坡下检查那些没跑的人有没有票据，票据过期没有，或是为了虚报伙子里的采金人数以减少费用成本。虎威和刚刚已躲避去了，只剩下龙驹和来财两人掏出票据来让那络腮胡子看，并掏出烟来递了过去，一边搭讪着陪笑说话，一边把火点上。

这几个人检查完毕，把票据过期的和几个无票据的人带着，让他们和那些先被看住的人坐在一起。这时，从汽车上大摇大摆地下来一个人，此人着一身绿色的军服，穿一双锃亮的皮鞋，双指夹一支香烟，挺了挺胸脯，变色眼镜在太阳下闪着光，笔直地站在了众人面前。

“老乡们，大家听着，凡是要洗金子的，都要买金票，领取采金证，交纳定量的金子，没金子的可以用钱代替。不然的话，别怪兄弟不客气。现在，你们就按我说的执行吧！”

于是，络腮胡子便与那几个人逐人逐个地收款、打条子。可惜这些人大都无思想准备，以为卖苦力无须拿钱，所以只是翻着破旧的衣袋，现出无可奈何的神色，只好陪着笑脸，涎着脸皮，说些乞求的好话。开票的这几个人逐个儿地嚷嚷了一遍，却没有开出几张金票，无可奈何地来见那个穿军服的主任李武。

“哼！这分明是耍赖，又让咱们白跑一趟。去，给他们点儿颜色看看，以后看谁还敢耍赖。”主任李武狠狠地吼道。

不等说完，这几个人便从这些洗金子的人们手里夺过摇盘，搬起地上的石头，“砰砰”几声过后，摇盘被砸得稀烂。

“救人哪，快来救人！”半山腰，突然响起了一个女人的喊叫声，听得出，这是杏花的声音。龙驹听到喊声马上一愣，接着奋不顾身地向西坡上疾跑。众人也都急忙站了起来，不再看黄金办的人发作，急急地向那喊叫的地方奔去。络腮胡子忙转身向李武说道：“李主任，怎么办？”

“真丧气，回去罢！”李武摆摆手，上了汽车，众人跟着上车。马达启动，汽车尾后冒着白烟，快速地走了。

旺旺满身泥土地躺在那里，已昏迷不醒，头部已经血肉模糊，分不出面目来了；鼻翼扇动，急促地喘个不停；手脚不住地抖动，并且赤着双脚，鞋子已不知了去向。显然，旺旺为了躲避黄金办的人，所以藏在矿洞里，却被塌下来的土石砸坏了。杏花急得大哭不止。龙驹和虎威急忙把旺旺转移出矿洞。这时，众人才发现黄金办的车已经无影无踪了。

“狗娘养的！”龙驹气愤至极，不顾一切地和虎威抬着旺旺向坡下溜去。衣服被荆棘挂破，皮肉被石尖划开了口子，但他俩都无从顾及。他们急急地将旺旺抬上了停在沟底的那辆破旧的带棚的小四轮车上，让来财抱着旺旺，将杏花扶上车，突突地启动了柴油机，以最快速度向此索里镇奔去。

然而晚了，待他们把旺旺抬进急诊室，旺旺已停止了呼吸。

凄厉的哭声响彻整个医院，杏花昏死了过去……

七、采金队有了女队员

第三天，杏花红肿着双眼，领着穿了一身孝服的小儿子宏宏来找龙驹。

“驹哥，你们快点儿到我和旺旺挖的那个洞里去吧，那个洞里金子多，我已再没有心情掏金子了。”说着，杏花从衣袋里摸出一个纸包来，颤抖着手，剥过五层纸后，里面现出一块伍分硬币大的金子来，人们为之一惊。杏花道：“那天我们在洞里藏着，旺旺说要把这块金子换了钱，把借了驹哥你的钱都还清，可是——他——呜呜……”杏花接着又忍不住哭了起来。

龙驹眼圈发红，嗓子里哽得说不出话来。

“嫂子，我们对不起你，对不起那死去的旺哥。我们不能占他的矿洞，你自己去采金吧。要是你受不了苦，我可以去帮你！”虎威心里不好受，目光恳切地对杏花说道。

“你们就去那里挖吧，我一个妇道人家，暂且不说我没有精神去干，就是有精神干，也是会让别人占去的。你们就去吧，不要再考虑别的了。”

“嫂子，要不你跟我们合伙干吧！”刚刚道。

“对，嫂子，就跟我们干吧，其实你不必出来干活，我们可以每天给你划工的。”来财平时很少说话，这时，他更是心情不能平静。

“我男人都死了，金钱再多我也不稀罕了。”

“为了旺哥心爱的宏宏，为了他的香火后代，你就答应大伙的心意吧！”龙驹那厚厚的眼皮下，隐约可以看到有些晶亮的泪水在打转转。

杏花心里一颤，用她那带泪的双眼目不转睛地去看龙驹那双她不知注视过多少次的眼睛，那双眼睛充满了关心、赤诚、恳求和爱怜。杏花点了点头，她知道，那眼光里，说出了他心里用语言表达不出来的话。

于是，龙驹的采金队里，第一次增加了一个女人。然而，心强的杏花决不白白地拿钱。她争着干活，争着为大家洗衣做饭补衣裳，有时干活竟胜过了年纪轻轻的来财。

自从到了半山腰那天起，他们洗的金子竟多得让人吃惊，有时一天能收入二十多克，按当时贩子的收购价，就是两千多元的现金哪！

白花花的票子烧红了人们的眼睛，人们一窝蜂地在龙驹们的地盘周围拼命地挖掘。山后山外的不少人都闻讯而来，寻宝的人日见增加。万富分散兵力，以龙驹矿地为中心，四面合围，占领矿位要地；同时，又把村里能爬山的孩子几乎全部雇来，在那些可能有金子的山坡上漫坡乱撒树种。争夺矿地的战斗日趋白热化。

八、龙驹、春兰

龙驹的喷灌安装在石崖下面，石崖如同屋檐一般将机器护住。坡上滚下的沙石像瀑布一样从檐前直泻而下，对崖下的机器和人却奈何不得。喷灌吸了沟里的溪水，将水再抽到半山腰。这样，滤槽就可顺坡而置，滤槽尾部的沙子就可顺着泥浆和水流下坡去，不再用人工去除积下的尾沙，所以又省下了一个人力。

沙子堆积得多了，该过滤了。于是龙驹便哼着小调，悠哉悠哉地走下山来。龙驹给喷灌加了些油，拿了曲柄就开始摇动起喷灌来了。刚摇两圈，隐约听到上面有人乱喊乱叫，知道滚下石头来了，他本能地转身去躲的一瞬间，发现一个女人正走在石壁下两步远的地方。龙驹大惊，猛地迈前一步，抓住那女人的衣襟往怀里一带，一块巨石便贴着女人的衣服一声重响落在地上。那女人“啊”地一声惊叫，紧紧地把龙驹抱住，身上不住地颤抖着，双腿已不能支持自己的身体。

惊魂甫定，女人慢慢地睁开了双眼，见对方的双目正惊奇地看着自己，这是双久违了而又熟悉的眼睛啊，这是一双深情的眼睛，这是一双让她肝肠寸断，魂牵梦绕的眼睛！

四目相对，龙驹和女人同时呼唤出了对方的名字：

“龙驹！”

“春兰！”

女人再次紧紧地把龙驹抱住，紧紧地将脸贴在龙驹那满是泥土的胸前，颤动着双肩大哭起来，仿佛要将多年积压在胸中的思念一下子都哭出来一般。

龙驹的脑袋仰靠在石壁上，双目中噙满了泪花。

很快地，春兰便止住了哭声。春兰变了，红红的脸庞已经变得白瘦白瘦，那双深潭似的眼睛充满了哀怨，额头上增加了许多皱纹。那可爱的大辫子已被夹着一些银丝的短发代替。他心上的春兰，不再是他记忆中的样子了。

他们俩此时什么话都不说，就这样在巨石与崖壁间默默地站着，像是在做梦，梦中只有他们两个，没有更多的人来打扰，让这梦就这样不停地延续下去。

“驹哥，怎么啦？”是虎威焦急的声音。

“驹哥，驹哥！”是杏花带着哭腔的声音。

“……”龙驹像是没有听见一样。

“表哥——表哥——”随着来财高一声低一声焦急的喊声，石子和沙土哗啦啦地响了起来，来财从上面找下来了。

“驹哥，今晚你回村里一趟，行吗？”

“春兰，我一定回去！”

“老地方！”

“老地方！”

春兰轻轻地将身子从龙驹的胸前移开，慢慢地向前走了几步，而后，又慢慢地回过头来，深情地望了龙驹一眼，迈开步子，向前走去。

“可怜的春兰！”望着春兰被山石隐去的身子，龙驹心里憋得喘不过气来。

一阵风儿吹过，吹动了崖上的沙土，簌簌地向龙驹头顶打来。龙驹这才醒悟，回转身来，见杏花站在了他的对面，双眼红红地盯着他看。

崖头上，来财也站在那里，用他那双不对称的眼睛，不住地向春兰走去的方向张望。

机器响了，仿佛它胸中积聚了许多难以盛下的气压，突突突地迅疾地吐出了浓重的黑烟，重重地打在了龙驹那黝黑的脸上，冲击着杏花那不平静的心。

第二天，龙驹领来了一个二十多岁的小青年，长得十分漂亮，是春兰的儿子，叫龙生。于是，龙驹采金队扩展到了六个人。

九、山神庙

“咚哒”清脆的二踢脚爆响，炸裂了葫芦沟沉静的早晨。薄薄的晨雾中，闪动着炮竹在空中炸响时那美丽的闪光。炮纸轻轻地飘落下来，潮湿的空气中便飘满了诱人的火药香味。

一阵清凉的晨风吹过，如一只秀女的纤手，轻轻地将轻纱般的雾幕徐徐拉开，现出了后葫芦沟七月十五特有的节日气氛。

炊烟袅袅地升了起来，升过山顶，便弯弯曲曲地向南飘去，和着天上的白云，构成了一幅美丽的图画。

龙驹起了个大早，挑了两担水，劈了一堆柴，看了看仍在傻睡的如月，从笼屉里取了一个馒头放在嘴里吃着，拿了昨晚准备好的大叠黄表纸，匆匆向南走去。村里的人们陆续地向村外行进。许多人都陪着笑脸，争着和龙驹打趣说话。龙驹觉得，这腰中的钱如一块会使人恭而敬之的磁铁。每个人接近它，就会发生磁感应，脸上立即堆出被磁化后的笑容来。即使平日里看不起龙驹，对龙驹黑着脸的人，也会在脸上堆出那磁化后不知是否经过大脑指挥并通过的笑容来。怪不得人们为了钱，都要拼出性命，施展出许多违心的手段来。

转过一道山脚，便在前面闪出那座山神庙来。山神庙破天荒地热闹起来，许多人围了那座小庙，望着庙檐上挂着的许多块写着“有求必应”“山神赐福”的红布，等待着万富礼拜仪式的完成，以便向山神爷献出自己的虔诚。

今天的万富穿了一身崭新的西装，系着一条猩红的领带，西装穿得很短很瘦，使双臂都不能自然地活动。领带质地很好，他却不会打结，只好让他儿子以系红领巾的办法系了。

万富今天喜气洋洋得显得万分高兴，叫人把两只肥大的绵羊牵进了小小的山神庙门，然后提了一桶冰凉的冷水猛地向两只羊的背上泼去，并用白毛巾在羊的身上搓擦。那两只羊被人强制着牵了进来，本来已有七分的害怕，再经冷水一泼，便不由地颤抖了起来。万富十分满意，认为是山神赏了他的脸，已将羊收下了。于是，他双腿一屈，猛地跪倒在地向山神稽首。

然那西裤却太不争气了，“嗤”的一声，太紧的裆便撕开了一个口子，露出了红红的衬裤来。他屁股向庙门外撅着，这一精彩的表现，引得人们大笑不止。然而万富却并不理会，一边燃化了手中的黄纸，一边虔诚地合了双掌，口中念念有词：

“山神爷大慈大悲，扶我万富能洗到许多的金子，若能如愿，八月十五我万富必当一步一叩拜，备更好的礼物来拜见您老人家，希望您老人家能助我一臂之力！”

礼拜完毕，万富便笑嘻嘻地走出来，在众人面前显示出了自豪的模样。并将西裤脱了下来，让老婆缝裤裆。老婆骂他不小心穿衣服，现在没有针线，该如何是好。无奈，万富只好从车上解了一段细铁丝来，慢慢地将破处来回钩住。

龙驹走进庙门，化了纸，口里念道："山神爷慈悲，保佑我们洗金子的人能平平安安。"说完叩了一个头，便出来了。万富以蔑视的眼光看着龙驹，脸上堆着不自在的笑容说道：

"龙驹，敬神可得心诚，心诚才能得外财，咋不弄点'三牲祭'来向山神爷表示表示！可不能越有钱越小气哟！"

"万富哥确实心诚、大气，一会儿干脆把老婆送给山神爷算了。"龙驹说罢，引来人们一阵笑声。

"老婆又怎么样，如果我今天得了一块一斤重的金子，只要山神爷看得上，我万富宁可把老婆送给他老人家。"对着山神爷，万富不管怎样，也是要说出让山神爷高兴的话来的。

"放你妈的狗屁，怎不把你妈拉来献给山神爷！"万富老婆气得破口大骂，人们更是笑个不停。

万富不再作声，怕引出老婆更多的对山神爷不恭敬的话来，命人把羊装在他的55型拖拉机上。突突突突，拖拉机吐着黑烟，顺路拉了一些去前葫芦沟洗金子的人们，径直向镇上黄金办开去。那两只羊便成了送给黄金办的礼品了。

十、万富·黄金办

人们仍然在不停地挖掘、寻找。洞越来越深了，即使是白天，里面也黑得无法干活儿。于是，人们就点燃蜡烛接着挖。由于洞内空气紧张，蜡烛的火光便昏暗了起来。无奈，人们又点起了电石灯。

当万富的双脚在旧历七月十六日再次踏上前葫芦沟的山坡的时候，他已是手提公文袋，给洗金人领取采金证、发放票据的人了。然而，当他在整条沟绕了一圈后发现，没有一个人搭理他。他不以为然，仍回他的矿地干活去了。

万富采取了四面包围的策略，在龙驹矿地周围占领一切可能采到金子的地方，但由于人力分散，不便于机器作业，又没掘出满意的矿洞，虽然收入尚可，但仍觉不尽如人意。于是，领了他的人马，在龙驹矿洞延伸方向的前面，支起了人字架，弄了一副吊轮，轮流替换着人力，自上而下，急急地向下挖起垂直矿井来。他希望能够截断龙驹前进的方向，然后到底部再向四方扩展战果。龙驹的人马见状，也不敢有半分的松懈，于是，挖洞竞争就这样疯狂地展开了。

万富回山的第二天，黄金办的汽车再次来到前葫芦沟，仍然把来不及跑的人聚了起来，刚刚和来财正要躲避，却被龙驹拦住了。他知道，有万富在这里，躲去也是无用的。

李武的人马嚷嚷了半天，也没有查出一个有票据的，慑于压力，好些人便当场交了一些金子，买了票据。那些既无金子又无钱的，被砸了手中的摇盘方才作罢。

“你们这几家都是小队人马，又有机器作业，咋不亲自去黄金办去续交税金？”李武将脸绷得铁紧，瞪着眼睛向龙驹和几家有喷灌的人说道！

“我们现在就交。”一个年轻人说道。

“不行，你们太不老实了！”

“现在交不也一样吗？”龙驹道。

“少啰嗦，不给你们点颜色看看，你们是不知道马王爷有几只眼的。来呀，快把你们的喷灌搬在车上，完了等候处理。”

人们不知如何是好，站着不动。

“你们求桩似的站着干甚？还不快点给爷抬上去，快点，别耽误了爷们回去！”李武将眼睛瞪得像牛蛋。

黄金办是得罪不起的，于是，那几家有喷灌的只好忍气吞声地去抬他们的机器。

“龙驹，把你的抬上去！”李武命令道。

龙驹气愤地蹲在地上，一动不动。

“先把万富的抬上去，我再自个儿抬！”虎威虎视眈眈。

“兄弟，这不是我们的金票吗？怎会没收我的机器呢？”万富轻蔑地望了望虎威，将公文袋在虎威面前晃了几晃。

这时，络腮胡子和一个瘦子去拆卸龙驹的喷灌。

“谁敢给爷抬走？老子劈了你们！”虎威手提一把铁锹，就要上前发作，络腮胡子和瘦子马上被镇住了。

“兄弟，别犯傻了！”杏花和刚刚见状，赶忙将虎威抱住，来财拼命地夺去了铁锹。虎威见龙驹向他瞪起了双眼，而后才不再发作。

众人眼巴巴地看着喷灌被抬上了万富的车上，无可奈何地叹气。

突突突突……万富开着车，跟着黄金办的车走了。

“操你奶奶的……”虎威气愤不过，跳着脚破口大骂。

十一、唱戏

“铿铿锵，铿铿锵”晋剧团来葫芦沟演戏来了，戏台是用防雨蓬布临时搭建的。戏台上灯光闪烁，把整个戏场照得透亮。

戏台上演的是《狸猫换太子》，唱到起劲处，台下的人便一起叫好。

龙驹是个戏迷，年轻时也曾和春兰唱过几天《沙家浜》。所以听说演戏，便让来财和刚刚留在矿场，和虎威、龙生、杏花赶了回来。看到高兴处，便不由自主地叫好。

“好个屁！”突然有人在喝倒彩，与场上的气氛很不和谐，只见那人身着军装，散着风纪扣，喷着酒气，由万富陪着，撇着的嘴如同烂柿子一般。大家都认得，那人不是在前葫芦沟耀武扬威的李武吗！李武周围还站了他带着的那几个人，一个个喝得酒气醺天，面红耳赤。

龙驹见背后站的是李武，便不满的看了一眼，拉着虎威挪动了地方。

“葫芦沟的人有眼无珠，怎能让这狗打架的戏来哄钱，喔——喔——”李武不识好歹，不住地乱叫。

“小伙子，我们都愿看，又没妨着你什么，不想看就别看，不要影响别人看戏！”旁边的一位老人不满地说道。

“老东西，谁用你多嘴！”络腮胡子那呛人的酒气和一嘴的唾沫星子胡乱打在老者的脸上。老人气得胡子抖动，却说不出话来。万富见周围的乡亲们全是愤怒的眼光，有几个小伙子甚至已攥了拳头，他便赶忙把这几个人推开，劝那老者看戏。李武觉得气氛不对，便独自一人蹲在戏台下面，静静地抽起烟来。

这时，一束灯光从蓬布的破孔里照出来，李武好奇地猫着腰向里观看。原来这里是后台，就见那些演员有的在化妆，有的在对台词，有的则拿了刀枪互相对练。突然，一个旦角从前台下场，来到后台卸了装，只穿一件单薄的紧身线衣，用一把春扇扇着风，径直坐在李武观看着的蓬布破孔边。那女子生着圆圆的脸蛋，身材苗条好看，薄薄的线衣正好显示出她那胸前挺挺的乳峰，刚一坐下，那乳便如小鹿一般随之跳动几下。李武心里不禁为之一动，心里想到，若不是这一布之隔，我与她便如贴身相偎，那该是多么让人消魂的呀！心里想着，他的手却不由地伸了进去，正好那尖尖的乳峰被他重重地一摸，那旦角冷不丁地被此一摸，便是“啊”的一声惊叫。李武收回手来扭头便跑，却被一个人猛地抓住了胸襟，一只重重的拳头打在了他的面门之上。这时，惊动了所有的演员和看戏的村民，不知谁用手电照了照，人们都认出来了是李武。大家平日就对李武怀恨在心，只是敢怒不敢言罢了，而现在却得了机会，都拳打脚踢地来解气。李武满地乱翻，杀猪似地乱叫。幸好万富赶了过来，费了好大功夫，才拉开了众人，借灯光看时，李武已被打得鼻青脸肿，口角流出了鲜血了，眼镜已不知去向。李武见有了救星，不顾万富老婆来给他用手绢擦脸，急匆匆地跟着万富便走。那几个同行者一开始就见情势不妙，发现李武被打，都急匆匆地回到了万富家中。

李武被万富搀着，走回了万富家，见了手下的那几个人，气就不打一处来。那五个人见状，装作不知原委的样子：

“头，怎么了，摔到坡底了？”

“摔倒个X，爷快被人打死了，你们都不管，回去之后，有你们好的瞧！”

“头，我们先回来一步，根本不知道怎么回事儿！”

“唉、唉、真丧气，真丢人，还不赶快发车，回镇上去！”

于是，大家便出了院门，下了矮坡，上了汽车，李武一边不住地哼哼，一边狠狠地咒骂。正要关了车门，一个黑影急匆匆地出现在面前。听了声音，才知道是万富的老婆，那女人喘着粗气说：

“李主任，你还不知道吧，带头打你的那个人是龙驹呀，这会儿还得意的看戏呢！”

“龙驹？狗娘养的，他住在哪？”

“你瞧，那半山腰亮着灯的那家！”

“走，这回谁也不要孬孙，不然老子回去非开除你们不可！”于是，李武领了人，拿着石头木棍，闯进了龙驹的家。万富见势不妙，拉了多嘴的老婆躲在了家中，紧锁大门，静静地听着外面的动静。

这时，如月只穿条秋裤，正准备睡觉，门突然被踹开。几个汉子跳了进来，有的提着棍棒，有的握着石头，一个个如临大敌，狠狠地瞪着如月。如月先是一惊，但马上便不害怕了。炕上三岁的小儿子被惊得大哭不止，她也不管，顺手提起火炉子上正在滚响的茶壶，劈头盖脸地向络腮胡子打去。络腮胡子歪头一躲，壶便走空了，打在了门框上。那壶里的水直冲络腮胡子的头上冲下来，络腮胡子抱头乱叫，如同猪嗥一般。其余的几个人见势，一拥而上，把如月按倒便打。如月有一身天生的傻力气，胡乱中，踢中瘦子的两腿间。瘦子疼痛不已，额头上流下了黄豆大的汗珠，坐在地上呻吟着站不起来。就在这时，冲进了两个黑汉子，一个是龙驹，一个是虎威。四只拳头似雨点般地向只顾打如月的人身上落去。李武大惊，迅速从腰间掏出了一支手枪，刚要举起，却被龙驹劈手夺过。李武见自己的人马抵挡不过，而且外面又有人往进走，院外还有人在喊："打狗日的！"便夺门奔出，拼命地向村后的山坡上跑去。

李武已走，随行的人包括司机都忙掏出香烟来向众村民说好话：

"大哥，放过我们吧！我们也是不得已呀！"

"大哥，我们都是临时工，也是常常受气的，上月的工资我们还被扣留着没发呢！"

"俺们也常受他的气，你们就饶了俺们吧。"

"这些喝泔水的也不是好东西，平日里对咱们狠着呢，打狗日的！"几个小伙子又扑了上来，一个耳光打在了络腮胡子脸上，络腮胡子一动不动，龙驹忙将众人拦住。

"龙驹哥，你们的喷灌都被没收在黄金办院里，李武说要罚你们的金子和钱，这下坏事变成好事啦，大哥你索性不要还他的枪，他自然着急。况且他理屈词穷，平日里又有许多把柄落在人手里。他又不敢打官司，等把喷灌弄回来再说。"瘦子捂着小肚子，不住地向龙驹讨好。

这时，万富觉得闹声小了，便出来看个究竟，知道了事情的经过，便向山坡上喊道：

"李武兄弟，下来吧，咱们有事好商量！"

"……"坡上的李武仍不作声。

"好小子，你要再不下来，老子把你的车砸烂，枪砸碎！"虎威气汹汹地吼道。

"大哥，千万别摔，咱有话好说！"李武答话了。

"李武兄弟，快下来吧，他们说了，只要商量好事情，他们是不会打你的。"万富又喊道。

"你能保证解决今天的事吗？"

"下来吧，没问题。"

过了一会儿，李武才慢慢地从上面走下来，衣服被荆棘挂破了多处，一副狼狈相，见众人并无出手的意思，心才放下一半。

于是，依万富的意思，众人来到了万富家。炕上的杯盘狼藉尚未收拾，万富老婆忙将众人迎进屋中，心里不停的打鼓。

“万富嫂子，你去买点吃喝来。”李武掏出一张一百元的票子来，递了过去。

万富女人迟疑了一下，见丈夫示意她去买，她才一步一回头地走出家门。

“等一等，”李武又把她叫住，“顺便给龙驹嫂子送去一部分。”

“不必了！”龙驹冷冷地说。

这时，众人都沉默不语地坐在那里，目不转睛地看着李武的举动。

不一会儿，万富女人买回一大笸子的酒和罐头来。万富一边忙着开启酒瓶和罐头，一边请众人上炕去坐。

“现在咱们都坐在一起好好谈一谈吧。李武兄弟年轻气盛，多有不对的地方，请大家原谅，不打不成交吗！你说是不是龙驹兄弟？”万富不愧是和事能手，他的话首先打破了满屋乱烟萦绕的紧张气氛。

“让他自己说吧！”龙驹不动声色。

“我真丢人哪！”李武一扫平日的威风，立刻声泪俱下，“我那口子早就要我别干这工作了，可我……唉，尽得罪人哪。”

“不说往日，就说今天，你怎么竟那样横行霸道呢？你该知道，我们‘山老大’也不是好欺负的！”

“是，是，驹哥说得对，千不该万不该，都是我的不是，更怪我没有主见，听了小人的话……”说着，眼睛向万富女人望去。

万富女人见状，恨不得有个地缝钻进去。

“龙驹，这些先不说吧，咱们还是……”万富不住地打圆场。

“对了，我实在是对不起你们，明天一早我就把喷灌给你们送来。”

“不是要罚金吗？”

“不、不，坚决不能要，我再要是那么做，就是王八龟孙子！”

“这是我们几个人的应交费用，你拿去吧。”龙驹把一些钱放在了李武面前。

“不能收，不能收！”李武慌忙道。

“那我们这就走了！”

“叭”的一声，那支手枪被龙驹扔在了桌子上，龙驹和虎威头也不回地走了出去。

“唉！”里面传出了一声重重的长叹。

十二、矿洞

万富与龙驹的两个采金队如同两个带着正负电荷的线头，都在不停地向前延伸，随时都有互相碰撞，碰出火花的时候。一个是想要截住对方，然后向四围发展；一个是想超过对方的截断点，让对方劳人伤财，枉费心机。相比之下，万富虽然人多势众，但其进度远远不如龙驹快。他的作业面是垂直向下的井洞，下面只能呆一人干活，每筐沙石都要用滑轮吊出来才行，遇着大些的石头，更是费九牛二虎之力才能绕过去。而且，下面的人随时都有被吊物砸着的生命危险。而龙驹的矿洞却是以横向进行的。大家顺着洞各就各位，相互传递沙石，因此节约了时间，省了人力。再者龙驹每动一分人力，挖出的砂子都含有一定的金子，而万富挖出的却全是浮表砂土，并无开采价值，每天下来不见半点收获。万富心急如焚，几天的时间，人力随时都有泡汤的危险，怎能不让他着急呢？直累得大家精疲力尽，叫苦不迭。

太阳渐渐偏西，山沟里闷热闷热的。突然，一阵狂风迎面扑来，夹着砂土向人们劈头盖脸地抽打。一片片浓重的云从东北方向不断涌来，闪电在黑压压的云层底撕开一道道血色的口子，闷雷不停地响起，眼看就要下大雨了。

万富的洞底和龙驹矿洞的掌子面都可以听到对方的挖掘声了。

万富的眼都急红了，暗暗地祈祷山神爷助他一臂之力，让风雨停一停。然而，山神爷却无力助他，狂风夹着雨点劈劈啪啪地向每个人打去。队员们扔了锹镢，就要去避雨，却被万富拦住了。

“弟兄们，好多天的心血不能白白浪费，咱们坚持就是胜利。龙驹的洞里下雨也误不了干活，我们也坚决不能误，弟兄们，再加把劲呀！”万富的嗓子都吼破了。

“弟兄们，来吧，我先下去！”万富的小舅子宝铁一马当先，摔掉了身上那件湿淋淋的破衣，光着横满肌肉的膀子，让人们把他吊进洞里。

雨更大了，如同千百条皮鞭抽打着人们，顺坡流下的水裹带着沙石泥土不住地往矿井里流，里面的宝铁立刻大喊起来：“要淹井了！”万富马上意识到事情的严重性，一时慌了手脚，忙让众人用砂土将洞口围住，并逐渐加固，水便不再向里流了。万富急忙找来一块很大的塑料布，把矿井上面罩住，雨总算下不进去了。

“愣着干啥，还不快干！”万富一边往架子上捆那块油布，一边向那些被淋得睁不开眼的队员大喊大叫。

风雨中，这些人在没命的拼搏。金子啊金子，一块能磁化人心的吸铁石。

一个小时过后，雨渐渐地停了，东边的天际放出一道美丽的彩虹来，赤橙黄绿青蓝紫，色彩柔和且清晰。若是往常，万富总要辩认彩虹每层美丽的颜色，神秘地向人们解读今年什么作物丰收，什么作物减产。此时他却无心顾及这些，只是焦急地催促人们干活。

宝铁二十五岁，正值年轻气盛，再加上身材高大，虽然乏累不堪，但他的体力还是比伙中的任何人都强。所以，在此关键时刻，他一直在下面没命的挖掘。

天渐渐地黑了下来，万富女人、女儿送饭来了，万富便命大家就地吃饭。

吃过饭后，众人便躺在地下不想站起来了。

洞底对方的声音越来越清晰，然而，众人都受不了了。

宝铁没吃几口饭就倒在地上，骨头像撒了架一般，再也支持不起他那粗大的躯体了。万富烂着双眼看着众人，无可奈何地拣了点柴草，在躺着的人们旁边点燃了一堆篝火。火焰劈劈啪啪地乱响，火苗不停地跳动。火光下，映照着这几条横七竖八的身体，如同刚刚结束的残烈战场一般。

宝铁虽然身体强壮，但怎能经得起这几天过度的劳累。再加上今天赤身受雨，他虽然铺条麻袋躺在地上，但还是受了凉，睡着睡着，便发起高烧来。他在地上滚了几滚，又被石子支在腰部，不知梦到了什么，睁眼看见自己身边火光闪动，便猛地站起来。他脑部的血液忽地少了许多，眼前一黑，口里喊着“着火了！”撒腿就跑。然而他尚未完全醒悟，脚底一空，“咚”的一声，便掉进了白天挖的那个深深的井洞里。

与此同时，龙驹正在挖掘矿洞掌面，忽听头顶有“咚”的一声响动，便一脚将龙生踹开。说时迟，那时快，头顶已经塌陷下来，龙驹便什么也不知道了。

洞里一片漆黑，众人惊得魂飞魄散。只听得龙生在哭喊：“叔叔——叔叔——”接着杏花也喊着：“龙驹，驹哥。”疯了似的向里爬。刚刚慌忙从衣袋里掏出一支蜡来，抖着手点燃了。只见杏花和龙生不住地用手去刨那塌下来的土。宝铁也明白了所以，蹲在龙驹刚才掘过的地方拼命地用手刨土。过了一会儿，龙驹被大家抢救了出来，洞内的空气异常紧张。万富等人也被惊醒了，急忙爬在洞口焦急地向里张望。万富急忙让大家把绳子放下去，让虎威把龙驹拦腰拴住，吊出洞外。

篝火闪动，照着一副副惊恐的脸。

杏花搂住龙驹那昏迷不醒的头，高声地哭喊着。

整个前葫芦沟的采金人，都被这撕心裂肺的哭声惊动了，纷纷过来观看。

龙驹慢慢地睁开了双眼，眼睛紧紧地看着杏花，断断续续地说："别……别哭……我……我已……不行……行了，我那份……金……卖给……国……国家……"

火光闪动，照着龙驹那被泥水全污了的黑脸，龙驹似乎还想说什么，但他已经说不出来了，只将双眼睁得大大的。这时，空气停止了流动，山坡上静得可怕，火苗劈劈啪啪地作响，人们都快要窒息了。树上的鸟突然桀桀连声怪叫，众人都觉得毛骨悚然。来财急忙把水壶的嘴子伸向龙驹那干裂的嘴唇。然而，龙驹的头却歪向了一边。

"驹哥！驹哥……"杏花的哭喊声撕心裂肺。

虎威、刚刚、来财、龙生，以及周围的人都哭泣不止，那堆篝火发出了呲呲的哀声，闪动着惨淡的火苗，如同坟地的磷火一般。

哭喊声、悲泣声在空旷的山沟里回荡，久久不能散去……

十三、坟·女人

高粱红了，玉米棒子白了，谷穗低下了头。

山神庙前的大坟树下又新添了一个坟丘，坟丘后栽了一棵高高的坟树。树上飘动着白白的幡子，上书：

金童前引路

玉女送过桥

这时，山脚后走出三个女人来，如月抱着她的小儿子，宏宏跟着杏花，春兰走在最后面。两个孩子都穿了孝服。

女人们和孩子都跪在坟前，将一堆烧纸点燃了，便伏在坟堆前哭了起来。

哭声惊动了大柳树上的乌鸦。它们呀呀地叫着，拍打着翅膀，向高高的山尖飞去。

"哎！龙驹这一死，抽了两家人家的中梁，带走了三个女人的心呢！"

过路的人无不为之慨叹。

为了祖坟上的那缕香烟

一

老牟终于决定给儿子大清去宁夏领媳妇了。

一下火车，老牟就分不清东南西北了。父子俩刚想打个定性，就被一群拉客的人围住了。

“住旅店吗？我们的旅店又干净又好！”

“电三轮，电三轮，快坐我的电三轮！”

“坐我的摩托车走吧，又省钱又快！”

……

老牟家住在塞北小镇察毕齐镇，房子前面就是火车站，所以他深知拉客这一行的内幕。他和儿子初次来宁夏领媳妇，裤衩的小兜里缝了两万元现金，所以表现得万分谨慎。他怕吃亏上当，对于那些拉客者的热情，并不理会，紧紧的拉了儿子的手，匆匆地走出了车站广场。

儿子大清是经过老牟一路叮嘱过的，所以任何拉客者和他说话，他都和老牟一样置之不理。

出了车站广场，无需辨别东南西北，像家乡的察毕镇车站一样，旅店在马路的两侧一字排开。红红的幌子映照着服务小姐漂亮的笑脸，老牟不为小姐的靓丽和灿烂所动，仍板着面孔挨门逐户地问房价的高低。在店铺的尽头，父子俩终于住了下来。

时值冬初，冷风已经光顾了宁夏的中卫。老牟走进店门，厚厚的眼镜片上被店内的热气涂满了水汽。老牟忙将镜片擦干，才发现通铺上已躺了七位住店的汉子。

“爹，换一家吧。”大清不想住通铺。

“甚？这就挺好！”镜片后老牟的目光像打人的板子。一口浓痰落地，老牟一边将痰用脚在砖地上挫开，一边指着一位西装革履的中年人对大清说："这位同志挺有钱，不也是住在这里的吗？"

"是，是。"中年人的脸上堆满了笑容，听了老牟的话连连点头。

中年人从火炉旁的凳子上站起了身，从滚响的茶壶里倒了两杯开水，放在了老牟父子坐着的通铺边上。老牟父子一边称谢，一边从提包里掰一块家做的烙饼，放在嘴里咀嚼起来。

"老哥是内蒙古人吧？"中年人依然笑容满面。

"兄弟好眼力。"老牟的嘴里掉出了面饼渣。

"来宁夏是给儿子领媳妇的吧？"

"对，对！"老牟来宁夏人生地不熟，听这人问起，立刻来了兴趣。

"大哥要去哪个村子领媳妇？"中年人是随便问问的样子。

"不瞒兄弟，我来中卫是碰运气来了，并没有确切的地点。"老牟忙将一支红云香烟递在中年人手里，自己掏出烟叶口袋，卷起喇叭状的旱烟卷来。一缕缕青烟从中年人棱角分明的嘴唇间忽悠出来且冉冉升起，而后幻化成一个个圆圈，向旅店黑魆魆的屋顶弥漫而去。中年人似乎困了，望着屋顶上的一个个烟圈，躺在被子卷上开始想心事。

老牟见中年人不再言语了，心中不免有些失望，便主动说道，"兄弟，听口音你是本地人，能不能帮老哥一个忙，给我儿子介绍个对象？"

"老哥，说媒这事我活了这么大没干过，你这忙怕是帮不上。"中年人眯缝上的眼又睁开了。

"哦，是这样！"老牟道。

"不过，我倒是可以给你介绍一个说媒的，我们村有五个姑娘都是经他介绍到内蒙的。他办此事准行。"

"那再好不过了，我第一眼看兄弟就觉的你是和眉善眼的好人。走，咱们找个饭馆吃口饭再说。"

小小的饭馆虽然只有三张桌子，但却是温暖宜人。待两盘凉菜、三盘热菜上齐，老牟已经喝得红光满面，话也多了起来。中年人的手机拨通了，媒人在电话里当即答应办理此事，并说姑娘在乔家洼村，高中毕业在家待嫁，年方二十一岁。

二

第二天，太阳刚刚露头，媒人尚正德就应约而来。老牟急忙迎住，略做寒暄，四人便来到昨晚吃饭的小饭馆。几碗兰州拉面下肚，老牟忙着上街备了礼品，随同尚正德登上了西行的公共汽车。

公共汽车像去土的筛子一样，将车内的乘客来回颠荡。车外尘土飞扬，老牟觉得人们都像钻进了蛋黄一样。颠了一段路程，便有人开始因晕车而呕吐。呕吐者是位年轻的女子，她急忙用食品袋将吐物盛了，但仍有一股酸腥味向老牟的鼻孔侵入。老牟觉得恶心，一股浓痰硬是闯过喉关涌入口中。老牟张口吐在脚下，发现媒人尚正德并未注意自己的动作，急忙将痰用脚碾开，不洁物便消尸灭迹。

作为媒人，在老牟的印象中，应该是一位很健谈的人，然而，尚正德似乎是一个不爱说话的人。老牟耐不住寂寞，掏出红云烟递了过去，尚正德前额光亮的头和保养良好的手同时摇了摇，老牟知趣的将烟放回盒中。虽然口中有了烟瘾的欲望，但面对尚正德，他还是没好意思将他的旱烟掏出来。

走了两个小时的路，乔家洼便到了。老牟父子和尚正德一行三人从车上下来，已是灰头土脸。大清临行前穿了一身毛料西服，此时更是挂满了尘土。他们边走边拍打尘土，进村走过几家人家的院落，便来到了乔家。

“姑父冷不？”刚走进门楼，早有乔家的女儿乔娜与其父母迎了出来。乔娜热情地向姑父搭话，并瞅了大清一眼，向老牟父子道：“你们来啦？”

乔娜的首次亮相，就给老牟留下了好印象。一米六五的个头，二十一岁的姑娘已发育得很好，身上该凸出的地方凸出来了，该凹下的地方凹下去了，特别是那双眼睛，虽是单眼皮，但总有一汪水在里面流动，滋润着那俩颗黑黑的眼球。老牟睥睨了一眼儿子大清，发现大清的双腿在微微地颤抖。

他们被迎进屋里，红糖水早已备好，放在炕桌上。一进门尚正德就坐在了炕上，老牟将礼品放在柜上。乔娜母亲满脸堆笑，殷勤地让人心里抓挠。她一边递烟，一边低头脱去老牟的皮鞋让老牟入座。一口痰涌了上来，老牟急忙将它吞咽下去。大清在乔娜双目肆无忌惮地扫视下，鬓角渗出微汗，目光盯着腿间的枣木炕沿，双手不住地搓揉。

乔娜的父亲瘦猴一般，木讷地站在柜前，在老婆“快去拿酒”的命令下很快逃出门外。

午间，乔家设宴招待了老牟。在媒人尚正德的撮合下，商定老牟出彩礼和乔娜的衣服钱等共计四万八千八百八十元整，并在相亲时预交乔家一万元。大人们在桌面上商讨礼金事宜，乔娜则拉了大清的手要出去走走。大清红着脸不敢做主便向老牟望去。老牟喝酒喝得高兴，扬了扬下巴道：“去哇！”

走出院落，来到门外，太阳已经很暖很暖。一只大红公鸡扇动着翅膀围着向阳处正在觅食的母鸡旋转了半圈，快活地咕咕着跳在母鸡的背部，母鸡连忙蹲下。

乔娜挽着大清的手臂，走进了村后的杨树林里。刚进树林，乔娜就将大清的腰搂住，将大清“逼”在了树身上再无退路，双唇紧紧地贴在了大清的嘴上。大清的身体开始颤抖，腿间的东西不禁发紧，他喘着粗气想要尿尿。幸亏是在寒冷的野外，乔娜并未把像老鼠见了猫一样的大清怎样。不知不觉太阳已经倦怠，很快地将自己隐入西山。在羊群进村的时候，乔娜牵着大清的手回家了。

天已黑下多时，晚饭的杯盘已经撤去。尚正德的上下眼皮已亲密得无法分开，于是拉了枕头躺在窗台旁的热炕上。乔娜的母亲仍在热情地端茶续水，脸上泛着兴奋的红光。乔娜父亲则蹲在灶前不停地往灶门中填加秸秆柴草。在昏黄的灯光下老牟的眼镜返着亮光，双眼更不好使了。他憋了很长时间的尿，于是趿了自己的皮鞋，深一脚浅一脚地走出院门，一阵很响的水声过后，老牟便踅回院中。

西正房的灯也在亮着，老牟断定大清和乔娜准在西屋。他记挂着儿子，走上台阶正欲推门，却从窗户中看到了让他想不到的一幕。只见大清坐在炕沿边的凳子上。乔娜身穿薄薄的秋衣，正俯着身子用坚挺的双胸在大清的脸上不停地蠕动。大清的身子靠在炕沿上，整个面部已被埋入了双峰。老牟只觉得浑身发热，全身的血液很快地涌入了脸部，并且发现自己的呼吸开始局促起来。他知道，自己来宁夏为儿子领媳妇本来就人生地不熟，全靠自己的一身勇气和胆识，万事必须小心才是，绝不能在阴沟里翻船。于是，他果断地敲了敲门：“大清，天不早了，赶快到东屋睡觉吧！”

回到东屋，乔娜母亲已铺好了被褥，老牟和她唠了一会磕，大清便从西屋过来了。于是，乔娜母亲便回西屋和女儿一起睡了。

老牟钻进了被窝，却怎么也睡不着。不多时，沙土开始敲打起了门窗。起风了！那风带着无数的小刀，将树木杀得不住地喊爹叫娘。在风和树的呜咽中，老牟被催眠了，不一会，他也睡着了。

“缸吱——缸吱”

后半夜里，院里得叫驴突然吼了起来，惊醒了熟睡中的老牟。老牟发现，那风已经收兵回营了。老牟白天饮酒后喝了许多水，于是他决定出去方便一下。听着大清和乔娜父亲一低一高的鼾声，他怕惊了别人的好梦，没有开灯，蹑手蹑脚地走出家门。刚下台阶，他听见有忽高忽低的呻吟声和喘着粗气的声音，声音是从紧挨着驴圈的小西房发出的，待走到院心，声音愈见清晰。

“姐夫，这么长时间了，死到哪了……”

“哎呀，摸这儿！摸这儿！”

老牟知道哼哼唧唧的是乔娜的母亲，心里道：原来是这样的一家人家。转念又想，管他呢，大清是个很难找到对象的主，乔娜嫁到我家就是我家的人。正所谓嫁鸡随鸡嫁狗随狗，摘了人家的果子就别管人家的树。看来这个尚正德才是这家子拿主意的人呢，以后对他可得用些心哩！老牟合计一番，撒完尿便去睡了。

三

太阳刚刚露脸，门前杨树上就有喜鹊在不停地叫。大清妈凌晨三点就起床了。此时她将炸好的油糕用瓷盆盛了并放在炕头的热处，而后再用棉袄包好以免散热。这时锅里的热汤早已突突地沸动。

因为新亲家要来相亲，所以昨晚在电话中听到老牟大着舌头报讯后，大清妈就乐得一夜未曾合眼。整个早晨她都乐得心里如同灌了蜜。她不停地做着宴客的准备，嘴里破天荒地哼起年轻时的小调，屁颠儿屁颠儿地屋里屋外忙乎，应该做的营生已经做完，但她却仍觉得有什么事还尚未想到。

九点多钟，客人在牟家父子的陪同下走进了院子。往日一见来人就拼命扑吼的大黄乖顺地蹲在院脚旮旯，讨好地望着它的主人。大清妈见大黄看看众人后，便不吼不咬地伸出长长的红舌自顾去舔自己红红的生殖器自慰，便会心地笑了。新媳妇上门狗不咬，说明狗通人性，那么这姑娘必是自家的人了！

大清妈一边迎接来客，一边端详和大清牵着手的乔娜，见乔娜长得如同花一般的漂亮，心里更似一杯美酒下肚，马上晕乎了起来。

来客连同乔娜母女和媒人尚正德一行共计八人，其中有乔娜的姨姨、姑姑、妗妗、舅舅等。这些人在老牟家每日里肥酒大肉地盘恒了数日方才离去。临行前老牟将两万元彩礼钱交与尚正德，并商定其余的两万八仟八佰八拾元在元旦娶亲时交清，而乔家一方的一切结婚手续将在元旦婚礼时一并交与牟家。

四

“咚——哒！”

随着二踢脚清脆的响声，新郎、新娘被迎下了火车。在姐夫、朋友们的控制箍迫下，大清背起穿着婚纱的乔娜，将乔娜背上了那辆白色的小轿车。白车领头，象征着白头偕老的意思，其余的小轿车跟在了后面。很快，车队就来到牟家门前，将整个小巷堵了个严严实实。车门打开，早有几个牟家的小姑子和小叔子们候在车门外，见新媳妇正欲下车，迅速抢去了新人的包裹，脱去新人的鞋子，并将大清从车中拉扯出来。大清只好按照众人的意思，将乔娜背回了喜房。

吃过下车面，已是十一点钟了。婚礼设在了镇中的太和楼。代东先生急忙催促新郎新娘前往饭店举行婚礼。于是，老牟只好拿出五百圆现金赎回了因耍笑而被抢去的新娘的鞋子等物。在摄像机的镜头里，新郎、新娘、伴郎、伴娘、双方亲戚、男女宾朋一切与婚事有关人等都向酒店进发。在婚礼的酒席上，老牟陪着媒人尚正德坐在席间，频频向尚正德敬酒致谢。待尚正德喝得红光满面的时候，老牟借机提起了乔娜户口迁移需要的手续，尚正德摸了把光脑门上的汗水道：“行前村长去了海南，无法盖章，回去后马上将手续给你寄来。”

冬日苦短，待喧闹的婚礼结束，宴席散去，已将近黄昏。在新郎新娘的喜房中，几位大清的叔伯姐夫乘着酒兴仍在闹洞房。老牟提着一壶开水来洞房中往暖瓶里续水，却意外地发现几位姐夫为了脱去新娘的妆新棉裤换钱而不小心连带了乔娜的内裤，蓦地里面露出了乔娜白皙的大腿和小巧且性感的三角裤衩。乔娜不恼不怒，格格格笑得响亮。姐夫们越发肆无忌惮地喊道：“大清快上。”大清站在炕尾一动不动，脸窘得如同关公，细密的汗水闪烁在前额鼻梁。老牟的脸上挂不住了，便向几位道：“他姐夫们，时候不早了，该休息了！”几位姐夫们见老牟已在屋中，自觉形秽，便悻悻然地离去。

闹洞房的人刚走，洞房里的窗帘就被乔娜遮上，接着，就听到乔娜那让人心里痒痒的笑声。那笑声，承袭了乔娜母亲的一部分说不清道不明的浪气。站在院子里的老牟，因那笑声钻入他耳鼓，便心满意足地走进了自己的房间。

第二天，大清妈做了乔娜爱吃的大米猪肉汤，并端进了大清的屋里让乔娜吃。她却发现乔娜黑了眼圈，脸上的笑容被藏在了大脑的深处，双目中的秋水已涟漪不在。而大清却像一捆干草一样戳在地上。大清妈的心“咯噔”一声就凉了一半，急忙将饭碗和筷子递在了乔娜手里。乔娜饭也不吃，话也不说，弄得大清妈走也不是，在也不是。

大清妈把情况汇报了老牟。老牟将大清喊了过来，问大清怎么回事。大清像犯了错误低头向着老师的学生，一句话也不说，不停地用左手摸着自己右手的手心。

“是大清紧张的缘故吧。”大清走后老牟对老婆说。

“也许是，和你刚娶我一样。”老婆深有同感。

“要不你今晚去窗下听房吧？”

“羞死人了！哪有妇道人家干那事的。”大清妈娇嗔地瞅了老牟一眼。

“那只好是我去了。”老牟拿定了主意。因在本地风俗中，由于过去包办婚姻的缘故，父母担心儿子与媳妇感情不好，常有听房之事发生。若儿子和媳妇不和，父母公婆再想促成的办法。

待送走参加婚礼的双方客人后，已是夜色阑珊。大清那屋的窗帘又被乔娜拉上了。

将近十二点的时候，老牟穿上棉大衣，慢且小心地推开了屋门，高抬脚，低落步，悄悄地潜至儿子窗前。大黄识得主人，兴奋地摇着尾巴来回走动，将铁链子弄得哗哗直响。老牟觉得响声正好淹没了自己的心跳声和喘气声。窗帘遮得并非严实，老牟很快就找到了极佳的观察点。屋里的灯始终亮着，屋里的一幕让老牟看得喘不过气来。只见乔娜不停地抚弄大清那不争气的东西，并多次将自己的胯部跷起以尝试是否能够进入，但终归失败。老牟此时已探知媳妇不高兴的原因，便使劲地用手按住自己那颗早想擅自跳出体外的心，他急忙回到自己屋里，忙不迭地剥去自己的衣服钻进了老婆的被窝，将老婆瘦弱的身子压在身下不停的乱动。当老婆闭着双目轻快地呻吟起来的时候，老牟重重地倒在了炕上，嘴里发出同样重重的长叹。

老婆说：“今天怎么了？”

老牟说：“大清跟我刚娶回你的时候一样。”

老婆说："但愿乔娜能兑付（理解、安慰、帮助、配合）咱娃，只要能有个一儿半女，女人的心就拴住了。"

然而，乔娜的脸一天比一天不好看了，老牟变着法子买好吃的，让大清妈做好端去也无济于事。那张漂亮的瓜籽脸因得不到雨露的滋润而再也找不到往日的灿烂。继而乔娜便是打狗骂鸡，无缘无故的发脾气，或是哭闹不止，其后发展到每天往宁夏打电话。于是老牟开始后悔自己在宁夏的时候就不应该阻拦乔娜勾引大清，那时若见了真回合的话，也不至于花这么多钱来看这样的一个现状。然而回头又想，大清始终是要娶亲的，不管怎样，也得成全了这桩婚事。

过了一段时间，乔娜不哭也不闹了，并且开始打扮自己，间或出去走走，到黄昏时候按时回家吃饭，大清总是按老牟的意思跟在后面。牟家人的心总算放下了一半。因为天寒地冻，老牟不能再去工地上当小工，于是，老牟再次蹬上了脚踏三轮车，在车站上不是承揽装卸，就是接送客人。

这天，老牟在车站发现了宁夏媒人尚正德，光秃的脑门在太阳下闪着亮光。老牟急忙迎了上去。尚正德见老牟迎了上来，略作迟疑后便马上在脸上堆满了笑容。二人寒暄了几句，老牟就拉了尚正德的手要他回家做客。尚正德说镇南的善河村有家人家的儿子要娶宁夏的姑娘作媳妇，是我管的媒，办完事我一定回来到你家作客。老牟忙说我等你回来，心里想道，乔娜的结婚手续你还没给我呢！

联想到许多人家娶了外地女子作媳妇，婚礼刚过几天媳妇就逃跑了的事。老牟急忙回到家吩咐老婆和儿子好好看住媳妇乔娜，不要发生丢人又丢钱的事。

下午三点多钟，乔娜要去上厕所，大清妈让大清跟着去。走出巷口乔娜进了厕所，大清站在厕所外眼盯着厕所的入口处不停地走动，脚下的积雪发出了轻脆的嘎吱声，嘎吱多时仍不见乔娜出来。这时一群小孩向大清扔来几枚雪球，并哈哈地大笑起来，大清追了几步便又返回。小孩们立马停住，冲着大清唱到：

大清大清真日能（日能：有本事的意思），
娶下个媳妇真袭人（袭人：惹人喜爱）。

大清大清真不赖，

娶下个媳妇人人爱。
真不赖，人人爱，
姐夫脱下了花红裤儿。
花红裤儿，包胡燕儿，
胡燕飞在梁头外，
气的大清吃咸菜，
吃咸菜……

大清见状，拿起一块雪块追了过去，孩子们马上便作鸟兽散。

大清妈见儿子、媳妇多时未回，便不放心了，见儿子一个人在厕所外走动，便走进厕所观看，哪里还有媳妇乔娜的踪影。于是急忙找到老牟。一家人找遍了整个车站和可能去的地方，直到凌晨一点多，也未找到乔娜。大清妈一屁股坐在了冰冷的水泥枕木上，撕心裂肺地哭了起来，让从熟睡中被惊醒的居民心里发毛。

五

为了寻找儿媳，老牟再次来到宁夏中卫县的乔家洼。

“亲家，哪股香风把你给吹来啦！”一进门楼，乔娜母亲就迎了出来，白嫩的手将老牟粗大的手抓住，但那女人的手虽然细嫩却是冰凉的。老牟急忙抽出手来，很快步入屋中。

柜上仍然摆放着老牟送来的贴了喜字的酒瓶，炕桌上置放了桔子和苹果，这是一般庄户人家平日里不敢奢望的东西。老牟一边在乔娜母亲的亲切让坐声中坐定，一边说明了自己的来意。

乔娜母亲收住了自己的笑脸，双腿在炕上盘住，突然嚎啕了起来：“我可怜的娜娜呀你咋就这么命苦啊，你三千里路嫁了个黑乌鸦，半夜里遇了个扫帚星，一朵鲜花插在个牛粪上，逼得你走投无路了呀……”

哭罢多时，这女人猛地起身抓住老牟的衣领不放：“还我的娜娜！还我的娜娜呀！”

女人的脸紧紧地与老牟的脸相对，老牟的近视眼甚至能看到女人鼻孔里的细毛。一股浓痰涌上了老牟的喉结，老牟拼命将它压了下去，急忙用手去掰女人抓着他衣领的双手来解救自己。女人的手终于被老牟掰开。但那女人却跪倒在老牟的脚前，头顶着老牟的羞处，双臂紧紧地抱住了老牟的大腿，嘴里不住地呜咽："你把我的女儿逼到哪里去了呀！"

乔娜父亲踯躅在柜前不知如何是好，两条腿不停地哆嗦。那女人恨恨地骂道："X也似的戳在那里干啥，还不快去派出所报案！"

女人讹男人，黄河里也洗不清。老牟觉得今天的事对自己大大的不利，况且来时老婆说她自己梦了恶梦，出门需要小心。于是，老牟急忙抽出了大腿，且摔了一跤，头碰到灶台上也无法顾及，奋力逃出院门，把女人杀猪般的哭嚎声抛弃在了院中。抢出村子后，老牟一脚走空，跌入水闸下的沟壕，冰滩上碰伤了脸颊，灰头土脸地回到了察毕齐镇。

到家后，老牟先找自己的表弟康兽医包扎了脑袋，再也无心蹬三轮挣钱，便在镇上的各处漫无目的地转悠。熟人见到老牟便问道：老牟脑袋怎么了？老牟说让母狼咬了！熟人又问：现在怎会有狼？老牟不答忙着走开。不知不觉来到婚礼时尚正德和乔娜母亲住过的旅店，被褥依旧，店内什物用具依旧。想到尚正德闪亮的脑门，老牟的心里也闪起一道亮光。老牟想起在儿媳失踪的那天自己曾在车站遇到尚正德，尚正德说他在为善河村的一家人家说媒，何不去那里找找。

第二天一早，老牟的双脚就已放在了善河村的街面上了。他逢人便问，有没有一家人家娶了宁夏的姑娘？善河村村子不大，很快他就打听到了这家姓安的人家。村民告诉他户主叫安吉祥，是位耿直的老汉，就住在三官庙后。安家院落果然好找，独处一院，破败的堂屋，葵花杆栅起的院落，只有裱了青砖的门楼和门楼底座上雕了花纹的基石，才能让人联想起这家人哪朝哪代的辉煌。老牟拍去身上的霜雪，看了看西屋门框上张贴时间不算太长的婚联，心里有了底，推开有人声的东屋门进屋立定，擦去了镜片上的汽水，这才发现这家人家的全体成员。男人、女人已经七十多岁，儿子、媳妇却正年轻，还有一位大姑娘正坐在土炕的炕桌上写作业。一家人正在围着一个柳条笸萝吃祭灶麻糖。说明今年从这一天开始，神仙将会"上天言好事，回宫降吉祥"了，正所谓："过了腊月二十三，祭灶麻糖把嘴粘"，凡间的人一律不能说不好听的话了，所以嘴要让麻糖粘上。

老牟说了几句客气的话后说明了来意，这家人便立即对他表示同情。而那位短粗的新媳妇却一言不发地回到了隔壁自己的西屋里。安吉祥不管老伴怎样对他挤眉弄眼，他都直言不讳地告诉老牟："听我家媳妇说，你家那媳妇逃回宁夏就嫁人了。其实在你们去宁夏领媳妇前人家就和本地的一个后生订了婚。他们演的是凤仪亭、王司徒，一女许二人的戏。就连我家媳妇的婚事那个姓尚的就从中吃了不少的好处。”老牟说原来如此，于是有了自己被捉了大头鳖的感觉，心里的血淌了一路，昏昏然地打道回府。

刚到巷口，就听见自家院内吵吵嚷嚷、嚎叫骂声以及大黄的狂吠声不断。老牟听出其中是乔娜母亲的声音，老牟的血在天灵盖啵啵乱撞，恨不能将嘴里的假牙嚼碎。一股浓痰涌入口中，此时老牟的身形已跨入院中，口里的浓痰不偏不倚正吐在尚正德的脸上。尚正德见是老牟，正待发作，早被邻居拉住，挣脱不得。于是老牟将打听来的事实、真相当众说出。乔娜母亲故技重施，脸对脸地抱住老牟大哭道："还我的娜娜，我那花一样的娜娜呀！"

此时，早已气恼一个人，谁！是邻居马二愣。马二愣是镇上有名的混混，邻居有事，他岂能不管，心想："大清的媳妇长得漂亮，她如果不走的话，出来进去我还能多看几眼，有机会不妨拿绿帽子让大清戴戴。这一走全是这婆娘做的孽。此时怎容她如此撒泼。"马二愣大步上前，不等众人的思路跟上他的动作，已将两个手印印在了乔娜母亲的脸上。"打人啦！打人啦！"乔娜母亲坐在地上释放起了从丹田里发出的吼喊、嚎哭的能量。尚正德知道乔娜母亲挨了打便会得理不让人，非讹诈出一些利益不可，于是心里骂道："这个骚逼真是头发长见识短，这里怎比得宁夏乔家洼。自己的所作所为已被人家戳穿，有理的事已没理了十分，怕是跑都跑不成了，怎还敢撒泼讹诈？"尚正德忙拉起乔娜的母亲并拍了拍她屁股上的泥土，拽着她的手臂往外便走。这时乔娜母亲也意识到走为上计，便且骂且退。

"还了钱再走，天下哪有这等便宜事！"人群中不知是谁喊了这么一嗓子。

一句话提醒了老牟，老牟忙喊邻居拦人。早有马二愣等人扭了尚正德与乔娜母亲的手臂将二人锁在了老牟的小南房中。

牟家的事惊动了车站派出所的所长，所长来到了牟家要求放人，老牟不同意。所长说："你的事该有法律解决，非法拘禁人，老牟你自己是要犯法的。"老牟只好放人，老牟因为自己非法拘禁的事已坐过两年牢，他对此深有体会。

两年的牢狱之灾，老牟至今想起来也自认为很不值得。而在老婆看来却是很值得的，因为老牟成全了她弟弟的一家人家。她要用自己后半生的全部心血和肉体来报答老牟。

几年前，小舅子的女人跟一个卖鱼的人私奔了。原因是女人嘴馋。先是卖鱼的给他便宜，接着又给她白吃鱼 ，一来二去两人就好上了。有一天，两人在小舅子家的炕头上翻云覆雨起来，却被回家拿东西的小舅子撞上了。经过一阵厮打，卖鱼的逃走了，女人第二天也跑了。

大清妈想起了老娘临死前将弟弟托付给他的事，就要求老牟想办法保全他弟弟的家庭。

老牟虽然戴了一副文化人才戴的眼镜，却是一个睁眼瞎。小时候父亲倾其家产供两位哥哥上学，到他这儿却因家庭一贫如洗使他成了文盲。直到现在，大哥是劳动保障部门的国家干部，二哥是肥的流油的个体工商户。只有自己目不识丁，成了一个从农村到城镇打零工谋生的土建小工子。老牟自认为自己是干大事的料，没文化只能怨爹妈，而自己骨子里还是有能力的。他敢做敢干，经过多方查找，找到了卖鱼的和小舅子媳妇，并将二人堵在村里的一个小屋里。老牟将卖鱼的双臂拧在背后，用渔网线将卖鱼的两只手的拇指勒在一起，囚禁在自己家的菜窖里；并将小舅子媳妇交还小舅子看管。半个月过后，小舅子媳妇终于回心转意，决心不再跟卖鱼的来往。老牟令卖鱼的写了不再勾引小舅子媳妇的保证书才放他出去。

然而，卖鱼的出去后就告发了老牟的绑架行为。老牟因此获罪在牢狱中消磨了二年多时间。现在，他认为此事做的不值得是因为不但小舅子媳妇见了他冷脸相向，而小舅子见了他也是不理不睬。他认为是骚狐狸迷惑了小舅子，对小舅子他却怎么也恨不起来。

放走了尚正德和乔娜母亲，老牟对所长说，我是有前科的人，您让放人我哪敢不放呢？

六

整个大年老牟都过得没滋没味的。熟人遇见老牟道：“老牟没领儿媳妇走亲戚拜年去？”老牟狠狠道：“拜个逑！”

老牟找到市里上班的大哥，说是要到法院告状，起诉宁夏中卫的乔家。大哥说：“你那是买卖婚姻，法院不一定支持你，你趁早死了那份心吧！你还嫌自己的钱没扔够咋的？”听了大哥的话，老牟无奈地回到了家，继续以酒浇愁。老婆可怜巴巴地望着老牟道：“你快别喝了，喝坏了身子我和大清咋活呀？虽然大哥是公家的人，瞭事瞭得远，但不见得咱们这冤会冤到底。你不妨找二哥商议商议。”

来到二哥家，二哥稀疏的头发从沙发背上露了出来，如同长在沙发背上的乱草。二嫂见老牟进来，心里早升起一股嫌厌，伸手向沙发里推了推，“哎，三弟来了，别睡了！”于是那把乱草下便升起一颗干瘪的脑袋来。二哥伸了伸双臂，打了个哈欠，揩了揩眼里流出的天然泪，戴上了茶几上的眼镜，示意老牟在对面的沙发上坐下。老牟觉得嘴里很不舒服，便摘下自己的假牙放在茶几上，用一块小抹布小心地擦拭。二嫂端来了两杯茶水，看了一眼老牟那带着饭渣的假牙，肠胃里的东西便马上往上翻。她很快地把茶杯放在二人面前，急忙逃回卧室。

二哥说：“你这事怪自己眼瞎，打掉的牙自己咽掉得了。外地女人来内蒙古骗钱的事你又不是没见过，三万两万块钱的事你也值得打官司？再说官司就那么好打吗？”

老牟被二哥噎得说不出半句话来，回到家里继续喝他的闷酒。

过了正月十五，老牟揣了二十多元钱来到三仙姑家。三仙姑是镇上有名的大仙，终日里家中香客不断，香烟不停。上自坐“宝马”来的，下到徒步来的，都来聆听老仙的教诲。老牟排了长队，终于见到仙家的尊容。大仙呷口茶用山西口音对老牟说：这位相公犯得是官道，你的事还须官道上解决……

老牟见仙姑说到了根本，更是佩服得五体投地，领了灵符，急忙付了茶资，并按茶童的笔录到叫作“仙库”的小南房买了五色纸数份。回家后天已黑了下来，他便跪在院心向院子八方将符和色纸化了，并在屋中点燃了香烛。

上班人春节长假已过，半个多月后，老牟才在法院里见到了法官。听了老牟的陈述，法官说：“你这事是买卖婚姻，法院不受理你的案子！”

老牟蔫了，回到家继续喝起闷酒。

将近晌午，大清领回了十来个把子弟兄，让大清妈炒了几个菜便吆五喝六地喝起酒来。年轻人们不是划拳就是唱歌，搅得大清妈心里乱得发疯。待八瓶酒下肚，院子里便成了年轻人肆无忌惮地撒尿和呕吐的地方。大黄拼命地吼叫以示不满，但谁也没有理它。大清跌跌撞撞地回到东屋，举着酒杯要给老牟敬酒，却发现老牟已经喝醉睡去。哇！一股黄汤从大清的嘴里喷射出来，一点不剩的落在了新铺的地毯上和老牟的胳膊上，很快汤水渗入地毯，食物整条整块的呈现在毯面上。大清妈流着眼泪将儿子搀回西屋，然后又回到东屋揩擦大清吐出的污物。

后生们又来死打硬缠拉扯大清，大清的脸白得像刮过腻子的墙皮。“砰”，门骤然闪开，老牟摇晃着跌入西屋，一头撞在一个年轻人的肚子上。年轻人立马倒地，众哥们见老牟发作，迅即做鸟兽散。

擦去污物，洗净抹布，大清妈端着瓷盆往院里倒水。一不小心，笨重的瓷盆从手中滑出，一声脆响，瓷盆碎了。

“啊呀呀，这可让我咋活呀！”大清妈心中的苦痛终于再也不能承受，随着瓷盆的打碎，憋在心中的瘴气终于爆发出来。她哭得呼天抢地，天昏地黑。

当地有民歌这样唱道：

主意拿定人难劝，
爱哥哥的心思不改变。
想让我回心也不难，
扯了枕头打了瓦。
……

所谓“扯了枕头打了瓦”就是下了死的决心。本地人在死者起棺出殡的时候，就会将死者灵前存放纸灰的瓦盆打碎，并扯破死者生前的枕头烧掉。“打了瓦”就是摔碎瓷盆的意思。今天大清妈失手摔碎了瓷盆，便是犯了天大的禁忌。于是，大清妈坐在院子里哭得撕心裂肺，伤心无比，泪水和鼻涕糊了满脸也不擤，直到昏死过去。

从此，大清妈便得了时好时坏的疯癫病。有时，她来到铁道边，一列火车呼啸而过，她便大声喊道：“火车哥，火车哥，你见我家的花媳妇没？我家的媳妇长得好，长得妙，长得就像灯碗碗草，笑开就像喜鹊鹊叫，走开就像水上漂……”有时，一架飞机从镇东的机场轰然飞起，大清妈就跑出院子高声喊道：“飞机哥，飞机哥，你见我家的花媳妇没？我家的媳妇长得好，长得妙，长得就像灯碗碗草，笑开就像喜鹊鹊叫，走开就像水上漂……”

于是，一大群孩子就跟在她后面唱到：

飞机哥，

飞机哥，
花媳妇上了别人的床。
大清大清真没用，
鸡巴不如烧火棍。
……

每每这时，老牟便趿拉着鞋跑出来把老婆拉回家中，街上的大人们都说：“明天一准又要变天了。”

七

自从大清妈疯癫后，老牟就不再喝酒了，每天盘算着怎样报复宁夏的乔家。每当看到刃头家具，老牟就呆呆发愣。不知不觉，镇北山上桃花开了，杏花也开了，他每天领着大清到工地上打小工。

六人组成一个小型施工队，两个师傅四个小工，他们在为一家奶牛养殖户修建奶牛场。说脏话、谈女人仿佛是瓦工们的专利。瓦工师傅说在一处施工队中，一伙女工脱过一个二十多岁小后生的裤子。人们称这种游戏叫“看瓜”，某某某人让看瓜了，人们总是这样说。另一位师傅说曾经有一位女工打赌在工地上裸体走了一遭，并赢得了二百元现金。至于谁亲眼见过，那便是次要的了。正在筛沙的独眼老黄便又有所感慨了：“你说这人吧，真是奇了，一支秃笔钻到黑咕隆冬的地方画画，看也不用看一眼，就能画出眉啦眼啦的漂亮娃娃来。老牟，你说怪呀不怪！”

老牟看看傻笑的大清，重重地剜了老黄一眼。

“老牟你甭瞪我，早知道那小妖精要走，你这当公公的还不如把她上了，水灵灵的那可嫩着哩！”老黄独眼里露出了贪婪的神色，干瘪的嘴里吧嗒着口水。

“呸呸呸，简直是牲口。”老牟终于开口迎战。众人笑了，连同奶牛场场主也笑了。

场主是一位有文化、懂法律的人，从这些瓦工们这几天的谈论中，他知道了老牟家的详细情况，并从老牟的言谈举止中看出了老牟有办傻事的倾向。老牟每日里不是说要挖宁夏人的眼睛，就是要割宁夏人的腿。听了老黄又在取笑老牟，场主问：“你有胆量把官司打到底吗？”老黄说：“他是有前科的人，还怕个啥？”老牟说：“别看我没文化，我可是敢作敢为的人哩。”于是老牟讲了一段他年轻时的故事：

“那还是在农业社时候的事，我们村和邻村抢洪水，那洪水稠糊糊的肥着哩。我们村的田地在上游，邻村的田地在下游，我们全村的男人都站在水里形成人墙，而后打桩钉橛筑成土坝，于是，把洪水拦了过来，邻村人只能眼馋。于是，两个村的人就挥舞锹头打起来了，打得不分青红皂白，人人见血，就连邻村的亲戚也互不相认。我们村的知青小杨将邻村的大队书记按在洪水里淹了个半死。邻村人见抵敌不过，便调来了铁姑娘队。有道是好男不跟女斗，何况是水灵白嫩的大闺女们呢？眼看着铁姑娘队开始拆除坝了，急得队长在河岸上直跳脚。我说：‘队长你别急，看我的！’于是，我便扒去全身的衣服，赤条条地向坝上奔去。那铁姑娘队的闺女们哪见过这般阵势？马上便捂脸跑开了，有的竟掉进水里。掉进水里的其中就有我的大侄子媳妇，当然那时她还尚未嫁到我们牟家，以至于我以后竟没有脸见她。此后，队长就让我当上了青年突击队队长。你说，我是不是敢作敢为的人呢？”

奶牛场场长同情老牟的境遇，便出主意道：“你别怕法院不受理你的官司，我自有办法。现在国家不正在‘打拐’吗？你就按尚正德拐卖人口起诉他。只要把事情闹起来，法院自会把乔家作为追加被告来办。”

于是，场主为老牟写了诉状，并答应为他进行无偿法律援助。于是，老牟开始走上了漫长的诉讼之路。三年后，乔娜被判刑四年，尚正德获刑五年，两人分别被囚禁于内蒙古的两个不同的监狱中。

老牟却因此而一贫如洗了。

春满家园

一

日上三竿，郝桂花小卖部门前的音箱仍然奏响着舞曲的铿锵。

黄四毛的院墙上，探出黄四毛茄子状的脑袋，“操，只管女人跳哒，不管村民死活！”他扔下手中浇菜的水管，拔了根红萝卜，胡乱洗洗，咔哧咔哧，几口就是半截。

三段土墙靠着院墙，北侧留个豁豁，刘根换的女人霍香桃一边系着裤腰带，一边羡慕地望着郝桂花小卖铺的方向，那音乐，那鼓点，那一群跳舞的女人，那鲜亮的天蓝色的蒙古袍，那勾心的广场舞……

张栽根老人呆呆地望着这群女人，每一个都是他认识的女人，邹巴巴的脸上一片茫然。当舞曲停下的时候，赵梦龙站在女人们的面前，用沙哑的声音说：

“明天咱就要到旗政府广场比赛了，说了多少次了你们就是不听。咱动作出错在所难免，队形不齐看上去就特别明显。咱屡次丢分，吃亏就吃在这上了。郝桂花，说你了，你能不能少说两句？大家注意听我说话。另外，露出你们的大牙来，有点表情行不？比赛时人气最重要，人人都笑开不就好了嘛？刘根换家的咋没来？今天预演都不来，明儿个咋去比赛？”

突突突突，突突突突……

一阵四轮车的狂喘声，淹没了赵梦龙的讲话，噪声中，就听二丑旦坐在四轮车上尖着嗓子喊：“赵主任，叫女人们给咱推推车！”

二丑蛋这几天正在盖房垒墙，拉砖的四轮车却陷在了泥里，四轮车的后轮干打转不前行。二丑蛋急得满头大汗，蛇皮袋衬了好几条都不管用。

女人们跟着赵梦龙过来帮忙，边走边笑，骂个不停：

“二丑蛋的眼瞎枯了，天堂有路他不走，地狱无门自来投！”

“二丑蛋昨晚一夜没做好事，喝老婆尿了，半前晌还睁不开眼，专往泥坑里走！”

“帮你推车，盖房的烟酒老娘包啦！可不要瞎了眼乱跑！”郝桂花的食指点在了二丑蛋汗津津的脑门上。

“嫂子，哪能呢。”二丑蛋一边告饶，一边加足油门让他的四轮车脱困。

黑烟包裹了四轮车车身，也包裹了推车的女人，在一二三的喊号声中，四轮车趺趺撞撞，可怜兮兮地喘着粗气爬出泥坑。

突突突突，四轮车没了烟筒消音，响声刺耳，拖着黑烟，如同脱缰的野马，乘势而去。

女人们骂声不断，脸上、新穿的舞蹈服蒙古袍上，全是车轮卷起的臭泥。

“明天咋去比赛呀？”

“都怪这满身晦气的二丑蛋！”

电话铃响了，赵梦龙的手机里响起了镇政府办公室干事小庞的声音：“通知你马上到镇政府开会！”

赵梦龙抠着身上的泥巴，对着女人们道：“赶紧回家清洗表演服，明天五点准时出发。我现在去镇政府开会！”

骑上摩托车，没走几步，想起了什么，赵梦龙紧急刹车，摩托车轮碾在了烂泥上，后轮打滑，赵梦龙摔了个四脚朝天。女人们又是一阵大笑。赵梦龙爬了起来，颠着腿试走几步，“郝桂花，明早别忘了带上咱健身队的队牌！”

摩托车车尾一道青烟，赵梦龙向村外驰去。

二

第二天在旗政府广场进行的广场舞比赛，由于赵梦龙缺席，人气骤减。玛勒沁村健身队有史以来第一次败给对手，获三等奖。

女人们知道，上级一定有重要的会要开，要不赵梦龙是不会缺席舞蹈比赛的！

晚上，沤麻坑里的青蛙再次噪声一片。

大喇叭里通知，全体村民晚饭后务必到村委会开会。

所谓的村委会，已经没有了实有的场所，其实就是郝桂花小卖部门前的空地。由于上几届村干部为了应酬上级工作检查等诸多事宜，通过吃喝招待赊欠郝桂花小卖部烟酒食品越来越多，所以只好将村委会抵债，成了现在郝桂花的小卖部。郝桂花虽然占据了村委会这个生意旺地，却险些因赊欠而将小卖部关门倒闭。

房檐下的大灯泡是临时换上的，放射着贼亮贼亮的光芒，四野的蚊虫都向灯光聚集，灯泡四围形成了一团球状的黑雾。

赵梦龙虽然略显疲惫，但双目还是光彩呈现。可以看出，他是要宣布一个好消息：

“乡亲们，我要告诉大家一个好消息，那就是咱村要实施美丽乡村建设工程了，甚叫美丽乡村建设工程了？镇里尚书记编了一段顺口溜，我给大家念一下，那就是：

危房改造整村容，
道路硬化到家门。
安全饮水水质好，
村村通电放光明。
广播电视户户通，
校舍安全都放心。
卫生室里能看病，
文化室里可健身。
便民超市连锁店，
养老低保在家门。
……

众人正支起耳朵认真听着，突然有人打断了讲话：

“赵村长你停一停，
能不能别再日哄人。
天上真能掉馅饼，
砸的不疼听的疼。
别说老乡不听音，
寡妇说梦见蛋也疼！”

编顺口溜的是霍香桃的男人刘根换，怪才刘根换话音刚落，村民便是一阵大笑。

赵梦龙大声说："信不信由你，可这回政府是要下决心改造咱农村落后面貌的。从明天起，咱就要建新的村委会了。以前我一看见人家村村修建教堂，咱连个村委会都建不起来，心里就矮了半截。这回政府真的要为咱村里人造福了！"

"赵村长，你快别天真了，等着瞧，大干部小干部下来，不是吃就是喝，走时还要拿，咱玛勒沁的倒霉日子又要来了！"说话的是二丑蛋的老婆刘拉弟。

郝桂花说："美丽乡村建设工程搞连锁超市，是不是对我的小卖部有好处？"

刘根换说，"可有好处了，你准备贷款进货让赊账吧。最后把你也赊去给镇长书记当奶妈！"

"哈哈哈哈哈！"村民们又是一阵粗野的笑骂。

此时，坐在台阶上正在用木棍儿抠鞋钵子里泥土的冀旺旺索性脱下另一只鞋子，鞋底对鞋底打起了快板：

"哎哎！
美乡村，真不赖，
天大的馅饼掉下来。
危房改造不改造，
误不住汉子搂住老婆睡大觉。
道路硬化不硬化，
误不住干部来了野狗叫。
干部炕上坐一圈，
吃完羊肉喝老窖。
组长陪着说黄段，
媳妇唱的是漫瀚调。
刘老五圪蹴在炕圪佬，
当个大厨也吃得好！
奇村长吃掉一片林，
鲁主任把村委会弄丢了。
就数咱赵村长是清官，

拉引上女人们把舞跳。
美丽乡村建设千般好，
我看也是瞎胡闹。
咱把蚊子也喂饱了，
不如回家睡大觉！”

嘻嘻哈哈，一阵哄闹声中，人皆散尽。只有光棍汉王葫芦仍在小卖部台阶上呼呼大睡。

三

挖掘机开来了，装载机开来了，砖瓦、石头、水泥、钢筋运来了，工地上一片繁忙。村东的新村委会率先投入施工。

与此同时，村委会组织村民开始了“清三堆”工作。

村里石碾旁大柳树上的大喇叭里，再次响起了村支书刘计毛的动员令：

“啊，社员们！”刘计毛虽然是当今的书记，但还是改不了七十年代对村民的称呼习惯，并且每句话总是要带个“啊”字。“啊，所谓的清三堆，就是要清粪堆，清柴草堆，啊，还有要清垃圾堆。我们要建设美丽的新农村，啊，就是要改变我们的居住环境。啊，从前咱村社员冀旺旺给咱村编了一段顺口溜，我听了还很不感冒。现在好政策来了，啊，想一想还真是那么回事，啥顺口溜呢？啊，我给大家念一念：

远看住房一堆泥，
近瞧倒是有玻璃。
房前房后柴草堆，
猪圈羊圈椽子垒。
门前堆成乱圪垛，
村子就像破猪窝。
老婆在家‘搬锅锅’【土语：打麻将】，
男人在外打平伙【打平伙：打扑克了】。
鸡鸣狗跳没人管，
书记喇叭里瞎呵坨【吹嘘的意思】。

啊，这句话说得有些不好，有贬低党的干部形象之嫌。我刘大喇叭，啊，我这书记敬告冀旺旺同志，以后要注意自己的言论，啊，不过下面这几段还是符合咱村的实际嘀：

电视摆在躺柜上，
两个频道轮流放。
学校教室条件差，
大人担心放不下。
污水就靠蒸发了，
垃圾就靠风刮了。
喝水咸的晒盐了，
山药白菜过年了。
看病就得进城了，
养老就靠儿女了。
住房就靠顶的了【以土牛支撑欲倒的墙体】，
日子就靠凑乎了。

啊，咱以后的日子可不能凑乎了，从明天起咱首先要“清三堆”，除了墓堆不清，影响环境的全清。啊，旗委宣传部部长赵楠是包了咱村的项目干部，啊，这说明政府是特别重视咱们村美丽乡村建设工程的。啊，所以大家要积极行动起来，啊，人定胜天多豪迈，敢叫日月换新天！

……”

尽管广播宣传，干部入户动员，可村民们仍然是该打麻将的打麻将，该串门的串门，该喝烧酒的照旧喝烧酒，调侃、拉闲话、编顺口溜仍然有滋有味。地里农事已闲，但政府要完成的美丽乡村建设工程，村民并不配合。

镇里的尚书记把铺盖卷扔在了村委会工地的工棚里，由赵梦龙陪同，来到了张栽根老人家。

张栽根老汉住在玛勒沁村的最西北，老院里长满了柳树，一只四眼狗“嗖”地从木棍、布条捆就的栅栏门里钻出来，径直向尚书记和赵梦龙奔来。

“蹲下！”赵梦龙忙拉着尚书记的手一同蹲地。那狗见状收了扑势，对着尚赵二人狂吠起来。

赵梦龙手里捡到一块石头，站起身向四眼狗投去。那狗一边败退，一边不依不饶，守势中蕴含攻势。

赵梦龙乘狗不备，从柴堆上抽出一根木棍，快速向狗舞棍猛打。四眼狗见势不妙，跳上葵花杆垛吠叫不止。

“四虎，四虎，过来过来！”张栽根老人从土房里走出来。那狗听到主人吆喝，顺从地跑到老人的膝下，摇着尾巴。张栽根把狗绳套在了四虎的颈项上。

四眼狗不再扑闹，尚书记才得空打量起这个院落。院墙非土非砖非石，东墙是葵花杆码成的柴草垛；南墙是数百的树墩码就的木材堆垛；而西面是用木头椽檩、铅丝、废电线、布条绑就的羊圈，顶部用烂油布盖顶防雨；院子东南角是布条拴成的破栅栏。院子仅容两人并排行走。老人依礼让客先进，老屋年久潮湿阴暗。尚书记前脚迈入门槛，不曾想老屋外高内低，一个趔趄扑入屋内，幸亏双手伏在炕沿上，没有摔倒。抬头时，炕头上的老太太让他惊悚不已。只见那老人白发蓬乱，后面用一截红腰带系了发髻，双目浑浊，嘴眼歪斜，双手抽搐、颤动于胸前，鼻涕与口水因难于收拾而淌绕于手臂上。尚书记双腿发软，顺势坐在炕沿上。

“这是咱镇上的尚书记。”赵梦龙道。

“甚，活水地？全村的活水地就数我分得最少，才四亩半。”张栽根老汉听力不佳。

“大爷，他是来咱村搞美丽乡村建设工程的尚书记，是镇政府的领导。”赵梦龙又道。

“哦，是领导来了。”张老汉终于明白了。

尚书记索性脱鞋坐在炕上，向张栽根老汉要过手里的长杆烟斗，从荷包里挖了烟叶，翻烟斗对了炕沿上张栽根老汉磕下的余火，惬意地抽起了旱烟。不料烟叶硬，尚书记边咳嗽边呛出了两眼生泪。

“张大爷，咱玛勒沁村要实施美丽乡村建设工程，推倒旧房盖新房，街上全要打成水泥路，院子里红砖漫地，家家户户要安上自来水……”尚书记提高嗓门向张老汉做宣传。

“好事情，好事情。”张栽根应道，“可我和老伴已是土埋了半截的人了，哪有钱盖新房？就这样活一天算一天，等死的吧！”

“您老放心，不用您掏钱，政府帮您盖房。”尚书记解释道，“现在我们先清三堆，就是清除垃圾堆、柴草堆、粪堆。您老院子里的柴草堆可不能再堆放了！”

“甚？要处理我的柴草堆？没柴火烧你们叫我咋生活？”看看抽搐的老伴，张栽根辛酸地说：“每一个树墩，都是我和老伴辛辛苦苦，用手推车从五六里的野外拉回来的。整整四十多年积攒的烧柴，你们说清除就清除，是不是不让我们活了？”

“大爷，您老别激动，没柴禾咱烧煤气。何况咱只是帮您把柴草移到村外您的打谷场上。”

“大爷，这是政府的惠民工程，您的柴草影响村容、村貌和村里的环境，搬也得搬，不搬也得搬。再说您老每年住在柴草堆里，一到冬天倒炉灰时火星乱窜，每天都有失火的危险。大爷，听侄儿的话，尽快把柴草搬走吧！”赵梦龙也出言相劝道。

“我老汉活到这把年纪，早死迟死一个样。你小子当了个村主任，鸡头上的肉不知自己多大的冠（官），单凭你上嘴唇一碰下嘴唇，就要把我的柴草搬走，把我烧柴弄到村外。生火做饭、取暖时，我这把年纪了，还能弄得回来？你小子要在我的柴草上打主意，万难！”

“明天装载机过来，首先清除你的柴草堆！”赵梦龙急眼了。

“你敢？”张栽根老汉一个不注意，一头向赵梦龙撞来。赵梦龙背后是大躺柜，不敢闪躲，怕张老汉撞在柜上，硬生生接了张老汉的碰撞。尚书记弃烟斗于炕上，忙过来拉架。外面四眼狗扑闹撕咬，狂吠不止。

赵梦龙心里憋屈窝火，也不管尚书记如何，扭头向外走去。张老汉追立于门侧，跳着双脚大叫道：“你小子别拿我老汉当炮灰，有本事说服你老子赵存钱。你们赵家大院住在当街，村里直溜溜的大路到你家老宅非得绕个大把弯。你们家的院子要能一劈两半让路，叫我张栽根咋办，我就咋办……”

老头颤抖不已，四眼狗狂吠不止，院落周围，柴草垛上，站满了看热闹的村民。

四

赵梦龙黑着脸往家走。遇上村民乡亲也不跟打招呼，这个说赵主任昨晚学的那舞叫啥名称来，那个说赵村长我的低保材料递上去没有，他一概爱理不理。走进门楼，小狗沙皮讨好地向他迎来，被他一脚踢得吱吱乱叫，推门进屋，媳妇巧枝已做好了午饭。

赵存钱坐在炕上，巧枝端饭倒茶爹长爹短地侍候老人吃饭。5 岁的小梅爬上土炕，高高兴兴地坐在了爷爷的右腿上。

满笼的莜面端上炕桌，汤料用杂蒙蒙（野生草花）在胡油中炸过，释放出诱人的香味。山药蛋已经煮得破肚，正是好吃的时候。

“小梅，过来，不要打搅你爷爷，好好吃饭，妈妈给你调莜面！”巧枝说罢，女儿小梅顺从地坐在桌边。

赵存钱老人把山药蛋皮剥尽，放在了孙女的碗里。

赵梦龙一声不吭，埋头吃饭，仅吃一碗便放下碗筷。

巧枝看看丈夫，瞧瞧公爹，心里犯起了嘀咕：“梦龙今天这是咋了？”

“爹，咱的院子影响村里修路，咱就一劈两半，拆除后分成两个院子住吧。”

“甚？”听梦龙所言，赵存钱老人立刻火烧顶门，“亏你能想得出，我活了 78 岁了，还没听说谁家的百年老宅能一劈两半，而且还要千人踏万人踩，并且让无数车碾过。咱家的老宅来得容易吗？那可是你老老爷，我的爷爷从张家手里花了上百块现大洋买来的。为了人丁家业两兴旺，咱老赵家请风水先生掐算，聘僧道诵经，费尽了心血钱财。现在传到了你这辈儿了，因为当了个小小的村主任，就要坏咱家的风水，你小子也真能犯浑！”

“爹，就是我不当这个村主任，咱家的老宅也早该拆墙让路了。”

“胡说，老宅人气根脉都在这里，拆下个不好后悔也晚了。要拆老宅，除非那装载机从我的身上碾过，否则别想动我一砖一瓦一坯！”

“爹，你不能光讲迷信不讲理吧？”赵梦龙急了，巧枝见事不妙，忙劝丈夫回自己屋去，并让小梅去外边玩去。

“好好好，你小子翅膀硬了，你老子我也碍眼了！”存钱老汉手拍炕桌，胡子颤抖气得说不出话来，举起饭碗，就要向儿子掷去。

“小鹏呀，可怜的孩子呀！”眼看存钱老汉的饭碗砸来，赵梦龙突然伏地大哭起来。

赵存钱老人手中的饭碗在半空中定格，一松手，饭碗掉在地上，摔得粉碎。老人爬在炕桌上，拳头击打桌面，老泪纵横，失声痛哭。巧枝此时更是难以抑制悲痛，靠着门框滑蹲在门坎上，失声痛哭起来。

小鹏的死，又撕开了这一家子每个人心头上的伤疤。

小鹏是赵梦龙的第一个孩子。三年前的冬天，三个孩子在玉米秸杆垛里玩耍，由于失火，大火夺去了三条鲜活的生命。

赵梦龙的眼前，那个悲残的场景时时都在出现。三个孩子小小的黑炭般的躯体躺在柴草灰中，肚子涨得滚圆，肚皮破裂，流出了肠子……

小鹏的双唇，已经收缩，露出了全部牙齿。门牙少去一颗，那是前一天换牙时掉的。

“爹，我也知道你难过，可这话我不得不说。”赵梦龙哽咽道，“你的孙子小鹏是被柴草烧死的。可你也应该想想，张栽根大爷与张大娘年事已高，每天都住在柴草堆里，冬天倒炉灰火苗四窜，确实让人担心。那年还烧死一圈羊，栽根大爷气急攻心，因此小死了一回。张大娘因那场火，火毒攻心，落下个半死不活的残疾。如今政府要实施美丽乡村建设工程，首先要清除柴草堆。可张大爷心疼他的柴草，不肯配合政府的行动，并扬言咱家不挪拆老宅让路，他就不肯清除柴草。再想想小鹏的惨死，怎能不让人痛心！”

“孩子，你别说了，爹答应你！”

赵存钱穿衣下地，颤颤巍巍地从柜里摸出一把檀香，一刀黄表纸，在院子里焚香叩头作辑敬纸，口里念道：“太岁爷姜公在上，在下赵存钱为了村民修路，得罪您老，未择黄道吉日在您头上动土，期望您将一切罪过都降在我赵存钱身上，万万不可连累我的子孙家人……”

再次磕头作辑罢，赵存钱爬上西房，挥动镐头，破土拆房。梦龙和巧枝慌忙将老人搀扶下来，老人直挺挺地躺在炕上一言不发。

五

死猪四脚朝天地躺在村外的路壕里，全身鼓胀膨大，如欲破的皮球，绿色的汁液从肚皮的毛孔里渗透出来，将泥土变成了黑油色，周围有牛头、驴蹄、羊下水等为它陪葬。苍蝇披着绿色的外衣为它奏乐，并在它的身上留下一片片粉渣，很快便制造出蛆虫来。村里的老人死去，破衣、破铺盖都扔在这里。

黄四毛说：“用火烧！”

刘根换说：“用土埋！”

冀旺旺说：“不如送到骨粉厂卖钱去！”

王葫芦说："你媳妇二毛眼说：'我家旺旺迁坟起骨的事都敢做，为了钱不怕死人、不怕脏，晚上钻我被窝都瘆得慌。男人还是王葫芦好，周眉正眼有情调！'"

"哈哈哈！"男人们哄堂大笑。冀旺旺将一口浓稠的口水唾在了王葫芦脸上。

"用火烧吧！"尚书记说道。

"对，用火烧省事！"大家一致赞同。

"路壕里不能烧，必须得移出去，否则会烧死周围的树的。"村支书刘计毛说。

尚书记并不多言，挽起衣袖要抬死猪，"嗡"苍蝇劈头盖脸奔逃，众人纷纷后退。尚书记眼瞅着刘计毛，刘计毛只好闭了呼息跟尚书记抬死猪。冀旺旺拣了一截树杆穿在死猪身下。王葫芦一手捏着鼻子，一手接了树杆的另一头。众人一起用力，将死猪挪在了二丑蛋家的田地里。

死猪落地，村支书刘计毛喘不过气来，一把鼻涕一把泪地呕吐起来，腰曲成了虾米，脖子伸的奇长，青筋遍布了脑门和颈项。刘老五赶忙跑来给刘计毛捶背。

众人将丢弃的死人被褥、枕头、帽子等物堆在死猪身上，拣了一堆干柴，用玉米秸秆引火，很快，熊熊大火向天形成一个巨大的烟柱。

张栽根老汉的柴堆被移在了打谷场上，羊圈里几十年的积粪被装载机装在了卡车上，拉在了他自己的田地里。为了拆盖破旧老房，张栽根老人和老伴被临时安置在学校里。

正当人们为"清三堆"忙碌之际，村子里响起了吵架的声音。

二丑蛋新盖起的新房后墙，被钉上了丝网，几个泥瓦工正在往墙上抹泥灰。

二丑蛋的女人刘拉弟双手叉腰问道："谁让你们在我家新墙上抹泥灰？"

"村主任叫抹的！"

"哪个村主任？"

"你们叫赵村长的那个。"

"抹灰后做甚呀？"

"写大字，画图画！"

"我家的墙他凭甚自作主张？"

"我们不管，我们只管施工，误了工期你负责！"

“甚，强盗不依失主嘞？你们给我停下，除非交了费用，你们必须把我的新砖墙返回原状。”刘拉弟的声音越来越高。

泥瓦工无奈，只好打电话把赵梦龙喊来。

几天的工程劳累，赵梦龙的脸已晒黑，嘴唇干裂起泡，两眼布满血丝。

刘拉弟道：“赵村长，我来问你，这房是不是我盖的？”

“是。”

这墙抹不抹泥灰是不是我说了算？

“是！”

“他们抹墙灰写大字我该不该收费？”

“收啥费，给你抹了墙灰喷了涂料，绘了文化墙，你省钱不少，你还要收费？”

“电视广告收费不？马路广告收费不？就连拉客三轮车作广告都收费，我的大房墙就不收费？”刘拉弟越说越激动。

“撤，二丑蛋家的墙不抹了！”赵梦龙一言既出，工人们马上收拾家什工具到别处施工。

赵梦龙刚走，村支书刘计毛等人闻声赶来，探视究竟，得知原委，刘计毛道：

“妹子，你真傻呀，政府白白掏钱给你抹墙灰，喷涂料，画文化墙，你却跟人家闹。你问问你雇的泥瓦工抹墙得多少钱！”

二丑蛋雇来的泥瓦工道：“按平米算人工费八千元，还没说水泥砂子的料钱。”

“按规划政府还要给你垒院墙、铺院砖，这下你算是把财神爷赶走了！”

“啊呵呵，我的命好苦呀！”刘拉弟双手擂打着二丑蛋大哭道：“我瞎枯了眼找了你这么个没用的男人，前顶不住后扛不住，甚事也得我出面。别的女人去跳舞，我在家里喂母猪；别的女人穿好衣，我在地里刨地皮，我为了这个家容易吗？呜——呜——没用的东西呀！”

“二丑蛋没用，哥哥有用咧！”光棍儿王葫芦乘机把脸腆了过来。

“啪！”刘拉弟恼羞成怒，给二葫芦脸上印了五指，围观的人笑得前仰后合。

六

拆房盖屋，硬化道路，填平沤麻坑建小广场，美丽乡村建设工程进度很快。

自来水沟挖通了，但领导班子的意见分歧很大，且争议不休，虽然一个个脸膛黝黑，肩膀脱皮，但仍然互不相让。

自来水管道已经铺入沟壕，挖掘机开始填埋。

赵梦龙跳入沟壕，大声说："谁敢填埋，谁敢填埋，除非把我也埋进去！"

尚书记道："把赵主任给我拉出来！"

刘计毛和刘老五你看看我，我看看你，都没有动手。

刘计毛道："赵主任，咱村的美丽乡村建设工程投资这么大，建亭台、水榭、玉带桥是计划内的事。你如果修建不出个样子来，上级领导能肯定咱的工作吗？"

赵梦龙道："搞表面文章，建形象工程，我赵梦龙做不到。你街道修得再好，不铺设下水管道。不到几年，咱玛勒沁村又是脏乱差，污水横流，咱村委会必须为咱群众利益着想！"

尚书记道："我既然包了你们村，就应该把工程做的体体面面。在资金有限的情况下，我们必须按期完成好预定的工程计划。我有责任给上级一个完美的交代，并通过上级领导的检查验收。你赵梦龙为了铺设下水管道，擅自改变了工程计划，你能担得起这个责任吗？"

赵梦龙道："既然美丽乡村建设工程是惠民工程 ，我就应该为民着想。你尚书记若要填埋沟壕，不埋设排污管道，要问问玛勒沁村民答应不答应！"

刘根换道："赵村长说得对，我们支持你！"

刘拉弟见男人二丑蛋缩着脑袋站在土堆上，照屁股就是一脚，"陪赵村长去！"二丑蛋滚下了土壕。

"我们集资买下水管！"冀旺旺大声吼道，同时也跳入沟壕。

黄四毛、香桃、刘根换、刘拉弟等村民也纷纷跳入沟壕，声援赵梦龙的主张。

"赵梦龙说得对，美丽乡村建设工程是惠民工程，就应该为民着想，埋设下水道，家家修建卫生间，淋浴便池都要配套，让咱农民也过上城市人的生活，这才是我们的奋斗目标！我赞成政府投入加村民集资的做法，把惠民工程做得彻彻底底，着着实实！”

说话的人是旗宣传部部长赵楠，不知何时她已到现场。她的话音刚落，地上、壕内的人立刻响起了热烈的掌声，只有刘根换和香桃口吐唾沫，“哼”的一声，扭头走出人群，扬长而去。

天慚慚地黑了下来，乌云滚滚而来，密布了整个天空，一道道闪电如金蛇乱舞，将黑色的云层撕开一道道血色的口子，大雨骤然而至！

“啊！社员们，啊，赶快保护水泥，大家都要动手——啊，下水沟可不能让水淤平……”

雷声中，刘计毛的广播声音断断续续。

众人家纷纷打开了院门，有的抱油布，有的扛铁锹，人人都紧张而急迫。滚滚的雷声中，急骤的雨幕中，谁也听不清谁在说什么。大家都在保护水泥，拦护已铺设自来水管且准备铺设排污管的沟壕。

大雨倾盆，积水骤涨，沟壕外侧的水有增无减。黄四毛身边的护堤迅速撕开一道口子，积水迅速冲入壕沟。

“完了，完了！”众人上提的心如同骤破的皮球，马上泄了气。沟壕进水，意味着泥浆淤平后不但挖壕的钱打了水漂，而且窝工误时，耽误工期。

就在此时，两注灯光穿过了泥水雨幕，照在了人们的身上。一辆50型装载机铲满了泥土，迅速靠近了跑水的缺口，仅仅一铲，就把缺口的水堵了个严严实实。

闪电中，驾驶室里映照出光棍汉王葫芦得意的面孔，手中烧酒瓶递到嘴边，吱，又是一口。

王葫芦并未停留，驾驶着装载机从西侧挖开一道水沟，将水送入蛤蟆壕，积水迅速被泄去。

玛勒沁人谁也没有想到，在外打工几年，王葫芦竟学会了装载机施工技术。

光棍汉王葫芦在驾驶室里喝着烧酒，手舞足蹈地哼着小调，大雨中谁也不知道他在唱着什么。

七

应上级指示，旗政府开展了百万干部下基层活动。

为了慰问下乡参加美丽乡村建设工程劳动的干部以及公务员，在沤麻坑上新建的小广场上，赵梦龙和他的健身舞蹈队员表演了广场舞《天马》《草原我的最爱》等舞蹈。精彩的表演赢得众人热烈的掌声。

旗委宣传部部长赵楠也为他们鼓掌喝彩，刘计毛陪在身边介绍舞蹈队的建队、比赛、获奖等相关情况和业绩。

正尽兴时，刘根换走进广场舞方阵，骂骂咧咧地将老婆霍香桃拉走。

“给谁演咱也不给那婊子演！”

正当人们莫名其妙的时候，王葫芦走进场子向女人们发问：“你们都是些没文化的乡村女人，在这里得瑟个甚。”

“谁的裤裆烂了跑出个你？王葫芦，你有文化显示显示让老娘看看！”郝桂花拍拍胸脯道。

王葫芦不甘示弱，四仰八叉躺在地上道：“这个是啥字？”

郝桂花道：“你摆个‘大’字咋唬谁？”

王葫芦爬起来道：“妹子，你把哥最重要的一点免了，分明是个‘太’字，却说是‘大’！再考你一个，一个女人像我刚才那姿式，头上顶了一根棍，你猜是啥字？”

“‘天’字！”女人们异口同声道。

“错，你们又把个‘口’字丢了，莫非你们都是‘石女’，那是个‘吞’，吞吞吐吐的吞，说你们没文化你们还不服气！”

众人笑得直不起腰来。

赵梦龙道：“王葫芦，注意点形象！”

刘计毛说：“王葫芦，咱村的面子都叫你丢尽了，那位是旗委常委、宣传部部长赵楠同志！”

王葫芦道：“什么部长不部长的，老子不怕。他们也都不是些好东西，不是强迫女人割肚，就是秋后动员民兵跑步，催逼农业税时逼得人上树（挽绳子上吊的意思）！”

赵楠将这些话听得清清楚楚。刘计毛道：“赵部长不要生气，他们就是些没文化、没素质的土包子，大老粗。您就当耳旁风得了。”

赵楠道：“村民没有文化不怪他们，这是我们每一位基层干部的责任。等我们的文化室建立起来，努力让村民提高文化素质，这也是我们的首要任务。那几年我们当干部的工作方式不正确，粗暴简单，伤害了人民的感情，他们发些牢骚也在情理之中。”

下乡劳动的旗各机关干部公务员们分散在各家各户为村民院落清理卫

生。村南的雒老太太接通了远在湖南工作的儿子的电话，对儿子说：“孩子，你安心工作，院子里的乱柴乱草、羊粪、猪粪，政府已经替妈清理了，现在姑娘、媳妇们正给妈擦玻璃、洗衣服呢……”

赵楠领着秘书小于和几位文职干部来到了刘根换家的院子里。刘根换正在大柳树下的碾子旁喝烧酒，碾盘上放了酒瓶、一碟小菜和半碗花生米。

“大哥，我们来你家为你们清理卫生，打扰你和嫂子了。”

刘根换爱理不理。妻子霍香桃慌忙出来迎接，被刘根换拧了一眼，霍香桃退了回去。

赵楠对众人道：“姐妹们，咱们开始吧！”

小于对刘根换说：“大哥，我们打扫院子，灰尘播土的，你回家里喝酒行吗？”

刘根换道：“我们庄户人就是吃土长大的，没那么娇贵，你们该咋干就咋干！”

赵楠道：“咱到正房提几桶水，洒洒水，压压尘。”

众人在院子里洒了水，将扫帚压低了头，以免尘土飞扬，细细地清扫，然后把犁、耙等农具放在了墙角利净（方便，不影响其他事情）的地方，把锄头、镰刀等用具挂在墙角的铁丝上，乱砖乱瓦整齐码放。

圈里的羊粪、猪粪已积多年，恶臭在院子里飘荡，粪离圈顶仅容一猪进入。

“大哥，把你的四轮车开到圈旁，我们帮你清理圈里的粪吧？”赵楠对喝酒的刘根换道。

“我喝多了，不能开车，你们随便吧。”刘根换爱理不理，并哼起了晋剧唱段：

芦公子打死了卖鱼汉，
与你个奴才何相干！
……

“神经病！”小于暗暗骂道，赵楠推了推小于，示意禁声。

无奈，众人找来了箩筐，将猪粪、羊粪一筐筐抬着装在了四轮车上。

“大哥，你开车，咱把粪送到你家田里，好吗？”赵楠又向刘根换请求道。

“月光下把渔女用目观看，
美容貌赛过月里天仙。
她好比西施姑苏出现，
哭啼啼又好似昭君和番。”

刘根换仍然唱着《蝴蝶杯》中的唱段。

赵楠拨通了赵梦龙的电话，刘根换拿捏了戏腔的道白：

“唤来村官又当如何？”

赵梦龙很快赶来，灰头土脸一改跳舞时的风彩。他取来四轮车、摇车曲柄，摇了一通，呼哧呼哧的车响，但愣是没有发动起来。

赵梦龙对刘根换道：“根换哥，你的四轮车认生，你发车送粪到田里吧！”

刘根换抬了抬眼皮道：“我喝多了，开车属酒驾，拘留十五天咋办？”

“你不上公路怕啥酒驾？”

“你问问她，”刘根换指指赵楠，“当官的最爱讲法律！”

“耳听得江岸上起了更点，
田玉川心里有事坐立不安，
恨只恨芦世宽欺压良善，
害得我伤人命闯下祸端。”

刘根换吱的一声，又是一口酒下肚。

赵梦龙只好再次拿起曲柄发车，赵楠前来帮忙，呼哧——呼哧——突突突——烟囱里冒出白烟，一阵紧似一阵。车终于起动起来，但曲柄翻转，重重地打在赵楠的手背上。

赵楠疼痛难忍，双脚直跺地面。两眼流出了生泪，手背马上肿了起来。

赵梦龙说：“赵部长，咱去医院吧！”

小于说：“回城照个片儿，看是不是伤着了筋骨。”

赵楠说：“没事儿，咱们到田里送粪去。”

“突突突……”四轮车冒着黑烟，马达响动着噪音，淹没了刘根换高一声低一声的戏文。

粪被卸在了田梗上，赵楠问赵梦龙道：“刘根换的光景过得怎样。”

赵梦龙道：“刘根换两口子是过光景的好手，勤俭持家，任劳任怨。只可怜他们的儿子在三年前因车祸丧生，死的时候年仅23岁。”

“刘根换家还有孩子吗？”

“哎，说来命运不济，十五年前他媳妇霍香桃怀孕了，正赶上计划生育抓得紧，引产后生下一女，同时被做了绝育手术。”

赵楠听罢黯然伤神，赵梦龙再说什么她竟未听到。

“我说咋刘根换夫妻这么面熟。”赵楠心里暗自嘀咕。

为刘根换家打扫完院落，清理完圈粪，赵楠等人又为他家收拾室内卫生，擦玻璃洗地面能干的都干了。刘根换不停地喝酒，霍香桃也不敢阻拦。而后，刘根换竟躺在碾盘上呼呼大睡，鼾声如雷。

“这样会着凉生病的！”赵楠与霍香桃、小于等人，生拉硬拽费了好大的劲，才将刘根换抬在炕上。

“芦公子打死卖鱼汉，
与你个奴才何相干！”

刘根换断断续续地唱道，接着鼾声又起。

凌晨3点多钟，电话的响声惊醒了熟睡中的刘根换和霍香桃，是赵梦龙打来的电话：“赵楠在回县城的路上，车翻入路壕，出事了。你开上你的面包车，赶紧救人！”

刘根换呆若木鸡，电话也不省得压，而后急忙穿衣，且骂道：“这个扫把星女人，老子一遇到你，倒霉的日子就来了。”

车疾驰于公路上，不到十公里路，刘根换就发现了路壕里的汽车。刘根换将车灯照住事故车辆，而后跑下路壕。

离事故车不远的田地里，小于满脸血迹地呻吟着，见来人是刘根换，小于哇得一声哭了。她想爬起来，但一下也挪动不了。小于有气无力地说道，“根换哥，快去救救车里的赵楠姐。”

刘根换跑了过去，车子的左车门卡在碗口粗的树杆上，右侧车门严重变形，前挡风已经破裂脱落，车灯光照在了赵楠惨白的脸上，她动也不动地靠在座背上。

刘根换试图打开右侧的车门，但不能奏效，从前窗伸手进去，觉察到赵楠微弱的气息，于是从衣袋里去找自己的手机，却因来时匆忙没有带上，跑到小于那里。小于此时已昏迷不醒，小于的手机是智能的。刘根换不会使用，只好从自己的车里找来千斤顶和撬棍。车子左侧很快被顶起，但车门只挪开一个小缝。无奈，刘根换从破碎了的前挡风爬进车内，想要挪动赵楠。赵楠的胸部和靠椅紧紧地卡在那里，赵根换将靠椅松开放倒，此时他才发现，赵楠的双腿已被变形的车体卡住。

这时，赵梦龙骑着摩托车赶来了。他把摩托车推下路壕，车灯照住轿车。轿车驾驶室内刘根换正用撬棍撬铁皮。车子晃动，千斤顶走歪，轿车又再次撞在树上。刘根换的眼眶碰在撬棍头上，眼冒金星，刺痛钻心入骨。

刘赵二人想尽办法为赵楠扩展腿部空间，试图把她救出驾驶室。其间赵楠被赵梦龙唤醒一次，看看刘根换带血的脸，马上又昏迷过去。

“110”消防队员与救护车几乎同时来到了事故现场。赵楠被救出了事故轿车，赵梦龙和刘根换各自驾车，尾随直奔旗医院。

赵楠和小于同时被推进了急救室。很快，护士告诉赵梦龙和刘根换，血库存血不足，赵楠急需输血。

“奶奶的，该我刘根换上辈子欠她的。我是“0”型血，输我的吧！”

伸出粗大的胳膊，护士采血化验，发现刘根换中指、无名指的指甲已经脱落，血肉丝连。护士马上皱了皱眉头。

刘根换的血源源不断地输在了赵楠体内。手术很成功，赵楠与小于终于从死神手里挣脱出来。

早晨的阳光透过宽大的玻璃窗户照进了病房，温柔地抚摸着每一位住院的病人。赵楠苏醒了过来，看看周围的环境和躺在病床上尚未苏醒的小于，心里马上明白了怎么回事。在她两侧的床沿上，爬着两个困顿不堪而睡去的男人，打着鼾声的是刘根换，左侧是赵梦龙。看着刘根换用绷带包了右眼和两个手指，赵楠不禁潸然泪下。她闭上双目，十五年前的往事仍历历在目。

那年她还是乡镇干部，在玛勒沁村，随计生工作队一齐来到刘根换家，试图把霍香桃堵在家里，让她人工流产，并做绝育手术。

下车后，众人进院去找霍香桃，赵楠蹲在院墙外的三堵小墙围成的厕所里小便。当她站起来准备走出厕所的时候，发现霍香桃从院墙上往外跳。

赵楠急忙大喊："香桃嫂子，危险，不能跳墙！"喊声惊动了进院的计生队员，众人都跑出来，拉拉扯扯地把香桃塞进了汽车……

"根换哥，无论你怎样记恨我，我也不会怪你！"赵楠哽咽道，一阵眩晕，她又昏迷过去。

八

各级下乡干部的脸都被晒得粗黑，眼睛血丝纵横，身上的泥巴经常伴随着他们，使他们真正成了老农民形象。而村子里的面貌却一天一个样的变化着，小广场配备了体育设施，街道巷子都硬化到了家门，自来水清洁卫生。卫生间都安上了坐便马桶。小学校的校舍都是框架结构。郝桂花很荣幸地争取到了便民超市的牌子。政府给她重新安装了货架，并把网络营销点建立在她的点儿上。群众文化室里配备了扬琴、笛子、二胡、鼓、音箱等文体娱乐硬件……村子的面貌一天天向城镇化发展。

天刚麻麻亮，刘老伍就跑来向村支书刘计毛汇报，"黄四毛这几天每晚都偷工程上的砖，去铺他的院子。"

刘计毛正搂着老婆睡觉，不耐烦地冲着窗户道："你就不能大声说话？"

刘老伍只好推开了玻璃窗，撩起窗帘说话，却发现支书和媳妇搂着，只好把脑袋又缩了回去。

刘计毛穿好衣服，老婆仍然钻在被窝里，刘计毛问："咋回事，压得稳点。"

刘老伍再次做了汇报。

刘计毛燃起一支香烟，在客厅里来回踱步，沉吟良久，对刘老五道："你把此事向赵梦龙汇报，看他如何处置！"

刘老伍心领神会，很快来到赵梦龙家。赵梦龙正在分析工程图纸，双目布满了血丝，听完刘老伍的话，赵梦龙笑了笑道："我知道了。"

过了五天，刘老伍天天都发现黄四毛仍在偷砖铺院，并天天向刘计毛汇报，但仍未见赵梦龙来过问此事。刘计毛心里犯了嘀咕："这事用不用汇报尚书记？不能，赵梦龙不作为，我也不作为了。"

半前晌，赵梦龙领了包工头和几位瓦工来到了黄四毛的院子里。

黄四毛看见赵梦龙领人进院，吓得急忙钻进了大衣柜里。妻子李双双急忙出来应付。

"呀，呀，赵村长，哪股香风把您吹来了？"

赵梦龙不言不语地在院子里站定，仔细打量用砖铺好的院落。要说黄四毛真算村里的能工巧匠，那院子铺得独具风格，四角蓝红相间雕刻了云角，南北东西十字轴位铺了盘池图案，院落中心以喜字为心；树池皆砌牙角，整个院落与美丽乡村建设工程为他砌的戴帽砖墙浑然一体，朴实大方。

赵梦龙对李双双说："你叫四毛哥出来，我跟他有话说。"

"你四毛哥一早出门了，有话跟嫂子说吧。"

"他在家呢，我看见了，你让他出来吧。"

李双双只好进屋把黄四毛从大衣柜里拉了出来。黄四毛看见赵梦龙和包工头以及几位瓦工，腿一哆嗦蹲在了地上，裤裆早就湿了一片。

赵梦龙把黄四毛扶了起来，"四毛哥，你这院子铺得平展展的真不错哩！"

"惭愧，惭愧！丢人，丢人！"

"美丽乡村建设工程就是为咱老百姓造福的，从今天起，你就是咱村铺院的工程师。你指挥大家，监督大家把咱村所有人家的院子铺好，你看行不看。"

"行！"啪的一个立正，黄四毛行了一个军礼。赵梦龙这才想起，黄四毛是个退伍军人。

村里人一早听说赵梦龙领了包工头李仨要整治黄四毛，所以黄四毛的院子早被看热闹的村民围了个水泄不通，听说美丽乡村建设工程要为大家铺院子，而且要铺成黄四毛那样的且要让黄四毛监工，大家都纷纷叫好。

刘老五看到这种情景，便悄悄退出，去向刘计毛汇报了。

这时，有人拨开人群，拄着双拐走进院来。大家一看正是宣传部部长赵楠。赵楠苍白的脸上呈现着动人的笑靥，她站在院中间高声说道："乡亲们，美丽乡村建设工程是为咱老百姓办实事，办好事的工程。大家一定要行动起来，出工出力，尽快把咱玛勒沁村建成美丽的家园！"

话音未落，四周一片掌声。

于是，大家各自回家，拿工具的，开四轮车的，全民动员，参与劳动。赵楠带来了本旗的画家、书法家，一面面文化墙美观精彩，只见墙面上写道：

民是父，干是子，父子同心没有办不到的事！

九

当玉米地开始泛黄的时候，省委包书记带领各旗县领导来到了玛勒沁村。小广场上，人头攒动，包书记的发言简短而有力，他说：“玛勒沁村的美丽乡村建设工程建得最好，最彻底。它从根本上解决了人民群众的居住环境，你们各旗县的领导服不服？”

随从的各位领导都纷纷点头认可。

这时，张栽根老人挤进人群，激动地拉住包书记的手说道：“我们的村庄该美丽的全美丽了，我们老人有低保有救济。我们想到的政府都给办了，我们没想到的政府也给办了，政府比儿女都孝敬。这样的好政策我还想多活几年，我向天再借 30 年，书记你说行不行？”

包书记握着老人的手说：“行！”

噼噼啪啪，不知是谁从家里拿出了鞭炮，热烈地响了起来。赵梦龙和他的舞蹈队放起了音乐，跳起了舞蹈，那舞蹈的名称叫《春满家园》。

举步维艰

一

这是一个养奶牛养的发了疯的历史时期。

一头笨乳牛，只要染上黑白花的毛色，就能卖上牛气冲天的好价钱。

“发展奶牛业，这是我们富民强县的重大战略目标！”广播电视也为此吼破了天。

二

呼哧——呼哧——

呼哧——呼哧——

四喇嘛手中的摇把转得飞快，四轮车的柴油发动机与他同时喘气。喘过多时，发动机却仍未点火爆发。烟囱里冒了股白烟，不见半点动静。

四喇嘛咳喘了起来，鼻涕眼泪沾了一脸，气狠狠地将摇把摔在地上，冲着院脚的露天厕所喊道：

“蹲在那里没完没了了？！”

厕所那里同时站起两个人来，墙里是老婆白凤英，墙外是本村的赖皮光棍赖宝龙。赖宝龙手里举着五角的纸币，嬉皮笑脸地说：

“我捡到了五角钱！”

捡钱？哼！谁不知道你专爱眊女人厕所的毛病？四喇嘛眼瞅着老婆白秀英一边系腰带，一边腾出手来隔墙劈手夺过五角钱归为己有。他正待发作，但转念一想：赖宝龙虽然眊了自己老婆的厕所，眊已经眊了，也奈何他不得。也怪自己平日里太忙，顾不上堵厕所的破洞，才给了赖宝龙偷眊厕所的机会。现在老婆白凤英经血正旺，让她帮自己摇四轮车摇把也确实力不从心。于是，四喇嘛便换了脸色，冲着赖宝龙喊道，“宝龙，跟四哥发动一下四轮车！”

赖宝龙精着呢，他知道四喇嘛识破了自己旺厕所的行为，巴不得找个台阶下，见四喇嘛喊他帮忙，便向白凤英使了个鬼脸，屁颠屁颠地奔向四喇嘛。二人合力，四轮车突突突地响了起来。

出了村，渐宽的柏油马路驮着四喇嘛的四轮车向前奔去。

天气已经泛凉，但四喇嘛并不觉得冷，仍然敞开了胸襟，忘记了赖宝龙给他带来的不快。四轮车的烟囱已破，声音啪啪啪地乱响。四喇嘛却不觉得难受，扯开嗓子唱了起来：

碾了糜子收罢秋，
眊妹妹来到西包头。
……

“又想老相好了？”白凤英坐在四喇嘛侧面，细长的食指狠狠地戳在四喇嘛的太阳穴上。

“你来了身上的我就想，正想的心慌了，你的例假完了，我也就不想了。”

“臭男人，贱骨头，欠揍！”白凤英要虐待四喇嘛的耳朵。

“哎，停车！停车！”车前突然出现了身穿灰色制服，头戴大檐帽的人，四喇嘛和白秀英同时吓了一跳。

“交工商费没有？”

“工商费？”四喇嘛莫名其妙。

“工商运输管理费”。另一位大檐帽补充道。

“……”四喇嘛马上矮了半截。

“交吧，一百八十元。”说话的同时，大檐帽已将单据撕下一张，递在四喇嘛面前。

“要钱没有，要命一条！”白凤英从四轮车上跳了下来，右臂将四喇嘛划拉到一边，一张充血的脸出现在了大檐帽面前。

四喇嘛见白秀英要犯傻，怕将事情闹大，耽误了拉草。他忙将钱递给了大檐帽，拉起老婆便走。白凤英狠狠地喊道：“拿钱买烧纸吧，全家好好受用吧！”

四轮车继续向前行驶，白凤英的怒气拔动着鬓角的经络啵啵作响。四喇嘛安慰白凤英道："你别因为一百八十元钱生气了。这几年国家政策好了，农业税免了，种地还有一些补贴。你犯不上跟这几个人生气，花了钱免了灾，更何况咱们养了十几头奶牛，光去南平川拉草就得十来天，该交的钱不交行吗？算了算了，别气了，气出病来更不划算。"

话是开心的钥匙，经四喇嘛这么一说，白凤英不再生气。然而，刚过一里路，穿绿色制服的几位又堵住了四喇嘛的去路，路侧的面包车车头上书写了几个大字，"农机监察"。有几位开农用车的司机不停地围着绿制服转。

"老姑，你干啥去呀？"一位年轻的绿制服首先和白秀英搭话。

"你是？"

"我是二宝，里堡圪蛋村李拴狗的二儿子。"

"哎呀，原来是二宝，老姑眼拙的连二宝都认不出来了。二宝，你可长出息了，都是国家的人了。你们这是什么单位的人了，是不是收税的？"

"老姑，我们单位是农机管理局，是专门稽查驾驶证和行车本的，无驾驶证和行车本的我们就会把车扣回，待交足了驾驶证和行车本的办证费用以及罚款的钱，我们才能让车放行。"

"孩子，那老姑的车咋办？老姑只拉十天草，办那么多本本又不是能回家煮地吃？"

"老姑,您别着急,我这里给你开上三十元的罚款,上面签上我的名字。如果我们单位别的小组拦您，您就说我是您的老侄，他们就会放您过去。"

听了二宝的话，四喇嘛夫妻十分高兴，也过足了朝里有人好办事的瘾。夫妻二人正要发车告辞，二宝再次叮嘱："老姑夫、老姑，路上多向迎头车辆打听，问人家前面有没有拦车的。若有拦车的能绕则绕，不能绕就给上人家三十、五十元钱，多说好话，多陪笑脸，不要向人家要收据。过了这十几天的买草期也就算了事了，切不可和人家争执。"

四喇嘛一一记下，万分感激二宝这么懂事的亲戚小辈，一路上绕路躲过了运管费和车船税两个单位的堵截，眼看离拉草目的地南平川的老道营子不远了，一辆吉普车拦住了他们的去路。车门骤开，走下三个红领章绿制服的人来。

"交养路费没有？"问话的人白净的脸上没有一点表情。

"没有。"四喇嘛的双腿已经发抖了，回话的声音不知是怎样从嘴里抖漏出来的。

"交一千元养路费！"

“这……”四喇嘛像是掉进了冰窖。

“交不交，不交就扣车了！”

“兄弟。我没那么多的钱，我只拉十天草，给你们五十元抽烟吧。”

“不行，今年我们任务重，要求严格，你们要配合我们的工作。”

“兄弟给一百元行不……”

“不行，一千元一分不能少。来，虎豆，往回开车。”

绿制服、红领章的虎豆跳上四轮车就要开车。白凤英急了，拉住虎豆的手臂不放。虎豆将手臂一甩，白凤英就被甩坐在地上。虎豆乘机启动四轮车，四轮车很快就被虎豆开走了。

四喇嘛和白凤英只好坐上交通征费所的吉普车，被拉回了县府所在地玛勒沁镇。

灵山县玛勒沁镇依山傍水，是一个钟灵毓秀的好地方，是县府所在地。国道穿城而过，交通便利。镇西是小额征费所，镇东是大额征费所，凡农用车类的交通稽查征费工作属小额征费所管。在征费所大楼前，聚集了三十多名被扣车车主，这些人大多是秋冬季节储草的养牛户。这些人不停地嚷嚷，焦急和不满的气氛撞击着征稽所大楼的每一扇门窗和每一块玻璃。

“我们村村长说县里有指示，储草季节不拦拉草车。”

“哼，不拦咱们的车，他们吃西北风去？”

“阎王不嫌鬼瘦，咱们身上除了牛粪味有几两骨髓。”

“给了国家咱们心甘情愿，只怕是下了他们的二柜。”

“……”

四喇嘛将脑袋扎在裤裆里，和白凤英坐在花池边，长吁短叹没有一点办法。

“听说赖宝龙的姑舅哥在这里是个官，要不咱回村去求赖宝龙吧。”白凤英说。

“天塌大家死，怕个球！”四喇嘛一听赖宝龙的名字就像看到了赖宝龙那双淫邪的眼睛，火气在天灵盖上蹦蹦乱撞。

“毕竟乡里乡亲，没准赖宝龙能帮这个忙。”

“帮个球，好人家谁请他帮忙！”四喇嘛话里有话。

“好，你四喇嘛有骨气，还作贱你的老婆，你，你的良心让狗吃了。”两行清泪从白凤英眼里流了出来，四喇嘛马上乱了阵脚。

嘎吱！一辆三菱车停在了四喇嘛夫妻跟前，车上走下一位干部模样的人来。四喇嘛见那人长得面熟，刚要起身搭话，那人已握住了他粗笨的大手。

“四哥，跟嫂子一起来这儿干啥呢？”

“哎呀，想起来了，原来是张局长。凤英，这下好了，遇上张局长啦。”四喇嘛马上解开了眉头上的疙瘩，高兴地拉着张局长的手问这问那。

张局长名叫张耀庭，是灵山县民政局局长。今年春季县委县政府新领导班子上任后第一件事就是开展了全县“干部十进村”活动。张耀庭是四喇嘛所在村灵山县码勒沁镇板升村下乡工作队队长。张局长下乡进村后为村里办了许多好事，为村里打了机电井，修建了村委会，重建了乡村小学校。所有板升村的村民都对张局长交口称赞。前几年闹“非典”，张局长就下乡来到板升村，并住在四喇嘛家的西屋里，带领全村村民抗击“非典”。所以，张局长与四喇嘛一家有着特殊的感情。今天，张局长本来是来交通局找交通局局长办事的，不曾想遇到了四喇嘛夫妻。

张耀庭听了四喇嘛夫妻的叙述，便领着四喇嘛和白凤英走进了县交通局局长何志武的办公室，

何局长热情地请他们到沙发上就坐，并亲自沏茶递烟。四喇嘛和白凤英的手脚都不知摆放在哪好了。

“何局长，县委书记到省委开会前，我曾向他反映过我县农民储草季节的运输问题。李书记当场敲定要让我县各相关部门支持农民秋收储草，农民车辆一律放行，但今日所见农民的农用车又没法行动了。”张耀庭不藏不掖，直截了当。

何志武苦笑着摊开了双手对张耀庭说：“张局长有所不知，每年县政府都有这样的通知，也没有正式请我们相关单位召开相关会议，只不过是走走过场而已。各相关单位该拦照拦，该收照收。我们工作任务完成的好坏，首先看的是硬指标。钱，这玩艺儿能肯定你的工作能力。年终考核的时候，你的任务完成不了，那就说啥也不顶用了。”

“这么说，农民秋收储草季节就是你们的创收季节了？”张耀庭道。

何志武说：“最初，我们也接到了县政府办的电话通知，前几天我们也没有上路查农民的车，但发现有的单位照查不误，我们也就行动了。

“这是胡来，从秋收割玉米秸秆，到土地上冻前翻耕茬子地，农民拼死拼活地干，可利用的时间本来就很短。县北的养牛户如果在这个时候拉不走田里的秸秆，南平川的农民为了不耽误上冻前翻耕茬子地，势必要将玉米秸秆放火焚烧。那样的话，县北的养牛户就会来不及拉走田里的秸秆，

全年的饲草问题也就难以解决了。这样的结果，我想何局长也是不愿意看到的！”张耀庭显然有些激动。

何志武将一支烟递给张耀庭，自己点燃一支慢慢地抽着，沉吟片刻，开口道：“我也不是不知道其中的利害关系，但是，就我们交通局不查养路费又有什么用。我们的任务重，我肩上的担子不轻哪。县里到处都在搞建设，新农村建设又叫得很响，到处都在用钱。我这里拿不出钱，怎么向县里交差。我们是从老百姓牙缝里剔肉的单位，怎比你们民政局好办事？你们吃的官饭，放的死骆驼，每年都有国家的拨款进库。而我们呢？难哪！我们是孙悟空头上的紧箍咒，领导念的经越多，我们的头就越成了亚腰葫芦。这样吧，我打个电话，让这位大哥开车回家，我保证我们的人不再拦他的车。”

“不必了！”张耀庭伸手拉住正要起身感谢何局长的四喇嘛说，“咱们走！”

走出交通局，张局长带着四喇嘛夫妻驱车前往县委县政府，路过工商局。张耀庭忽然想起会会工商局局长赵诚，看看赵诚对这件事所持的态度。进了工商局办公楼，刚上二楼，就听见赵局长的办公室里有争执的声音。张耀庭携四喇嘛和白秀英推门进去，发现县人大的高主任与赵诚局长已争得面红耳赤。高主任拍着桌子对赵诚局长说“你……你要替县北四万多养殖户负责！”

赵诚也针锋相对，“莫说是你是人大代表，就是全国人大代表我也不怕你！”

张耀庭马上明白了怎么回事，连招呼都不打，扭头下楼，领着四喇嘛夫妻，很快地驱车驶向县委县政府大楼。

三

县委县政府大楼前聚集了五十多位农民，一个个沮丧且激动。县信访局局长，张耀庭的老同学刘文正正在努力劝阻这些农民。

“我们要见李书记，我们要见周县长！”

“信访办不顶事，信访办是和事佬！”

……

农民们的情绪一度失控。

张耀庭看看老同学异常狼狈的样子，急忙问道：“怎么回事？”

“哎，真麻烦，这些养牛户养牛时间长了，都染上了牛脾气，聚众集体上访告状，都五六天了。弄得我焦头烂额也说服不了他们，谁做了我这劳什子的苦差事都麻烦……”

说话间，那些农民已趁机向大楼的门厅涌入，刘文正马上乱了阵脚。张耀庭大踏步走上前去，大声道：“农民弟兄们，你们的事我都了解。大家派两个代表，我带你们去见县长！”

农民们果然不再向里冲击，站在那里听张耀庭说话。

刘文正慌忙拉住张耀庭的手说：“哎呀我的老同学，你这是干啥呀？你这是煽动刁民集结上访，你应该知道你这样做的后果！”

“后果咋啦，此事再不解决，我们就是对老百姓犯罪！”

“我是信访局长，此时应由我来管，要管此事你必须通过我！”刘文正急了。

“走，找县长去！”张耀庭不再理会刘文正，领着两名养牛户代表直奔三楼县长办公室。

县长正在政府六楼会议室开会，直到玛勒沁镇华灯初上的时候才结束会议，走向了自己的办公室。张耀庭带领两位农民早已等在了办公室门口，周县长面带笑容地对张耀庭说，“张局，难得你这么晚了还在这里等我，来，来，来，进屋，进屋。”走进办公室，周县长首先给两位农民沏茶倒水。

“周县长，县北的奶牛养殖户至今因有关部门上路拦车而无法到县南拉草。现在节令不饶人，南平川的农民很快就要在封冻前翻耕茬子地了，大量的玉米秸秆很快要付之一炬。如果县北的奶农储存不到足够的玉米秸秆做饲草，其后果可不堪设想啊！”张耀庭免去了寒暄和客套，开门见山地说，“这些农民在政府大楼前已上访五六天了，但至今没有结果。”

周县长并没有回答张耀庭提出的问题，拿起电话通知县办公室雒主任与信访局局长刘文正到县长办公室。

周县长道“李书记到省委开会，临行前专门叮嘱我安排好我县农民的储草问题。雒主任，我吩咐你通知各相关单位放行农民拉草的农用车，直到现在，农民的车还上不了路，这是怎么回事？”

雒主任说：“按照您的吩咐，我亲自给各相关部门打了电话，不知道怎么回事，他们竟然没有按政府的指示办。”周县长说：“没有下红头文件？”雒主任说：“没有，往年都是电话通知的。”

周县长站起身来，给两位农民续上开水，意味深长地说："老农民不容易呀，就是我们这些公务员同志们在打他们的饭碗呢！刘局长，农民都来县政府告了五六天状了，怎么我今天才知道。你把县政府的门槛抬得未免太高了吧？"

"这，周县长，我看您忙的连休息时间都没有，我怎么能让这些村里头的小事来麻烦您呢？"

啪！周县长的手重重的拍在了办公桌上，"我的刘局长，刘文正同志，好一个村里头的小事。咱们经常说农民之事无小事，你却把这事看得这么轻。你可知道，我县是奶业大县。县北的奶农土地少，全靠养奶牛发展生产。还有一万三千二百四十二人是山里的退耕还林移民，他们失去了土地，全靠养牛为业。南平川以玉米种植为主，入冬上冻前必须翻耕茬子地，以备冬灌地保墒。玉米秸秆拉不出去，农户怕误农时，势必将九十四万亩玉米秸秆付之一炬，四万七千头奶牛的全年饲草问题不是你我说解决就能解决的问题。刘文正同志啊，你也是农民出身的干部，我们做工作的时候，怎么就不为农民多想一想呢？他们天天从村里走上三五十里路来上访，忍饥挨饿，难道就是专门与你我过不去吗？"

刘文正的额角出现了密密麻麻的汗珠。

周县长从衣袋里掏出一个小瓶，将几片西药放入口中，用白开水送服，办公室内一片寂静。周县长望着充满夜色的窗户道："雒主任，想办法通知交通局、交警大队、农机局、运管所、工商局、地税局、宣传部、电视台及各乡镇领导明天早八点到六楼会议室开会。另外，安排这些上访的群众到月明楼，我请他们吃顿晚饭。"

张耀庭起身告辞。周县长拍了拍张耀庭的肩膀说，"你和我陪农民兄弟吃饭。"

四

第二天早八点，县六楼会议室召开了灵山县有史以来第一次为解决农民储草问题而召开的特别会议，县委李书记刚从省委回来并马上出席会议。会后，各有关单位领导在县委县政府领导的带领下，专门视察了南平川秋收后的玉米大田。然而，玉米大田早已燃起了熊熊大火，滚滚的浓烟吞噬了道路，吞噬了太阳，也吞噬了坐在农用车上准备拉草的奶农们的心。

变　驴

第一回　孩儿王初露端倪　黄埔生匹马渡江

一九〇〇年（光绪二十六年）義和团失败，大清割地偿款，洋人於萨拉齐县府萨拉齐镇大兴教堂。教堂牧师瑞典人鄂必格为培养虔诚的信徒，专设孤儿院，收养各村遗弃婴儿，将这些孩子皆以鄂为姓。

本县沙尔沁村，有一户贫困农民郭二老毛，女人生一男孩，因家境贫困将孩子忍痛弃送孤儿院。他们与鄂牧师商定，仍然由生母哺乳呵护，每月领回抚养费若干。乳母给孩子取了一个血泪淹心的名字——债贫。养期届满，郭氏夫妻痛哭着将孩子送回孤儿院。鄂牧师给他取名叫作鄂友三。

鄂友三聪明伶俐，上学后学习成绩总是名列前茅，但因其胆大好斗，给鄂牧师添了不少麻烦。每逢暑假放牧，友三总是立于牛背，向手持刀矛棍棒的同伴发号誓令，所以众人称他为“孩儿王”。进入高小，鄂友三成绩仍然名列第一名，但此时已武斗成性，因打伤对方而常受鄂牧师的揍。

一九二七年（民国十六年），鄂友三高小毕业，考入綏远第一中学（现呼和浩特市八中校址）初中第十七班，一九三0年录取於该校高中班，在校时文化、体育、书法、音乐样样优秀。他因与城北驻防部队士兵打过两次架，被同学们誉为“九峰山的硬柳棒”。

一九三四年，鄂友三考取了黄埔军校，成为该校第九期学生。因其善骑好斗，运动基础好，所以各项训练成绩突出，尤其善骑射，凡马上倒立，镫里藏身，横躺顺卧无不精彩自如。当时，内蒙古达尔罕旗王爷献给蒋介石八十匹俊马，蒋委员长拨给骑科学生养驯。其中，两匹红鬃烈马习性粗暴，不服调驯，学生们便将体格大的称为“大土匪”，稍小的称“二土匪”，谁也不敢接近它们。

生性执拗的鄂友三识得其为宝马良驹，于是知难而上，执意要驯好“二匪”，再三请示方得应允。他和“大土匪”从培养感情入手，进料饮刷无不细致入微。过了一段时间，“大土匪”终于以嘴鼻拱摩鄂友三的身体以示友好，且逐渐听任於他的摆布，但待为它备鞍鞴的时候，“大土匪”仍是“士可杀不可辱”的态度。鄂友三仍然不泄气，更与“大土匪”朝夕相处，日刷夜牧，经过不厌其烦地感召，“大土匪”终於让友三骑在了它的马背上。

一天，骑科学生在教官的带领下全队人马野外训练策马归来。鄂友三发现自己右小腿战带松开了，便踢开蹬把腿放在鞍桥上重新裹扎。不期冷风吹来，带子在手上乱舞起来。未等友三收起带子，“大土匪”骤然惊急，突然奋鬃扬蹄，如飞狂奔。鄂友三一个趔趄摔下马来，左脚却套在蹬里。友三暗叫不好，惊慌中他左手紧握嚼环，右手着地。随着马蹄的起落，他的身体如风中纸鸢，一起一落跟着飞跑，同行的德国教练、中国教官与同学们都惊呆于马上却无法救助。据先例，凡套蹬骑士生还者甚少，所以俱各惋惜鄂友三将因此而丧命。大约跑了四五百米的时候，迎面驰来一辆黑色小轿车。“大土匪”猛然发现前面受阻，急竖双耳停蹄一愣，友三在此瞬间趁机飞身上马。“大土匪”一声长啸腾然竖立，转身落荒狂奔。众人见友三已跃上马背，皆黯然庆幸，为他舒了一口气。

友三平日对自己驯好的战马倍加疼爱，从不在它们身上发脾气。今日已是怒发冲冠，恶气难遏，所以他不停地猛击马的三叉骨，让其奋力奔驰。“大土匪”奋鬃扬蹄，马尾直成一线，风驰电掣般地飞奔。林木在身旁急闪而过，风声在耳边不住鸣响，友三的脸在夕阳的照射下也倍显阴毒恐怖。突然，前面大江横路，晚霞映照江面如血，一个个旋涡滚动起伏，令人目眩。友三不管江水湍急，纵马下水，策马游向彼岸，“大土匪”不愧为野性烈马，江水中亦毫不逊色，快速地游上了北岸。上岸后，友三也不让其休息片刻。“大土匪”鼻孔圆张，喘着粗气，再次游入江中，渡江返回南岸。

回到军校，友三已全身湿透，右手更是血肉模糊，露出了掌骨，校医立即为他治疗。从此军校的很多人都称他为匹马渡江的英雄。

在军校的各项训练中，友三的成绩总是引人注目。在一次单杠比赛中，友三居然打了四十个“车轮子”（旋转），且姿式舒展，轮圈规范，一时声明鹊噪，轰动军校。当时军校教育长官张治中将军非常高兴，奖他一枚高档的银牌。

第二回 多谋略结交韩伍 鼓士气甘做马佚

一九三九年（民国二十八年）六月的一天，鄂友三毕业于黄埔军校骑科。被留校当区队长的鄂友三，胸怀报国大志，回到了土默特。

鄂友三头罩白色羊肚毛巾，身穿深蓝色短打便衣，脚蹬白袜黑布鞋，口操莎县方言，手提一根带杈的木棒，走进了驻武川县某村的绥远民众抗日自卫军四路某连连部。连长上下打量这位不速之客。只见来人赤红的脸膛，黄褐色的头发，三角形的眼皮，淡黄色的眼球，高额直鼻，嘴角无髭，下颏微尖，身高一米八零，进门来脚音甚重。他大剌剌地坐在了炕沿上，双手自然地提了提袖口。连部的连长见来者仪态独特，气势夺人，顿时警觉起来，怀疑他又是日本军警派来的便衣，脑际顿时闪现出要处死他的念头。因为日常经验告诉此连长，只有当了汉奸之类的人才有此穿着的，正派的老百姓是穿不起如此好的衣服的。

鄂友三察颜观色，思维异常敏捷，知道队长要对他动手，于是主动说明自己的来历：

“潘秀仁，于存灏副总指挥让参谋长王有功物色指挥人才。经黄埔四期学生归绥人李正材致函，要我回归家乡打游击，故要见于存灏总指挥一面，烦老兄代为引见。”连长狐疑了半天，见来人不像说谎，便道：“自己去吧，于指挥住在贾家野马兔村里。”

鄂友三来到指挥部门口，说明来意，哨兵既不通报，也不让鄂友三进入。鄂有三本是刚烈之人，执意要进入，哨兵忙以枪刺对准了鄂友三。鄂友三右手持棒，疾出左手顺势趋步向前。未等哨兵明白鄂友三的动作来势，只觉得左手腕处骤然麻痛，步枪已在鄂友三的手中。

哨兵正要吼叫示警，指挥部里走出一个人来，此人见哨兵的枪械已被人缴获在手，迅速掏出手枪，子弹同时上膛。此人趋步上前，准备迎战对手，当他看清对手后，突然哈哈大笑起来：“老同学，哪阵风儿把你吹来了？难得一见，幸会！幸会！”此人之言让鄂友三倍感诧异，定睛看时，依稀认出原来是绥远一中上学时的同学马志武（解放后任内蒙古人民政府参事）。二人多年后在此邂逅，俱各感慨良多，诉说分手后各自的遭遇。王志武现任自卫军指挥部政工科长，听罢鄂友三的来意之后，便引荐他见到了于存灏司令，而后安排他在指挥部食宿。

于存灏初会鄂友三并不把他看在眼里，鄂友三向于存灏陈述了抗日战争中如何在山区开展游击战和反扫荡等策略，以及对国际形势的分析和开展持久战的预见，于存灏不以为然。

于存灏虽不把鄂友三当鸡筋，但也并不把他认为是栋檩大材，只因自己是一介书生，不懂军事，且又身染烟瘾懒得行动，故借鄂友三这块金色的中央军校毕业的牌子，作为替自己要刀弄枪的保镖、打手来使用。可鄂友三明知于存灏用意，却不以为然，心中自有主张。

鄂友三甫到大青山，正值各村大烟开刀季节。日伪防共第二师师长韩伍和团长毕占海四处进犯，更不把自卫军放在眼里。鄂友三协助于存灏部队多次出击，并屡屡获胜。由于鄂友三足智多谋，作战勇敢，赢得了官兵们的赞同。按编制，前指司令部参谋长一职，尚虚位待贤，于存灏电请上峰任命鄂友三为司令部参谋长。

鄂友三就任参谋长后第一件事就是找韩伍谈谈。

驻扎在察素齐一带的伪防共二师是一支大部由蒙古族士兵组成的部队。师长韩伍系土旗蒙古人，曾跟随雲继先参加过百灵庙起义，颇有爱国之心。在国民党军溃退时，他拉起一支武装。綏远沦陷后，在蒙奸的欺骗拉拢下，他被日本人收编。但无情的事实很快使韩伍认清了日寇假亲善真侵略的凶恶面目。因此，他一直与于存灏部的第三路暗通信息，关系甚密。后因伪团长毕占海毕二棒将于存灏部郭玉林团的刘子林连四十多人诱歼于哈素村，从此关系破裂，寻仇衅斗不止，大大地制约了第三路官兵在土默川的活动。鄂友三为了恢复以前的局面，手提木棒，身着对襟棉袄，头戴皮棉帽，只身来见韩伍。

是日晚，鄂友三来到韩伍门前，门首高悬两盏气死风的大灯笼，两名壮汉抱臂坦胸立于门侧，天井当院，大门洞开。三十名士兵高矮有致，明晃晃的枪刺架成了一个封闭的通道。房檐下，东西两棵大树上分别挂着两盏马灯。两盏马灯下一边是烧开了的油锅，一边是着旺了的放着烙铁的火盆。正房的石阶下，韩伍居中坐在八仙桌后的太师椅上，手把茶盅，冷冷地望着从外面走进来的鄂友三。毕占海的脑袋剃得鋥明瓦亮，右手按在腰间的枪套上，像没有看到鄂友三似的，在韩伍右侧不停地来回走动。

鄂友三并没有停止脚步，昂首挺胸地走向架起的枪刺，所到之处，士兵皆急忙收回了武器。待最后一杆枪刺收起的同时，毕占海骤然转身，“啪”的一声，手中的自来敌已经开火。与此同时，鄂友三狐皮帽上的双耳因断带而遮在了鄂友三的脸上。

突然的枪响惊呆了站立两排的士兵，鄂友三右手木棒疾出，轻点身边左侧士兵持枪右手的母指，“哎呦”一声，未等士兵醒过味来，长枪已落在鄂友三的手中。鄂友三左手单手持长枪扣动扳机，啪！啪！两枪响过，只见东边大榆树上的马灯一边掉落，一边被打得粉碎。灯火掉入油锅，油锅骤然扑起了火柱，将大院照得一片通明。枪声响过，长枪随手抛出，枪带已套在了士兵的脖子上。这一连串的动作，仅在分秒之间。韩伍看罢瞪大了双眼，在火光的映照下，白皙的面皮上肌肉颤动了几下。毕占海不由地暗暗赞叹鄂友三好枪法，但又不满鄂友三既是来客却又如此猖妄，“绑了”，毕占海一声令下，士兵一拥而上，将鄂友三五花大绑地捆了起来。

“哈！哈！哈！”鄂友三不禁昂首大笑。

“鄂友三！你笑甚了？”韩伍不禁问道。

“王潘伍（韩伍别名）可惜你堂堂百灵义士，虚有其名，外受日倭铃木佐吉使唤，内受伪警刘建华统辖，虽是七尺男儿又与三国吕奉先有什么两样？这难道不值得可笑吗？今日我鄂友三来此拜会，本是慕王潘伍大名而来以商大计，不料王潘伍鼠肚鸡肠，不能容人。我更笑我有眼无珠，不能识人……

“啪！”韩伍手拍八仙桌，霍然站立起来。韩伍平日总以身在曹营心在汉的关云长自比，今日鄂友三却以人称三姓家奴的吕布来形容他，他岂有不怒之理。他手指鄂友三道：“有道是人往高处走，水往低处流。你身为黄埔学生，不在中央寻求更大的发展，却回乡投什么自卫军，可见没有什么雄心大志，多会儿成其气候？”言外之意，你鄂友三没有跟我谈论天下大事的资格。

鄂友三嘿嘿冷笑道：“燕雀安知鸿鹄之志，攀龙附凤去西部寻求高就又能怎样，打日本还得一枪一枪地来。昔日刘备若不犯事守在献帝身边当皇叔，又何以能鱼游大海，虎入深山，有日后的作为。我鄂友三虽没有多大的能耐，但我懂得要想赶走小日本，就得刀兵相见，让其不得安生，躲在安全地方指手画脚多会儿也成不了大器。”

“说得好，是个汉子！”毕占海是个一条肠子的人，在与于存灏部的九次交锋中，早就领教过鄂友三的能耐，今日列阵一试，更觉鄂友三非一般人可比。于是毕占海从八仙桌上端起两个酒碗，晃动光头来到鄂友三面前，将两碗一碰，道：“来喝了这一碗”，遂将一碗酒倒入鄂友三口中，鄂友三畅然而饮，毕占海亦大口将酒喝尽。

韩伍站起身形，来到鄂友三身边，说道：“友三，你的作为上符天心下合民意，今日才让我了解了你的为人，原谅我以江湖礼节待你。”遂亲手解开了鄂友三身上的绳索。令士兵添酒布菜，邀鄂友三入座。

于是，韩伍与鄂友三惺惺相惜，恳谈国事，大有相见恨晚之感慨。韩伍留鄂友三同炕而眠，住了两宿，不仅尽弃前嫌，而且还与韩伍、毕占海磕头结拜，成为生死兄弟。此后，自卫军与伪二师关系融洽胜过当初，毕占海还经常在人前炫耀：“我三弟鄂友三曾匹马渡江……”

鄂友三虽任参谋长之职，仍同来时一般没有架子，他经常深入连队了解情况或指导工作。官兵们一见他就围上来问这问那。他更是海阔天空逗笑取乐，并常常用这种方法达到自己的目的。

冬季，司令部的战马膘情很好。马伕们很是奇怪，私下里议论：“究竟院子里有大仙爷还是孤精鬼怪替咱们添草喂料呢？”于是商定轮替坐夜，要悄悄看个明白，好在终于看清了原委，原来是参谋长代替他们代劳哩。次日一早，马伕们不好意思地向鄂友三致歉，他却说：“还是我添夜草吧，马不吃夜草不肥，你们饮好水就行。”从此，参谋长喂马的事成为流传于部队的佳话。

一九三八年九月一日，八路军綏蒙游击队在李井泉诸领导的率领下，从偏关出发，通过日伪封锁线，挺进了大青山，与綏远民众抗日自卫军于存灏部第三路毗邻相处。在共产党统战政策的光辉照耀下，互相关系融洽，无门户之嫌，形成了合作对敌的新格局。李支队艰苦抗日的作风，影响着自卫军三路的官兵。于存灏、李正才等人很受启发，也想效仿李支队加强政训工作，为了改变官兵的不良作风，整顿军纪，提高战斗力，成立了干部培训班，轮调各路连排长学习。鄂友三主持班事，他请李井泉同志前来授课。有一次讲课的内容题目是《游击战术与政治工作》，由于内容新鲜实际，很受自卫军官兵欢迎。尤其是在拔除敌人建筑，在要隘路口垒堡的并肩作战中，深化了双方战士的感情。于存灏还派王志武到友队复制地图，鄂友三也常到李支队的篮球场与青年战士打篮球。

第三回　反顽斗争鄂氏跳崖　春空兵败屈身牧羊

一九三九年夏，于存灏三路军与李支队因征集粮草问题，引起了划分防区的要求。李支队不同意，双方开始有了摩擦。进入初冬，于存灏奉召到后套向傅作义述职，让副官苗英代理前线司令，仅留鄂友三和主任秘书贾汉卿等主持军务；并把部队驻贾家野马兔的司令部移驻在填口子村，而后又移驻在小火烧村。而三路参谋长王有功也于前几天在士兵的保护下去了河套。此前，李支队发现王有投敌活动，为确保大青山根据地的安全，支队组织了反顽斗争。

一九四〇年二月，（农历正月初六）拂晓，鄂友三因在初五拉了整一天的肚子，此时正与贾汉卿在暖炕上酣睡，突然枪声大作，“缴枪不杀”喊声四起。初疑是窜来的土匪便拧枪下马，正欲抢出家门指挥抵抗，此时一颗子弹已射入他的颈项右侧。贾汉卿慌忙在黑暗中扯破自己的裤子为他裹伤，一颗手榴弹从肩头上落下，却未引爆，愣神间二人一同被闯进来的李支队战士俘获。

鄂友三受到了不被捆绑的优待，由四名战士押解上路。此时天尚未见亮，山路弯弯曲曲，树木影影绰绰，山鸟的叫声阴森可怖，回荡谷间。当押解俘虏的队伍走到一个崖头时，他突然意识到要被处决，俗语云：“狗急跳墙，猫急上树，人急求生。”鄂友三的预感在脑际瞬间闪过的同时，不顾颈项剧疼，突然两臂一张，奋力跳下黑魆魆的山谷。突然的变故是四位士兵万万没有想到的，他们急忙向下打枪，枪声响过，只听见下面有石头滚落沟底的回音，而后再无别的声息。大家估计鄂友三已死于非命，于是准备回支队服命。

再说鄂友三双臂护住头部，滚落于崖下，被一颗小树架住了身子。鄂友三一动不动的躺在那里等到上面再无半点声息，而后慢慢地爬起来，就在此挪动身形的时候，又一种情景让他大惊失色。原来，自己是被架在崖头突出部的一颗小树上，自己已凌空而卧，危在分秒。友三小心地将身体移在安全地方，手扶树身向下观望，下面是万丈深沟，沟底是冰层覆盖，像白带一般向南弯曲飘去，友三倒吸一口凉气：“好险！”

多亏了友三身体好，除了衣服被挂破之外，并未摔伤。他首先考虑到，天亮后李支队必然会来搜山，三十六计，走为上计。于是他急忙逃离此是非之地，不敢有半点怠慢。他越过了大青山，来到了武川境内，找到了四路指挥郭怀翰部，让军医为他做了简单的治疗后，急忙潜入萨县城里的耶稣堂养伤。

当时，正是日本侵略军狂呼“膺征傅作义”，大举进犯河套之际，一直到五原大捷的消息传来，鄂友三乘黄河尚未解冻，踏冰过黄河，走伊盟，蹶转到达陕坝。又闻傅作义已赴重庆述职，于是他也赴重庆疗伤，并探望在大后方的妻子胡惠蓉女士和女儿。在医院里，经医生检查，认为让子弹头驻在颈项里较为安全，开刀反增危险，因而被张治中将军约见后他又返回了陕坝。

反顽斗争很成功，自卫军除第二、五路因驻扎黄河彼岸而不能波及外，三路被击溃，六路被歼、七路遭袭、四路郭怀翰与刘子英由于进河套，但路途又被日伪封锁，只好归附伪同盟军白凤翔白三爷，借水养鱼，于冬季反回到河套，积极整训。傅作义改编郭怀翰部为游击骑兵第四师，任郭为师长，邱明星、鄂友三为副师长。

整训期间，郭怀翰因杂病缠身，不常亲兵，官兵只知有其官而总不见其人。而邱明星乃是一介书生，不黯军旅，平日尽说外行话，官兵们不以其为然。鄂友三年富力强，又是内行，与官兵们朝夕相处，同甘共苦，感情日深，深受拥待。一九四一年初春，骑兵第四师奉命挺进大青山，恢复抗日根据地。当时归绥县开明人士李致芳（又名李士魁，解放后任内蒙古人民政府参事）向郭怀翰等人建议：武川、固阳两县自卫军从来没有党派背景，我愿以随军身份到大青山，找杨植林他们进言，合作抗日，并肩作战，岂不更好……鄂友三插嘴道："咳！就各打各的吧（指打日本），谁能保证不诱稳了又偷袭呢！"于是众皆缄口，马上通知队伍出发。

由于骑兵行军声势大，故而他们绕过固阳境内的日伪大据点，快速行军。当进入武川县境内时，日军发现了他们，遂调集大军对他们围追堵截。他们边走边战，最后被围困在春空山上。骑四师仅有轻武器作战，日军却凭借重武器的优势轮番向他们的阵地狂轰滥炸，以重机枪不断扫射。战场上硝烟弥漫，炮声不断，迫使自卫军的骑兵不好隐蔽还击。激战一整天，自卫军人困马乏，伤亡残重，待坚持到天黑，在鄂友三的组织领导下集中剩余兵力，以局部优势奋死突围。

突围中，鄂友三见郭、赵二人已脱离险境，正欲上马追随。此时，两侧的高地出现了许多鬼子，伊哩哇啦叫喊着向他两面夹击。鄂友三知道自己今日已是凶多吉少，决心以死相拼。突然背后冲上来一队人马，友三调转马头，将手枪紧紧地握在手中，决定以有限的子弹杀伤更多的敌人，只见为首的那人大声喊道："友三兄，从前面跑，我们后面追你。"鄂友三见状，策马向沟的尽头逃去。约摸跑了三里路程，友三与那人并辔停下，下马相认。

那边日本鬼子见伪军去追鄂友三，便径自收兵。

为首的伪军姓吴名茂，系武川县人，原是自卫军的老兵，在第四路当兵，投降伪同盟军后当上了伪连长。他素来对鄂友三有仰慕之心，所以今日用计明追暗放，救了鄂友三的性命。他有心带鄂友三回到了连队，但又怕有所失误，为了安全，就向当地地主推荐，让鄂友三当上了羊倌。鄂友三白天上山放羊，中午派心腹士兵送饭，晚间回连食宿。

在突围过程中，大家又被敌人冲散。突围后，郭怀翰与赵淑普携带电台，潜藏于克连沟，余部或被国民党骑四师石玉山收编为团，或投降了日伪同盟军，或埋藏武器回家种田经商。

这天，一名士兵来给鄂友三送饭，数步之外，便向他举手行军礼："师长，你好！"话尚未说完，鄂友三低声骂道："灰圪泡，你几时见过当兵的给羊倌敬礼？"士兵被骂得莫名其妙，转而会心地笑了。

脱离了部队，耳边没有了马嘶枪响。鄂友三倒觉得浑身不自在，躺在大石头上，望着树缝里的天空，回想起回到北方后的日子，心里像住了子弹头的颈项一样，都在不停地隐隐作疼。

嗵！一声巨响，鄂友三大吃一惊，敏捷地滚落于大青石下，定睛细看，一只兔子栽落在离他不远的地方。友三知道刚才的响声是火枪发出的，必是猎户在打牲，于是他走上前去，拎起兔子一看，不由地赞叹道："好枪法！"

火枪打出的铁砂全部打在了兔子的头部，并不伤兔子的半点皮毛，所以兔皮还可完整地利用，只有一流的枪法才能做到这一点。鄂友三正在赞叹，突然听到脚步声响，接着是一个宏亮的声音："鄂师长，你怎么在这里？"

来人二十多岁年纪，身材健壮结实，浓眉大眼，相貌堂堂。他穿一身伪军服装，斜背一支打猎用的火枪，笑着脸向鄂友三走了过来。

此人自我介绍说他叫张三娃，春空山一战被敌人打散后，投降了伪同盟军，日夜都在思念着自己的部队。今日与鄂友三大难后相见，鄂友三也觉得其很面善，于是倍感亲切，互道失散后的情况。只到日落西山，两人才各自下山。

应鄂友三的委托，张三娃瞅准机会，偷偷地弄来一支手枪，鄂友三再次耐心地教育启发张三娃，要他跟自己打日本。张三娃本是一位爱国热血青年，投日本伪军本是权宜之计，于是二人放弃了牧羊和当伪军的行当，以一支手枪一支火枪在夜间缴了某伪警的两支步枪，开始进行游击活动。那些把武器埋藏后种地经商的旧部，闻讯后很快取出枪弹又聚在了鄂友三身边。同时，鄂友三又派人秘密串连投降了日伪同盟军的官兵们归队。凡陷落于敌占区的群众，都有一颗颗宁当打日本的兵也不做日伪军官的心，所以或三或两，或整班整排地脱离伪军，携枪带马，投奔于鄂友三麾下。鄂友三让收留张三娃的伪军官李存英当了团长，任张三娃为排长，后又升为连长。

鄂友三踣而复起，首先想到的是寻找老师长郭怀翰和参谋长赵淑普的下落。这天夜深，鄂友三带领三百八十余人来到克连沟圪妥儿村村南的野外。这里有一座地下挖了坑，上面用杂草搭成的茅庵。郭赵二人就隐藏在这里，久病不起，半身不遂的郭怀翰看到患难多年的老部下后，不禁鼻子一酸掉下来眼泪，庵里庵外的官兵无不为之而涕下。鄂友三一边安慰郭怀翰，一边架起电台与傅作义沟通了信息。接到傅作义的指示后，众人谈论了今后的打算。经身患伤寒病的赵淑普说合郭怀翰将自己的亲小妹郭老女许给了鄂友三。当晚，郭怀翰被鄂友三转移到了更安全的地方，因只有一副担架，赵淑普暂时留在了茅庵中。

然而，未过多久，赵淑普就被叛徒掳走了。

九天后，部队接到傅作义的电令，游击骑兵第四师番号撤销，该部改编为第八战区副司令长官部骑兵第五纵队。因赵淑普被叛徒掳走，任郭怀翰为纵队司令，邱明星、鄂友三为副司令，张腾云为参谋长。但未过几天，郭怀翰就撒手而逝了。

傅作义先生慧眼识英雄，电令鄂友三升任第五纵队司令。鄂友三坚决辞让，两次复电推荐邱明星继任，愈是辞让，官兵愈是发慌，纷纷向鄂友三劝进，要求他领导大家抗战到底。鄂见舆情所归，不再推辞。于是武川县人纷纷组织起来投奔自卫军，效力于鄂友三麾下，时年为一九四二年秋末冬初。

第四回　鄂毛驴名出有因　荀子臣杀奸授艺（一）

一九四〇年，李支队反顽斗争胜利以后，綏蒙支队越发壮大，引起了日本占领军的极度恐惧。一九四二年，鄂友三东山再起，虽然起初还人数不多，但也使日军芒刺在背，枕席不安。于是日军开展了所谓的强化治安运动，对于前山各山口，都用粗大树木纵横栽绑为隘，封锁交通；在山沟中凡是要冲地带，无不修筑碉堡，建立据点；采取人到哪里，公路就修到哪里，电话就安到哪里，部队就驻到哪里的四就措施。小村并大村，到处放便探，实行三光政策，日军妄图消灭抗日力量。

鄂友三针锋相对，用死里求生的坚定思想，死也不离大青山的决心来武装官兵的头脑。他的部队忽而集零为整，忽而化整为零，活动于山中的沟沟岔岔，与日伪转山头，捉迷藏，南袭北抗，声东击西，一旦瞅准机会，就猛叼一口，打胜后又快速转移，有利就干，没利就跑。当时，鄂部的活动范围仅限于武川县城西北一百多华里的克连沟的董三壕、圪妥儿、花圪台、道拉更、大面沟、胡代窑子、哈拉门洞等村落一带，昼伏夜出，机制灵活。在行军过程中，官兵随身带着布袋，内装莜面、咸盐、辣椒面，走到哪里只要进屋，便马上设立岗哨，白水、盐汤、辣椒、莜面很快吃完，立即拉走。

鄂友三令李存英指挥骑兵在固阳境内打游击，自己率不到一百人的步兵在武川西北活动。在一前晌村，经常支持抗日的开明地主杨广德送给鄂友三一头灰色毛驴用以驮面，解除了他们带干粮的重负。

鄂友三身为司令，这头毛驴很多人都能认得，不论它走在哪里，村民们就知道鄂司令来了。但人们又怕泄密，却在言谈中称鄂毛驴来了，因而鄂友三的恶名“鄂毛驴”由此得名。后因其腐败堕落，好色恶行，有人正好以此作为他的绰号，却不是原来意义上的鄂毛驴了。

此时的鄂友三已是大权在握，红及一时的人物，前进后退生杀予夺，一人说了算，自然有人会阿谀奉承。李存英自从跟了鄂友三后，在鄂友三手里得到了不少好处，出于感激，首次给鄂友三介绍了一个比他年龄还大的女人与鄂姘居。这个女人虽然年纪大了点，却极富风情，土炕上向鄂友三使出了许多鄂友三闻所未闻的手段，使鄂友三倍感销魂难耐。几番翻云覆雨，鄂友三躺在这女人烧得冷热适中的暖炕上，这女人头枕鄂的胸部，温柔绵滑的手摸遍了鄂的身体，让鄂觉得神迷气舒，万般得舒服。鄂友三暗自思忖，原来世上的女人各具情态，娇艳可人，冷艳凝脂，各有千秋，今生不能尽兴简直枉活此生。

从此之后，原本见了姑娘、媳妇都脸红的鄂友三，开始贪色成性，一发不可收拾，不但从无倦怠之感，而且战斗力很强，有时甚至彻夜不衰。连他自己都说：“除了打仗，不论刮风下雨每夜都离不开女人”。由于他经常玩弄女性，就连明媒正娶的侧室郭老女，长得虽是窈窕贤惠，但鄂友三也不把她放在眼里。当时，偶有正派的人规劝他，他却坦然地说：“萝卜咸菜，各有所爱嘛！”后来傅作义占领了张家口，召见鄂友三时也曾批评他道：“友三你不能胡搞了，这样胡搞名声不好，娶一个不行，两个，甚至三个四个，胡搞影响不好啊！”鄂友三直立于傅先生面前，连声应道：“是！是！”可在背后，却以右手拇指掐着指头道：“我烟不抽，酒不喝，钱不赌，就这么点小毛病，傅副长官还批评我！”

当时归绥有云：“人吃饺子马吃料，没有闺女媳妇不睡觉。”用以专门描述鄂友三的行径。其实在那个困难年代，鄂友三是难得吃上饺子的，而后一句倒是真的。

第四回　鄂毛驴名出有因　苟子臣杀奸授艺（二）

鄂友三在没有毛驴前，由于冬季皑皑白雪覆盖着山岭大地。夜间转移时，为了消灭足迹，令官兵们一个跟一个踩着第一个人的脚印行进，他自己提一根木棒在后面押阵。

然而，尽管鄂友三采取各种措施和斗争手段，但因敌人封锁控制严密，汉奸明暗活动频繁，自己孤军无援，经常遭受袭击损伤，鄂友三不得不深虑对策。于是，便想找苟子臣商量，彼此靠拢支援，一致对敌。正在他考虑联络苟子臣的人选的时候，正好有一位武川县人贾凤翔来投奔鄂友三。

苟子臣原是傅作义部一位连长，七七事变前夕，奉命到归绥县的地方团队当教练，人称苟团练。抗日自卫军初建时，任他为第十一团张亮部团副副团长，驻扎在归绥城城西瓦窑圪沁村一带。一九四一年张亮死后，苟子臣继任团长，人称苟团，旋又被改编为直属支队，任司令，仍以瓦窑圪沁一带为根据地，活动于川前山后，常给日伪沉重的打击。在鄂友三任参谋长时，他们就已经互相认识了。

贾凤翔原是第四路十四团副团长，部队瓦解后回家务农，由于不愿无所作为，前来投奔鄂友三。贾凤翔献计道：“我虽然赤手空拳来找你，就是想跟你抗日。你如若信得过我，请让我带些人到旗下营扩充人马，以便和苟子臣取得联系，我知道他还在瓦窑圪沁……”鄂友三经过仔细考虑，给他派了十六名精干士兵，挑了十六支步枪出发了，并商定最迟二十天就可带回好消息。

鄂友三翘首期盼佳音，传来的却是噩耗：苟子臣为了贪图十六支步枪，诱杀了贾凤翔等十七人。鄂友三闻讯后，只气得怒火中烧，暴跳如雷，大骂：

"荀子臣不是人！"并带领部队去找荀子臣算账。

这天，鄂友三与其手下人马来到瓦窑圪沁荀子臣部驻地。鄂友三掏出手枪，向荀子臣司令部院子里的青天白日旗缆绳上就是两枪，旗子徐徐落下。鄂友三举着枪口冒烟的手枪，一边破口大骂，一边随着暴烈的战马在部队前不停地躁动。此时，荀子臣早已探知鄂友三前来寻仇，于是只带一名参谋长，两个卫兵，笑嘻嘻地上前迎接鄂友三："友三兄，别来无恙，哪阵香风把你给吹来了！"

"无恙个求，贾凤翔前来与你联络，为的是共同抗日。你却见利忘义，坏了他们的性命！"

"友三兄息怒，请到司令部一叙。"荀子臣仍然不恼不怒，笑嘻嘻地请鄂友三进入。鄂友三本是一个吃软不吃硬的人，荀子臣这样礼让，倒使他没了主意，于是下马，不管荀子臣仍在抱拳拱手，气呼呼地径直踏入司令部，一屁股坐在了炕沿上。

荀子臣向鄂友三解释道："贾凤翔一事我也觉得有些过份，但当时的情况兄弟确有苦衷。即使友三兄不来，我也准备到你那里奉还枪支，同时向你谢罪。但人是不能再活过来了，枪支现在就可完璧归赵。话又说回来了，也怪他们军纪太坏，而且还想缴我们的械，弟兄们不得已才处死了他们。我知道你重振家业很困难，才把枪支给你保存起来。我这样做也别有苦心，为的是不让他们坏了你的名声。"

鄂友三听了荀子臣的话，沉吟良久，也只无可奈何，只好作罢。于是二人聚两三日，议定了军情大事。

荀子臣问及鄂友三近况，鄂道："形势十分严峻，不隔两天就打仗，有时一天打两次，常常不能在村子里落脚，瞅空进村做饭吃，烟囱一冒烟，敌人便闻风而动。不是伪保安团，就是伪警察队，要么就是伪靖安军或蒙古军，马上就接火，弄得连饭也吃不成，官兵都疲惫不堪。夜间在山沟里休息，有时也被敌人袭击。我们那里有不少汉奸，捉住若是一枪崩，枪声又招来敌人……"鄂友三一口气说了许多实际问题，睁大三角眼，凝视着荀子臣的脸，仿佛要在荀的脸上读出许多妙计来。

荀子臣慢条斯礼地对鄂友三说："子弹宝贵，崩汉奸不合算，留下来打日本人。对汉奸或用大石头砸，或用麻绳勒，或用栽电信杆的办法来处死，其中勒死最省便。"鄂友三道："两人用麻绳勒还省便？"荀子臣道："别着急，光这还不行，还必须把根据地恐怖起来，让坏人掉头，好人抬头，不把坏人收拾尽，好人想靠拢我们也不敢，这是最根本的事。瓦窑圪沁这四五年来始终没有被小日本占领，也没有把我们撵走，就是得益于恐怖手段，只要有陌生人进来，就处死他！根据地的老乡与外界瞎来往也不行。所以好人有安全感，都拥护我……”

鄂友三心有灵犀，一点便通，接着荀子臣又对鄂说：“我们昨晚又捉住一个汉奸，一会儿要勒死他。你们看一看，并派一个兵学学技术。”

鄂友三让张三娃去学，张说：“打仗我不怕，勒人我不敢，眼睛黑豆豆的我下不了手。”鄂又让其他人学，大家都不愿意，但柴俊山突然说：“我学。”

柴俊山平日里总想出头露面，但却无半分建树，更没有舍死立功的勇敢。说到就地杀人，他比谁都残忍。柴俊山看完勒死人的全部操作过程，觉得果然省便：用二尺麻绳打结成圈，双股套在那汉奸的颈项上，再用一个短小的木棍穿进绳缳的两头绞几下，那汉奸因颈项大动脉供血不通，马上倒地，又在他背上猛跺一脚，挣扎几下就断气了。从此，柴俊山学艺成功，再不用冲锋陷阵，当上了鄂友三的御用刽子手，专事杀人。

第五回　恐怖法立竿见影　粉团子芳魂散野

鄂友三与荀子臣分手后，于敌人据点之间绕道穿插，回到了自己的根据地。为了创造恐怖局面，鄂友三马上在各村实施恐怖计划。他在每一个小村子指定一名他认为可靠的老乡，为本村的工作小组长；又把几个村联合为一个大组，派一名他自己信得过的士兵任工作大组长，监管各小组，举报坏人及可疑的本村或外来的人，一经查获，令柴俊山先后一个个勒死。柴也活学活用，干得干净利落。有的组长原来就是伪村长，鄂让其明为村长暗为组长，为自己办事。如果哪个组长被发现有吃里爬外的情况，那只好到柴俊山那里报道了。各村长还兼负传递情报的任务，当时纸张缺乏，没有信纸信封，不论什么纸写上敌情内容，叠成三角形，插上一根鸡毛，就能及时传到鄂的手里。在保密的情况下，鄂友三的驻地只有组长知道。这些组长们素质不同，良莠不齐，假公济私，公报私仇而无端冤死人的，当然也时有发生。

与此同时，鄂友三谍情人员利用各种关系，各种行业，各种身份，潜入武川、固阳等县城里做坐探。当时固阳县伪警务股正在秘密训练着二十名特务，目的是专门潜入鄂友三的根据地搞破坏活动。结果十九人都死在半路或村子里，有的被勒死；有的被栽了电线杆（即头冲下活埋），并在脚上挂一木牌，上书："汉奸下场"四字；还有的被剜出肛门，把直肠拴在树上，两人架着受刑人向前跑，叫作"逗肠子"。这些人在未出城门之前，坐探就把信息准确无误的传给了鄂友三，所以才有此结果。其中只有一个侥幸逃脱，其人自知凶多吉少，出城后就放弃了任务，悄悄地溜往别处了。

从此后，各村有了相对的安宁。群众因少了许多骚扰，也都倾向于鄂友三了。除了伪军出来活动，固阳城再也没有派出特务来。鄂友三的部队也改变了过去的处境，进村吃饭休息也比较安全了。

鄂友三与村子里的一个名叫粉团子的小媳妇相好上了。粉团子长得确实俊俏美丽，楚楚动人，特别是与鄂独处时更是风情万种，媚态撩人。鄂对别的女人都是玩弄取乐，毫无感情可言，唯对粉团子却情有独钟。因此，鄂友三隔三差五地带着部队活动於该村周围，并住在粉团子家。

"哎吆！师长，你咋才来呀？"每逢鄂友三到来，粉团子总是这样嗲声嗲气地迎接出来，鄂友三也总是摸着粉团子粉嘟嘟的脸进入正房。公婆女婿只好藏入东房偷偷窥视，吓得连大气也不敢出，任凭鄂友三胡来。

这天，天刚刚擦黑，户外的一切都还能看得清楚。粉团子走到房后的一块大石头后小便，水声刚刚响过，突然一个身影迅捷地扑到粉团子的身上。粉团子想喊，嘴却被捂得牢牢的。这个人很快地将头上的羊肚毛巾塞入粉团子口中，按着一件件地脱光了粉团子的衣服。此时，粉团子看清了此人的面孔，心中不由一惊，此人是一个多么标致的年轻汉子呀！于是，粉团子任其摆布，不但二目传情，而且还以双手抚摸汉子脱光了的肩膀，搂住汉子喉头高突的颈项。汉子见粉团子非常顺从，与他主动配合，便去了她口中的毛巾，粉团子浪声浪气地笑着对汉子努嘴道："你知道我是谁的人吗，你的脑袋已经别在裤腰带上啦，嘿嘿……"汉子喘着粗气道："人在花下死，做鬼也风流。只要能跟团姐钻一个被窝，我死也值得！"

过了一段时间，二人执手回到了粉团子的住房与粉团子过夜。听着正房里发出的男女淫笑，粉团子的丈夫怒火中烧，手持杀羊刀一脚踹开屋门骂道："狗碰开门了，狼也来了，今天爷杀了你！"然而，未等丈夫发作，那人已用左手握住了丈夫细细的手腕，右手黑洞洞的枪口已顶住了丈夫的胸口。

公婆已随后赶来，看见淫夫全身赤条条地用枪口顶住了自己儿子的胸部，媳妇抱着被子背墙而坐，老太太当即吓得昏死过去，老公爹急忙央求道：“二愣子，苦吃不死人，别管人家了，回东房去。”于是，双方各自放手。父子俩扶着老太太回到东房，此后此人来去自由，粉团子也越发娇艳了。

原来，鄂友三宠爱粉团子的事时间一长，靖安军便知道了底细，于是就派了这位年轻潇洒，风流倜傥的军需官来和粉团子厮混。不出所料，粉团子果是淫荡之妇，与军需官一见钟情，并且恩恩爱爱，打得火热，迷醉于温柔梦里。枕席间，伪军需官从粉团子口里将鄂友三的部队人数、装备、活动规律等情报，尽其所知，套问得清清楚楚，明明白白。

这次鄂友三遭殃了，一次意想不到的伏击，虽然损失不大，但子弹从头上穿过，打掉了帽子，着实让他吃惊不小，最让他吃惊的是：谁能把我们的情况掌握得如此清楚？正在此时，该村的组长向他反映了粉团子的近况，鄂友三听了并未表什么态。

傍晚，西天的晚霞将大青山的沟沟壑壑染得血红一片，鄂友三的队伍又要转移了。鄂友三的大手在空中一挥：“柴俊山！去把粉团子勒死！”

柴俊山奉命去找粉团子，刚走一半路程，转过一个山脚，柴俊山便驻足不走了。此时，粉团子身穿大红小袄，骑着小毛驴满面春风的向他走来。柴俊山问道：“你要去哪里，坐坐再走哇”！粉团子道：“我找师长去呀。”“别找师长去了，你下来吧。”柴俊山一把就将粉团子拉下驴来，油腻腻的麻绳套在了她的粉项上。粉团子还没有明白是怎么回事，柴俊山手中的短棍穿进了绳缳只一绞，粉团子立即翻起了双眼。柴俊山又迅速在她背上狠跺一脚。粉团子红颜命短，香消玉损，很快死于非命。

就在此时，一阵马蹄敲击路面的响声传来。鄂友三骑着战马立在了柴俊山的面前。鄂脸色铁青，看了看躺在地上的粉团子，长叹一声，策马向部队快速追去……

第六回　草芥人命家常饭　弹孔疗伤效关公

鄂友三为民除害，为国除奸，替天行道的事固然不少，草菅人命，任性杀人的事也时而有之，那些被轻杀的冤魂在九泉之下也难以眠目。

鄂友三的大舅子，郭老女的二哥郭老二，面目丑陋，身材矮小，天性懦弱。而其妻却天生丽质，身材秀美，她是被烟鬼父亲卖给郭家做童养媳的，她为郭家生养下一个大胖小子。然而，她却爱上了郭家的一个穷长工并且如胶似漆的过上了夫妻生活。

郭老二看在眼里，气在心里，却又对他们二人无可奈何，自知自己已做了乌龟，却又咽不下这口气。一天，郭老二找到鄂友三向妹夫诉苦，并求鄂道:“我管不了她，你能不能替我出一出这口气？”鄂友三虽沉默不言，但心里已有了打算。

这天，鄂友三来到了郭老二家。

“友三，是哪阵风把你给吹来了！”二嫂急忙烧水沏茶、做莜面热情招待妹夫 。

看着俊俏的嫂子，鄂友三也为她嫁了郭老二而惋惜。只见她朴素的大襟小袄显示着美妙的曲线；一双玲珑小脚秀气可人；八条细且均匀的莜面鱼鱼从白皙纤妙的双手游动而出；前额处，是黑黑的流海；流海下黑黑的眸子顾盼流连；弯弯的双眉酷似新月，长长的睫毛自然弯曲，一闪一闪，不矫柔不造作，自有一番天作的动人。

“红颜薄命啊！”鄂友三心中不禁生出许多的感慨，想到嫂子平日里的许多好处，鄂友三慢慢的熄灭了心中的恶念，决定让嫂子与长工断绝关系而后作罢。

长工领着郭老二的孩子走进屋来。孩子活泼可爱，正是学话的时候。二嫂告诉孩子叫鄂友三姑父，孩子便不停地叫了起来。鄂友三抱了抱孩子，退掉手枪里的子弹，把手枪扔给孩子玩。

二嫂开始抱柴禾蒸莜面。鄂友三看看长工，看看正在忙绿的二嫂，笑着开口道：“咳！你已是有孩子的女人了，世上干什么的都铺的一层，谁也笑话不起谁，但女人总该向着自己的男人才对！”并扭头看了看长工道:“我看你们俩的关系该断了吧！”

“我和他死也要死在一起，他姑父你最好别管这事。”二嫂表态坚决。

“是不是？”鄂友三的黄眼睛里露出了惊异的神色。

“就是！”女人回答得干脆利落。

鄂友三又笑着问长工：“你呢？”长工不敢吱声，鄂又继续追问，长工嗫嗫嚅嚅地答道：“我也……是死……死也要在一起。”

话说到这个份上，大家都不说话了。于是，女人端上了蒸好的莜面，大家很快地把饭吃了。

二嫂收拾罢碗筷之后，鄂友三突然吼道 :“柴俊山！把他俩勒死！”

一言既出，军令如山，几个卫兵拖着二人往门外走去。

“哇！”孩子吓得大哭起来。

“他姑父，饶命！师长，师长，饶命啊！”

声音愈来愈远，最后竟听不到了。

“妈，妈！”不懂事的孩子大哭不止，村民们无不为之而落泪。

曾多次吃过二嫂饭的鄂友三毫不为之动容，大手一挥，迅速上马，一队人马呼啸而去。

春节前夕，在鄂友三的小根据地里，有十七名八路军战士从井儿沟出发，回家与亲人过年团聚，被鄂友三的团长邢守忠扣押起来。邢向鄂请示怎么处理，“杀！”鄂友三目露凶光，右掌向下一挥，邢团长便将十七名战士尽数处决。俗语云：人命关天。正值国难当头，十七名年轻战士对抗日来说，是何等重要。十七名年轻的生命，牵系着父母妻子一大批人的心。残忍杀戮，何其狠毒！

在反顽斗争中被击溃的第三路指挥官李正才，参谋长王有功漏网后又纠集了一些败兵残卒，被傅作义拔归晋，察，绥边区挺进军张砺生部，在伊盟驻防时，因误会所致，李正才被伊盟守备军陈长捷击毙。王有功因祸得福，被提升为指挥官，并调入河套宴江县同义隆一带整训，旋即任王有功为骑兵挺进第三纵队司令。一九四二年冬，该队副大队长（副连长）阎生隆率二十八人武装哗变，当夜窜入阴山沿乌拉山向东窜逃，到武川境内时，被鄂友三截获。翌年春，王有功率残部回到大青山，亲自向鄂友三要枪要马。鄂友三只好不情愿地将枪马归还，“但人我们都把他们放走了。”言辞间已将责任推诿过去，其实（放走）应改为（勒死）才符合历史。因为除阎生隆外，余众皆土默川人，直到解放大陆前夕，也没有发现二十八人中任何一人生还，显然鄂友三是在说谎骗人。

随着鄂友三的根据地不断地巩固与扩大，势力不断扩张。不仅早先投降了伪同盟军的旧部完全反正，就是伪蒙古军官，也率整连整排的枪支人马，先后起义投效鄂友三麾下。这些事是从岗岗村战役中，击毙第八师伪师长扎青扎布后开始的。来投的海福龙，海青等人，都在鄂友三请示傅作义后，被任命为团长或连长。他们部下的官兵，多数染有鸦片烟瘾。鄂友三投其所好，在发饷时，除按同级官兵统一发一份大烟外，另又补发照顾若干两烟土，于是来投者感激涕零，俱言：“还是鄂师长好，回中国比伺候日本人当蒙古军好！”

鄂友三旧部官兵对此很有情绪：“早抗日不如晚抗日，晚抗日不如新抗日。”等言辞充斥军旅旧部。鄂友三听到后对他们说：“干大事不计小利，你们懂个屌……”接着他仍然令各部独立自主打游击，自己领着三四十人活动在武川、固阳各地。

是夜，鄂部宿营于哈拉合少乡的温习圪兔沟，由于不慎失密，被盘踞在哈拉合少村和后脑包村两个据点的伪靖安军包围。伪军计二百余众，战斗异常残烈。鄂友三迅速组织突围，突围时鄂友三的左小腿肚被子弹穿透，特务连长王德手部负伤，机枪射手头部挂彩。当他们撤到安全村落后，鄂友三已是血染马镫，脸色惨白。当时环境艰苦，缺医少药，根本没有治疗条件。鄂部下有两位老土匪，曾经跟赵半吊子闯江湖多年，平日对行军打仗颇有经验。鄂友三向他们请教道：“你们以前当独立队到处刮野鬼时负伤后怎样治疗？”一个答道：“伤筋断骨的，只好听天由命。熬死熬活，连个藏身处也没有，到哪治疗了？”另一个却说：“像你这样的轻伤最好治疗。”鄂友三忙问：“咋就最好治？”二人你一言，他一语地争献良方：

“把伤口附近用盐水好好洗净，找上一根二尺来长的新麻绳，从伤口这头穿到伤口那头，来回拉锯，使黑血糊糊从伤口里随绳子流出来，最后流出淡血水来，拉出麻绳，马上用现杀的退净毛的热鸡皮把伤口裹住。不误骑马，打枪，过三二十天就自然好了。不过这却要硬骨头好汉子才能自办。熊人只能让几个人把他抱住，不管他杀猪般的嚎叫甚至晕过去，硬替他治疗。”鄂友三听罢，奋然坐起，马上令士兵杀鸡找绳子，如法治疗其伤。关云长疗毒还需下棋分散精力，而鄂友三却自己洗伤，自己穿绳，拉锯，贴鸡皮，如为他人施术一般。一切就绪后，鄂冷笑道：“这不就治完了吗？”几日过后果然不误带兵打仗，很快便痊愈无恙。

第七回　萨县城友三扫墓　去厚和虎口脱险

1943 年，塞北的初春仍寒气彻骨。鄂友三不听众人劝阻，把部队作战计划安排好，让参谋长张腾云代理自己主持军务。他化了装，只身来到了萨拉齐东门外，偷偷地进入耶稣堂设在东牛犋村的医院里，请求教友进城把中国籍的牧师郭保光叫出来，二人在医院里找一暗室畅谈一整夜。郭牧师把城中的日军布署情况，日本宪兵队如何抓人、整人，伪警察署长的罪行，人民水深火热的苦难等，尽其所知地告诉给他；然后又向他提出了善意的意见和期待：“听说你有污辱妇女的恶行，而这些人也都是主的儿女，我们的亲姐妹。我们都是从小在耶稣堂长大的，起码也要按《圣经》的教义处事作人，否则，神会怪罪你的……”鄂友三不以为然地回答说：“我早就是死过去的人了，神已经不管我了，不过我记住你的话就是了。”

拂晓时分，郭保光领着友三去埋葬在东牛犋村东北方的鄂必格夫妇坟前扫墓。鄂友三深深地行了三鞠躬礼，肃立着说：“鄂牧师，鄂师娘，你们抚养我长大成人，我永远忘不了你们的恩情。等我打败日本人以后，一定为你们重修坟墓，表达我的一点心意。请你们在上帝面前多多祈祷，早日打败日本侵略者，拯救苦难的儿女们。鄂牧师，鄂师娘，你们安息吧，我要走了，”

鄂友三回到山里的部队以后，还想亲自返回萨拉齐了解一次敌情。这本是十分冒险的事，众人当然要竭力劝阻，但谁也未能改变他的主意。他悄然来到萨县沟门乡威俊村，找到地下村长董仲福，让他搞到一个假良民证。证上的指纹不是他的，但相片却是他上中学时的旧照，重新洗成一张和现在的鄂友三大致相似的相片贴上，姓名叫郭存财。

鄂友三持假良民证，顺利地跟着去转龙藏拉水的车进入了包头城。因怕意外，先潜入定襄巷的一家小饭馆里磨时间，磨到火车站售票时上站，买票后登上东去的列车。经过萨拉齐车站后，押车的日本兵走过来向他盘查，他出示良民证后，心平气和地回话：“我叫郭存财，是萨县三丰乡章不浪沟农民，到包头探亲，顺便去厚和市去瞧瞧人……”日本兵伸手揣摸鄂友三的胸部，试他是否心跳异常。鄂友三脸不变色心不跳，装作无事一般。日本兵并未看出半点破绽，继续盘查别的旅客。

鄂友三在绥远火车站下车，因怕碰见熟人，不走大路，从北茶坊进城，刚走过牛桥，迎面一个伪警拉住了他的手，“啊呀，鄂友三！多年不见了，听说你在大青山当师长，怎么跑到这里来了？”鄂友三猛得一愣，认出来了，他是中学时的同学左贵荣。于是，左贵荣把他邀回住在九龙湾的家里，一边让太太快点做饭，一边热情招待，畅谈离情别绪。他对左贵荣说：“我是在大青山搞过队伍，但被井儿沟的八路军打垮了。剩下些残败之众，又把我的枪拧了，并撵了出来。我来城里是想找同学帮忙弄个差事，另找一碗饭吃，没想到无意中碰上了你，真走时运，希望老同学能出出力帮帮忙！”

左贵荣听了，认真地对鄂友三说：“在厚和当官的中国人，职位再高也没有实权。不论大小事，完全是日本顾问说了算。日本的兵力雄厚，装备优良，战斗力强。咱们中国军队就是打不过人家，这是你比我清楚的。

至于八路军破枪烂衣服，更没办法。我同意你就在这儿找个差事先干上，我可以托人尽量帮忙，办成以后将来时局再变动，咱们再想咱们以后的出路也不迟。”

鄂友三在不得已的情况下一边和左贵荣闲谈，一边心里暗自咕叨：好多年不见面，你又是伪警汉奸。今日倒霉碰上你，暴露了身份，莫若“三十六计，走为上计”但怎么才能走脱呢？

鄂友三不抽烟，不喝酒，很快便吃完了饭。他掏出两元蒙疆票子给了左贵荣的小女儿说：“大爷给你些长命钱吧。”左妻急忙推让，左贵荣对孩子说：“鄂大爷不是外人，给你就要下才对。”孩子腼腆地接了钱，连句谢谢也不懂得说。左贵荣对鄂友三说：“你好好在家躺着休息，我须到班上看一看，等我回来时，我领上你到街上转一转。唉！咱们过去念书的第一中学校舍，现在是日本人的军火库了。”

左贵荣刚出门，鄂友三的肚子便疼起来了，他边向外走边对左妻说：“我出去买些治肚子疼的药吃吃。”于是忘了走僻径，急从通道街上火车站。经过日军岗口时，由于心慌意乱，出示良民证后，他忘了按规定给日本兵行礼鞠躬。“啪”的一声，脸上重重地挨了一记耳光，鬼子大骂：“巴格亚路，胡子的，八路的干活！”鄂友三明白了原因，规规矩矩地给行了一礼。日本兵哈哈大笑，在鄂友三的屁股上踢了一脚：“开路开路的！”

鄂友三乘西去的列车，在陶思浩车站下车，入山经一前晌村回到了部队。参谋长武川县人张腾云是黄埔军校第四期毕业生，与鄂友三关系非同一般，便责劝他道：“你一再这样轻举妄动不合军规。你是一军之首，一旦出了意外，不是你一个人的问题。进城观察敌情，根本就不是师长亲自办的事。你根本就不应脱离部队去冒险。”之后，鄂友三便不再胡闹了。

第八回　郭老大冒险认亲　鄂宣三编谣传名

鄂友三率部驰骋于青山南北，黑水河畔，其无人不知，无人不晓。沙尔沁的郭氏亲大哥冒着生命危险徒步进山，辗转多处找到马厂梁来见鄂友三。

郭老大向鄂友三诉说到：“咱家双亲还在，整日念叨你哭红了双眼。家中依然一贫如洗，老人让我找你认亲，希望你能念及骨肉至亲，接济些生活费用……”动情处，郭老大落下了凄然的眼泪。

鄂友三无动于衷，而后冷冷地对他说：“等打败日本以后再认亲吧。”但这位亲哥哥不识火色，还是缠磨着要认亲。鄂友三脸上渐露愠色。鄂的护兵出于好意，连劝带推把郭老大送出院外。适逢张腾云走来，把郭老大领回自己的屋子里，对他说道：“他不认你，你就不要认啦，他这种人翻脸无情。你缠磨得不高兴了，他会让人把你勒死的。再说在山里单人行路很危险。不论哪家的队伍捉住你，都会引起怀疑处死你。我送你五两大烟你快点回去吧，万万不要再来冒险了。”郭老大只好悻悻而去。

鄂友三在大青山里叱咤风云，却苦了萨拉齐姓鄂的。因为日伪对鄂友三进行围剿却又打不上他，在山里驻军又常挨打，电话信息迅速，却不如鄂友三鸡毛信息快捷。日军被弄得晕头转向，四面起火，八处冒烟。于是，日军便把恶气迁怒于鄂姓人头上，认为凡姓鄂的都和鄂友三暗通信息，于是对鄂姓人大抓特抓，严刑逼供。各村姓鄂的人为了躲避灾难，流离失所，到处流浪。有一鄂基路还改名为兰维汉。也有人通过社会关系，跑到厚和市伪蒙疆政府的企业单位当小职员存身的，鄂宣三便是一例。

这天，一细作来报，伪蒙疆大蒙公司的一辆货车要前往固阳分店送货。车到武川县城正在打尖住店，鄂友三派人侦得确息：车上满载布匹杂货，有十二名伪军荷枪实弹押送，一个送货员和一位去固阳接任的伪团长同在车上。鄂友三急令李存英率队埋伏在公路狭隘地段截车。

汽车逐渐进入埋伏圈后。李存英一声令下，机枪步枪手榴弹一齐开火。汽车熄火不能行进，接任的伪团长只好到阴曹地府去阎王那里报到。伪兵8名当场被击毙，俘虏5人，缴枪12支，一车货物全被搬运上山。

在被俘虏的人中，有一人自称是鄂友三的亲哥哥，叫鄂宣三，是押货的人。于是李存英在派人向鄂友三报告战况的同时，也把鄂宣三带去了。

在鄂友三的师部，鄂宣三刚一进院，鄂友三便激动的跑出来和他抱在一起，还用手在他背上拍了拍，用嘴在他脸上吻了吻，显示出了无比的亲情。士兵们愣着看过他俩行过洋礼后，把鄂宣三迎回屋里伺候着上了炕。

鄂友三对鄂宣三说：“货物是公家的，不能给你，这一下你更不能回去了。我知道日本宪兵正在抓姓鄂的，你就住在这山里好了。”于是，鄂友三给他安排了一个安全舒适的家让他居住，并派兵好吃喝好穿戴好招待地伺候他。鄂宣三感到了亲情的无限温暖，也为了宣扬自己是好人，就编出了：“好人碰见鄂友三，又有吃来又有穿；坏人碰见鄂友三，二尺麻绳把你拴，叫你去到鬼门关。”的顺口溜，逢人便讲，见人就说，山前山后无不广泛传流此谣。其后，老百姓把好坏二字更换后广为流传，鄂宣三的传谣也便失去了原有的意义。

第九回 路线不明军纪难严 处乱不惊死里求生

鄂友三在少儿时期是生耶稣教的洋人豢养大的。中学读书时期被灌输的是半封建半殖民地的资本主义思想。黄埔军校学习时受的是德国法西斯式的训练，提倡迈着豪迈的步伐，唱着愉快的战歌上火线。到了大青山后，又习惯了游杂部队的各种传统作风，并有机会结识一些过去的老土匪。因此，形成了他独有的复杂思想感情和特殊的带兵方式。当他的根据地扩大到西起固阳县及包头石拐沟，东至井儿沟以西，南到萨拉齐城东察素齐西一线，北面伸入大草原的时候，所部人数已激增为1000多人的步骑混合兵种。平日以作战训练为主，有时也集结大部官兵做一次必要的讲话。他的讲话不是板起面孔训斥人，也不是之乎者也的念讲稿，而是用简便明快的语言，在深化感情的基础上达到他的讲话目的：

“灰猴们，今天还必须和你们说些话。从前安顿了多少次，你们就是不记，站岗放哨还是不注意，缩着脖颈抱着枪老打盹，也不知道是洋烟瘾了还是又想女人了，这太危险了。今天向你们再交待一回：凡五里以外发现敌人，打完仗以后，我就想办法弄白酒半斤、白面一斤、肉一斤犒劳你。酒不给一斤给半斤，不是没酒，是怕你喝醉了丢了枪。如果在一里以内发现敌人，打完仗以后，我要砍你的脑袋。那时你不要后悔，不要怨伙计不讲人情，不念患难之情。”

这时候，士兵们小声地互相议论起来了，但人多就显得吵杂声很大，于是他又提高嗓门问道：“灰猴们，你们是听清了没有？”部属们都一齐大声回答：“听清了！”接着才讲别的。

国民党的军队，不论胜仗败仗，打完了就没事了。有时候，当官的站在台上给下级官兵讲话，信口说上一阵，散了会也没事了，从来也不兴组织酝酿、漫谈、讨论、联系实际的做法。鄂友三的部队越发是这样。但在下边相互窃议还是有的。尤其对鄂友三的“共产共妻”深感兴趣。

士兵甲：“照师长的说法，这共产党还就是不赖呢。”

士兵乙：“咋知道？”

士兵甲：“咱俩没老婆，娶不起，一共妻，不是也都有老婆了？”

士兵乙："果然，咱家没地没牲口，一共产也有了。"

鄂友三听到诸如上述之类的议论后，再给士兵讲话诋毁共产党时，也就不使用"共产共妻"这一"武器"了。不过他讲的话，总还是干脆利落，比较能从实际出发，而不支离拖拉。

鄂友三游击作战来到马厂圪梁村住在某户人家时，院里的小媳妇生气地向圪尻在炕上的鄂友三告状道：

"师长，你的护兵刘秃子亲了我一口。"

鄂友三听罢当场一怔，同时在脑子里闪过杀与不杀的念头后，便笑着说："咳！打人骂人是得罪人的事，人都要生气。亲你是喜爱你，还生什么气？"小媳妇倍感委屈："他是硬箍住（强迫）人亲的！"鄂友三接着道："你们都是年轻人无所谓，要不你亲上师长一口顶账吧！"一句话气得小媳妇哭笑不得。

正是：上梁不正下梁歪。

鄂友三的部队，是由自卫军第四路嬗变为骑兵游击第四师，而又改称为骑兵挺进第五纵队的。他的军纪不好，不仅是受他自己的好色恶行的影响，也由于官兵的来路复杂和无时间修整所致。但这些人对鄂友三却都是十分敬佩和惟命是从的。这也不完全是因他令出法随，擅杀主威的结果，更主要的是他能在历次战斗中做到指挥部署得当、机智超人而勇毅果断和身先士卒、不计生死而赢得的。

这天，他率领三十多骑小队在一村中宿营。翌晨太阳刚露头，哨兵发现了敌情。鄂友三亲自登高瞭望，见有五辆兵车开路，一百多骑大马队跟着，正向本村开来。大马队因战马个头高大而得名，泛指日军的骑兵。

眼看大马队越来越近，鄂部官兵全部惊慌失措，欲战势单力薄，欲走又难以逃脱。此时，三十多人纷纷嚷嚷开了，有的建议赶快上马转移，有的主张死里求生硬拼。鄂友三果断地说："听我命令，大家都隐藏在院子里千万不要暴露。即使我被敌人打死，敌人进院来你们也不要对抗。以求日后东山再起！"

于是，他急忙穿上院主人的老百姓衣裳，戴上破毡帽；臂挎粪蓝，手提粪杈；脸上抹了一些锅底黑，干咳着走到村东去拾粪。俄顷，汽车停在了鄂友三的面前。敌骑一拥而上，将鄂友三团团围住。鄂友三忙上前鞠躬答话："太君！"

鬼子在翻译的陪同下，瞪着眼睛向鄂友三问道：“你的胡子的，八路的干活？嗯！”这种日本语法的中国话，中国人多能听懂。鄂友三很自然地回答：“我不是，我是本村人，贪早起来拾粪的。”当翻译把话译给鬼子时，两个鬼子兵突然子弹上膛，举枪对准鄂友三的胸部，眼睛里冒着杀人的凶光。为首的鬼子又恶狠狠地问道：“胡子的，八路的有？”鄂友三又平静地回答：“有！黑夜在我们村住的来。”未等翻译把话译完，为首的鬼子如饿狼发现了猎物，顿时高兴起来，令士兵把枪收回，和气地把脸递在鄂友三面前问道：“多少人的有？骑马的干活？徒步的干活？你的大大的好人，快快地说！”鄂友三用粪杈指着方向说道：“天没亮就朝西走了，咋也有十来个骑马的，二十来个步走的，我没敢认真地数。”翻译官急向为首的鬼子译过鄂友三的话，鬼子一声令下，急上汽车，风也似的向西追去。鄂友三急回村中，把衣裳脱给院主，换上自己的服装，并对官兵们说：“只有这个冒险的方法才能死里求生，硬打或转移绝死无疑。感谢上帝保佑，咱们和他们背对背地开路吧。”

第十回　负伤反思定妙策　化敌为友建奇功（一）

鄂友三的部队，仍然活动在日、伪警和地方团队星罗棋布，错综交叉的间隙中。他虽然采取了严密的保密措施，也难免偶尔不被敌人发现。叛徒蒋秀山是本地人，自知穷途末路，铁了心的当汉奸。他利用乡土关系，千方百计地破坏抗日力量。前参谋长赵淑普在养病期间，就是被蒋秀山掳走的。鄂友三对他恨之入骨，但想不出一个剪除蒋的办法。

这天，他率领骑兵小队驻扎在三汉窑子村，蒋秀山发现了鄂友三的行踪，立刻报告了日本人，并调集各乡的伪靖安军各部约200余人，趁夜色悄悄包围了该村，发动了强攻袭击，鄂友三在指挥抵抗的激战中，大腿被敌人的枪弹穿了一个洞。他忍痛作战，没有半点疼叫的声音，率部突出重围奔驰三十华里到达马场梁根据地。下马后，官兵们才发现师长负了重伤，无不为其坚强的毅力所感动。

这次负伤不同于前两次，形势变了，局面扩大了，条件亦大有改观。有特务连长王德率全连一百多人的精锐卫兵护卫着，有专职军医昼夜不离地治疗着，还有安静的环境休养着。他下达了命令，要求所部官兵对他的负伤绝对保密，以防敌人伺机进攻。各团连队不得主动出击，以免招惹敌人报复进犯，同时，他也自知伤重，不敢接近女色，只能躺在炕上想心思。于是，他把历年对敌斗争的过程，都做了无数次的反思，总结经验教训，改善斗争策略，谋求以后的发展。遂制定如下决议，作为以后行动的指导方针：

第一，过去的恐怖手段虽然收到很大成效，但也使很多人望而却步。从新的形势来看，自己的势力已今非昔比，必须广交朋友，力争化敌为友，但不包括日军和汉奸。

第二，秦始皇远交近攻吞并了六国，自己必须反其道而行之，远攻近交扩大根据地。

第三，根据地原有的居民，被敌人“三光”政策害得流离失所，到处寄居乞食。现在必须把他们收留回来，重建家园，安定生活，恢复农业生产。

第四，每年反“围剿”，我军虽然都取得了胜利，但有过三天吃不上饭的经历，因此，对老根据地的重建工作，势在必行。

第五，对于井儿沟的八路军，仍然以谨防上当吃亏为益，绝不主动挑衅，避免两面作战。

鄂友三疗养约一个月功夫，伤势已基本痊愈。他召集有关部队长官和各大组组长们，宣布了自己经过反复思虑的五项决定，要求无条件的执行。

第十回　负伤反思定妙策　化敌为友建奇功（二）

当时已到春播季节，通过各种社会关系找回来的群众，首先是没有住处落脚，于是在派兵协助的情况下，发动群众砍伐山中的天然桦林，利用被烧毁的房舍残垣，搭起了简易住室，暂且栖居。

其次，张口吃饭。籽种与耕畜问题，是当时非常困难的问题。为了不误农时地组织生产，鄂友三一面令组长们动员没有被烧毁的居民，挤出一些自留的口粮，借给那些揭不开锅的人家，让他们能够喝糊糊不要饿坏；一面又取了一个好听的名称叫“武装征集”，派出快速骑兵小队，突然远距离侵入达茂旗和四子王旗境内，征集牛马驴骡与粮食，快速运回根据地，计人口立帐放口粮，计田亩发给籽种，并无代价的分配给耕畜。规定在秋收后，除借粮必须如数清还和留存明年籽种，以及全家全年足够的口粮外，余粮仍然存在原家，以备部队游击过往时吃用。部队开走时留下人数与马匹数单据，到时凭条算账。如粮食供应超额支出，让按规定没有供应完的其他户补还。后来为了彻底解决军粮民食的困难，鄂友三动员和组织群众到乃母沟屯田，并派相当兵力去保护。

乃母沟位于武川县城西北一百多华里，乌兰不浪正北约五十华里的地方，土地肥沃，适于农作。该地方原为土默特公爷府所有。北洋军阀当政期间，卖给一位姓冯的团长，他因无力投资，一直没有开垦。鄂友三率众屯田后，根据地群众受益匪浅。鄂友三为难民解决了生存的条件，自然得到了群众的感激和拥戴，明里暗里不再称鄂友三司令或师长，而是称他为“掌柜的。”

鄂友三的根据地扩大到六道坝后，六道坝便成了他心中的根据地。他常带着警卫小队，到处巡视各连，听取汇报，面授机宜。每个团“支队”都有自己在危急关头可供安全隐蔽的一个险要所在。这些地方，地形复杂，沟壁纵横，层恋叠嶂，灌木丛生，桦林覆坡，怪石嶙峋，人迹罕到。鄂友三意识到过去反“围剿”隐蔽到这里，虽然摆脱了敌人，但自己也经常两三天吃不上饭。因而命令各连队预置铁锅，按敌军每年进行 “讨伐扫荡”的规律，在夏冬季前，预储炒米或炒面若干在这里。以备一旦受困，沟底夏有泉水，冬有结冰，就山拣柴，足可烧水饮食，再不愁挨饥受饿。

然而，战士们对化敌为友这一项理解不透，执行不力，鄂友三严令执行：“今后再有杀害伪军警，被俘人员的，必须偿命，就地处决。”令出即行，于是“化敌为友”的策略起到了真正的作用。

固阳县城里的一位伪警佐，单枪匹马误入杜海荣支队（团）驻地被俘，吓得他面如死灰，不会说话。收缴枪马后，杜海荣让伪警佐坐在炕上谈话。晓之以礼，动之以情，说明中国人都是一家，日本军才是敌人的道理。

共进午饭后，杜海荣仍将枪马归还了伪警，让其尽快返回。第二天一早，伪警佐派人送来了大婴孩香烟五条以谢不杀之恩。他不敢写信，来人捎话说：“贵军今后如有用着我的地方，不论让我办什么事，尽希告知，一定照办。”等语。

其后，鄂友三的工作人员从武川县购买根据地必须品出城时，往往被伪军岗哨盘查，他们只好说谎应付。每每这时伪军岗哨总是笑着说：“不要胡编了，我们知道怎么回事，快给掌柜的送回去吧！”

化敌为友，真正起到了枪弹不能起到的作用。

第十一回 反间计郝登贵丧命 除汉奸二金莲舍身

天渐渐地暖和起来了。

院子里的杏花开了，粉白粉白的；山坡上的桃花也开了，粉红粉红的。

杨树、柳树也绿了，罩住了整个小村子。

村头上，大柳下，拴了一头高大的毛驴，叫声“啊呜啊呜”的，让人听了很不舒服。乡亲们说：“鄂毛驴”来了。

二金莲和三妹小英莲把柳条篮子里的苦菜倒进了猪圈，低头走进了自家低矮的小屋。

哥哥王兰腰里挎着盒子炮，明晃晃的大金牙露在咧开的唇间，笑嘻嘻地说：

“二妹妹，快点儿给哥哥们做饭，大家好几天没吃上安身饭了！”

炕上横七竖八地躺着一些衣冠不整的人。有的绷带包着脑袋，有的挎着胳膊，有的抽着大烟，有的……

二金莲不由觉得恶心，扭头出门坐在了院子里的石头上。

王兰跟着出来：“妹妹，给哥哥个面子，做点莜面。大家打日本卖命，你做点饭算个甚，听我的话，众人吃了就走。”

“看你们那些人什么劲气，一个个讨吃烂鬼的没好人。人家八路军李支队也来过，没一个像你们这样的。李支队要是有女兵，我也早就走了，懒得看见你们心烦。”

“都不是打鬼子吗，妹子，听哥的话，快点做，我们吃了就走，集合迟了鄂师长要发火了，妹，妹妹……”

二金莲很不情愿地给他们做饭。

两条细细的鱼鱼从二金莲白皙的手掌下在面案上游动出来，二金莲两条漂亮的大辫子在她红红的双颊处不停地摆动，丰满的胸和柔突的臀部在搓莜面的动作下不住地起伏，长长的睫毛在齐刷刷的刘海下扑楞扑楞地闪动。

“二金莲今年十几啦？”戴礼帽的蒋秀山双眼都看直了。

“十八了！”二金莲不愿回答，可王兰却说得飞快。

蒋秀山是鄂友三部绥远民众抗日四路军工作主任。他看着二金莲，口里的涎水便噙不住了，但见二金莲对他冷冰冰的脸，也就无可奈何地不说话了。

刚吃过饭，村头的叫驴又吼了起来，村里便响起了乱哄哄的声音，有打口哨的，有臭骂的，还有唱下流小调的：

“刮野鬼刮在个凤凰滩，
小妹妹就在哥哥肚下翻，
一翻翻到圪九峰山，
哥哥上嫖妹妹你管不管？
……”

过了一个时辰的功夫，摇头圪蛋沟方向响起了枪声。直到天黑下来，王兰跑了回来对父母妹妹们说，他们被日本人包围了。中午吃莜面的蒋秀山被日本人活捉了。自卫军的大部分人马都突围出来了，他们不敢进村，都躲在沟里的山洞中。

蒋秀山投敌了。日本人任命他为武川县乌兰不浪的伪特务队长。蒋秀山的叛变，无异于在鄂友三的头上悬了一把利剑，让他每日都寝食难安。

鄂友三时任绥远抗日自卫军师长，因其奸淫妇女无数，当地百姓称其为“鄂毛驴”。

在多次的行动中，鄂友三差点栽在蒋秀山手里。郝登贵的叛变，更让他变成了惊弓之鸟。

郝登贵系绥远省武川县人，曾任四路军时期的连长，他对鄂友三部队的官兵、家属驻地及其它情况了如指掌。郝登贵被日军俘虏，未经审讯，便坦白了身世，主动乞降，当上了日军情报队长，住在武川县大路酒馆的日军军部。

鄂部官兵对此焦虑非常，他们的家属更是恐慌不安。白天钻山躲藏，夜间偷偷回家吃饭，不敢轻易睡觉休息，深怕郝登贵领日本人突然来抓人。

鄂友三对此更是心急如焚。他认为要想翦除郝登贵，必须把工作做到郝登贵尚未为日军立功，取得信任之前。

思虑再三，鄂友三心生一计。马上书写了一封亲笔信，叠成三角形，插根鸡毛，而后让卫兵把王兰找来。

王兰是鄂友三的除奸队长，鄂友三让他去武川大路酒馆给郝登贵送信，但要求信还必须落到日本人手里。

“师——师长，我是您的除奸队长，让我去还不是有去无回吗？”

"嘿嘿，王队长是不想去喽。柴俊山！"鄂友三转了转淡黄色的眼球，冷笑一声，马上传令让柴俊山进来。

柴俊山是鄂友三的杀人侩子手。民间顺口溜道："好人遇上鄂友三，二尺麻绳把你拴；灰人遇上鄂友三，又有吃来又有穿。"王兰经常看柴俊山杀人的方法。用二尺麻绳打结成圈，双股套住汉奸的颈项，再用一个短小的木棒穿进绳环的一头只绞几下，那汉奸颈项的大动脉便供血不足，马上倒地，又在背上猛跺一脚，那汉奸便断气了。

柴俊山此时应声而到。王兰早已吓得尿在裆里，忙不迭地的说："师长，我去，我去。"

王兰没有直接去送信，而是跑回家向父母哭诉此事。父母怕王兰有去无回，断了王家香烟，愁得没有一点办法，二金莲说："我去！"

二金莲找到她的心上人二小娃，将此事和他叙说之后，要求二小娃和她同去。

"不，不，那可是玩命的差事，我不去，你也不能去！"

"亏你还是个男人！让你去投八路军李支队当兵，你不去，让你送封信，你又不敢，你不去我去！"二金莲气呼呼地独自走了。

二金莲来到日军据点前，故意踟蹰不前，显出了忐忑不安的样子，引起了哨兵的怀疑。日本兵见是一位水灵标致的姑娘，更是对她拉拉扯扯。二金莲故意将小竹篮掉落在地上，鸡毛信便显露出来。日本翻译官快步上前将信拿在手里，仔细观看信上的内容，顿时大惊失色。喝退纠缠二金莲的日本兵，马上逼问信的来源是何处。二金莲对翻译官道："我在路上捡到这张纸，想回家糊窗子，你们要的话，就送给你们吧。"

翻译官见她不像说谎，便相信了她的话，领她去见太君，并替她说了信的来由。太君看罢信的内容，不禁勃然大怒，心想，郝登贵主动请求为皇军效力，本来可疑，不料险些栽在这小子手里。于是，太君脸上横肉颤动，仁丹胡下的大嘴恨恨地吐出几个字来：

"郝登贵良心的大大地坏了，死了死了的！"

日本兵马上跑了出去。一会儿外面便传来了郝登贵杀猪般的嚎叫声。可怜郝登贵尚未明白怎么回事，"砰"的一声枪响，郝登贵便因到了极乐世界而不再嚎叫了。

枪声过后，太君面无表情的脸上开始微动，继而"嘿嘿"地从牙缝里挤出几声笑声来。他用手来摸二金莲的脸："花姑娘的，大大的好！"

二金莲害怕地躲开了太君的手，日本官面露愠色。

站在一侧的蒋秀山急忙拦在日本官面前道："太君，这女子有麻风病，是哈拉哈少的。我与她很熟悉，您不能接近她。"

日本官狐疑地瞪着双眼将蒋秀山的脸看了半天，一挥手，示意蒋秀山将二金莲带走。

蒋秀山要二金莲坐他的自行车，二金莲冷脸相向，独自向前疾走。蒋秀山只好在后面跟着。二金莲专拣长满小狗狗草、蒺藜草的田间小路走。不一会，蒋秀山的自行车胎就没气了。蒋秀山无奈，向着二金莲的背影喊道："二金莲，我一定要娶你！"而后只好悻悻然地扛着自行车回去。

二金莲在村口见到了二小娃在等她。她看都不看二小娃一眼，径自向自己家走去。

王兰将除奸的全过程向鄂友三做了汇报。鄂友三高兴地将信的内容告诉了部下，其内容写道：

郝登贵主任，你曾与我约定，诈降后保证在三天之内就把日本官的人头提来见我。现在已经五天了，还不见你凯旋归来，以便接应。如果不能下手，你可借故速回，以免被日寇杀害。

鄂友三亲率

此后，善于逢迎的鄂部官兵无不拍马赞叹："掌柜的略施小计，郝登贵人头落地。"

王兰的三个妹妹是百里挑一的好人才，现只有大金莲已为人妻。大金莲是绥东游击司令郭熙智的太太。二金莲正值妩媚羞花的妙龄花季，尚未出聘。蒋秀山垂涎于二金莲的美貌，便带着特务伪警多人来到了王家，向王母求婚。王母不敢自作主张，二金莲又坚决反对，蒋秀山只好扫兴而回。

蒋秀山并不甘心，再次找人从中撮合。哈拉哈少伪乡长郝四有以权保媒，一定要让蒋秀山成其好事。蒋秀山此举，亦可谓用心深远。他不仅贪婪二金莲的姿色，更主要的是要通过亲戚关系的建立，诱降郭熙智和王兰铁了心跟他当汉奸。但二金莲痛恨汉奸，绝然不从。

鄂友三听到了这个消息，认为机会难得，动员王兰说服二金莲将计就计，为国立功。此时，鄂友三部第十二团的连长许存金，已在蒋秀山的煽动下率全连一百余人，携械投降了驻乌兰不浪的日本军。

国难当头，二金莲深明大义，决定舍身除奸。

唢呐喧天，炮竹鸣放。蒋秀山把二金莲抱上了花轿。雪花慢慢地从天上飘落下来，落在了二金莲的脸上。二金莲泪眼模糊，抽泣地望着雪地里父老乡亲的脸。一阵枪声冲天鸣放之后，花轿徐徐地升起。

过了大石壶，过了南柴门，过了山神庙，远远地，二金莲看见二小娃等在路侧。

“二金莲！”二小娃不顾一切地迎了上来。

二金莲将身子探出了花轿，哭得像泪人一样，把一只镯子递给扑过来的二小娃。

二小娃被伪警用枪托子打倒在地，花轿继续前行。

“眼瞅着小妹妹上了轿，
苦喃喃唱了个爬山调。
……”

二小娃跪在路上大声哭唱起来，花轿转过山脚，再也看不见了。

蒋秀山娶过二金莲后，可谓百般宠爱。过了一段时间，王母以探女为名，转告了王兰带回的鄂友三制订的计划：“许存金在归顺日本人前，偷存下了一部分枪支，又在夏季偷把从民间收起的大烟一千多两自己留下，没有上交鄂师长，中饱了私囊。他怕鄂师长惩办，所以才归顺皇军的，你可如此这般行事。”

二金莲心领神会，又将这些话添油加醋地在枕席间转告了蒋秀山，并催促蒋向许存金索取大烟。于是，蒋秀山以借为名，勒索了一部分大烟。其他的汉奸特务见状，“红眼病”一时复发，纷纷向许借大烟，但都碰了钉子，因而激成众怒，俱各向日本指挥官报告：“许存金在归顺皇军前，私自暗藏许多枪支弹药。其居心不忠，图谋里应外合算计皇军。如不及早铲除，恐怕又要回到鄂友三那里……”

日本指挥官信以为真，很快将许存金扣押，重刑拷打了许存金，老虎凳、吊天灯、灌辣椒水、炉锥烫等刑罚折磨得许存金死去活来。许痛苦难熬，只好如实招供，把藏着的五百多两大烟和十几条枪支悉数交出。不意日本人抓到了证据，立刻将许存金处死。全连伪兵马上反正起事，又回到了鄂友三的麾下。

蒋秀山在日本人面前立了这一大功，自觉春风得意，忘乎所以，根本没有意识到是鄂友三在通过二金莲作戏，假手于他而翦除了许存金。不久，王母又与二金莲串通，让二金莲缠着蒋秀山陪她去娘家探望母亲。蒋秀山只好应允，在几个护兵的保卫下离开了乌兰不浪。进山后刚转过山脚，突然伏兵四起，将蒋秀山与其走卒被生擒。柴俊山用二尺麻绳很快地缠在了蒋秀山的颈项上，短棒只一扳，蒋秀山两眼一瞪，便了结了他罪恶的人生。

鄂友三在用计的过程中，因怕引起蒋秀山的疑心，只是让王兰回家传话，从来也没有见过王母和二金莲。惩处了蒋秀山之后，他带上了重礼，亲自去慰问和感谢这位为地方和抗日部队除去大害的巾帼英雄，但二金莲却伤心地哭了起来。鄂友三为了缓和气氛，抚慰二金莲，拍拍她的香肩，流里流气地说："不要哭了，杀死蒋秀山，可全凭你这两扇子嫩肉呢。"

二金莲本受羞辱痛楚万分，听此言更是嗔怒地回斥道："去你的，没成倒色的还像个当师长的？！"

鄂友三马上磕双脚立正姿势站立，给二金莲敬了一个严肃的军礼："我代表根据地的老乡和全体官兵向你致敬！"

杏花又白了，桃花又红了，村子里唢呐响起，炮竹鸣放。二金莲又再次出嫁了。

二小娃骑着高头大马，胸前戴了红花，喜气洋洋地迎娶二金莲进门。结婚第三天，他就跟着进村驻扎的八路军大青山支队参军去了。

第十二回　倡宣传支持办报　重联络保护电台（一）

1943年秋末，鄂友三吸取历年反扫荡斗争的经验教训，决定把骑兵也都变成步兵。做通官兵思想后，由副司令邱明星率领下，一名战士牵两匹、骑一匹战马，将三百七十多骑马匹送回大后方河套饲养。他们通过封锁线及据点间隙，抵达河套门户乌兰不浪口子时，守军不让进入。经过守军电请傅作义后，也迟迟不见答复，于是陷入人乏宿食，马无草料的境地。又过了六七天，荀子臣也带着百十来人的骑兵来到，请求进河套向傅作义述职，守军同样拦住强行检查。荀子臣道："不必检查，马背上驮的是大烟，这是沦陷区的货币。你不让进，咱们就先开火，后打官司。"守军见来者不善，只好放行。就这样，荀子臣闯进口子到达了陕坝，谒见了傅作义，并向傅作义陈词道：

"……第四路在沦陷区与日、伪军艰苦作战，好不容易派人回来寄存战马，晋见傅长官，应组织欢迎慰劳才是。但乌兰不浪口子的守军不让进入，至使马匹倒毙了许多，鞍鞴也向老乡换饭吃了，这些事情您可能不知道吧！”

傅作义未置可否，便命令守军放行。

可是，当邱明星带队进入河套时，战马已倒毙了四分之一。

那时，副司令长官部每早必有一次由傅作义主持的例行早会，所有住陕坝附近的高级文武官员都必须出席参加，汇报工作或接受指示。

一日早会将要结束时，傅作义说：“人家（延安）不论大功小功，都要在报纸上反复地大肆宣传。我们的鄂友三在大青山被敌人打得只留下一个人的时候，也决不投降，也没有跑回来，并且现在又拉起了千数八百的队伍，难道我们的报纸是聋子？还是哑子？”话音刚落，会场顿时沉寂，众人面面相觑，最后把眼光都集中在阎又文身上。

阎又文是傅作义的核心高干。傅令他兼把文化口子，担任机关报《奋斗日报》社社长。傅长官今日“龙”颜震怒，怎能不让他慌了手脚。散会后，阎社长立即让采访部主任刘映元组稿。鄂友三在沦陷区打游击的战绩早在党政军民间口传甚多，所以不必费时调访，就可信手拈来。于是第二天该报头版上就刊发出了《大青山王鄂友三》的长篇报道。并因此而轰动一时。

抗日战争胜利伊始，鄂友三在归绥（现呼市）拜识了刘映元，大有相见恨晚的意思。

“没见面的朋友，你支持我的事业，太感谢你了……”

“这是我应该做的事。”刘映元充满了书生气。

“你需要我送你多少大烟，不要客气。”鄂友三讲话直率真诚。

“我不须要大烟，你如果支持我的事业，给我买一部印刷机吧，我想自己组织一个通讯社。”

鄂友三当场答应。

刘映元担心阎又文误会自己，还把鄂友三给买印刷机一事向阎作了请示，得到首肯后，便办起了“绥蒙通讯社。”

抗美援朝战争结束后，阎又文因患胃癌逝世，《人民日报》为他发了讣告，称其为共产党员。这时，才使跟着傅作义起义的一些留用人恍然大悟，不过这些都是后话了。

第十二回　倡宣传支持办报 重联络保护电台（二）

鄂友三在部队下达命令，除口头指示外，凡形成文字的或兄弟单位互通情报的，没有电话也不能依靠传递，而是用鸡毛信的办法。他和副司令长官部的联系，倒是全凭一部秘码电台。

电台设在六道坝一个及奇僻静的山沟里，除了指定几个绝对可靠的人专职取送电报和给电台工作人员供应生活用品外，就连中级以上的官佐，也不知道它的确切位置，而且谁也不敢打听它的所在地。电台工作人员和必要的警卫官兵，不准随便出沟与外人接触，这是犯禁的。如果有人误入电台附近，一旦被抓住，立即处死。取送电报的人进出沟时，也须绕道从潺潺的溪流中涉行，以防留下足迹，让敌人发现行踪。鄂友三利用这种保密措施和恐怖手段，保证了傅作义的电讯畅通。远在陕坝的傅作义总是对他的僚佐们欣慰地说："归绥包头的动态，我在 3 个小时内就能知道。"

电台台长张失忆，因患心跳病，不能坚持工作，多次请求出沟疗养。鄂友三准他暂时离职，并派十名士兵保护，由参谋长主任张希孟带领，准备安排其到一个适合长期修养治病的地方居住。刚出沟后的次日拂晓，他们就被敌人包围袭击了。鄂部官兵都习惯于和衣而卧，张希孟被枪声惊醒时，并不组织指挥抵抗，急忙越窗而逃。

武川老乡的院墙，是传统的，用石头砌起来的矮墙。他爬上矮墙时，被敌人揪住了大衣。幸好大衣没有扣子，他用力一甩脱掉了大衣没命地逃跑，身边子弹乱飞，但未被击中，一口气跑上了最高的山顶。俯视谷底，隐约看见四五十人在跑步前进，好似鄂友三等人。正巧鄂友三也认出了他，高声向他问话：

"怎么回事？"

"被敌人袭击了！"

"人呢？"

"被歼灭了。"

"张失忆呢？"

"可能是被俘虏了！"

"你赶快下来一起走，救援已经迟了，张失忆一定领上敌人去夺电台了！"

将近中午，鄂友三带领五十多人刚刚爬上电台所在地的山顶上，张失忆果然也领着敌人从另一方向爬上了半山坡，正是“猪羊步入屠宰家，一步步在寻死路。”此时正巧碰在枪口上，一阵枪响，敌人遗尸两具，落荒而逃。

次日，鄂友三同张希孟带领小队转移时，中途遇见了张失忆的尸体。只见张嘴鼻滞血，眼球突出，脑袋变形后显得很大，尸旁一块大石头无声地告诉大家：敌人怀疑张失忆故意把他们领到枪口上送死，便用石头把他砸死，是为两具遗尸“报仇雪恨”的。

第十三回　李海龙信手“放路灯”　鄂友三设谋赚烟税

在“七七事变”前，萨县和托县境内，有三个官府都是无可奈何的独立王国，在托县，韩国良把持祝乐沁；在萨县，天主教堂独占二十四顷地（地名）；再者就是李海龙操纵六道坝。

“萨、托二县没好人”，人们因此这样说。

李海龙，出身豪门，家拥万贯。李继承了父业，为了保全自己的利益，养兵蓄粮，图谋称霸为王。李为人豪强残酷，心狠手辣，头脑灵活，但又很迷信。据传，算卦的先生说他是帝王造命，应为一方主宰。所以他一度把“龙”字改为“龚”，仍读作龙音，即“飞龙在天”的意思。他曾在青年时期跟着赵半吊子闯荡江湖，后来洗手务农，但拿惯了枪杆子一时又放不下，便在把总窑子、耳沁窑子等村办起了民团，扩充家兵，壮大力量。团兵都是来自附近各地，闲时为李种地打粮，有情况时，则扛枪打仗，为李卖命。

至于这些人的军费，大部分来自百姓。李不完全与民为敌，有时候能讲几句公道话，办几件有益的事，因保护乡里，征剿散匪，威信逐渐提高。当然每件事都有一个前提，就是必须对他有利，无利不干。由于实力不断扩大，家业日臻富甲一方，遂成为六道坝一带一声喝到底的土皇帝。

傅作义决心励精图治，整顿绥远省的时候，实行了乡村工作指导制，但始终没有查清李海龙控制的这块地方的实际情况。民团究竟有多少枪、土地有多少亩，适龄壮丁有多少人？全都难以知晓，可见当地群众除了慑于他的强制性权力外，对他还是比较拥护的。

绥远沦陷伊始，李海龙便投降了日本占领军，被任为伪安民保乡司令。该地有一位毕业于绥远中山学院的学生陈治国，搭救了因战火阻绝，不能回到南方的国文老师朱静雅，将其推荐给李海龙。李把朱静雅供养起来，赖以出谋划策。

把总窑子扼武川、固阳、萨县三地道路之交通要冲，其战略位置不言而喻。李海龙在周边山崖要隘都筑有大小不等的明碉暗堡，拱卫该村。他住的院子里辟有一花池，上层培土栽花，下层砖墙砌筑，留有射击孔，底层地道直通兵房。朱静雅将这些建筑命名为“鸳鸯阵”；将李海龙奉为“玉麒麟卢俊义。”日常以“李员外”做称呼。

八路军曾对李进行了两次惩罚，但收效甚微。

鄂友三的势力发展壮大后，势力范围向六道坝不断扩展，迫使李海龙领地日蹙，致使其恐惶不安。鄂友三曾三破鸳鸯阵，却无功而返。李海龙为了在日本人面前交待“安民保乡”的帐，经常主动与鄂部官兵交火，但他总是屡战屡败。这天，鄂部连长周贵堂率 32 人，驻扎在固阳县的北气沟油房壕村。不想遭到伪靖安军的进攻，坚持到傍晚的时候，搬到了西面的沟里。遥望一百多骑兵迎面而来，士兵准备开枪射击，周贵堂制止道：“这明明是鄂师长派人来支援咱们，瞎打什么？”

说话间，百骑已风驰而来。此时众人才发现是李海龙的队伍，想抵抗为时已晚，陷入了重围，只好交枪被俘。李海龙令 32 个俘虏跟在骑兵道左，走一段路，信手枪毙一个，以至于斩尽杀绝。李海龙将此举称为“放路灯。”

鄂友三得到“油房壕事变”信息后，轻弹眼泪，直气得五内生烟，暴跳如雷，但也无可奈何。直到南平川大烟开刀取浆的时候，鄂友三决心包围李海龙，赚取烟税，以报“放路灯”之仇，并且想出一个报复的办法来。

提起大烟，说来话长。

在抗日战争时期，日寇在我沦陷区实行毒化政策，鼓励广种大烟。大青山内外遍地罂粟，到处妖花。鄂友三在每年的大烟开刀取浆前，召开一次由各支队长（团长）参加的征收烟税会议。按照各部兵力，规定范围界限，以免引起越界冲突。各团再根据所属各连人马划分征收界限，以及各团提成上交和应截留数量，作为在烟税收完后按级别开支的薪饷。此外，在远攻近交的策略指导下，各团探出根据地外，所有武装征收到的大烟，则不属于提成和薪饷开支的合法外快。因此，凡带兵的实力派人物，无不大发洋烟横财。

鄂友三的大烟收入，由司令部军需主任凉城县人赵行之统一经管，除用于收买伪军警外，每年必由副司令邱明星偕各团所选派的代表，在连长郭堂（后升为团长）保护下押解着俘虏的日本人回河套一次。邱明星代鄂友三晋谒傅作义，全面汇报大青山的情况，进行半公开的送烟活动；并和各代表做以烟换买先进武器的交易，以扩充自己的实力。

这天中午，李海龙在把总窑子家中，突然来了两位自称是鄂师长派来的不速之客。来人一位是气宇轩昂的汉子，一位是年轻机灵的小青年。

“李司令，久仰了，在下是鄂友三师长派来拜访您的。现在鄂师长带领 1800 号人马集结在山阴的一面，却因天气酷热，官兵口干舌燥。鄂师长令我俩前来通知，马上熬好绿豆汤派人送到山上解渴，并限于日落前交齐烟税 500 两，少一分也不行。你们如不同意，先杀了我俩，鄂师长自会派兵分头到各村征收……”

李海龙见来人目光犀利，说话铿锵有力，李事先又没有侦得有关鄂友三部队在附近活动的任何情况，毫无思想准备，沉吟良久，又问计于师爷朱静雅。朱静雅乃一介书生，哪见过此等阵势，早已“响震失色”，遂对李道：“我等无大军做后盾，措手不及。今人为刀俎，我为鱼肉，不仿暂敛英雄之气，以图日后！”

李海龙此时也认为鄂友三若无大军做后盾，绝不会冒然派来俩人枉送性命。于是马上派人指定多户人家赶快熬好绿豆汤，派后生们担着桶送上山，并给烟农分摊烟税负担数量，勒令日落前必须缴到。当送米汤的人们把担子挑到山脚下时，山上的兵士便让他们把桶放下回去再挑，由自己把桶担到山上饮用。如此反复挑到红日西沉，也没有解了这 1800 人的口渴，连烧火的村妇们都惊奇地说：“他们咋就这么能喝呀？”

日落前，坐催烟税的二位得了李海龙交付的 500 两大烟，在李海龙的恭送下离开了把总窑子。上山后鄂部官兵一片欢腾，无不佩服鄂友三的计谋，真是“鞭敲金蹬响，高唱凯歌还”！

李海龙派人观察鄂部集结的地方，回报说，估计来人不到 200，送上去的绿豆汤都倾倒在山沟中。李海龙听罢，不禁怒火中烧，大骂鄂毛驴诡计多端。

朱静雅慢条斯理地说：

“此正所谓‘不战而屈人之兵’，上上策呢。”

受此羞辱，李海龙对鄂友三恨得更是咬牙切齿，发誓与鄂势不两立。

第十四回　官运亨通春风得意　食指战役名声显赫

1945年春，轴心集团德国和意大利先后败之，日本侵略军已成强弩之末势。但对鄂友三来说，却是官运亨通，得心应手的春天。由于傅作义做收复失地的准备，遂委派了各县游击县长，加委鄂友三为武川、固阳、包头、萨拉齐、归绥、陶林、凉城七县行政督察专员。傅作义自称："我不懂行政。"让邱明星代他组织专署，主持工作，指导各县建立敌后政权。又因大青山挺进军指挥官高荣因故离职，傅作义又提升鄂友三继任其职，统一指挥。前山第一纵队王有功部和初次挺进大青山，下辖四个中队共计五百余众的陈启祥部，合并由鄂友三任名誉总队长，该队原为驻陕坝的中美合作所训练和组成的一支部队，完全用美械自动武器马林机枪装备起来；派有以瑞纳为首的美国顾问团三人，携带电台及火箭筒等武器协同作战。

鄂友三的第五纵队，按正式编制有王德的特务连，李存英、史建福、邢守忠，郭堂四个支队（团）和海福龙的蒙古支队作为他的主力，他强调全军骑兵化。至于他自己委派成立的支队就不止三个五个了。因此，他也被人骗去了不少大烟。尤其是马占山东北挺进军的那些副官、参议、附员之类的人，上山找到鄂友三时，自称能回热河或黑龙江给他招抚人马，讨个支队番号，于是大量送烟土过去。就连一些落魄人士找见他，也是有求必应，毫不吝啬，自卫军总部前委员萨县人白映星，抗日前认为是"输多赢少"（白语）擅自跑到北平当隐士，后见形势变得赢多输少，就先跑到把总窑子见了李海龙以"地方上人都应该合作互助"为说辞，进言李海龙捐弃前嫌，与鄂友三互不侵犯。又寻到山里向鄂友三表功。因为白曾当过绥远中山学院的院长，鄂以尊师礼遇之，还特意给弄了一头小毛驴让他乘骑。远在陕坝的白映星的政治宿敌，以《利用旧关系，取攫新地位》为题，在《奋斗日报》上发表文章，攻击白的为人。

这时候，来了前川的一班子二人台（当时称打小班儿）。鄂友三把他们留下，编为随军文工团，这些艺人都有大烟嗜好，"正好瞌睡给了个枕头"乐不可支。遇有类似白映星或游击县长们来晋见，就给组织演唱，表示欢迎。他自己也参加伴奏，不是打样琴，就是拉胡琴。另外还让护兵为他在军用图囊里经常预备着几块三两重的大烟板子，作为例行的赏赐。

为何一个偌大的七县行政督察专员要在军用图囊中装些大烟板子，其中自有缘由。原来他在武川的一个村里与一个小媳妇睡觉，次日清晨，正要穿好衣服率队转移，这媳妇颇为老道在行地说：“鄂师长，睡了人家一晚，总该给我留些纪念吧？”鄂以“我没带着”相告。没料到媳妇向他飞了媚眼娇嗔地说：“当师长的不能白和人家睡觉吧！”于是就把他刚穿好的新毛衣硬是脱下了。从此，鄂友三便令护兵为他预备了大烟板子。

由于日本占领军的势力一天比一天颓败，原有的伪乡政权和星罗棋布的据点，有的被摧毁，有的把伪兵收缩回去，但却都和鄂友三的部队暗通信息，不敢与鄂作对了。因此，鄂友三亲自带领的部分巡逻骑兵，大白天行进在漫坡山路道上时，一拉老长。头马骑手擎着当时的国旗青天白日旗，在阳光的照耀下，显得红霞射彩，蓝白闪光，马进风起，国旗飘扬，猎猎作响，好不威风。老百姓总结了几年来的抗日斗争的实践经验，无不欣慰地赞叹道：“小日本快完蛋了。”

1945 年四五月间，鄂友三自恃兵力雄厚，率领大军探到包头萨县之间沿山一带征收烟税，主力集结于东园村，活动在铁路沿线。日军再不能装聋作哑，便尽可能纠集包、萨、大同的日军在伪军警的配合下，约一千余人，从包头出发，沿铁路东进，猛攻东园村。先头以三辆坦克做掩护，冲入东园村西门，遭到了迎头痛击，三辆坦克被火箭筒击毁两辆，一辆调头回窜。已冲近前沿阵地的日军，陷入马林机枪的火海中，伤亡枕籍，遗尸遍地，铩羽而逃。次日，鄂友三把部队撤到萨县城北的水涧沟门，日军才做了收尸工作，并把坦克残壳拖走。

东园村一役，鄂友三仅有的一名战士被敌人打掉一截拇指。以瑞纳为首的美军顾问团，就以食指战役“FIGER”的胜利，向国内告捷。自抗日战争全面爆发以来，日军的汽车快速运兵和坦克车的横冲直闯，常使鄂友三的部队无法招架。如今居然把坦克击毁了，不仅使日寇垂头丧气，也使沦陷区人民受到鼓舞，精神振奋。都说：

“日本人灰了”

“日本人熊了。”

“咱们快胜利了！”

第十五回　和谈桌上日寇碰壁　水涧沟门鬼子丧胆

鄂友三的司令部，从来也没有固定的办公地点，即使是到了 1944 年，虽然阔起来了，但参副需医械各科室的人，也只能在马背上办公。如今把司令部、专员公署设在水涧沟门，向南一出沟口便是萨县城，这对龟缩在城里的日伪军警来说，岂止是坐如针毡能够形容的了的，于是，便想通过伪商会、农会一些头面人物搭桥，要与鄂友三进行和谈。

鄂友三的谋士、高参很多人建议“不能接谈”。鄂友三断然道：“敌人来打，我们敢打，打败了敌人。敌人来谈，我们为什么不敢谈呢？谈！”于是商定了和谈日期和日军代表及翻译人数。

鄂友三要趁机向敌人展示军威，预先做了布置安排。挑选精壮士兵若干，让互相挪兑穿上去年从河套领到的黄色旧军衣。在山沟路口，山顶崖头，两人一哨，三人一岗，看去警戒森严。村头大道打扫的干干净净。司令部门前，派一班游动卫兵， 荷枪实弹来回走动。战马都备好鞍韂，一排列拴在各个院落门外，并通知各连和居民群众，凡官兵着便服和有大烟瘾者，不准让日本代表看见。老乡照常随便出入农作，不必回避。

届期，日军正副代表及翻译各二人来到，就在他居住的大房炕上，摆两张八仙炕桌，通过翻译座谈讲和问题。鄂友三的两位翻译是“七七事变”前留学日本归国的萨县籍人。二人既不愿意当汉奸，又怕死不敢打日本，于是隐居在家。现在见战局好转，亲自来投鄂友三，此次正好派上用场。

日军代表自称是华北派遣军军部的代表，但他们并没有出示需要鄂友三验看的证件。日方提出了谈和的中心内容，归纳起来为三项。

一、欢迎傅作义将军回军绥远主政，省政府仍在归绥，与日军全面合作；

二、共同防共；

三、皇军体念大青山百姓免受战争之苦，敬慕鄂友三将军指挥才能，更愿意与鄂将军直接和好。任将军为张（张家口）到包（包头）铁路段靖安军总指挥，治（铁）路军，政统交鄂将军管理。

鄂友三逐条回答：“你们如果真有和谈诚意可去河套见傅作义副长官谈判，我主不了这样的大事。防共不防共是我们的家务，不劳外人操心。我现在官职虽不大，但比你们的什么总指挥都值钱，可贵，恕不领受。”

那位正代表听后，突然用威胁的口吻说：“鄂将军！大日本皇军是完全有力量消灭任何反抗者的！”鄂友三拍案而起，瞪起了三角眼，眼睛露出了凶光：“我等着你们！大中国大仁不义，今天不杀你俩，速速滚回！”

二倭寇狼狈而去，鄂友三扔余怒为消：“诱降！给爷爷戴了好大的高帽子！”于是把和谈详情马上电告傅作义，并下令在水涧沟门东、南、西村外，挖了一丈多深的外壕，且在预料的必经之路上，铺了一厚层用麻油浸透的乱麻团，上覆一层土伪装成陷阱，以阻止坦克的进攻。有人不了解地问："咱们有美国顾问的火箭，还要陷阱做甚？"鄂回道："这次敌人若敢来攻，要活捉坦克和驾驶员。"

在鄂友三大军虎踞水涧沟门的情况下，驻在萨县城里的日本占领军，为了在中国老百姓面前维护"皇军"的尊严，常不定时地向水涧沟门轰几炮，但又紧闭城门，定时放人出入。

忽一日，城里的山琦部队又纠集伪军警一千来人，以七辆坦克掩护步兵猛攻水涧沟门，不意坦克行经陷阱，掉入坑内，又被麻团缠住履带，瘫痪不能前行。连长胡得胜一马当先地冲上去要活捉坦克和驾驶员，被射出的敌弹打死。驾驶员和射击手揭开顶盖想要逃命，皆被乱枪击毙。还有两辆坦克被火箭筒打坏。其余四辆坦克见势不妙，急忙回窜。敌步兵失去了坦克的掩护，调头便逃，乱作一团，在密集的火力追击下，狼狈逃回莎县城。

第十六回　接收萨县潘箴四割草　荒淫挥霍张三娃陈情

1945 年 8 月 15 日，日本天皇宣告无条件投降。鄂友三是从他的军用电台上得知的，喜讯传来，军民欢腾雀跃。正在专员公署的凉城游击县长李久成，激动地哈哈大笑，再也没睁开眼睛，竟然乐死了。

鄂友三近水楼台，立刻从水涧沟门进驻萨县城。他衣锦还乡，住在了耶稣堂，当晚叫一位堂里的少女"侍寝"。郭牧师劝他说："神要怪罪你的！"他还用几年前的那句话回答："神管不了我！"

进城后游击县长于维欧布告安民，动员市民到火车站搭起数不清的大锅灶烧开水，供应由河套经包头乘车东进的傅作义部党政军人员。参谋主任杜海荣向鄂友三建议："我们何不赶快率骑兵接收绥远？"鄂友三笑道："包头、绥远是傅长官接收的地方，咱们能接收个萨县就不错了！"

"能接收个萨县就不错了。"这确是鄂友三的真心话。萨县的伪土业组合社收起的当年全县大烟板子，已经装箱待运，他都"劫收"为己有，确实数字始终没有外传。

国民党绥远县党部主任委员，省政府委员，建设厅厅长潘箴四潘秀仁，饱经世故，老谋深算。他瞅准了这位心直口快，财发万金，却又嫩得流水的"小娃娃"鄂友三，打定主意要狠狠地敲他一竹杠。于是，便在鄂友三亲自去给他进贡些大烟的时候，摆出礼贤下士的样子，留住鄂友三谈了起来。

“你们在大青山吃苦受罪的，还是给官兵们吧。我不抽大烟，没有用处。”

“潘先生是自卫军创始人，我代表官兵们给您送些大烟是应该的。”

“哈哈哈！”几声淡笑后，潘先生接着说：“我常常考虑，自卫军八年抗战，家乡的子弟兵牺牲了许多人。他们有可怜的父母、妻子、儿女。我们没死的人，有责任给人家抚养照顾，将来调查登记起来，能念书的要培养上学。钱的问题，我考虑大家集股解决，开设一个民生公司，以告慰烈士们的在天之灵。”他停顿了一下，看着鄂友三又微笑着说：“我知道你和郭长清、王有功都有些钱，众人集股，用公司的赢利来解决财政来源……”鄂友三非常赞同，慷慨应诺。潘先生把他“割草”了，仅用鄂友三投资的大烟，就开设了由天津到包头的独资民生公司，可见数量是很大的。但对于鄂友三充溢的金库来说，也好似一进门拿走几块金砖而已，不过也割得他有些后疼。当他发现实际情况时，气愤、后悔流露于言表：“我给了那么多大烟，底账上连我一个名字都没有！”

傅作义回到绥远，首先考虑的就是自卫军的善后问题。他对这支部队始终怀有戒心，认为地方人有军权，对政权有潜在的危险，但又不能不利用。抗战胜利了，他们利用的价值也消失了，所以他召开了一次隆重的群众大会，给鄂友三、郭长清、王有功、乌青云这些绥远地方游杂部队的四大军头，颁发了奖状，并做了极简短的讲话：

“七七事变以后，绥远绅士张敬亭先生（张钦的字）、潘箴四（潘秀仁字箴四）于存灏他们，组织了自卫军，抗战八年，保卫家乡，是有成绩的……”会后，在约见张潘时，傅说出了他的心里话，并向他们试探摸底道：“自卫军在日本人打进来时放下了镰刀锄头拿起了枪，奋勇打日本。现在日本已经投降了，就应该放下枪再拿起镰刀锄头……”

鄂友三听到此话后，简直是五雷轰顶，希望尽灭，越发沉迷女色，不理军政。他与晋剧名艺人夜宿，一出手就是十八万，所以就有“×××十八万，临明捎了两车碳”的俚语流传下来。

老连长张三娃，因不满军饷对他分配不公，将全连一百多骑兵拉上了蜈蚣坝。但还没有采取任何行动，长官部已将他拟按变匪处理，打电话向鄂友三询问。鄂这才知道这回事，忙回话道：“并非张三娃哗变，是我派他们出去执行任务，我现在就把他们叫回来，”

鄂友三马上乘自己的小车急驰蜈蚣坝，下车后徒步上山请张三娃回防，见到张后满脸陪笑道：“三娃子，又不是小娃娃耍脾气，快跟我回去哇！”

“我出来就不回去，你死心吧。”

“老伙计叫你，你还不回去？”鄂仍嘻嘻哈哈。

“你不要又来这一套，我还不知道你怎样做事？回去你就不伙计了，你定会杀我。”

“我哪能杀你呢？患难的老朋友，快回吧。”鄂友三边说边友好地往张三娃身边走。张三娃怕他上来制服自己，突然子弹上膛，端起了枪对准鄂友三道：“你再向前走一步，我就开枪打死你。你本是忘恩负义之人，你上嫖一夜就花二十来万，就缺我二十两大烟吗？你说甚也不给补，如此你叫我怎样带兵？按说我自己向你要二百两你也应该给我……”于是张三娃从春空兵败屈身牧羊时说起，一直说到某时某地打仗如何救鄂的一桩桩，一件件事，把个鄂友三从脚跟到头上，又从头上到脚跟数落了个遍。然后说道：“你如果真的不杀我，须跪下向阳婆发誓，让弟兄们听见，保证绝不欺骗。”

鄂友三无奈，只好照办。张三娃回防不久，鄂友三便把一个自己喜欢的并姘居过的女人给他做老婆，以示“有难同当，有福同享”。一年后，傅作义令鄂拨一连人充实高理亭新组建的骑兵十三旅，于是便让他归属了该旅的建制。

第十七回　鄂友三欲靠建民先生吃饭　傅作义借毛泽东安抚人心

由于内战的需要，傅作义不能让自卫军再拿起镰刀锄头了，便把鄂友三的五纵队改编为绥远省保安师，任鄂为师长。傅先生对官兵们首次讲话时说：“现在不同于在大青山打游击了，你们把那些毛手毛脚，偷鸡摸狗的毛病改了吧。你们一旦犯了法，我是庇护不了的。连我自己有些小毛病，也得注意改，这你们都知道，不改不行了！”然而，鄂却始终也没有改，而且更甚！

三年解放战争期间，鄂友三率领他这支反动的顽固队伍，在傅作义的指挥下，作为反共前哨，参加傅部历次重大的战役，极大地发挥了骑兵的优势，哪里战局紧张他就被派去哪里，豕突狼奔于平原、山川、草原。

初期在与康建民同志的骑兵在山区作战时，一个偶然的机遇，使鄂部大大的有利。他的团连长要求冲下去厮杀，鄂友三坚决制止。参谋主任杜海荣问道：“这样好的战机为什么不让打？”

“你不懂？”鄂反问道。

“我不能理解。”

“如果今天打完康建民，明天就没有保安师了。咱们得靠康建民先生吃饭啊！”鄂友三总用国民党的逻辑分析共产党的事，当时也不止是他一个人这样想。

傅作义占领张家口后，改编鄂友三的部队为整编骑兵第十二旅。鄂友三担任了国家正规军的旅长，于是顾虑被傅解散的思想也随之消失了。他一度奉命奔袭共产党中央所在地西柏坡，扰乱河间等十来个县，不仅在政治上更加反动，生活上越发骄奢荒淫，腐化靡烂了。他不读书，不看报，不学习，却有经常说的一句话：“我早就死去了！”意为快活一天算一天。他念的两页经，就是闻鼓声则进兵厮杀，鸣金后玩弄女人，自知来日无多，所以白昼渲淫。在他的办事处有朋友来访，往往被护兵拦住：“不能见，正在肚皮上呢！”不到四十岁的职业军人，日常上马时，护兵先须抱起左小腿，把左腿放进镫里，托着屁股扶上去，多大的官架子！兵权和财权，彻底腐蚀了鄂友三。姓名依旧，人非夕比！

鄂友三醉生梦死地混到1949年，绥远省主席董其武与地方开明绅士酝酿和平起义，他一直跑轵留轵犹豫不决。傅作义先生从北京返绥亲自约见与他个别谈话，做思想工作，傅作义道：“毛主席对我说：‘鄂友三是一个可恨可爱的人。’所以我要你参加起义。”

鄂友三终于解除了疑虑，在共产党的统战政策和感召下，毅然签名，参加了绥远“九．一九起义”，找到了自己的安身立命所在。

正是：

逐鹿阴山斗倭顽，
驰骋塞北铁蹄乱。
路途不明人变“驴”
空使耄耋做笑谈